여행과 식민주의

- 근대 기행문의 식민 · 제국의 역학

홍순애

동덕여대 국어국문과를 졸업하고 서강대학교 대학원에서 석사학위와 박사학위를 받았다. 서울대에서 포스트닥터 과정과 서강대학교 대우교수로 근무했고, 현재 동덕여대 국어국문학과 교수로 재직하고 있다.

저서로는 『공간의 시학』(공저), 『한국 전후 문제시인 연구』(공저), 『한국근대소설과 알레고리』, 『한국근대문학과 신문』(공저) 등이 있고, 「근대소설에 나타난 타자성 경험의 이중적 양상」, 「근대소설의 장르분화와 연설의 미디어적 연계성 연구」 등 현대소설론에 대한 다수의 논문이 있다.

서강학술총서
066

여행과 식민주의

근대 기행문의 식민·제국의 역학

홍순애 지음

서강대학교 출판부

서강학술총서 066

여행과 식민주의
-근대 기행문의 식민·제국의 역학

초판발행 | 2014년 5월 12일
지 은 이 | 홍순애
발 행 인 | 유기풍
편 집 인 | 우찬제
발 행 처 | 서강대학교 출판부
등록번호 | 1978년 9월 28일 제313-2002-170호

주 소 | 서울특별시 마포구 백범로 35번지
전 화 | (02) 705-8212
팩 스 | (02) 705-8612

ISBN 978-89-7273-246-4 94810
ISBN 978-89-7273-139-9(세트)

값 21,000원

* '서강학술총서'는 SK SUPEX 기금의 후원으로 제작됩니다.

머리말

여행은 사적이기 보다는 공적이고, 철학적이기보다는 정치적이다. 여행은 단순히 풍경을 감상하고 대면하는 것에 그치는 것이 아니라 이미 규정화된 시간과 공간성에 개입된 관습을 해석하는 행위에 해당된다. 여행자의 내면성은 공간을 어떻게 해석하느냐에 따라 달라지며, 이러한 경험은 현실의 심층화된 구조를 해부하는 정치적 행위로까지 확장된다.

여행의 경험을 서술하고 있는 여행기들은 풍경을 묘사하고 그곳에서 만난 사람들을 재현하고 있지만 여기에는 여행자의 시선에 포착된 이미지가 서술됨으로써 전략화 되기 마련이다. 일상의 공간을 탈피하여 외부의 풍경을 본다는 것은 그 공간이 갖고 있는 고유한 특성 대신에 시선주체의 인식이 절대적으로 반영될 수밖에 없다. 표상 대상의 본래적인 성격과 여행자가 재현하는 담론사이에는 간격이 존재하며, 이 간격은 당대의 공적이며 정치적인 문제들을 내포한다. 그래서 여행자가 서술하는 담론은 문명 · 인종 · 민족 · 성적 정체성에 따라 다층적으로 위계화 된다. 가라타니 고진이 자기, 코기토cogito 의식, 내부라는 것이 내면적인 전향 속에서 성립됨으로써 풍경이 발견되었다고 언급한 것과 같이, 시선주체의 내면이 투사되는 장으로서의 여행기는 당대의 인식론적 배치가 어떻게 이루어지고 있는지에 대한 논의를 가능하게 한다.

본 저서에서 논의하고 있는 것은 식민지 시기 여행담론, 즉 기행·답사·순례·탐사 보고서들이 민족 갱생을 위한 문화운동으로, 일상의 취미와 유희로, 또는 제국과 식민지의 저항과 타협, 협력의 모순된 과정과 구조 속에서 어떻게 끊임없이 생산되고 전유될 수 있었는지에 대한 것이다. 또한 본 저서는 한일병합 이전 서양 여행객의 타자적 시선에 표상된 조선이 어떠한 형태로 제국주의나 오리엔탈리즘의 사유 속에서 재현되고 있는가를 다루고 있다. 이것은 조선이 타자라는 외부에 의해 발견되고, 국가상실의 위기적 상황에서 조선의 내부를 조망하고자 하는 충동들이 연쇄적으로 발생되었던 역사적 정황과도 관계된다.

본 저서가 식민지 시기 기행, 답사, 순례기를 연구 텍스트로 삼고 있는 것은 그동안 다른 장르들에 비해 연구가 미비한 탓에 이 장르가 갖고 있는 체험적인 글쓰기의 특성들이 거의 논의되지 않았기 때문이다. 그동안의 문학연구가 시, 소설, 극의 대표적인 문학장르에 한정되어 연구된 것도 그 이유 중의 하나일 것이다. 식민지의 문학을 논의하기 위해서는 당대의 다양한 글쓰기의 방식들과 이것이 어떻게 제도적 또는 일상적으로 소통, 향유되고 있는지에 대한 논의가 이루어질 때 식민지 문학은 해명될 수 있을 것이라 생각된다. 이에 저자는 식민과 제국의 역학을 논의하기 위해 경험적 글쓰기가 갖는 국토, 영토의 재현과 주체의 탄생, 감정정치의 측면들을 기행문을 통해 살펴보고자 했다. 본 저서는 식민지 시기 다양한 글쓰기 장르에 대한 연구이면서 근대문학의 자장을 확장하는 계기가 될 것으로 사료된다.

식민지 시기 기행, 답사, 순례기를 분석하기 위해 본 저서에서 관심을 두고 있는 것은 이 시기 과학담론의 일환으로 인식되었던 지리학, 지정학이 지식체계의 일부로서 수용되어 어떻게 지리적 상상력·지도의 상상력을 추동하고 있는가이다. 미셸 푸코는 공간이 어떻게 하여 역사의 일부를 이루고 있었는가를 이해하는 것은 중요한 일이며 또한 공간적 메타포가 지형학적인 동시에 전략적인 성격을 가질 수 있다는 것을 언급한 바 있다. 다시 말해 공간이 단지 타자를 상정하는 것뿐만 아니라 공간의 메타포, 즉 지도가 공간에 가해지는 권력의 힘을 상상할 수 있게 하는 매개가 된다는 것이다. 지도가 표현하는 세계는 세계 그 자체가 아니라 인간이 세계를 보고, 읽고, 해석한 '의미로서의 세계'이며, 한 사회가 세계를 보는 방법을 표현한 집합적 표상이라 할 수 있다. 그리고 지도는 세속적인 지리적 구조를 사람의 눈에 보이는 형태로 제시하고, 그럼으로써 토지의 소유나 국가적 영토를 사회적, 정치적으로 받아들여진 객관적인 '사실'로서 확정하는 역할을 담당한다. 새로 발견된 땅을 지도나 그 밖의 수단을 통해 자세하게 묘사하는 것은 새로운 영토에 대한 권리를 주장하는 과정에 해당된다. 지도는 광범한 탐험을 통해서만 획득되는 지식인 동시에 권력을 수반하기 때문이다.

식민지 시기 지리학은 민족계몽과 실력양성의 이데올로기 안에서 새로운 지식체계를 형성하며, 국민국가 형성의 중요 요소로 인정되었다. 근대 국가의 영역과 그로 인한 권력관계를 적나라하게 도시하는 지도는 식민지 시기 제국의 논리를 재현하는 상(image)으로 존재하였고, 이러한 국경을 규정짓는 지도의 상상력은 식민지 시기 정치적으로 서술되면서 국가담론의 논의를 한층 심도있게 한다. 에드워드 렐프는 지리학이 인간의 본성을 반영하고 드러내며 세계에 대한 우리의 경험

속에 있는 질서와 의미를 탐구한다는 점에서 인간을 위한 거울이라고 말한다. 여기에서 '인간을 위한 거울'이라는 말은 자아, 타자를 어떻게 인식할 것인가의 문제와 관련된다. 지리학은 다시 말해 타자의 존재를 인지하고, 타자를 공간적으로 경험하는 방식과 관계되는 것이고, 이러한 도상화는 여행으로 실체화 된다. 그리고 여행의 기록은 여행지라는 타자의 공간에서 객관화된 시선으로 '나'와 '그들'을 본다는 것과 관련하여 지역적(local)인 것에서 벗어나 전역적(global) 사고의 체계를 형성할 수 있는 계기가 된다.

지리적 상상력에 의해 추동된 식민지 시기 여행담론은 근대국가 건설에 대한 국가론의 일부로서 주권적 영역을 도시하는 영토와 국경의 사유 안에서 논의되었다. 또한 한일병합 이후에는 『소년』, 『청춘』의 잡지를 통해서 청년들의 정신과 신체, 지식의 고양을 위한 수양론의 일부로서 국토여행이 하나의 실력양성을 위한 실천적 행위로서 기획되었다. 1920년대 『개벽』과 『신생』에서는 문화민족주의의 이념 하에 13도 답사와 국경 기행문들이 쓰여졌고, 국어(일본어)와 조선어의 대립 양상 속에서 언어적 이데올로기와 '조선적인 것'의 선취를 위한 노력이 기행문을 통해 표면화되었다. 이처럼 식민지 시기 조선의 사상과 문화운동의 자장 안에서 또는 지정학적인 관심 하에 기획된 국토답사와 여행들은 단순히 기행문이 풍경을 소요하는 관념적인 장르가 아니라 당대의 사상과 이데올로기를 포섭하는 역동적인 장르라는 것을 보여준다.

또한 1937년 중일 전쟁 이후 제국의 식민지 확장을 위한 총력전체제 하에서 서술된 기행문들은 제국주의의 자장 안에서 서술되었다. 이 기행문들은 제국의 영토 점령 과정을 확인하고 전파하는 여행주체들의 인식과 그 균열지점들을 보여준다. '국책문학'으로 경사되고 있는 이 시기 기행문들은 내선일체의 군국주의 파시즘을 재생산하는 방식으로 기능하지만, 거기에는 협력과 저항, 배제와 통합이라는 과정에서 드러나는 무수한 틈과 긴장들이 내포되어 있는 것이 사실이다. 특히 『삼천리』, 『동아일보』, 『조선일보』, 『매일신보』에 게재된 기행문들은 총력전체제 하의 대동아 공영권을 둘러싼 식민정치의 양상과 만주국, 남양(남방)의 지정학적 특수성을 집중적으로 논의함으로써 '대동아' 담론에 대한 다양한 시각들을 드러내고 있다.

본 저서에서 신문과 잡지들에 수록된 기행문을 중심으로 논의하고 있는 것은 이 시기 여행담론들이 이 매체들을 통해 생산되었기 때문이다. 여행담론의 기록으로서 기행문은 다른 장르들과 달리 단행본으로 출간되는 경우보다는 신문과 잡지에 수록되면서 당대 대중들의 욕망들을 즉각적으로 반영하면서 전유되었다. 이에 여행담론의 생성과 변화는 당대의 매체들이 갖고 있는 지향과 연계되고, 기획연재로 쓰여지는 경우가 많았기 때문에 이것에 대한 논의는 당대 매체 연구와 맥을 같이 한다.

본 저서는 여행담론의 성격과 시대적 구분에 의해 3부로 구성되었다. 1부는 근대초기 조선의 발견과 관련하여 타자의 시각에 의해 재현된 기행문을 중심으로 영국 여성인 이사벨라 버드 비숍의 여행기와 러시아 여행가인 가린-미하일롭스키의 여행기를 논의하였다. 1부의 1장에서는 이사벨라 버드 비숍의 『한국과 그 이웃나라들』을 분석하면서 이 여행기에 내포된 제국주의의 인식론을 규명하였다. 영국 여성에 의해 '발견'된 조선은 타자화의 방식으로 재현되고 있으며, 근대 초기 유럽식 식민정책의 다층적인 위계화의 과정을 보여준다는 점에서 주목을 요한다. 비숍은 제국 여성이라는 정체성을 강하게 드러내면서 제국을 위한 상상된 지도를 이 여행기를 통해 도시하고 있다. 비숍의 여행기는 조선을 오리엔탈리즘의 지리적 상상력의 구상안에서 계량화하고 수치화함으로써 제국주의가 갖는 환상을 대리하는 역할을 하고 있다. 2장에서는 러시아 작가이자 탐사대의 일원이었던 가린-미하일롭스키의 『한국, 만주, 랴오둥 반도 기행』을 중심으로 제국주의의 분열양상과 문화상대주의적 담론을 살펴보았다. 미하일롭스키의 여행기는 탐사를 목적으로 하는 정치적 성격의 보고서와는 달리 고백의 일기체 형식으로 하나의 사건과 공간을 중심으로 하는 일인칭 소설문법을 따르고 있다. 그리고 이 여행기는 조선인들과의 관계형성과 제도의 관심, 전설과 민담의 채록을 통해 조선인의 가치관, 세계관을 재현하고 있다는 점에서 여행주체의 문학가적 인식을 볼 수 있다.

2부에서는 근대 초기 지리학적 관심과 이것이 당대의 실력양성론과 수양론의 일부로서 여행담론이 서술되는 과정을 논의하였다. 1장에서는 유길준의 『서유견문』이 문명화의 기획에 의해 시·공간의 유의미성과 지리학에 대한 인식적 틀을 마련해주었다는 점에 주목하여 살펴보았다. 그리고 근대 지리학의 수용 양상을 논의하기 위해 근대계몽기 역사담론과 국가담론 안에서 영토, 국토, 국경이 어떻게 논의되고 있는지 살펴보았다. 이 시기 지리교과서의 편찬과 단군에 대한 관심, 만주가 갖는 민족의 기원과 관련한 지정학적인 문제를 신채호, 박은식, 장지연의 논의를 중심으로 고찰하였다. 2장에서는 『소년』을 중심으로 근대 초기 지리학과 여행담론이 국가담론 안에서 생산되고 유포되는 과정을 논의하였다. 이 잡지에 수록된 국토여행기는 지리지식의 유포와 이것을 사실화 하는 것으로서 유효하며, 국가체제의 구축과 함께 영토귀속성을 공고히 하는 역할을 담당하고 있다. 이 여행기들은 상상된 국가를 대신하여 사실적인 세계에 기반을 두고 '영토', '주권', '국민'의 개념을 제시하고 있으며, 국토의 신체적 전유 과정을 보여준다. 3장에서는 1910년대 식민지 초기 여행이 수양론의 실천적 방법으로서 어떻게 『청춘』에서 수행되고 있는지 논의하였다. 이 시기 여행은 지식과 실력을 배양하는 무실역행의 수양론의 하나로 제시되었고, 이것은 제국주의의 확장에 따른 식민지인들의 경험적 지평의 확대 필요성, 또는 식민지 체계 안에서 세계를 조망하고자 하는 방법론적 대안이었다고 볼 수 있다.

3부에서는 1920년대부터 1940년대 일제 말기까지 기행문이 민족주의와 제국주의의 역학을 어떻게 재현하고 있는지 고찰하였다. 1장에서는 1920년대의 대표적인 대중지였던 『개벽』에 수록된 「조선문화의 기본조사」의 13도 답사기와 국경 기행문을 중심으로 문화민족주의의 일환으로 서술되는 과정을 살펴보았다. 이 기행문들은 통합된 조선의 지도를 도시하면서 일상의 시선에 고정되어 있는 미시적 지리를 한반도라는 거시적 지리영역으로 대체하여 보여주고 있다. 이 답사기를 통해 한반도의 지정학과 인문지리의 정보들이 축적되고 이것은 제국의 식민 이데올로기에 대항할 수 있는 지식체계로 기능함으로써 한반도 국토는 재구성될 수 있었으며, 이에 국민국가의 열망을 내면화 하는 계기가 되었다고 할 수 있다. 2장에서는 1920년대 말 국어학자들에 의해 간행된 『신생』의 기행문을 중심으로 국어(일본어)와 조선어의 언어이데올로적 측면이 예각화 되는 과정을 살펴보았다. 조선학연구회의 필진들로 구성된 『신생』은 기행문을 통해 민족어의 구축과 문화적인 동질성의 획득이라는 기획 아래 민중의 일상과 풍속, 정서에 밀착하여 조선의 고유성을 서술하였다. 이 잡지는 민족의 감정적 동일성을 확인하고 조선적인 것의 실체를 규명하려고 했다는 점에서 의미가 있다.

3부 3장에서는 1930년대 초반 만주국 설립 전후를 중심으로 『동아일보』, 『조선일보』, 『조선문단』 등에 게재된 만주 기행문의 표상과 그 재현 논리를 고찰하였다. 이 시기 만주기행문은 오족협화회의 강령과 조직 구성의 불합리성을 지적하면서 만주국 설립의 허구성과 모순성을 표면화 하면서 서술되었고, 조선 자치구 구성과 간도청 설립에 대한 담론을 이끌었다. 이 시기 만주 기행문은 당시 '국가통합'과 '문화통합'을 기조로 한 제국주의 이데올로기의 허점을 재현하는 논리로 일관하고 있다. 4장에서는 일제말기 『삼천리』의 기행문을 중심으로 총력전체제 하 대동아공영권을 둘러싼 식민정치의 양상과 식민지 조선인의 정체성 구성의 문제를 논의하였다. 이 장에서는 동양주의와 일선동조론에 의해 기행문이 제도적으로 동원되는 과정과 이에 다른 피식민 주체의 내적논리를 해명하고자 했다. 제국의 중국 점령지 시찰을 통해 여행주체들은 '거의 같지만, 완전히 같지 않는 모방'을 반복하고 있으며, 식민 본국에서는 노스텔지어의 공간인식과 제국신민이 되어야 한다는(되었다는) 환상을 편집증적인 서술로 일관하고 있다. 5장에서는 일제말기 남양기행문의 제국담론의 미학과 그 분열에 대해 논의하였다. 1940년대 초 새롭게 편입된 남양의 점령지에 대한 기행문들은 미개와 문명의 이분법적 도식 하에 서술되고 있으며, 이것은 이국정서를 환기하며 남양을 처녀지, 유토피아적인 형상으로 재현한다. 그리고 이러한 서술은 내선일체, 동조동근론의 설득을 위해 문화적으로 동원된 것으로, 이것은 충실한 신민을 양성하는 하나의 감정적 장치의 역할을 수행하고 있다.

본 저서는 저자의 최근 몇 년 동안 연구의 결과들을 다시 편집하여 묶은 것이다. 이 저서가 출간되기까지 많은 분들의 도움이 있었다. 여행담론에 대해 관심을 갖게 된 것은 박사과정 수업에서부터였고, 그것에 대한 궁금증과 호기심이 식민지 시기 기행문의 연구로까지 이어지게 되었다. 우선 항상 학생들보다, 신진 학자들보다 문학에 대한 열정으로 후학들을 부끄럽게 하고, 여전히 근대문학 연구에 대한 저서들을 발간하고 계신 이재선 선생님께 감사의 인사를 드린다. 그리고 박사 논문 이후에도 제자의 부족한 논문에 대해 관심을 가져주시고 학자의 길을 보여주고 계신 김경수 선생님께 머리 숙여 감사드린다. 서강대에서 배움을 주신 여러 교수님들께도 감사의 말씀을 올린다. 이 저서는 한국연구재단의 포닥연구과제이기도 했다. 포닥과정을 이수하면서 우한용 선생님의 학문적 열의를 배울 수 있었다. 너무 감사드린다.

그리고 항상 성실한 학자의 모습으로 제자를 독려해주시는 채완 선생님과 동료 선생님들께도 감사드린다. 이 외에도 서강대의 학형들과 자료조사를 해준 동덕여대 학생 진가경, 장경윤, 이지연에게도 고마움을 전한다. 또한 양가 부모님들의 도움으로 집안일에 신경 쓰지 않고 공부할 수 있었다. 양가 부모님들께서 이 책을 썼다고도 할 수 있다. 남편인 이상열님에게도 고마움을 전하고 싶다. 저자가 연구자로서 살아갈 수 있는 힘의 원천이기도 하는 두 아들, 후동·후승에게도 사랑한다는 말을 전하고 싶다. 끝으로 이 책을 기획하고 발간할 수 있도록 도와주신 서강학술총서 관계자님께도 고마움을 전한다.

2014년 5월

홍순애

목차

제1부
'조선'의 '발견'과 제국의 낯선 여행자들

제1장

제국의 야망과 환상 사이: 영국여성 이사벨라 비숍의 여행기

1. 낯선 여행자의 등장과 변모된 오리엔탈리즘

여행자들이 서술하는 여행기에는 풍경을 묘사하고, 그 곳에서 만난 사람들을 재현하고 있지만 이것은 여행자의 시선에 포착된 이미지에 의해 서술됨으로써 전략화 되기 마련이다. 그리고 외국인 여행자의 서사에서 표상체계는 재현의 문제와 밀접하게 관계된다. 낯설음이 전제된 외부의 풍경을 본다는 것은 이것이 갖는 고유한 특성 대신에 시선 주체의 인식이 절대적으로 반영되기 때문이다. 익명의 풍경을 바라보는 시선은 여행기의 표상체계를 통해 재현됨으로써 여행지 자체는 이데올로기적인 공간으로, 또는 해석공간으로 변화한다. 따라서 표상하는 자와 표상 대상 사이의 위계질서는 다양한 층위로 설정되고, 그럼으로써 이것은 타자의 공간을 통찰하게 하는 기제가 된다.

근대계몽기 타자의 시선으로 서술된 여행서사는 자연의 아름다움이나 이국적 풍경으로 조선을 바라보는 것이 아니라, 오리엔탈리즘에 근거한 제국주의의 시선으로 기록된다. 그리고 이러한 여행서사는 시선주체의 인식이 투사되는 담론의 장이라는 점에서 식민담론의 역학관계를 드러내고 있다. 에드워드 사이드가 동양을 여행한다는 것은 "정치적 의지, 정치적 지배, 정치적 한계의 영역을 여행"[1]하는 것과 같다고 말한 것처럼, 1880년대 서양 강대국에 의해 개방된 조선은 여행자의 목적에 따라 다양한 모습으로 그려진다.

조선이 유럽에 소개된 것은 마르코 폴로에 의해서지만 그는 조선을 방문하지 않고 중국에 머무르면서 소문으로만 들었던 것을 전하였다. 이후 1653년 하멜은 제주도 해안에 난파되어 13년 동안 조선에 머물면서 조선의 지리적 특성, 풍토, 산물, 정부의 조직, 상업, 농업 제품, 해당 지역의 네덜란드 동인도 회사의 위상 등에 대한 자세한 내용을 『하멜 보고서』를 통해 기록하였다.[2] 이 보고서는 네덜란드 동인도 회사의 17인 위원회가 상업상의 이유로 작성했던 문건으로 그 동안 우리가 알고 있던 모험담을 표방한 '표류기'와는 거리가 있다. 1910년대 최남선은 『청춘』(1917.6)에 이 글의 요약본을 실었고, 이병도 또한 『진단학보』[3]에 글 전체를 번역 소개하면서 이방인의 시선에 의해 해부된 조선의 실체에 주목한 바 있다.

---

1 에드워드 사이드, 박홍규 역, 『오리엔탈리즘』, 교보문고, 1991, 317쪽.

2 Boudewijn은 350년이 지난 현재까지의 이 책의 다양한 판본을 조사하여 비교하고 있다. 그리고 유형원, 이덕무, 정약용의 저작에도 하멜의 이름이 등장하고 있다는 것을 밝히고 있다.

Boudewijn Walraven, 「내키지 않은 여행자들 - 핸드릭 하멜과 그의 동료들의 관찰에 대한 해석의 변화」, 『대동문화연구』, 제56집, 동아시아 학술원, 2006, 51~73쪽 참고.

3 이병도는 불어판 『하멜보고서』를 가지고 번역했으며, 『진단학보』 1934년 창간호(175~ 219쪽)와 1935년에 발간한 2호(163~193쪽), 3호(166~189쪽)에 「난선(蘭船) 제주도(濟州島) 난파기(難破記)(하멜표류기)」의 제목으로 실었다. 그리고 이병도는 1939년에 단행본으로 박문서관에서 『하멜표류기』를 발행하였다.

19세기 유럽의 제국주의적 팽창으로 인해 극동이 관심의 대상이 되면서 통상조약을 맺기 이전 영국이나 독일, 미국 상선·군함들은 해안에 머물면서 조선을 탐사하였다. 영국의 상선 페가수스 호가 원산에 상륙하여 통상무역을 일방적으로 요구하기도 했고, 독일의 상인 오페르트는 강화도에 배를 정박시켜 대원군의 아버지 묘를 도굴하기도 하면서 외교적인 분쟁을 일으키기도 했다. 군함과 상선으로 남해안과 동해안을 항해하면서 조선의 존재에 대해 기록한 문건들에는 짧게는 열흘이나 길게는 2~3개월 동안 지질과 인구의 분포 등을 탐사한 것들을 간단하게 소개하고 있다.[4] 이러한 허락받지 않은 탐사와 정탐의 기록들에서 조선은 신비의 땅으로, 또는 제국의 힘이 아직 미치지 않은 미개척지, 주인이 없는 땅으로 재현되었다.

조선을 구체적으로 소개하는 글들은 1880년 이후 통상조약이나 비준서를 교환한 이후에 본격적으로 등장하였다. 이것은 1876년 '조일수호조규'와 1882년 '한미조약', '한독수호통상조약', 1883년 '한영조약(윌러스 조약)', 1884년 '조러수호통상조약' 등이 체결되면서 각 국의 선교사, 외교관, 군인, 지리학자 등에 의해 쓰여졌다. 이들에 의해 소개된 여행지역도 서울을 비롯하여 부산, 제물포, 경기 북부, 금강산, 평양, 백두산, 원산 등 전방위적으로 넓게 설정되어 있다. 이러한 여행기는 선교사들의 전도 보고서 형식으로, 식민지를 개발하기 위한 탐사와 자원개발을 목적으로 쓰여졌고, 단순하게는 호랑이를 사냥한 경험에

4 1797년 10월 북태평양 탐험선 프로비던스 호가 부산 용당도에 1주일간 정박하였고 1816년 9월에는 영국군함 2척(알세스트, 리라 호)이 서해 백령도에 10일간 정박하였다. 1832년 7월에는 린제이 동인도 회사 상선 로드 암허스트 호가 서해안 정연에 정박하여 주민들과 필담을 나누기도 했다. 이후 1845년에는 사마랑 호가 제주도에 정박해서 그 일대를 탐사하였다.

대한 무용담의 일환으로도 저술되었다.

근대계몽기 조선을 처음 소개하고 있는 책자는 W. E. 그리피스가 1882년 간행한 『은자의 나라 한국』이다. 이 책에서 그리피스는 고대·중세사와 정치·사회, 근대·현대사 등 3부로 나누어 조선의 역사와 문화 등을 비교적 소상하게 소개하고 있다. 이 책은 1906년에 8판이 인쇄될 정도로 많이 팔렸지만 내용 중 많은 부분이 일본의 책들을 그대로 인용하고 있어 많은 문제점을 드러낸다. 이후 직접 조선을 방문하여 쓴 여행기는 영국의 정치가 G. N. 커즌의 『극동의 문제점』(1894), H. B. 힐버트의 『대한제국 멸망사』(1906), N. H. 알렌의 『조선견문기』(1908), E. 와그너의 『한국의 아동생활』(1911) 등이 있으며, 이 여행기는 주제별로 조선을 항목화하여 소개하고 있어 정보적인 측면을 강조하였다.[5]

---

5 근대초기 조선에 대한 서양인 기록, 여행기는 다음과 같다.

바실 홀(영국 해군, 1817(동해안 항해)), 『Account of a Voyage of Discovery to the West Cost, and The Great Loo-choo Island』(1818 간행)

N. M. 프르제발스키(러시아군인·지리학자, 1867·1869 방문), 지리학자 『Puteshestive v Ussuriyskom Krae:1867~1869』(1870)

에룬스트 오페르트(독일 상인, 1866, 1868 방문), 『Ein Verschlossenes Land, Reisen Nach Korea』(1880)

W. E. 그리피스(미국 학자), 『Corea, The hermit nation I, II, III』(1882)

W. R. 칼스(미국선교사, 1884~1885 방문), 『Life in Corea』

P. M. 델로트케비치(러시아 상인, 1885~1886 방문) 『Delotkevicha na Puti Peshkom iz Seula v Poset cherez Severnuju Koruju : 1885~1886』(1889)

E. J. 카벤디시(영국 장교, 1891 방문), 『Korea and The Sacred White Mountain』(1889)

G. N. 커즌(영국정치가, 1887~1888, 1892~1893 방문), 『Problems of the far East』(1894)

막스 폰 브란트(독일외교관, 1897 방문), 『Ostasiatische fragen : China. Japan. Korea』(1897)

A. H. 새비지 랜도어(1890~1891 방문), 『Corea or Cho-sen : the land of the morning calm.』

이사벨라 버드 비숍(영국여행가, 1894~1897 방문), 『Korea and Her Neighbours』(1897)

제임스 게일(미국선교사, 1889~1928 방문), 『Korean Sketches』(1898)

N. G. 가린(러시아문인, 1898 방문), 『Koreiskie skazki,』(1899)

L. H. 언더우드(미국 선교사·의사, 1888~1921 방문), 『Firteen Years among the Top-Knots or Life in Korea』(1904)

이에 비해 실질적인 여행기의 형식을 보여주고 있는 것은 이사벨라 버드 비숍의 『한국과 그 이웃나라들』(1897)과 백두산을 탐험한 러시아 문호인 N. G. 가린의 『조선! 1898년』(1899), L. H. 언더우드의 『상투의 나라』(1904), 독일기자가 한라산과 제주도를 여행한 것을 기록한 『한국 기행』(1905) 등이 있다.

여행기의 형식으로 장소와 시간에 따라 조선을 경험한 기록들을 구성한 여행기, 즉 이사벨라 버드 비숍의 『한국과 그 이웃나라들』, 제임스 게일의 『조선 스케치』, 카벤디시의 『백두산 가는 길』, 언더우드의 『상투의 나라』 등은 직 · 간접적으로 제국주의의 패러다임을 합리화하거나, 인종적 우월감, 문명에 대한 편향된 시각들을 보여주고 있다. 또한 이 여행기들은 조선에 대한 제국주의의 포섭의 당위성을 설파하면서 자국의 이익에 따라 조선을 재단하고 해부하고 있다는 점에서 이 시기 여행서사의 전반적인 특징들을 보여준다.

이 중에서 가장 주목해야 할 것은 영국 왕립지리학회의 최초의 여성 회원이었던 이사벨라 버드 비숍의 여행기인 『한국과 그 이웃나라들』이다. 이 책은 1898년 1월 런던에서 발행되어 같은 해 뉴욕에서도 출간되었으며, 비숍이 생존해 있을 당시까지 11판이 팔린 것으로 알려졌다.[6] 여기에는 비숍이 1894년 1월에 부산에 도착한 이래 1895년

지그프리트 겐테(독일 기자, 1891 방문), 『Korea-Reiseschilderungen』(1905)
H. B. 헐버트(미국, 1876~1891 방문), 『The Passing of Korea』(1906)
H. N. 알렌(미국외교관), 『Things Korea - A Collection of Sketches and Anecdotes』(1908)
E. C. 와그너(미국, 1904 방문), 『Chidren of Korea』(1911)
E. G. 캠프(미국선교사, 1910 방문), 『The Face of Manchuria, Korea』(1911)
아손 그렙스트(스웨덴기자, 1904~1905 방문), 『I Korea : Minnen och studier fran "Morgonstillhetens land"』(1912)

6 이사벨라 비숍, 이인화 역, 『한국과 그 이웃나라들』, 살림, 1994, 539쪽.

2월 서울을 떠나기까지 경기도와 강원도, 금강산, 만주, 두만강 국경을 여행한 내용들이 서술되어 있다. 비숍의 조선 여행의 경로는 다음과 같다.

* 경기도 일대 (1894. 4. 14~5. 21)
  서울 - 남한산성 - 마재 - 여주 - 청풍 - 단양 - 도담 - 마재 - 가평 - 춘천 - 가평 - 백기미 마을 - 마릿재 마을

* 금강산 여행(1894. 5. 21~6. 21, 도보)
  마릿개 마을 - 단발령(금강산의 서쪽 경계선) - 장안사 - 표훈사 - 표독암 - 유점사 - 장안사 - 갈룡리 - 마패령 - 화천리 - 중대리 - 추지령 - 통천 - 강원도 해안 - 흡곡의 시중대 - 삼일포(관동팔경) - 마차동 - 석왕사 - 원산 - 부산 - 제물포 - 체푸

* 만주와 두만강 국경여행(1894. 6. 23~1895. 1. 5)
  체푸 - 타쿠항(텐진) - 잉쿠의 랴오허(요하) 하구 - 만주 - 봉천 - 베이징-옌타이 - 나가사키 - 블라디보스톡 - 르리모르스크 - 노보키예프 - 포시만 - 두만강 국경 - 만주령 한국인 마을 - 훈춘 - 우수리강 동시베리아 - 블라디보스톡 - 원산 - 부산 - 나가사키 - 제물포 - 서울

* 북부지방 여행(1895. 11. 5~12월 중순)
  서울 - 서대문 - 고양 - 파주 - 임진 - 임진강 - 개성 - 돌마루 마을 - 봉산 - 황주 - 평양 - 안주대로 - 수양리 - 미록령 - 개방 - 자산 - 은산 - 대동강 - 월포 - 덕천 - 혹구리 - 알일령 - 무진대 - 순천 - 평양 - 포산 - 제물포

비숍의 여행기는 특정한 지역만이 아닌 조선 전역을 여행했다는 점, 그리고 단발적인 여행이 아닌 4년의 시간을 두고 여행을 했다는 점에서 다른 여행기들과 차별화된다. 비숍의 여행기는 여행주체의 직체험된 경험을 위주로 하여 여행과정에서 산발적으로 일어나는 문제들과 현지인들과의 갈등을 소상하게 묘사하고 있고, 비교적 객관적인 관점에서 조선을 바라보고자 하는 의지를 표명하고 있다. 같은 시기에 쓰여진 알렌이나 커즌의 여행기에서처럼 선험적으로 제국주의 시선을 재현하지 않는 것 또한 이 여행서사가 갖는 특징이다. 그럼에도 불구하고 비숍의 이 여행기는 여전히 제국주의 시선에 의해 조선이 재현되고 있으며 묘사와 서술을 통해 그 균열의 지점들을 드러내고 있다.

2. 스스로 타자화하는 여행자

영국 여성인 비숍은 『한국과 그 이웃나라들』을 통해 1894년부터 1897년까지 4년 동안 조선을 여행하면서 일련의 사변과 개혁, 명성황후 시해 등의 혼란스러웠던 정국에 대해 상세하게 기록하고 있다. 비숍은 서문에서 조선의 여행을 "몽골리안들의 국가와 지리, 그 민족적 특징을 연구해온 학문적 계획"의 일부로 기획되었다고 적고 있다. 이 말은 이 책이 이국의 낭만적인 풍경을 감상하는 단순한 여행기가 아니라는 것과 조선의 '국가와 지리, 민족'을 다시 규정하려는 목적이 이 여행에 전제되고 있다는 것을 의미한다. 이것은 조선을 국가적인 층위에서 조감하겠다는 것이고, 지리정보를 통해 영토와 국경에 대한 구획을 새로 하겠다는 것이다. 다시 말해 인종의 특성을 구별함으로써 '현실'로서 조선을 인식하겠다는 것이며, 자신의 여행기를 통해 조선의 새로운 지도를 제시하겠다는 의지적 표현에 다름이 아니다.

지도는 세속적인 지리적 구조를 사람의 눈에 보이는 형태로 제시하고, 그럼으로써 토지의 소유나 영유 관계를 사회적으로 받아들여진 객관적인 '사실'로서 확정[7]하는 역할을 담당한다. 새로 발견된 땅을 지도나 그 밖의 수단을 통해 자세하게 묘사하는 행위는 새로운 영토에 대한 권리를 주장하는 과정의 한 부분이다. 왜냐하면 지도는 광범한 탐험을 통해서만 획득할 수 있었던 지식을 매개하는 매체이며, 이러한 지식은 권력화 되기 때문이다. 비숍은 여행을 통해 도시자의 담론이 포함된 상상의 지도를 만듦으로써 조선이라는 미지의 세계를 기지의 세계로 전화하려는 의지를 여행서사를 통해 시도하고 있다.

비숍은 조선을 횡단하면서 겪은 경험들과 가시화되는 풍경들을 통해 조선을 읽어나간다. 그리고 여행자의 시선에 내재된 타자성은 텍스트를 구성하는 서술전략으로 기능한다. 이 기행문에서 서술되는 타자화의 방식은 여행지의 집과 음식, 생활방식과 관련한 일련의 경험들, 그리고 현지인들과의 관계를 통해서 드러난다.

> 거대 도시이자 수도로서 서울의 위엄을 생각할 때 그 불결함은 형용할 수 없을 정도로 심각하다. (중략) 더럽고 악취나는 수챗도랑은 때가 꼬질꼬질한 반라의 어린 아이들과 수채의 걸쭉한 점액 속에 뒹굴다 나온 크고 옴이 오른, 눈이 흐릿한 개들의 놀이터이다.(중략) 이 같은 수챗도랑들에 인접해 있는 가옥들은 보통 처마가 깊고 초가지붕이 있는 오두막으로 거리와의 사이에 진흙으로 된 담벼락 외에 아무 것도 없다. 지붕 아래

7 와키바야시 미키오, 정선태 역, 『지도의 상상력』, 산처럼, 2006, 103쪽.

종이로 된 작은 창문이 사람의 숙소라는 것을 알려줄 뿐이다. 상점들 역시 서울의 인상을 초라하게 느끼게 하는 데 단단히 한몫한다. 대개 서울의 상점에서 내다판 물건들은 다 합해 봐도 미국 돈 6달러 정도에 불과하다.[8]

이방인의 시각으로 묘사된 서울의 골목과 시장의 풍경은 불결함과 고약한 냄새, 초라함으로 표상된다. 시각과 후각으로 감지된 서울의 풍경은 정보적인 측면을 강조한 비개인적인 서술의 방식으로 묘사된다. 문명화가 덜 된 주거환경과 경제성이 없는 시장의 상품들은 자국과 비교되어 서술됨으로써 야만의 전형으로 평가되고 있다. 비숍의 여행기에는 이러한 문명과 야만의 위계질서 안에서 많은 사물들이 재단된다. 비숍은 여행주체로서 자신의 내부를 주체화 시키려 하지만 그것은 안의 눈으로 밖을 보는 방식이 아니라, 외부를 외부로 봄으로써 그와 다른 내부의 주체성을 확립하는 과정[9]을 겪는다. 비숍은 조선과 영국이라는 나라가 갖는 '차이'를 전제하지 않고, 영국 제국을 기준으로 모든 것을 판단한다. 경제적인 규모의 차이, 문화의 상대성을 염두에 두지 않음으로써 조선의 낯선 풍경은 개선될 대상으로만 인식된다. 여행지의 새로운 풍경과 경험에 마주하고 있으면서도 비숍은 그에 동화될 수 없는 위치를 끊임없이 확인한다.

며칠째 잇달아 재난에 시달리고 보니 언젠가는 그것을 먹을 수 있을 것이라는 기대가 영영 무망한 것처럼 느껴져 말할 수 없이 쓸쓸했다. 별다른 '외국 음식'을 가지고 다니지 않는 여행자에게 있어 카레 국물에

---

8 이사벨라 비숍, 앞의 책, 53쪽.

9 나병철, 『근대서사와 탈식민주의』, 문예출판사, 2001, 87쪽.

버무린 꿩고기 요리는, 그 훌륭하고 따스하고 자극적인 음식을 10시간 넘는 추운 여행 후에 먹을 수 있느냐 없느냐는 사기에 큰 영향을 끼친다. 그 날 밤 나는 카레 없이 저녁을 먹을 수 없는 자신을 발견하고 놀랐다. 드디어 나도 늙은 것일까. 그 날 이후로는 아무리 점심으로 찬밥만을 먹었다 해도 저녁 식사만은 카레 국물 같은 따뜻한 어떤 것이 없이는 식사할 수 없었다.[10]

비숍은 조선에서 '카레 국물'을 먹지 못하는 처지에 놓여있는 자신을 발견한다. 그리고 카레를 먹지 못하는 것에 대해 불평하며, 이 여행을 계속 할 것인가에 대해 고민한다. 여기에서 '카레 국물'은 여행자가 여행지에서 자유롭게 먹지 못하는 것에 대한 불만을 드러내는 기표의 역할을 한다. 먹느냐, 먹지 못하느냐에 따라 여행 여부를 결정하는 과정은 여행자가 일상과 비일상을 혼동하는 상황임을 보여준다. 다시 말해 여행자는 일상의 익숙한 경험을 비일상이 전제된 여행 안으로 끌어 들임으로써 의식의 분열을 겪고 있는 것이다. 또한 카레가 미지의 여행지에서 영국의 제국적 이미지를 환기시키는 음식으로 기억되는 과정은 조선을 횡단하고자 하는 의욕과 동치 되고, 이것은 여행의 목적을 추동하는 요인이 되고 있다. 그러나 이러한 자신의 태도를 '늙은' 것으로 전치하는 과정은 제국주의적인 인식의 뿌리가 어디까지 인지를 의심하게 하며, 여행주체가 이방인의 영역 내에서 스스로 타자화되는 방식의 일면을 보여준다. 이러한 타자화를 통해 비숍은 식민지를 거느린 제국의 국민이라는 자기 정체성을 형성하면서 '타자'의 이미지뿐만 아니라 '자아'의 이미지를 생산하고 있다. 자아의 정체성과 이미

10 이사벨라 비숍, 앞의 책, 387쪽.

지를 공고히 하려는 이러한 서술은 조선을 횡단하는 제국주의자의 잠재된 의식을 노출하는 기제가 되고 있다. 여행기가 단순히 풍경을 묘사하는데 그치는 것이 아니라 타자의 이미지를 확인하는 과정이 됨으로써, 이것은 제국의 신화들과 그 속에서 수렴되는 이데올로기의 결과를 인식하는 계기가 되고 있는 셈이다.

또한 비숍은 현지인들과 직접 소통을 하는 과정, 즉 관청의 관리들과 접촉하는 것을 묘사하는 부분에서도 스스로 타자화하는 방식을 고수함으로써 자신의 정체성을 공고히 한다.

> 결코 공손하다고 할 수 없는 수행원이 내 단자를 지방관에게 가져갔으며, 매우 거칠게 나를 두 개의 작은 방으로 끌고 갔는데, 한쪽 방에는 관리가 마루에 앉아, 몇 명의 연장자에 둘러싸여 있었다. 우리는 두 방의 문 사이에 서라고 명을 받았는데, 우리 뒤의 많은 군중들은 우리를 안으로 들어가게 밀어댔다. 나는 절을 했지만 아무도 거들떠보지 않았다. 수행원이 행정관에게 장죽을 건네주었는데, 그 자신이 불을 붙이는 것은 장죽이 너무 길어 불가능했기 때문이다. 그는 담배를 피웠고 밀러씨는 건강하시길 바란다고 했지만 대답은 없었다. 게다가 모든 사람들은 한결같이 눈을 아래로 내리깔고 있었다. 밀러 씨는 우린 단지 주변 국가들에 대한 정보를 알려고 한다고 방문 목적을 설명했다. 그러자 퉁명스런 대답이 나왔는데, 마치 대단한 영웅이 그의 심복에게 하는 식으로 말을 시작했고, 무례한 평가들이 저들 사이에서 떠돌았다. 우린 공손의 표시로 하는 한국말로 인사를 하고 떠났는데, 어떤 답례도 없었다.[11]

여기에서 비숍은 '나'로 서술되며, 관청에서 겪게 되는 일련의 경험

11 이사벨라 비숍, 앞의 책, 110쪽.

들을 묘사하고 있다. 여행자들은 자국에서 파견된 영사들을 통해 외무성으로부터 '단자(單子)'라고 불리는 서류를 받을 수 있었는데, 이것으로 각 지방의 관청에서 숙식을 제공받을 수 있었다. 단자를 지닌 사람들에게는 음식과 교통, 여비 등에 있어서 여러 가지 조력을 얻을 수 있는 권리가 부여되었기 때문이다. 그러나 지방의 경우 그 비용을 중앙정부에서 지불하지 않았기 때문에 대부분의 관청에서는 이 제도에 비협조적이었다. 비숍은 단자를 이용하여 관청에 식사와 숙박을 요청하는 과정을 묘사하고 있지만 관리들의 목소리를 극화하거나 정교하게 설명하고 있지는 않다. 대신 그곳에서 일어났던 일을 간단하게 보여주는 방식으로 관청의 전체적인 특징만을 서술한다.

비숍은 관리들과 교류하려는 어떠한 시도도 하지 않고 있으며, 서술에 있어서도 단지 하나의 사건을 요약하는 방식으로 일관하고 있다. 여기에서 서술자는 경험적이고 감각에 기초한 관점주의적인 태도를 취함으로써 '나'와 '타자'의 관계를 정부 관리와 여행자로 국한한다. 이 시기 여행자들에게 필수적으로 요청되었던 관청과의 관계는 요구하는 자와 요구를 받는 자로만 규정되고 있는 것이다. 낯선 경험에서 스스로를 타자화하는 이러한 방식은 '나'와 '그들'을 구별 짓는 계기가 되고, 이것은 여행지를 내면화 할 수 없다는 의미로 해석된다. 또한 여행자와 여행자를 감독하는 관리라는 권력의 전도된 위치, 즉 관리당하는 문명국과 관리하는 야만국이라는 전복된 상황은 여행자 스스로 자신의 정체성을 의심하게 하는 지점이 되고 있다. 비숍의 이러한 관조적 관점의 서술은 식민지를 조감하는 제국주의자의 헤게모니적 위계화를 보여주는 방식으로 기능하고 있다.

3. 인종적 차이와 제국적 패러다임의 합법화

비숍의 여행기에서 풍경묘사와 경험에 대한 서술이 제국주의 시선에 의해 전략화 되었다면, 민족과 계급, 성적 정체성에 대한 서술 또한 정치적 논리로 수렴되는 양상을 보인다. 제국에서 파견된 학자의 정체성을 가진 비숍은 제국의 헤게모니를 충실하게 되받아 쓰기 위해 타자를 '차이화differentiation'하는 방식을 채택한다. 제국의 문화와 비교될 수밖에 없는 여행지의 세계는 이방인의 시각에 의해 본래적인 모습을 상실한 비교의 대상으로 인식되면서 왜곡될 수밖에 없다. 이러한 근대 서구의 문화를 특권적인 규범으로 삼는 입장은 '보편주의' 또는 '인간주의'를 내걸면서 인종이나 민족의 서열, 열등한(하위의)문화의 예속, 나아가 스스로를 대표(표상)할 수 없어서 누군가가 대표해 주지 않으면 안 되는 사람들의 복종을 동반해 왔다.[12] 미지의 영역에서 지각된 풍경과 그 과정에서 배태된 인식이라는 것은 시선주체, 즉 여행자가 내포하고 있는 선험적인 감각에 의해 표상화되지만, 이것은 여행의 과정에서 다양한 계기를 통해 변용된다. 지각이나 전달의 코드화라는 것이 우리의 경험에 대해 구성적으로 작동하고 간주관적으로 구성되면서 다른 한편 역사적인 소산이기도 한 '역사적 아프리오리'인 이상, 그것은 '안정된 구조'를 가지는 것이므로 그 변용에는 역사적인 계기가 틀림없이 존재한다.[13] 미지의 세계가 기지의 세계로 전화하면서 가상의 공동체는 여행주체의 여행목적에 의해 새롭게 구성되고 인식된다. 비숍 또한 조선인에 대한 인종과 민족, 성적 정체성의 문제를 다양한 층위로 분화

12 강상중, 이경로·임성모 옮김, 『오리엔탈리즘을 넘어서』, 이산, 1997, 174쪽.
13 이효덕, 박성관 역, 『표상공간의 근대』, 소명출판, 2002, 174쪽.

시켜 인식하고 있다.

비숍의 여행기에 재현되고 있는 인종과 민족, 성적 정체성은 제국적 패러다임의 합법화를 위해 동원된다. 비숍이 여행을 통해 주목하고 있는 것은 조선인의 실체이다. 비숍은 조선인을 여행지의 풍경과는 차별화된 서술의 전략을 통해 재현하면서 제국의 정치적 개입과 관련하여 새롭게 규정한다. 비숍은 여행기에서 조선인의 신체나 천성, 지적인 측면을 우호적으로 묘사한다. 조선민족은 "고상하고 지적"으로 생겼으며, 그래서 "확실히 잘 생긴 종족"이고, "한국인들의 일상적 표현은 당혹스러움을 느끼게 할 정도로 활기"차며, "남자들은 힘이 세고", "대단히 명민하고 똑똑한 민족"이라고 평가한다. 그러나 그녀가 처음부터 이러한 평가를 하고 있는 것은 아니다. 비숍은 조선인을 정부의 관리, 농민과 평민, 여성들로 구분하여 계층화하여 인식하는데, 이것은 조선의 정치적 미개함을 설명하는데 적절한 방법이 되고 있다.

또한 이것은 모순된 정책과 퇴락한 국가의 표상을 제시하기 위해 차용되면서 제국적 권력의 개입 필연성과 당위성을 강조하게 된다. 여행을 시작할 때 비숍에 의해 포착된 조선의 농민과 서민들은 '나태하고', '게으르며', '지저분하고', '예절 바르지 않는', '의욕이 없는' 상태로 묘사된다. "가망 없고 무력하고 불쌍하고 측은한 어떤 큰 힘에 의해 튕겨 다니는 배드민턴공과 같다는 생각을 했다."라는 구절에서 '어떤 큰 힘'이라는 것은 조선의 권력구조, 특히 무능력한 정부와 부패한 양반층을 비판하는 것으로 보인다. 그러나 이 같은 비숍의 견해는 동시베리아와 블라디보스토크를 여행하는 과정에서 이곳에 이주한 조선인들의 생활상을 목격하고 나서 달라진다.

이곳에서 한국인들은 번창하는 부농이 되었고 근면하고 훌륭한 행실을 하고 우수한 성품을 가진 사람들로 변해갔다. 이들 역시 한국에 있었으면 똑같이 근면하지 않고 절약하지 않았을 것이라는 점을 명심해야만 했다. 이들은 대부분 기근으로부터 도망쳐 나온 배고픈 난민들에 불과했었다. 이들의 번영과 보편적인 행동은 한국에 남아있는 민중들이 정직한 정부 밑에서 그들의 생계를 보호받을 수만 있다면 천천히 진정한 의미의 '시민'으로 발전할 수 있을 것이라는 믿음을 나에게 주었다.[14]

시베리아의 조선 이주민들이 경제적 여유를 누리는 것을 본 비숍은 이들이 '난민'에서 '시민'으로 격상될 가능성과 자격을 갖추고 있는 것으로 판단한다. 이들은 자신의 농토를 경작하여 부유하게 살고 있고, 깨끗한 옷차림과 정갈한 식사를 하고 있는 것으로 묘사된다. 그리고 이러한 차이는 인종이나 민족적 기질의 문제가 아니라 조선 지배층의 수탈, 관리들의 비리, 정부의 무능력, 정책의 비효율성 등에 의한 결과라고 말한다. 즉 이것은 개인의 문제가 아니라 국가 차원의 문제로 확장되고, 사회 · 정치 · 제도에 대한 구조의 문제로 수렴된다. 일례로 비숍은 "겨울이 아주 추운 한국의 북부에서 농부들은 수확으로 얼마간의 현금을 가지게 될 때, 그것을 땅 속의 구멍에다 넣고 거기에다 물을 뿌리는데, 관리와 도적들로부터 안전해질 때까지 돈 꾸러미는 그렇게 얼려진 땅 속에 묻힌다."(390쪽)고 하며 관리와 양반들의 수탈로 인해 농부들은 자신이 굶지 않을 만큼만 농사짓기 때문에 잉여물에 대한 교역이나 경제적인 발전이 차단된 상태라고 언급한다. 그리고 '생업에서 생기는 이익을 보호해 주어야 한다.'는 원칙 하의 개혁 필요성을 강조하면서 러시아 정부의 통치 방법에 대해 긍정적으로 평가한다.

14 이사벨라 비숍, 앞의 책, 277쪽.

비숍은 조선 민족의 본래적인 성격을 탈각시키고 제국의 인종으로 개조된 사례를 시베리아의 조선인 정착민들을 통해 말해 주고 있다. 이러한 서술을 통해 비숍이 의도하는 것은 제국주의적 지배의 필연성이다. 다시 말해 조선인처럼 인종적으로 우수한 민족이 근대화되지 못하는 것은 부패한 지배층의 탓이고, 그럼으로써 근대화된 정부가 필요하다는 논리이다. 여기에서 근대화된 정부로 제시되고 있는 것은 조선 국경을 맞대고 있는 러시아이다. 유럽의 변방으로 인식되었던 러시아가 비숍에 의해 근대적 정부의 모범으로 제시되고 있는 것이다. 조선의 비문명화의 원인은 결국 지배층, 정부의 문제로 수렴되고 있는 셈이다.

조선민족에 대한 재규정은 또 다른 표상과의 비교를 통해 언급되는데, 그것은 '영국남성'의 남성성이다.

> 토착 조선인의 특징인 의심과 나태한 자부심, 자기보다 나은 사람에 대한 노예근성이, 주체성과 독립심, 아시아인의 것이라기보다는 영국인의 것에 가까운 터프한 남자다움으로 변했다.(중략) 러시아 정부는 강력한 통치력을 보였으나 그 절대적인 허용범위를 넘어서진 않았고 자그마한 금지와 규정으로 외국인을 번거롭게 하지 않았다. 또 다른 민족의 자질과 습관에 알맞은 지방자치정부의 형태를 지원해 주었다. 러시아 정부는 시간과 교육, 다른 문명과의 접촉이 이들 이주자들의 관심과 종교와 의상에서 비난받을 만한 것들을 수정해 주리라 믿은 것이다. 그와 같은 판단은 결과적으로 옳았다.[15]

'나태함', '의심', '노예근성'이라는 토착 조선인의 특징과 '주체성',

15 이사벨라 비숍, 앞의 책, 278쪽.

'독립심', '터프한 남자다움'의 영국남성의 표상은 여기에서 부정과 긍정의 기표로 기능한다. 즉, 조선민족은 개혁할 대상으로 지목되고 있고 반대로 '영국인 남성'의 인종적 특권은 옹호되고 있다. '문명화되지 못한 이들'을 교육하고 선도하는 것은 '문명화된 인종'의 의무[16]라고 제국주의가 표방하고 있듯이, 이 말은 제국주의가 도덕성을 근본으로 하고 있다는 것을 의미한다. 제국주의가 갖는 폭력성과 잔인성은 제거되고, 도덕성으로 무장한 제국의 허상이 여기에서 강조되고 있는 것이다.

조선민족이 도덕적이지 않다는 것, 그리고 민족이 우열로 구분된다는 이 같은 서술은 조선을 개량해야 한다는 논리를 설파하기 위한 것에 다름 아니다. 러시아 정부의 통치력이 민족성까지 개조했다는 이와 같은 견해는 민족의 문제를 통치의 문제, 정치의 문제로 수렴시킨다. 통치 국가의 능력에 의해 민족적 특징이 변화된다는 이러한 사유는 제국주의의 정당성을 윤리적인 측면으로까지 확장하고 있는 것이다. 문명 · 야만의 도식과 인종주의적 우 · 열의 도식은 이 지점에서 접합점을 갖고 제국주의 이데올로기에 도덕성을 부여하고 있다. 다시 말해 비숍은 조선민족이 갖는 도덕성의 문제를 통치 주체의 문제로 해결함으로써 자신의 여행목적을 합리화 하고 있다. 제국주의의 개입이 불가피하다는 논리는 이 여행기를 통해 재확인되고 있는 셈이며, 따라서 비숍의 여행기는 이러한 인종과 민족의 차이화를 통해 제국주의의 합법화에 기여하고 있다.

비숍은 조선여성의 문제에 대해서도 관심을 갖는다. 비숍은 다른 남성 여행자들이 피상적으로 묘사한 조선여성의 사회적 지위를 자세

16 피터 차일즈·패트릭 윌리엄스, 김문환 역, 『탈식민주의 이론』, 문예출판사, 2004, 384쪽.

히 언급하고 있다. 조선 여성들은 격리된 삶을 살고 있고, "여성의 권리는 적고, 그나마 권리도 법보다는 관습에 의존한다."는 견해나, "우리는 아내와 결혼하고 첩과 사랑을 나눕니다."라는 조선남성의 발언을 통해 비숍은 조선여성들이 처해있는 가부장제의 폐해를 보여준다.

> 아내는 남편에 대한 자신의 의무를 강하게 의식하는 반면 남편은 거의 그런 것을 의식하지 않는다. 남자가 자신의 아내에게 외형적인 존중의 표시를 하는 것은 온당하지만 아내에 대한 애정을 드러낸다든지 그녀를 동등한 반려자로 대우한다든지 한다면 그는 조롱과 비난의 대상이 될 것이다. (중략) 한국의 여성들은 항상 멍에를 짊어지고 산다. 그들은 남자와의 차별을 자신의 자연적인 몫으로 받아들인다. 그들은 결혼에서 애정을 기대하지 않으며 구습을 타파하겠다는 생각은 결코 할 수가 없다. 대개 그들은 시어머니의 지배에 순종하며, 시어머니의 뜻을 거스른다거나 화를 낸다거나 말썽을 일으키는 며느리들은 그들이 아내의 지위에 머물러 있는 한, 심한 매질로 교정되게 된다.[17]

비숍은 조선의 여성들이 '멍에'를 짊어지고 '기쁨'이 없이 살아가고 있다고 언급한다. 조선 남자들의 잘못된 교육과 여성의 문맹, 극히 낮은 법적 권리, "세계의 다른 어떤 국가들보다 더 낮은 지위를 여성에게 안겨주고"있는 조선은 냉혹한 관습에 의해 지배되는 나라로 각인된다. 비숍은 '격리'와 '노동'으로 표상된 조선 여성에 대해 "일방적인 척도를 적용하는 것은 위험하다."라고 말한다. 그녀는 조선여성이 남성에 종속되어 있는 것은 법의 강제력보다는 '관습' 때문이라고 보고 있다. 여기에서 '매 맞는 여성'과 '갇혀 있는 여성'으로 표상된 조선여성은

---

17 이사벨라 비숍, 앞의 책, 143쪽.

전근대적 사회의 전형으로 해석된다. 조선사회가 갖는 여성의 억압은 관습으로 포장한 야만의 징표로 인식되고 있는 것이다. 이것은 비숍의 자신의 정체성인 '자유'를 가진 유럽여성이라는 자기재현과 대비된다. 자신의 신체와 성을 지배하고, 스스로 결정하는 주체적인 여성과 대척점에 있는 전통에 얽매여 있으며 가족 지향적이고, 희생적인 여성은 서구와 조선을 표상한다.

비숍의 제국주의적인 시각은 가부장제 하의 조선여성의 문제를 끌어들임으로써 성차의 문제로까지 확장된다. 여기에서 유색인 여성과 백인여성의 위계는 여성이라는 성적 정체성으로 동일하게 인식되는 것이 아니라 또 다른 층위의 변수인 식민지와 제국의 층위로 분화되면서 이중성을 띤다. 비숍은 조선여성의 열악한 사회적 지위에 대한 연민을 드러내는 동시에 조선의 가부장제의 폐해에 대한 해결 방법을 간접적으로 시사한다. 여기에서 조선여성의 성적 정체성의 문제는 이것에 대한 제도의 개혁 필요성 보다는 인간의 존엄성이 우선한다는 윤리적인 측면을 또 다시 환기시키는 역할을 한다. 즉, 제국의 시선으로 조감된 조선여성의 삶을 통해 제국의 인도주의적 측면이 부각되고, 그럼으로써 좀 더 논리적이고 전략화된 제국주의 담론을 생산하고 있는 것이다. 비숍이 여성이라는 성적 정체성을 가지고 있음에도 불구하고 백인남성과 동일한 시선으로 조선 여성을 규정하고 있는 것은 성적 정체성보다는 제국주의 담론의 위계가 좀 더 강력하다는 것을 시사한다.

4. 제국의 유토피아적 기대와 전망

19세기 여행서사가 식민주의와 제국주의 체계의 연장선에 위치해 있다는 것은 부정할 수 없다. 미지의 세계를 기지의 세계로 전화시키는 과정에서 제국을 위한 상상된 지도는 여행기를 통해 도시되었고, 이것은 제국의 권력과 영토에 대한 야망・욕망을 충족시키는 서사로 직조되었다. 특히 비숍의 여행기에서는 제국의 여성이라는 정체성이 강하게 드러나는 표상들과 미지의 영토를 제국의 언어로 새롭게 써나가는 과정에서 새롭게 번역되는 제국의 담론을 볼 수 있다. 비숍은 이 여행기를 통해 탐험과 발견의 대상으로서 조선을 계량화하고 수치화함으로써 미지의 영역을 기지의 영역으로 포섭하고 있다. 비숍의 여행기는 식민지의 개척과 관련하여 제국주의에 대한 사유를 촉진하는 역할을 수행하고 있는 것이다.

여행서사에서 가장 빈번하게 서술되는 자연에 관련된 묘사는 여행주체의 인식의 상태를 보여주는 역할을 한다. 여행주체의 시선에 의해 조망되는 풍경은 서술자의 심리를 투영하면서 다양하게 변주된다.

> 오월의 저물녘에 매료되는 순간, 수만의 꽃나무와 덩굴들, 그리고 봉오리를 여는 꽃망울, 겹겹의 양치식물들이 내쉬는 향긋한 숨결들이, 천국의 향내가 찬 이슬에, 젖은 공기 속에 피어오르고 있었다. 고요함이 피부에 다가왔고, 실상은 봉우리의 개수가 일만 이천 개가 아니라 일천 이백 개라는 사실을 토대로 해볼 때 드러나는 한국인들의 과장에도 전혀 저항감이 느껴지지 않았다. 은회색으로 바래져 가는 저 누런 화강암의 암벽들은 차고 간단한 강철의 초록빛으로 낮게 드리워진 화려한 수풀 위에 군림하듯 솟아 있었다. 그리하여 태양이 가라앉을 즈음에는 보랏빛에서 붉은 빛으로 변해가고, 땅거미가 질 무렵에 미광을 돋우어 내더니 결국 빛나던 산등성이들은, 하나씩 하나씩 꺼져가는 등불처럼 사라져서 산은 온통 잿빛 죽음의 색조를 머금었다.[18]

여기에서 금강산은 세밀하고도 환상적으로 묘사된다. '수많은 꽃들', '천국의 향내', '꽃봉오리', '고요함'으로 표현되는 이 풍경은 유럽의 정원을 연상하게 하면서 서술자가 유럽여성임을 분명히 하고 있다. 이러한 풍경은 조선의 영토를 사적인 정원으로 전치시킴으로써 제국주의자가 갖는 식민지의 환상을 대리한다. 여행기에서 자연묘사는 그곳에서 살고 있는 거주자들을 배제하고 있다는 공통점을 갖는다. 금강산은 비숍에 의해 태곳적부터 사람이 등장하지 않는, 거주자가 없는 상태의 미개척지나 처녀지로 묘사된다. 이러한 서술전략은 풍경을 발견하는 사람이 모든 것을 소유하는 제국주의의 일면을 암시한다. 그러나 이 풍경묘사는 비숍의 여행기에서만 나타나는 것이 아니다. 이것은 이미 19세기 영국의 여행자들이 식민지를 여행하면서 공통적으로 서술했던 방식이었고, 제국적 헤게모니를 표방하는 묘사의 전략으로 광범위하게 사용되었었다.[19] 비숍은 19세기 중반에 식민지 개척의 여행서사에서 사용하였던 묘사의 방식을 그대로 답습함으로써 제국주의의 일면을 드러내고 있다.

---

18 이사벨라 비숍, 앞의 책, 166쪽.

19 1850년 이후 리빙스톤Livingstone, 버튼Burton, 스페크Speke, 그랜트Grant, 베이커Baker, 스탠리Stanley, 뒤 쉘뤼De Chaillu 등은 아프리카 내륙을 성공적으로 횡단하며, 주요한 지리적 특성들을 여행기의 형식으로 출판하였고, 이것으로 인해 아프리카 대륙의 여행기가 영국에서 유행하게 되는데 이 여행기에서 풍경묘사는 대략 다음의 세 가지로 요약된다. 첫째는 관망적이고 파노라마적인 서술을 하고 있으면서 식민지의 개발의 잠재력을 부호화 하는 묘사이다. 두 번째는 사적인 정원을 연상하게 하는 풍경묘사로 환상적인 기법을 통하여 꽃과 나비, 벌들이 날아다니는 것을 묘사한 것이다. 세 번째는 식민지의 지배를 부호화하는 갑(岬)유형의 묘사이다. 이 묘사는 위에서 아래로 시선을 옮기면서 중요한 지리적 발견과 표지들을 부호화하며 유럽지배에 대한 예언적인 시각을 재현하고 있다. Mary Louise Pratt, Travel Narrative and Imperialist Vision, Understanding Narrative, Ohio State U.P. 1994, pp. 206~207. 참고.

알일령을 내려오는 길은 아주 웅대했다. 그 길은 좋은 물살이 흐르는 넓은 계곡으로 연결되고 계곡의 한쪽 면은 산의 자갈이란 자갈을 모두 쓸어내려 쏟아 부은 것처럼 보였다. 시냇물의 다른 한쪽 면은 비옥한 충적토였다. 대동강의 지류인 이 시내를 따라 모래를 씻어 사금을 채취하는 작업이 아주 많이 행해지고 있었다. 그 작업 중의 일부는 구덩이를 산뜻하게 그 위쪽의 돌과 함께 줄지어 놓아 다른 곳보다 한층 더 세련된 세금 방법을 보여주었다. 하루 8센트가 그 곳의 금캐는 사람의 평균 수입이었다.[20]

위의 인용문에서는 개척자로서의 사명을 띠고 있는 여행자의 일면을 보여준다. 알일령을 묘사하면서 여행자가 본 것은 그곳에 잠재되어 있는 자원이다. 시냇물과 비옥한 충적토, 사금을 채취하는 풍경은 낭만적으로 서술되지 않는다. 비숍은 풍경을 묘사하면서 이것을 자원개발과 연결하여 서술하고 있다. 농토의 비옥함이나 산림의 풍부함, 광물자원에 대한 자세한 묘사는 이 지역이 개발 잠재력이 있다는 것을 암시한다. 산맥이라는 지리적인 특성과 채금이라는 광산의 경제학적인 특성이 여기에서 주요하게 서술되고 있는 것이다. 즉, 일상의 용어와 지리학적 용어들이 결합되어 서술됨으로써 조선은 개발 가능한 영토라는 것을 확인하고 있는 셈이고, 그럼으로써 조선이 '개방'되어야 할 영토라는 관념을 강화하고 있다.

또한 이 여행기에는 미지의 세계를 개척하는 제국의 탐사대를 연상시키는 서술과 여행자의 행위가 반복 서술된다.

20 이사벨라 비숍, 앞의 책, 387쪽.

안개가 몹시 끼고 거의 항상 심한 폭풍이 몰아친다는 '한국에서 가장 위험한 고개', 높이가 해발 1,020미터이고 거리가 30리로 알려진 알일령(戞日嶺)길로 접어든 것은 오후 늦은 시각이었다. 이 악명 높은 길은 바닥에 격렬한 급류가 흐르는 거친 바위 골짜기를 가로지르고 있었다. (중략) 서쪽으로는 산꼭대기의 절벽에 의해 계곡은 완전히 막혀 있었다. 좁은 샛길과 잘 닦여진 도로는 분수령의 가파른 산마루를 지그재그로 30미터가량 올라가다가 서쪽으로 75번이나 지그재그를 그리며 돌아 내려가고 있었다. 얼핏 보면 분명히 넘을 수 없을 것 같은 험로였으나 실제로 부딪혀보면 그럭저럭 걸어갈 만한 길이었다. 티벳에서도 이런 비슷한 고갯길을 경험했던 생각이 났다. 산꼭대기까지의 등반은 70분이 걸렸다. 비가 심하게 왔지만, 복동쪽의 화려한 풍경은 별로 흐려지지 않았다.[21]

여기에서 여행자는 폭풍우 치고 안개가 낀, 조선에서 가장 위험한 고개를 넘는 것을 묘사하고 있다. 그러나 여행자는 이러한 난관에도 굴복하지 않고 알일령을 넘는다. 그리고 이것은 얼핏 보면 분명히 넘을 수 없을 것 같은 험로였으나 실제로 부딪혀 보면 그럭저럭 걸어갈 만한 길로 묘사되고 있다. 이러한 묘사를 통해 여행자는 험난한 산악의 지형도 무리없이 여행하고 있다는 것을 보여준다. 이러한 묘사는 모험 요소를 추가하기 위해 서술하는 것이 아닌 제국의 여행자가 조선을 거침없이 횡단하는 모습을 연상시킨다. 이것은 조선이 하나의 정복 대상으로 치환되어 있다는 것이다. 제국의 여행자는 조선을 횡단하고 산맥을 통과함으로써 제국주의자로서 조선을 발견하고 조선을 기록하고 있는 것이다.

21 이사벨라 비숍, 앞의 책, 384~385쪽.

시각체계를 통해 재현되는 여행지는 여행주체의 주관적인 관점을 통해 구성된다. 다시 말해 시각으로 감지된 것을 그대로 재현함으로써 이 여행의 목적이 드러난다는 것이다. 풍경이란 실은, 선행하여 존재하는 표현이 의식에 내화되고 반전하여 외부에 투영됨으로써 획득된 것, 말하자면 특수한 시각적 인상의 하나로서 역사적으로 구조화된 어떤 지각양태에 의해 산출된 것이라는 사실이다.[22] 시각주체에 의해 지각되는 여행기는 주체가 내재하고 있는 인식의 수준을 언어적으로 재현하는 역사적 산물인 것이다. 이것은 주체가 속한 공동체의 기호를 내면화 하는 동시에 이것을 해석한 결과로 나타나는 구성물에 다름이 아니다. 다양한 풍경묘사의 전략들은 비숍이 의식적으로 지향하고 있는 객관주의적인 관점을 분열시키면서, 제국주의에 포섭된 조선의 유토피아적 전망을 보여주고 있다.

「조선에 부치는 마지막 말」의 부분에서 비숍은 그동안 여행한 것을 총괄적으로 정리하며 조선을 평가하고 전망한다. 이 부분에서는 그녀가 겪은 4년의 시간들과 변화들을 요약하면서 일본과 러시아가 패권을 다투는 양상에 대해 영국인으로서의 입장을 서술한다. 그리고 비숍은 영국 제국주의의 시각으로 영국의 '이익'을 위해 무엇을 해야 하는가에 대해 구체적으로 논의한다. 이전의 내용에서는 조선 남성과 여성을 동원하여 제국주의의 합법화를 시도했다면 이 부분에서는 노골적으로 제국주의의 이익에 대해 서술한다.

> 항상 10%의 비율로 증가하는 관세 세입은 한국 재정의 등뼈이다. 그리고 행정의 능력과 성실함이 감독관들에게 반드시 영국에 호의적인 영향

---

22 이효덕, 앞의 책, 87쪽.

을 주거나, 심지어 타락한 한국 관료주의에 감명을 주는 영향을 끼치는 곳은 어디든지, 이 업무가 우리의 손아귀에 있어야만 하는 것은 실제상으로 가장 중요하다. 일본 패권의 시기에 현재의 협정을 뒤엎으려는 큰 바램이 있었지만, 청장의 요령과 견실함으로 좌절되었다. 다음의 위험은 러시아의 손아귀로 넘어가는 것인데, 그렇게 된다면 우리의 위신과 이익에 심한 타격이 될 것이다. 러시아를 지도하는 일부 사람들은 이 문제를 선동하고 있다.[23]

지배의 주체가 바뀌어야 한다는 이러한 논리는 '면허받은 흡혈귀'인 양반계급과 '기생충'인 관리들의 횡포에서 서민과 평민을 보호해야 한다는 이유로 정당화된다. 전망 없는 상황 속에서 교육을 통해 그리고 "청소작업"을 통해 "새로운 국가를 건설"해야 한다는 것이 비숍이 이 여행을 통해 얻은 결론이다. 비숍의 이 여행기에는 다른 여행기와는 달리 자료화하고 수치화한 통계들이 다수 첨부되어 있다. 여기에는 '선교단 현황', '무역현황', '무역항의 관세와 순수 세금 비교 일람표', '수출입 품목', '조약항의 출입선박 통계표', '조약항의 외국인 인구 현황' 등에 대한 자세한 내용들을 포함하고 있다. 이러한 통계자료들은 조선의 실체를 좀 더 확연히 드러내는 지표가 되면서 제국의 개입 필연성을 정당화한다. 이것은 "어떤 지역과 그 지역 사람들에 대한 심오한 지식 없이는 그곳의 자원을 개발하고 그 사람들을 제대로 다스릴 수 없다."는 유럽의 식민정책의 일단을 보여준다. 즉 비숍의 여행기는 여행에 대한 정보가 제국적 헤게모니의 도구가 될 수 있다는 것을 단적으로 보여주는 예가 되고 있다.

---

23 이사벨라 비숍, 앞의 책, 521쪽.

미지의 영토에 대한 가치를 깨닫지 못하고는 그 영토를 지배하는 것이 불가능 하듯이, 비숍은 조선을 횡단하면서 상상된 영토를 실체화하고 구체화함으로써 조선을 재규정하였다. 이 과정에서 비숍은 조선을 제국의 영토로 전유하면서 제국의 논리를 다양한 위계질서 속에서 구현하고 있다. 이 서사는 제국이 식민지를 포섭하는 방식에 대한 전형을 보여주면서 제국주의를 추동하는 역할을 담당했다고 볼 수 있다.

비숍의 여행기는 낯선 타자와의 조우에 대한 불안감과 신비감, 그리고 시선주체의 인식의 층위를 자세하게 드러내고 있다. 여행지는 풍경을 내면화하는 여행주체의 문화적 정체성과 정치적 견해에 따라 다양하게 표상된다. 그리고 표상의 시선은 정치적, 경제적, 사회적, 문화적, 신체적으로 우위에 있는 사람들이 열위에 있는 사람들에게 부정적인 정체성을 부여하는 것과 밀접하게 결부되어 있는 경우가 대부분이다.[24] 근대계몽기 조선은 서양인의 지식체계에서 단순히 그곳에 존재하는 장소와 공간으로 인식되지 않고 시선의 위계질서 속에 위치한다. 제국주의적인 영토 확장과 식민화의 과정은 많은 탐험과 탐사, 조사를 통해 수행되었고 많은 여행서사를 양산하면서 진행된 것이 사실이다. 그리고 이 과정에서 여행서사를 통해 드러나는 미지의 영토로써 여행지는 새로운 대상으로 포섭되고, 다양한 방식의 담론을 생산하는 장으로써 변모된다. 다니엘 데파트Daniel Defertsms는 "유럽이 자신을 세계의 일부로서가 아니라, 세계 변화를 원칙으로 하여 보다 더 많이 자신을 의식하고, 자신에 관해 쓰고, 자신에 관해 읽었다."[25]라고 말하며

---

24 사이토 준이치, 윤대석·류수연·윤미란 역, 『민주적 공공성』, 이음, 2009.

25 Mary Louise Pratt, Travel Narrative and Imperialist Vision, Understanding Narrative, Ohio State U.P. 1994. p. 200.

19세기 영국의 식민지 개척을 위한 여행서사 담론에 대해 평가한 바 있다.

식민화의 과정이 미지의 영토에 대한 탐험과 지식의 집약을 통해 이루어지고, 이것은 또한 상징과 메타포, 그리고 표상을 통해 사람들의 상상력을 자극함으로써 강화된 만큼, 여행기의 서사전략은 시선주체의 이데올로기를 반영한다는 점에서 중요하다. 비숍의 여행서사에는 제국주의 시선이 만들어낸 타자와 자아의 이분법적인 구별이 다양한 서술전략을 통해 구현되고 있다는 점에서 주목을 요한다. 여기에서 여행주체의 이데올로기에 의해 변주되는 오리엔탈리즘과 제국주의적인 시선은 여행지의 특정 사람과 장소에 대한 다양한 방식의 타자화를 통해 '차이'를 공고하게 하는 데 기여하고 있다.

비숍의 여행서사는 문명과 야만의 이분법적 사유를 결핍과 부재라는 인식론을 통해 합리화하고 있지만, 이러한 대비는 선험적으로 주어진 것이 아니라 상황과 필요에 의한 결핍과 부재가 결정된다는 점에서 논리적 허점을 가진, 제국주의가 만들어낸 환상이라고도 볼 수 있다. 그럼에도 불구하고 이 여행서사 잠재하고 있는 제국주의에 대한 시각은 문명, 인종, 민족, 성적 정체성의 문제를 좀 더 다층적인 위계화의 질서를 통해 재현하고 있다는 점에서 문제적이라 할 수 있다. 비숍의 서술에 의해 구성된 조선은 제국의 헤게모니 속에서 다양한 표상을 통해 환상으로 또는 현실로 전유되고 사유되었지만, 이것은 또한 상상력 밖에서 존재할 수도, 존재하지 않을 수도 있음을 지적해야 할 것이다.

제2장
'인간학'의 보편성과 아이로서의 '조선인':
러시아 문학가 가린-미하일롭스키의 여행기

1. 근대 러시아의 한국학 계보

근대계몽기 대부분의 서양인 여행기들은 식민지 개척과 제국주의 정책에 필요한 자료의 수집과 정보망을 구축하기 위해 서술된 것이 사실이다. 그러나 러시아의 문학가인 가린-미하일롭스키의 경우는 당대의 여행기와는 많은 차이를 보인다. 여기에서는 제국주의 관점에 의해 지지되는 대부분의 여행기와는 달리 상대주의적인 시각으로 조선을 재현하고 있는 러시아의 작가이며 철도기사였던 가린-미하일롭스키Mikhailovskii[26]의 여행기를 주목하고자 한다. 서스코비츠에 의하면

---

26 가린 미하일롭스키(1852. 2. 8~1906. 11. 27)는 러시아 작가이며, 철도기사, 종군기자, 여행가로 활동하였고 단편소설집과 중편소설집을 간행했고 러시아 내에서는 많이 알려져 있지 않은 작가이다. 그는 브나로드 운동에 대한 소설을 써서 고리키로부터 대서사시라고 인정받았고 사회민주주의 사상을 받아들여 이에 대한 작품을 쓰기도 했다. 가린은 『한국,

문화상대주의는 특정 문화의 사고나 행위를 선험적인 가치기준에 따라 판단하지 않고 최대의 객관성을 확보할 수 있는 태도로 정의된다.[27] 이것은 문화나 인종, 민족 간에 지적 능력이나 도덕적 가치의 본질적 차이가 없다는 관용적, 평등주의적 시각과 이와 아울러 특정 문화와 인간의 인식과 가치는 보편적, 절대적 기준에 의하여 판단될 수 없다는 다원주의적 시각이라고 할 수 있다.

또한 다원주의적 시각은 각 문화들의 도덕, 관습, 신념 체계의 기준을 어느 한 가지로 수렴하지 않고, 각각의 문화가 갖는 다양성을 인정한다. 문화는 다양한 형태로 존재하며 개별문화는 자율성과 독자적인 가치체계를 갖는다는 것, 그리고 인간의 사고방식과 행동은 그가 속하는 문화의 가치판단에 따라 규정된다는 것, 따라서 개인의 인식과 행위는 각 문화의 맥락에서 이해되고 평가되어야 한다는 상대주의적 문화이해의 입장[28]은 가린의 여행기가 갖는 차별성이라 할 수 있다.

러시아인이 처음 조선을 방문한 1854년을 시작으로 해서 1880년대 이후부터 1905년 러일전쟁이 발발하기 전까지 다수의 여행기들이 쓰여 졌다. 1884년 7월 '조러수호통상조약'으로 조선과 러시아간의 공식적인 외교관계가 시작되었고, 이로 인해 러시아는 기존 연해주에 대한

만주, 요동반도 기행』 이외에도 『세계일주』라는 작품의 여행집을 간행하기도 했다. 이희수, 「가린-미하일로프스키의 여행기에 비친 1898년의 한국」, 『사림』 제23호, 수선사학회, 93~94쪽.

27 유명기, 「문화상대주의와 반문화상대주의」, 『비교문화연구』 1호, 서울대 비교문화연구소, 1993, 35쪽.
문화상대주의 연구가인 허스코비츠는 문화상대주의가 문화연구의 기본적 입장이 되어야 한다는 가장 주요한 이유로서 판단은 경험에 기초하며, 경험은 개인의 문화화라는 맥락에서 그 사람 자신에 의하여 해석된다는 사실을 강조한다. 따라서 개인의 행위는 문화적 배경에 비추어 평가되어야 하며, 공간적으로나 시간적으로도 모든 사람에 해당하는 도덕적 표준이라는 것은 존재하지 않는다는 것 등의 이유를 들고 있다.

28 유명기, 위의 논문, 31~32쪽.

통치의 확립과 대중국 외교관계에 주력하던 동아시아 정책의 외연을 확대하는 계기가 되었다.[29] 러시아 공사 베베르는 조선 대신들과 명성황후의 후원을 얻어 조선의 정치활동에 직접 개입하면서 1888년 '육로통상장정'을 체결하여 육상무역을 시도하였고, 1896년 고종의 아관파천을 주도하면서 러시아의 대 조선 영향력을 확대하였다. 1890년대 러시아는 대규모의 탐사단을 조직하여 조선에 파견하고 북부지방을 중심으로 부동항의 설치와 철도의 개설, 무역을 위한 수로의 확인 작업 등을 수행하였다. 이러한 작업의 연장선으로 여행기들이 집필되었고, 근대초기 러시아인의 조선 기록은 이 시기에 집중적으로 이루어졌다.

근대계몽기 러시아인이 조선을 여행한 기록들을 방문, 여행한 순서로 나열하면 다음과 같다.

I. A. 곤차로프, 『전함 '팔라다' 호』, 제2권 6장에 기록. (1854년 거문도 표류)

N. M. 프르제발스키, 『우수리 지방 여행, 1867~1869』 4장 4부에 기록, 1870년 발간. (경흥지방 외 여행)

쥬단-뿌쉬낀, 『시베리아와 인접국들의 역사 · 통계 정보집』, 1875년 발간. (1867년 방문)

다제쉬깔리아니, 『아시아 지리, 지형, 통계 자료집』 22호, 1885년 발간. (1885년 방문)

P. M. 텔로트케비치, 『아시아에 관한 지리, 지형 및 통계 자료집』 38호, 1889년 발간. (군사학술위원회 발간, 1885~1886년 부산, 서울, 북부지방 등)

F. 베벨, 『아시아 통계 지형, 지리 자료집』 12호, 1890년 발간 (1889년 서울, 평양 등)

29 홍웅호, 「개항기 주한 러시아 공사관의 설립과 활동」, 『개항기의 재한 외국공관 연구』, 동북아역사재단, 2008, 247쪽.

I. I. 스뜨렐비츠, 『훈춘에서 심양까지, 귀로는 창바오 산맥 사면을 따라, 1895~1896년 8개월에 걸친 만주와 조선여행 보고』, 1897년 발간. (1895~1896년 방문)

A. G. 루벤쪼프, 『조선의 함경도와 평안도』 1897년 발간 (1895년 함경도, 평안도 등)

까르네예프 미하일로프, 『아시아 통계 지형, 지리 자료집』 35분책, 1901년 발간 (1895~1896년 남부지방)

P. 세로쉐프스키, 『코레야』, 1905년 발간. (1902~1903년 금강산, 서울 등)

러시아인의 조선에 대한 최초의 저술은 『전함 팔라다 호』로 1854년 4월 전함 팔라다 호에 승선했던 곤차로프는 거문도 해안에 정박한 5일 동안의 경험을 이 여행기로 남겼다. 여기에서는 '극동지방에 속해있는 마지막 민족'으로 조선을 소개하고 있으며 일본, 중국과 비교하여 인종과 풍습 등을 서술하고 있다. 이후 1867년 N. M. 프르제발스키는 우수리 지방과 경흥을 방문한 여행기를 1870년 페테르부르크에서 간행[30]하였는데, 이 여행기에는 불교와 샤머니즘에 관련된 종교, 제사 등에 대한 사항들이 기록되어 있으며, "싹싹함, 예의바름, 근면함은 내가 겪어본 바에 의하면 조선인이 가진 성격의 특징적인 측면이다."[31]라고 긍정적으로 조선인들을 평가하고 있다. 또한 이 여행기는 경흥 부사와 접견하는 과정을 서술하면서 관아에서 행해지는 재판의 형식들을 소개하기도 했다. 러시아와 통상조약을 맺기 이전의 이 두 여행기는 짧은

30 N. M. 프르제발스키, 『우수리 지방 여행, 1867~1869』 4장 4부 <조선인>, 페테르부르크, 1870 (모스크바 : OGIZ, 1947).

31 I. A. 곤차로프 외 2인, 「프르제발스키 여행기 : 우수리 지방. 1867~1869」, 『러시아인, 조선을 거닐다』, 한국학술정보, 2006, 92쪽.

기간 조선을 방문한 때문인지 다양한 방면으로 조선을 서술하고 있지는 않다. 그러나 이 책들에서는 당시의 조선의 상황과 외국인에 대한 경계의 시선, 또는 정부의 무능과 부패에 대해 지적하고 있다.

1884년 통상조약 이후에는 많은 여행기와 탐사보고서들이 쓰여졌는데, 그중에서 텔로트케비치는 상인으로 1885년 부산을 통해 입국하여 제물포, 서울, 원산, 함흥, 경성, 경흥을 거쳐 러시아 포시에트 항에 도착한 3개월간의 여정을 여행기로 남겼다.[32] 여기에는 쌀의 품질과 작황의 정도, 교역의 물품과 가격의 변동, 세관과 개항장의 조건 등을 자세하게 서술하고 있어 육로통상을 위한 자료적 성격을 띠고 있다. 또한 이 시기에는 국가 주도하에 대규모의 탐사단이 조직되어 군사학술위원회를 중심으로 조선의 국경지역을 조사하거나, 북부지방을 중심으로 지리와 토질, 광물 등을 탐사한 보고서들이 주를 이루었다. 육군대령 카르네프와 미하일로프의 『조선 중남부 여행기』(1895~1896)는 동학과 농민봉기를 주요하게 다루고 있고, 육군중령 알프탄의 『조선 중북부 여행기』(1895.12~1896.1)에는 단발령의 상황과 북부지방의 반일본 친러 정서를 관심있게 다루고 있으며, 육군 중령 베벨리의 『조선북부 여행기』(1889)는 조선의 자원과 농업관계, 농민 생활에 대한 자세한 내용을 기록하였다.

이 여행기와 자료들은 『아시아 통계 지형, 지리 자료집』, 『러시아 회보』, 『정부회보』, 『해양집』, 『관찰자』[33] 등에 게재되었는데, 러시아

---

32 P. M. 텔로트케비치(1889), 「도보로 서울에서 조선 북부를 지나 포시에트로 들어선 델로트케비치의 일기」(1885. 12. 6~1886. 2. 29)」, 『아시아에 관한 지리, 지형 및 통계 자료집』 38호, 러시아 참모본부 군사학술위원회 발간.

33 1884년 이후 러시아의 정기적인 출판물이나 잡지 등에 조선 사회에 대한 게재문의 건수가 증가하였는데, 각 글들은 조선 사회의 다양한 국면들을 조망하였다. 1885년 <군사집> 11호, 12호에 후록된 스따쉐브스끼의 「조선: 지리적 개관」은 조선의 정치적, 국제적 상황

는 이것을 바탕으로 하여 1900년에 조선에 대한 정보를 집대성한 1200 페이지 분량의 『한국지КОРЕИ』[34]를 발행하기도 했다. 이 책은 한국 고대사에서부터 국가 제도, 국가재정, 상업, 군대 등을 항목화하여 총체적으로 조선을 소개하고 있다. 이러한 기록들은 단순히 한 개인의 호기심이라기보다는 근대계몽기의 국제적 정세의 변동이라는 배경에서 쓰여진 정치적인 기획의 일환이었다고 할 수 있으며, 이러한 보고서와 여행기들은 러시아의 한국학 태동의 근간이 되었다.

2. 즈베긴초프 탐사대와 가린

1898년에 쓰여진 가린의 『한국, 만주, 요동반도 기행』은 7월 모스크바를 출발하여 두만강 인근의 마을, 회령, 경흥, 조산만 등을 거쳐 백두산을 등반하는 과정, 그리고 압록강을 따라 의주를 거쳐 중국의 내륙과 일본을 여행한 내용을 서술하고 있다. 가린이 참여했던 1898년 즈베긴초프 탐사대는 구성 인원과 분야에서 러시아 지리협회 사상 가장 대규모로 진행되었고, 이들은 철도와 천문 · 지질 · 산림 · 광물 관련 전문

과 영토, 국가제도, 인구와 외국열강의 관계들을 잘 보여주고 있다.
유리 바닌 외 지음, 기광서 옮김, 『러시아의 한국 연구 - 한국인식의 역사적 발전과 현재적 구조』, 풀빛, 1999, 35쪽.

34 Описание Кореи ч 1-3. СПб 1900 (최선·김병린 옮김, 『국역 한국지』, 정신문화연구원, 1984).
이 책은 16세기 하멜의 저서에서부터 1887년 발행된 달레의 『한국교회의 역사』, 1882년 발행된 그린피스(W. E. Griffis)의 『한국-은자의 나라』 등의 저서와 1884년 이후 뿌쉬낀, 프르제발스키, 텔로트케비치, 베벨의 여행기에 기록된 정보 등을 참고로 하여 쓰여졌다. 러시아의 한국학 연구는 1860년대 조선인이 러시아로 이주한 이후부터 시작되었고, 이 책은 러시아의 한국학 연구의 중요한 저작이 되었다.

지식과 도로와 수로현황, 각 지역의 경제상황 등 폭넓은 조사를 벌였다.[35] 가린이 탐사대에서 맡은 역할은 철도 개설에 필요한 지질과 지리를 측정하고 압록강과 두만강의 시원을 조사하는 것이었다. 러시아와 조선, 중국과 일본을 거치는 5개월간의 여정을 기록한 이 여행기는 1899년 2월 러시아 잡지에 게재되기 시작하여 1904년 단행본으로 출간되었다.[36]

가린에 대한 연구는 러시아 내에서도 많이 이루어지지 않았다. 가린을 연구한 문헌들에는 그가 브나로드 운동에 앞장섰던 인문주의자였고, 고리키와 친분이 두터웠으며 마르크스주의자들에게 많은 지원을 하기도 했다고 하지만 최근의 연구에서는 그가 러시아 농민공동체의 공공연한 반대자였고, 농민공동체를 해체시켜 미국식 농장 형태로 만들려고 시도했다는 의견도 있다.[37] 가린의 조선여행의 여정은 다음과 같다.

모스크바(7. 9) - 사마라(7. 11) - 시베리아(7. 15) - 이르티슈강(7. 16) - 카인스크(7. 16) - 오비강(7. 17) - 타이가역(7. 18) - 이르쿠츠크(7. 22)

---

35 가린-미하일롭스키, 이희수 역, 『러시아인이 바라본 1898년의 한국, 만주, 랴오둥반도』, 동북아역사재단, 2010, 6~8쪽. (Гарин-Михаловский Н.Г. По Корее, Маньчжурии и Ляодунскому полуострову // Собрание сочинений в пяти томах Москва ГИХЛ, 1958. том 5, С. 5-390)

36 근대계몽기 러시아인의 조선여행은 <조선·러시아 수호통상조약>에 의거하여 실행되었다. 러시아 국민은 외국무역을 위해서 개방된 항구로부터 100리 이내의 장소와 상호 협의하에 규정된 범위 내에서는 여행권이 없이도 여행할 수 있었고, 상업을 목적으로 모든 종류의 상품을 수송하고 판매할 권리를 갖고 있었다. 여행자와 상인들은 러시아 영사가 발행하고 조선 당국이 서명한 여행권을 휴대해야 했고, 이것으로 여행에 필요한 수송수단을 획득할 권리를 부여받았다.

『국역 한국지 - 부록, 색인』, 한국 정신문화연구원, 1984, 38쪽 참고.

37 가린-미하일롭스키, 앞의 책, 9~10쪽.

- 바이칼 호수(7. 25) - 스레텐스크(8. 2) - 실카강(8. 8) - 포크롭스코예(8. 9) - 블라고베셴스크(8. 15) - 우수리(8. 23) - 블라디보스토크(8. 24) - 노보키옙스크(9. 3) - 크라스노예 셀로(9. 10) - 두만강 국경(9. 11) - 조산만(9. 14) - 경흥(9. 15) - 강팔령(9. 17) - 회령(9. 19) - 무산령(9. 21) - 무산(9. 22) - 백두산 아래 마지막 마을(9. 27) - 백두산 등반(9. 30) - 서대령(10. 5) - 압록강 상류(10. 7) - 의주(10. 17) - 중국내륙(10. 19) - 비드제보(10. 26) - 뤼순(10. 27) - 상하이(11. 5) - 나가사키(11. 11) - 요코하마(11. 14)

가린이 참여했던 즈베긴초프 탐사대는 아관파천 이후 조선에 대한 러시아의 영향력이 확대되면서 조선을 다양한 측면에서 조사하고자 하는 목적으로 조직되었지만, 이 여정을 기록한 여행기에는 탐사대와 관련된 자료의 수집이나 측량에 관련된 내용은 서술되어 있지 않다. 이것은 이 시기 다른 여행기들과 차별화되는 지점인데, 영국인 정치가 커즌이 쓴 『극동의 문제들 Problems of the Far East』에서는 직접적으로 조선의 식민화를 위한 다양한 자료를 항목화하여 기록하고 있고, 이사벨라 버드 비숍의 『한국과 그 이웃나라들』의 경우도 개항장의 현황, 교역 물품 수, 교역 내역, 인구 등의 다양한 통계자료들을 첨부하여 영국의 제국주의적 입장을 표명하고 있다.

이 시기에 쓰인 많은 서양인의 여행기는 아직 유럽에 알려져 있지 않은 조선에 대해 무엇을, 어떻게 보여주어야 하는지에 초점을 두어 이와 관련된 정보를 취합하고 선별하는 작업의 일환이었다고 해도 과언이 아니다. 다시 말해 여행자들은 자국의 정치적인 입장과 이에 따른 부수적인 효과를 염두에 두고 여행기를 썼다고 할 수 있다. 그러나 가린의 여행기는 탐사의 목적이나 탐사대에서 자신이 조사했던 자료들에 대한 언급은 거의 하지 않고, 대신 여행 중에 만났던 사람들의 삶과 만남에 대한 소회, 그들로부터 들은 고장의 내력이나 설화, 민담이 내용의 대부분을 차지한다. 다시 말해 가린은 자신의 직업에 충실하기 위한 탐사 기록과는 별도로 조선의 풍경과 그 속에서 살고 있는 사람들을 중심으로 또 하나의 여행기를 쓰고 있는 것이다. 이것은 단순히 보고의 형식이 아닌 경험과 체험을 중심으로 하는 여행, 여행자의 소감과 감상을 솔직하게 서술하고자 하는 의도가 이 책에 개입되어 있음을 짐작하게 한다.

그리고 가린의 여행기의 특징은 일종의 일기의 형식을 띠고 있다는 것이다. 근대계몽기에 쓰여진 많은 서양인 여행기들은 시간을 기준으로 구성되었다. 예를 들어 『전함 '팔라다' 호』의 곤차로프의 여행기에는 섬에 도착하는 과정과 도착 후 거문도를 탐색, 조선인들과 필담을 나누는 과정을 날짜를 기준으로 하여 기록하고 있다. 여행기라는 것이 일정을 중심으로 시간의 순서에 따라서 기록하는 것이 필수적으로 요청되는 바, 대부분의 여행기는 시간의 흐름을 거스르지 않는 방식으로 구성된다. 물론 가린의 여행기에서도 시간 순서대로 여정을 기록하면서 날짜를 표기하고 있다.

그러나 여기에서 날짜는 일정을 정확하게 기표하기 위한 목적으로 동원되었다기 보다는 하나의 사건, 일정한 공간에서 일어났던 일을 중심으로 장을 분절하는 기능을 담당하고 있다. 이로 인해 여행기는 날짜가 기준이 되는 것이 아닌 경험된 서사가 여행기의 중심축 역할을 한다. 따라서 특별한 경험을 중심으로 그것을 해석하고 있는 가린의 여행기는 독자에게 자신의 내면을 보여주는 방식으로 서술된다. 즉, 이 여행기는 어떠한 상황에 대한 설명적 서술과 자신이 느낀 것을 그대로 서술하는 방식을 채택하고 있다는 것이다. 가린은 최대한 객관적인 위치에서 상황을 보여주고, 사건을 경험하면서 '감정'의 움직임을 주시하는 서술을 중심으로 하고 있다는 것이다. 외부로부터 발생되는 일들과 그것을 평가하는 감정적인 서술로 인해 여행기는 사실만을 전달하는 기능에서 벗어나 감성의 다양화된 질서를 통해 내면 풍경을 만들어내고 있다.

가린의 이러한 서술방식은 일인칭 주인공 시점을 중심으로 하고 있는 소설의 형식과 흡사하다. 조선의 안내인, 관리, 주민들과 대화나 일행들과의 대화는 장면화의 수법을 동원하여 서술하고 있고, 이에 자신의 감정은 솔직하게 일인칭으로 서술한다. "모든 것이 고요하고 움직이지 않는다. 이따금 갑자기 잠든 듯한 대기 속에서 커다란 황소의 울음소리가 처량하게 울려 퍼질 뿐이다. 그럴 때면 순간적으로 우리가 이곳에 와 있다는 것이 그 어떤 매혹적인 꿈처럼 느껴지고 우리 모두가 돌연 수천 년 전의 미지의 오지로 옮겨진 듯한 생각이 든다."라는 부분에서는 가린의 내면화된 감정의 상태를 잘 보여준다. 여행기라는 것이 허구성을 배재한 장르인 만큼 자신이 경험한 것에 대해 묘사하는 것이 당연하지만, 가린의 경우는 감정 묘사에 좀 더 치중하고 있다. 풍경의 객관화와 이것을 수용하는 여행자의 주관화된 감정을 서술함으로써 여행기는 객관성과 주관성 모두를 포괄하는 퍼스팩티브를 갖는다.

여행기는 단순히 공간을 이동하면서 새로운 지리적 정보와 풍경만을 서술하고 묘사하는 것에 그치는 것이 아니라, 이것을 지각하는 여행자의 감성의 상태와 그것을 평가하는 시각의 공존을 보여줌으로써 새로운 서사를 생성하고 있다. 풍경이 주를 이루는 것이 아니라 그것을 바라보고 체험하는 인물이 글의 중심에 놓임으로 해서 여행기는 하나의 서사를 생성하고 있다고 할 수 있다. 새로운 공간에 대한 정보와 자료를 취득하기 위한 것에서 벗어나 좀 더 거시적인 차원에서 그곳에 사는, 그것을 바라보는 인간의 형상을 구축함으로써 여행기는 하나의 문학적 텍스트가 되고 있는 것이다. 이것은 이 시기 다른 여행기들과 차별화 되는 지점인 동시에 이 여행기가 좀 더 소설적인 성격으로 경사되는 이유가 되기도 한다.

가린의 여행기에는 조선인들의 사상, 관습들에 대한 설명을 자세하게 서술하고 있고, 이러한 관습들이 연속성을 띠는 원인에 대해서도 관심을 가지고 서술하고 있다. 여기에는 서양이나 유럽문명을 기준으로 하여 조선의 문물을 평가하는 것이 아닌 상대주의적인 입장, 즉 어떤 행위나 사상의 옳고 그름이나 좋고 나쁨은 특정 문화적 맥락에서 규정된 가치체계에 따라 판단되어야 한다는 관점[38]을 중심으로 서술하고 있다. 또한 가린은 인간의 세계관과 사물, 즉 인간이 자신을 둘러싼 제 현실을 분류하고 조직화하는 방식은 문화에 의해 조건 지어지며, 따라서 인간의 사고방식은 문화적 배경에 따라서 상대적으로 파악되어야 한다는[39] 상대주의적인 관점을 따르고 있다. 가린의 상대주의적인 관점은 조선인과의 관계 맺기, 조선의 제도, 조선인의 세계관의 서술을 통해 보다 명확히 드러나고 있다.

3. '호머의 시대', '아이'의 표상

가린의 여행기는 지리적으로 백두산 인근 지방을 중심으로 하고 있어 북부지방의 풍습이나 국경지역의 조선인의 삶을 잘 묘사하고 있다. 가린은 소문으로 먼저 조선인에 대한 이야기를 듣게 되는데, 러시아와

38 유명기, 앞의 책, 33쪽.
39 유명기, 앞의 책, 33쪽.

조선의 국경에 위치한 노보키엡스크에서 러시아 행정관과 치안판사에게 들은 조선인은 '백조'로 이미지화 된다. "흰옷을 빅고 검은 털로 짠 통이 좁고 우습게 생긴 모자를 쓴"조선인들을 러시아 군인들이 백조로 잘못 알고 사냥을 해서 많은 사상자가 났으며, "그들에겐 영혼이 없고, 한줌의 연기 뿐"이며, "한국인과 상대하려면 강하고 권위적인 모습을 보여야 한다."는 소문, 또는 조선인은 "매우 능력 있는 민족"이며 "책을 아주 열심히 읽고", "순수하고, 매력적이며, 아이와 같은 마음을 가지고 있다."는 의견을 가린은 듣기도 한다. 조선인에 대한 다양한 평가에 대해 가린은 자신의 의견을 따로 부기하지 않고 있는데, 이것은 선입견에 의해 조선인을 평가하지 않으려는 의도와 신중하게 여행기를 구성하려는 집필자의 생각이 반영된 것으로 이해된다. 가린의 여행기에 제국주의의 시선이나 조선에 대한 부정적인 시선이 나타나지 않는 것은 아니다. 탐사대의 목적이 러시아의 세력 확장과 정치·경제적 이득을 위한 것이기 때문에 이 조직의 일원이라는 가린의 입장은 제국주의적 관점을 갖지 않을 수 없다. 그러나 이러한 가린의 입장은 다른 제국주의적인 서술과 차별화 된다는 점에서 주의 깊게 살펴볼 필요가 있다.

가린은 조선의 초가집들에 대해서 지저분하고 볼품이 없으며 거리는 좁고 냄새가 난다고 여행기에 언급하고 있다. 가린은 "싸구려 천들과 조선 살림에 필요한 물건들을 진열해 놓은 조그만 가게들", "떼를 지어 모여 있는 아이들한테서 참을 수 없을 정도로 악취가 풍긴다.", "이곳의 집들은 지저분하고 기형적인 모습을 하고 있다."라는 언급을 통해 조선을 부정적으로 평가하고 있다. 그리고 가린은 조선을 '호머의 시대', '동화의 세계'라고 표현하는데, 이것은 동시대 다른 여행기들에서는 찾아볼 수 없는 표현들이다. 가린은 통역사 김씨를 통해서 이야기꾼을 섭외하여 조선의 설화와 민담 등을 채록하였다. 이러한 과정에서 가린은 조선인들은 아직도 '호머의 시대'에 살고 있다고 서술한다. 여기에서 '호머의 시대'는 정치적인 상황이나 제국주의의 팽창 등에 관계없이 이상향의 세계만을 추구하는 비현실적인 세계를 의미한다. 수동적인 삶을 살며, 강대국 사이에 끼여 압박을 받는 현실에서 전설, 설화의 이야기에만 관심을 갖는, 그것에서 행복을 찾는 조선인들을 보면서 가린은 이들이 현실이 아닌 환상의 세계 속에서 살고 있다고 언급한다.

그리고 가린은 조선인을 '아이'라는 단어로 표현하고 있다.

> 조선인들은 '겁쟁이'라고 불린다. 하지만 러시아인들은 그들이 입고 있는 흰옷과 그들의 소심함 때문에 조선인들을 '하얀 백조'라고 부른다. 그렇다. 조선인들은 백조처럼 싸울 줄도 모르며 다른 사람의 피를 흘리게 할 줄도 모른다. 그들은 백조처럼 자신들의 노래를 부르고 이야기를 할 따름이다. 그들에게서 모든 것, 특히 그들의 생명을 빼앗는 것은 어린 아이와 백조의 생명을 빼앗는 것처럼 수월하다. 성능이 뛰어난 소총, 진심어린 눈. 아! 자신의 옛날이야기의 시간에서 여전히 앞으로 나아가지 못하고 있는 이 어린아이들은 얼마나 불가사의한 것인가![40]

가린은 조선인을 평가하면서 '나의 커다란 아이들'이라는 표현을 빈번하게 쓰고 있다. '어른'과 '아이', 성숙과 미성숙의 비교대상을 상정한 이 같은 문법은 적극적으로 자신들의 현실을 개척하지 않고 수동적으로 현실에 임하는 조선인들을 표상한다. 겁이 많고, 약탈에도 분노

---

40 가린-미하일롭스키, 안상훈 역, 『조선 설화』, 한국학술정보, 2006, 6~7쪽.

하지 않는 조선인들, 중국인들과 일본인들의 착취에 순응하며 사는 조선의 민중들은 그래서 '아이'로 표현된다. 더 나은 방향으로 현실을 모색하기 보다는 "아이들처럼 자신의 여가를 온통 옛날이야기에 할애하고, 질투가 날 정도로 그 이야기들을 진지하게 믿으며, 영웅과 죽은 사람, 행복을 주는 무덤자리를 찾을 가능성을 믿고 평생 동안 찾아" 다니는 조선인들은 그래서 현실에 발을 딛고 사는 사람이 아니라 환상의 세계에 진공적으로 살아가는 것으로 평가된다. 가린은 또한 조선인들이 블라디보스토크 주재의 독일 상선이 경흥의 연안에 좌초했을 때에도 기선의 물건들을 약탈하면서 "그들의 이해 범위 밖의 물건들은 다 던져버리고 단지 보드카만 마시고, 러시아 지폐를 종이로 취급하여 창문에 붙였다."고 전하며, 그러한 행위조차도 '아이들처럼' 행동했다고 언급한다. 여기에는 주체성을 갖지 못한 조선인, 근대화 되지 못한 조선, 조선인에 대한 제국의 시선이 내포되어 있다고 볼 수 있다.

가린은 탐사를 위해 경흥, 회령, 백두산 부근의 마을을 지나면서 관청에서 숙식을 제공받기도 하고, 일반 주민들에게 돈을 주고 집을 빌려 머물기도 한다. 온성시에서 가린은 추석을 맞아 마을의 '귀족'(양반)에게 음식을 대접받게 되고 귀족의 마중을 받게 되는데, 그 과정에서 가린은 자신을 마중 나온 양반을 '돈키호테'로 칭하고 있다.

> 먼 곳에서 귀족이 나타났고 역시 그에게도 작은 탁자를 내왔다. 그가 다가오는 동안 농민들은 귀족제도 자체는 황제의 명으로 이미 1895년에 폐지되었다고 이야기 했다. 하지만 이곳과 같은 외진 지역에서는 아직 오래된 관습이 지켜지고 있고, 주민들은 귀족에게 예전과 같은 경의를 표한다. 큰 도시에서는 귀족에 대해 잊은 지 오래고, 특히 서울에서는 귀족이 다른 사람들에 비해 하나도 다를 것이 없다. (중략) 우리를 마중

나온 행렬에 같이 있던 귀족은 너그럽게 머리를 끄덕였다. 골짜기를 배경으로 하고 있는 그의 모습은 라만차의 돈키호테와 그 주변의 경치까지 돈키호테의 고향과 놀랄 정도로 닮았다. 그도 돈키호테처럼 마르고 키가 큰데다 자기와 같은 마을에 사는 사람들의 조롱 섞인 예우로 둘러싸여 있다. 헤어질 때 나는 그에게 모든 예의를 표했다. 말에서 내려 두 팔로 그와 악수를 했다.[41]

여기에서 귀족은 지방의 양반을 말하는 것으로, 이 시기 양반제도는 제도적으로 폐지되었으나 지방의 외진 지역에서는 아직도 양반제도가 관습으로 지켜지고 있었고, 이 지역의 주민들 또한 양반에게 예전과 같은 경의를 표하고 있는 것을 가린은 서술하고 있다. 인용문에서처럼 이 양반은 '돈키호테'로 기표된다. 구시대의 유물이며, 전근대적인 제도를 여전히 계승하고, 이를 토대로 살고 있는 양반은 비현실적인 인물인 동시에 주민들의 조롱을 받는 인물로 표현된다. 현실을 감각하지 못하고 자기도취에 빠져 있는 인물은 중세적 기사담의 인물과 동치되고 있는 것이다. 돈키호테와 동일시되는 공간과 인물의 형상, 그리고 그를 지지하는 주변인물에 대한 행동은 희화화됨으로써 하나의 우화를 만들어내고 있다.

그러나 이러한 '호머의 시대', '아이', '돈키호테'의 표상이 조선을 문명과 야만의 도식으로 재단하려는 의도나 제국주의를 옹호하기 위해, 식민지 개척을 위한 목적으로 쓰여졌다고 단정하기는 어렵다. 왜냐하면 이러한 표상이 만들어 질 수밖에 없는 근대계몽기라는 시대가 배태한 현실, 주변국의 이해관계를 가린은 미리 상정하고 있기 때문이

---

41 가린-미하일롭스키, 앞의 책, 234~235쪽.

다. 즉 중국의 지배와 일본의 침략, 국경을 맞대고 있는 러시아의 위협에 의해 어쩔 수 없이 '겁쟁이'로 살 수 밖에 없었던 상황을 가린은 인식하고 있고, 이를 야만으로 규정하기 보다는 연민의 시선, 동정의 시선으로 바라보고 있기 때문이다.

> 얼마나 예의바르고 교양 있는 사람들인지! 자기들끼리도, 낯선 사람에게도 얼마나 호의적이고 섬세한지! 아이들은 호기심이 많고 감동적이리만치 친절하다. (중략) 로마인과 이집트인처럼 생긴 사람도 있고, 저쪽 사람과 또 하나는 우리 아들을 닮았고, 저 사람은 전형적인 몽골인이다. 얼굴도 선량해 보이고 천성도 선량하다. 나는 어떤 러시아 여행자의 말을 기억한다. 한국인은 매 맞는 것을 원하며 한국인들을 대할 때는 아주 위엄 있게 대해야 한다고 했다. 종종 때려 줘야 한다고도 했다. 그런 러시아 여행자들 때문에 부끄럽다. 이런 아이들 사이에서 주먹질에 대한 생각을 하려면 그 사람 자신이 짐승이 되어야 하는 것이다.[42]

위의 인용문에서 가린은 조선인 아이에 대해 자신의 아들과 닮았다고 서술하며, 러시아 여행자들이 갖고 있는 조선인을 폄하하는 시선을 '짐승'으로 규정하고 있다. 이러한 자국 여행자들의 무례에 대해 부끄러움을 느끼고 있다는 것은 그동안 조선인들에 대한 평가가 잘못되어 왔다는 것을 반증하는 것이라 할 수 있다. '동화'의 세계에 살고 있는 '아이'의 표상은 '어른'의 표상과 비교하여 제국주의적 관점이 개입되어 있는 것으로도 볼 수 있지만, 여기에서는 자신들의 어떠한 권리도 주장하지 못하고, 약탈당하는 약한 민족이라는 의미와 함께 전쟁을 싫어하고, 선량하며, 겸손한 민족이라는 양면적인 평가를 내리고 있는

42 가린-미하일롭스키, 앞의 책, 302~303쪽.

것으로도 해석 가능하다. "조선에는 자기 선조를 귀하게 여기는 선량하고 좋은 사람들만 존재할 것입니다. 모든 사람이 항상 괴롭히는 그런 선량한 사람들 말입니다."라고 가린은 조선민족이 선량하기 때문에 다른 민족의 침범을 당하고 있다고 인식하고 있다. 가린은 일방적인 문명의 우위에서 조선을 평가하는 것이 아닌 자국민인 러시아와 차별화 되는 지점들을 지적하고 있다고 보는 것이 옳을 것이다. 따라서 "섬세하지만 짓눌리고 소심한 조선인", "무력한 조선인"이라는 언급은 위에서 논의한 표상들과 관련하여 과연 가린이 러시아의 탐험대의 일원으로서 제국주의적인 관점으로만 조선을 바로 보고 있는 것인가라는 의문을 품게 한다.

여기에서 우리가 주의해야 할 점은 무엇이 제국주의적인 관점인가라는 것과 어디까지를 제국주의 관점으로 평가할 것인가이다. 제국의 여행자들이 바라보고 서술하는 것이 모두 제국주의적인 관점이 될 수는 없을 것이다. 가린의 여행기에서는 인종주의, 자민족 중심주의로 조선을 평가하고 있지 않다. 또한 자국의 정치적 이데올로기에 충실하기 위해, 제국주의를 합리화하기 위해 일방적으로 문명과 야만의 이분법적인 진화론을 채택하고 있지도 않다. 그렇다고 해서 가린의 여행기가 앞에서 언급했던 것처럼 오리엔탈리즘이 전혀 나타나지 않는 것은 아니다. 이 여행기는 제국주의의 세력 확장을 위한 자료적 성격의 단편적인 여행기와는 달리 조선의 역사, 문화적인 상황의 변수를 고려하여 조선을 인식하고 있다는 것이고, 이러한 점에서 이 시기에 쓰인 여행기들의 제국주의적인 시선의 다층화와 이로 인한 분열의 지점들은 좀 더 신중하게 해석되어야 할 것이다.

4. 차이에 대한 수용과 '인간학'의 보편성

가린의 여행기에서 주목해야 할 점은 그가 여행지의 주민들과의 관계를 신중하게 고려하고 있다는 것이다. 가린은 조선인들을 전체를 통칭하여 일괄적으로 평가하는 것이 아니라 그들이 가진 신분적 제약과 경제적 상황, 지역적 차이 등을 감안하여 인식하고 있다. 가린은 조선인들을 다 똑같은 획일적인 무리로 볼만큼 안하무인의 태도를 취하지 않는다.[43] 관리들이나 주민들을 만났을 때 인사하는 예절이나 신발을 벗고 집안으로 들어가는 것, 숙박을 위해 집주인과 흥정하는 과정, 또는 손금으로 점을 치는 수상술을 경험하는 과정에서 가린은 이것을 부정적으로 평가하거나 비문명화의 행위와 연관하여 평가하는 것이 아니라 그것을 인정하고 수용하려는 자세를 보인다. 관청에서 의례적인 식사를 한 후 자질구레한 자신들의 물건이 없어진 것에 대해 동료들이 비난을 하자 가린은 "하지만 그런 일이 없는 곳이 어디 있단 말인가? 런던 거리에 있는 군중들 속에서 이런 일이 적게 발생한다고 할 수 있는가?"라고 언급한다. 가린은 물건이 없어진 것에 대해 부정적으로 평가하기 보다는 이러한 일은 어디에서도 일어날 수 있는 일이라고 평가한다. 또한 러시아에도 도둑이 많다고 말하며 이러한 일은 보편적이라는 것을 강조하고 있다.

가린은 도성에서 만난 조선인들에 대해서는 "모두 명랑하고 예의바르며 호의적이다."라고 언급하며, 숙소를 제공한 지역 주민들에게

43 박노자, 「착한 천성의 아이들 같은 저들 - 1880~1900년대의 러시아 탐험가들의 한국 관련 기록에서의 오리엔탈리즘 (허위)인식의 스펙트럼」, 『대동문화연구』 제56집, 동아시아 학술원, 2006, 161쪽.

러시아에서 준비해온 선물을 주기도 한다. 가린은 조선의 민담과 전설을 채록하는 과정에서도 그 고장에서 옛이야기를 잘 하는 사람을 수소문하여 주민과 같이 이야기를 듣기도 하고, 통역사를 통해 이야기한 수고비를 지불하기도 한다. 그리고 주민들에게 도움을 청해서 일을 처리할 때에도 그에 맞는 대가를 지불하려고 하지만 조선인들이 거절할 때에는 그들의 호의를 받아들이며 감사하다는 표현을 하고 있다.

이것은 어쩌면 당연한 것이지만 같은 시기 조선을 여행한 비숍의 경우는 주민들이 계란이나 음식, 숙박 등에 대해 터무니없이 높은 가격을 받으려는 것에 대해 비난하기도 하고, 조선인들이 자신에게 보이는 호기심을 야만의 습성으로 규정하기도 했다. 비숍과 가린은 여성과 남성이라는 차이로 인해 주민들이 이들을 대하는 태도가 달랐을 수도 있지만, 근본적으로 비숍과 가린의 여행기의 차이는 그 여행의 목적에 있다고 할 수 있다. 비숍은 경기도 내륙을 배로 여행을 했을 당시 뱃사공이 과도한 대가를 바라는 것과 돈을 더 받기 위해 핑계를 대며 여행 일정에 차질을 빚을 정도로 시간을 끌고 있다고 서술한다. 그래서 비숍의 여행기에서 조선인들은 여행을 방해하는 사람, 여행의 장애요인으로, 비난의 대상으로 서술된다. 이에 비해 가린의 여행기에는 주민들의 이름을 직접 서술하기도 하고, 호랑이 사냥꾼에 대해서는 이들의 호칭을 존중하여 '지선달(표창을 받은 명사수)'이라고 호명하기도 한다.

> 나는 '바르가이리'마을에 있는 '김희보'의 집에 있다. 지금 큰 강이 되어 흐르는 '판산리-하누리'강이 가옥 바로 옆으로 흐르고 있다. (중략) 물은 영롱한 소리를 내고 그 울림 속에서 이곳 산악지대 주민들의 아름다운 이야기를 듣는다. 아이들처럼 순수한 10명 가량의 한국인들이 쭈그려 앉아서 주의깊고 진지하게 통역자에게 이야기를 하고 있다. 우리는 매우

복잡한 문제를 논의하고 있다. 한국의 종교에 관한 문제이다. (중략) 여기에 아오지에서 온 안내자인 존경받는 노인 '김치완'이 있다. 여기에 한국 남부의 거주자도 있다. 평안도에서 온 '안구군'이다. 그리고 모두들 머리를 끄떡일 때 조심스럽고 꼼꼼한 김씨가 나에게 통역을 해준다. 그는 원래 해박한 사람이다. 하지만 자신을 과신하지 않고 나의 강력한 요청에 따라 몇 번이고 되묻고는 한다.[44]

가린은 이야기꾼들에게 이야기를 듣는 과정에서 이들의 이름을 직접 서술하고 있다. 가린의 동료들은 N.E.B, S.P.K, V.V라는 이니셜로 표현되어 있는 반면에 조선인은 이름 그대로 '김희보', '김치완', '안구군' 등으로 기표하고 있다. 이러한 이름의 명명은 관직을 하고 있는 사람들의 경우도 '군수', '부사', '시장' 등 직책 이름으로 일관하고 있는 것과 비교해 보았을 때 특이한 경우라 할 수 있다. 이름이 명명된 이들은 조선의 설화에 대해 많이 알고 있는 사람들이고, 자신들이 알고 있는 것을 가린이 채록할 수 있게 이야기하고, 설명한 사람들이다. 여행기에서 주민들의 이름을 직접 거론한다는 것은 그만큼 그들의 역할이 중요하다는 것을 뜻하는 것인 동시에 이들과의 관계가 형식적인 것이 아니라 교감을 하고 있었다는 것, 소통하고 있었다는 것을 의미한다. 그리고 이러한 가린의 태도는 "아준챠오"라는 분에 넘치게 감사하다는 전라도 사투리를 직접 언급하는 것을 통해서도 드러난다. 자신들의 언어가 아닌 타자의 언어로 이름을 부르고 인사를 하고 있다는 것은 비록 짧은 단어에 불과할지라도 타자를 인정하고 이들의 문화를 공유하고자 하는 의도가 있다는 것을 의미한다.

44 가린-미하일롭스키, 앞의 책, 223~224쪽.

가린은 또한 조선의 관습을 좀 더 자세하게 기록하고자 하는 의욕을 보이는데, 그는 관청에서 조선식 재판을 경험하면서 러시아와 다른 재판의 형식과 조선의 형벌체계에 관심을 갖는다. 가린의 일행들이 방문하는 관청은 단지 필요한 물품, 숙식을 제공받기 위한 장소가 아니라 조선인들의 관습과 주민들의 생활상을 좀 더 자세히 경험할 수 있는 장이 된다.

> 남편은 20세였다. 태형 10대가 선고되었고 그 자리에서 그는 매를 맞았다. 한 사람이 다리를 잡고 다른 사람은 머리를 붙들고 촌장의 조수가 매를 셌다. 10대의 태형은 피부에 몇 줄의 상처자국을 남겼다. 촌장은 태형을 집행하며 질문을 던졌다. "어떠하냐? 아프냐?" 죄인은 목청껏 소리친다. "아픕니다!" "자 그럼 다시는 아내를 놓치지 말 것이며, 네 가정의 일로 이웃들에게 걱정을 끼쳐서는 안 되느니라" 촌장은 우리가 마지막까지 기다려서 징벌의 목격자가 되지 않은 것을 몹시 아쉬워했다. 목격자가 많을수록 더 교훈적이라고 생각하기 때문이었다. (중략) 우리나라에서 문화적 식민통치를 이야기하는 사람들 중 일부가 육체적인 징벌은 수치심을 느끼지 못하게 한다고 했는데, 그럼 지금 이 사람이 말하고 있는 것은 뭐란 말인가?"[45]

12살 아내가 남편의 폭력에 못 이겨 도망하다가 잡혀 재판을 하는 과정에서 남편은 태형을 받고 아내는 아무 대가를 치르지 않은 것에 가린은 의아하게 생각한다. 그리고 이 태형이 수치심을 유발하기 위해 단행되었고, 이러한 징벌에 대한 목격자가 많을수록 더 교훈적이라는 언급에 대해 가린은 사건의 경중에 따라 죄를 처벌하는 것이 아니라

---

45 가린-미하일롭스키, 앞의 책, 221~222쪽.

도덕적인 측면에서 단죄하고 있는 것을 러시아와 비교하여 언급하고 있다. 죄에 대한 육체적 징벌의 의미에 대해 다르게 평가하고 있는 러시아와 조선의 경우를 경험하면서 가린은 어떤 것도 옹호하거나 비난하지 않는다. 다만 죄를 처벌하는 것이 아닌 계도의 방식으로 재판이 이루어지고 있는 것에 대해, 그리고 도덕적 수치심에 의해 계도가 되는 상황에 대해 조선의 형벌 체계를 인정하고 있다. 전근대적인 재판의 형식임에도 불구하고 이것을 비난하지 않는 것은 가린이 갖는 문화상대주의적인 시각, 즉 타자의 관습에 대해 어떠한 잣대로도 평가하지 않으려는 의도와 타자의 문화를 인정하고자 하는 의지 때문이라 할 수 있다.

그리고 가린은 백두산을 등반하는 과정에서 발생하는 어려움에 대해 산신령과 천지의 용에 의한 노여움이라는 조선인 안내인의 언급에 대해서 그것을 미신적 행위로 받아들이는 것이 아니라 이들의 관습임을 인정한다.

> 이곳은 화가들을 기다리고 있다! 화가들이라면 이 야생적이고 그야말로 환상적인 아시아의 아름다움 속에서 얼마나 다양한 매력을 찾아낼 것인가! (중략) 나는 그들에게 약속했던 상을 주고 대기료를 지불하고 한국인들은 돌아가는 길을 서두른다. 나는 헤어지면서 말한다. "그럼 이제 우리는 용과 친구가 된 겁니까?" "아, 그럼요, 그렇다마다요. 날씨가 얼마나 좋은지 보이시지요?" 한국인들은 좋아하면서 고개를 끄덕인다. 조용하다. 지금 고요한 백두산은 구름 한 점 없는 푸르른 하늘을 배경으로 움직이지 않고 우울하게 얼굴을 찌푸리고 있다. 나도 모르게 경외감을 가지고 바라본다. 강한 적은 존경하게 되는 것이다. "아마도, 오늘 배를 타 본 것 같습니다. 맘에 든 모양인데요." 하고 내가 말하자 한국인들이 웃음을 터뜨린다.[46]

가린의 일행이 백두산을 등반하는 과정은 생사를 가늠할 수 없는 상황으로 한편의 모험담을 방불케 할 정도로 긴박하게 묘사된다. 혹한과 회오리바람으로 말과 대원들을 잃어버리고 협곡을 간신히 빠져나오는 몇 일간의 일정에서 가린은 조선인들이 백두산 천지에 사는 용의 존재를 거론하며 기도를 드리는 것을 인정하고, 자신도 용과 '친구'가 되었음을 언급한다. 천지에 전설적인 동물인 용이 살고, 용이 백두산의 날씨를 관장하고 그곳을 방문하는 인간의 생사여탈권을 쥐고 있다는 것에 대해 처음에는 이해하지 못하지만 등반을 마치고 무사 귀환한 상황에서 가린은 이것을 수용하고 있다. 용에 대한 신앙은 조선인의 샤머니즘적인 세계관과도 연관된 것임에도 타자인 가린은 조선의 종교적 특성까지도 감안하고 인정하는 태도를 보이고 있는 것이다. 이것은 가린이 조선의 문화와 관습을 편견이나 선입견 없이 이해하는 과정을 보여준다.

가린의 상대주의적인 시각은 조선인의 사고방식에 대한 인식으로까지 나아간다. 가린은 조선의 설화와 민담을 채록하는 과정에서 이야기 안에 내재되어 있는 조선인의 세계관에 대해 관심을 가지고 이것이 일상생활에 미치는 영향 등에 대해 서술한다. 압록강 국경마을에서 들은 가난한 부부의 이야기에 대해 가린은 다음과 같은 평을 하고 있다.

> 이야기꾼은 입을 다물었고 우리도 조용히 있었다. 조금 후 주인이 민망한 듯 말했다. "우리 이야기들은 별로 재미가 없습니다." "아주 좋은 이야기입니다. 여성을 존중해야 한다는 것에 대하여, 가난한 사람들과 생활의 어려움에 대하여 그리고 그들의 유일한 탈출구가 하늘의 옥황상제였다

---

46 가린-미하일롭스키, 앞의 책, 359~360쪽.

는 것에 대하여 말해주고 있으니까요. 하늘로 간다면 그나마 다행이지요. 모든 사람들이 거기에 갈 수 있는 것은 아니거든요. 지네가 되어 기어 다닐 수도 있지요. 하지만 지네가 되어 살아가는 것이 그리 나쁘지만은 않을 수도 있지요!” [47]

병든 남편을 위해 아내가 자신의 허벅지 살을 도려내어 남편의 병을 고치지만, 남편은 이 사실을 알고 충격에 빠져 죽고, 아내도 따라 숨을 거두었다는 이야기를 듣고 가린은 조선의 가난과 부부애, 그리고 그들의 희망이 무엇인지에 대해 서술한다. ‘옥황상제’라는 존재가 이들의 가난과 슬픔을 구제했다는 것, 그리고 이 옥황상제라는 미지의 존재가 이들의 삶의 희망이 되고 있다는 것을 가린은 이야기를 통해 알게 된다. 조선인이 가난과 정부의 무능함, 비적의 습격과 중국인의 억압을 견디며 살 수 있는 것은 옥황상제의 세계, 즉 현실이 아닌 죽음 이후의 세계를 염원하기 때문이라는 것이다. 이러한 세계관은 조선인들이 선량한 민족으로, 동화와 같은 세계를 유지할 수 있었던 근원이었다는 것을 인지함으로써 가린은 조선인의 일상을 지배하는 생활관습에 대해 우호적인 시선을 갖는다.

푸른 하늘에 모닥불에서 나는 푸른 연기가 경쾌하게 날아오르고 모닥불 불꽃은 이리저리 흔들리면서 우리를 둘러싸고 앉아 있는 한국인들을 비추고 있다. “이야기꾼이 왔습니다.” 이 말이 사방에 울려 퍼지자 마을 사람들이 모두 모여 갓 결혼한 20세 청년의 이야기를 듣는다. 여자 옷처럼 생긴 흰옷과 모자를 쓴 그 청년은 기숙학교에 다니는 여학생처럼 얌전

47 가린-미하일롭스키, 앞의 책, 443쪽.

하게 이야기를 한다. 때로 사람들은 노래를 하기도 한다. 한국인들은 아직 호머의 시대에 살고 있다. 얼마나 주의 깊고 흥미롭게 이야기를 듣는지 한번 보여주고 싶다. 모두들 입을 모아 최고의 이야기꾼이라고들 말한다. 김씨의 선택에는 실수가 없다. 조상과 행복에 대한 이야기들이었다. 한국인은 행복을 얻기 위해 조상의 무덤을 여기저기로 옮기고, 거의 해마다 마을의 이름을 바꾸고, 예언자에게 가서 복을 주는 날을 묻는다. 한국의 산비탈에는 야생 포도가 자라고, 골짜기에는 야생사과 · 버찌 · 자두가 있으며, 산에는 금 · 철 · 은 · 납과 석탄 등이 있다. 하지만 이런 것은 한국인에게 전혀 필요하지 않다. 한국인에게는 행복에 대한 이야기가 필요하다. 그리고 그 이야기는 무거운 돈보다 빈약한 경각지보다 더 소중한 것이다.[48]

가린에 의하면 조선인들이 조상을 숭배하고, 예언자들에게 의지하는 것은 모두 행복을 위한 행위이며, 이것은 경제적인 이득이나 부와도 바꿀 수 없는 것들이다. '행복에 대한 이야기'는 이들에게 삶의 위안과 삶을 도덕적으로 살고자 하는 의지를 심어주는 하나의 계기가 되고 있는 것이다. 이야기를 좋아하는 관습이 단지 게으르거나 나태해서가 아니라 이들의 세계관에 의한 '옥황상제'와 '조상', '사후세계'에 대한 관심에서 비롯되었고, 이것은 믿음으로 형성되어 하나의 종교가 되고 조선인들의 일상을 구성하고 있다고 가린은 인식하고 있다. 이러한 인식은 동시대의 서양 여행자들에게서는 찾아 볼 수 없는 것으로, 이것이 가능했던 것은 가린의 조선인들에 대한 깊이 있는 관찰과 이해가 있었기 때문이라 할 수 있다. 가린은 조선의 전설과 민담 등을 채록하여 기록한 것을 1904년 『조선의 설화』라는 제목으로 러시아에서 간행

48 가린-미하일롭스키, 앞의 책, 259쪽.

했다. 64편에 이르는 이야기들 중 '삼형제', '팔자가 사나운 사람', '박씨' 등 8편이 이 여행기에 수록되었다. 가린은 여행기에서 '비석마을'을 지날 때는 거리에 세워져 있는 열녀비와 관련된 이야기를 서술하고 있고 그 외에도 산신령에 대한 설화, 백두산의 전설, 물에 빠져 죽은 효부의 이야기 등을 각 지역의 풍습과 생활양식과 연결하여 서술하였다. 이러한 이야기들을 여행기에 수록함으로써 가린은 조선인들의 세계관과 인식, 현재의 상황에 대한 대처능력과 사고방식이 어떻게 형성되어 왔는가를 설득력 있게 보여준다. 가린은 조선인의 선량함과 유약함을 단순히 인종의 문제로 치환하는 것이 아니라 도덕을 숭상하는 전통과 연결하여 그 연원을 파악하고 있다.

가린은 이 여행기에서 조선의 문화와 생활관습 등을 이해하려고 하고 긍정적으로 평가하고 있는 반면에 중국에 대해서는 그들의 경제적인 행위의 비도덕적 측면을 비판한다. 중국은 조선과는 달리 많은 자원을 바탕으로 풍요로운 생활을 하고 있으며, 러시아의 국경지대인 우수리강, 아무르강의 부근에는 중국인들이 정착하여 "돈을 긁어모아 그 해에 이 돈을 자신들의 고향인 즈푸로 가지고 가고 다시 빈손으로, 그러나 주머니를 채워 집으로 가지고 가겠다는 거부할 수 없는 결심을 하고는 러시아로 돌아온다."고 언급하며 중국인들이 행하는 상거래의 부도덕성을 언급한다. 그리고 중국인들이 러시아 일부 도시의 상권을 점차 늘려가는 것에 대해 우려를 표하고 있다. 이것은 러시아의 경제적 이득을 중국인들이 차지하려는 것에 대한 비판과 중국인들에 대한 피해의식의 일종이라 할 수 있다. 여전히 중국은 러시아와 국경을 마주하고 있는 동아시아의 중심세력인 동시에 러시아에 위협을 가할 수 있는 상대였기 때문에 가린은 중국을 호의적으로 평가하고 있지 않다. 가린은 조선과 중국을 다른 시각으로 바라보고 있고, 그 위계의 층위 또한 같지 않다.

1898년 가린이 조선을 여행했던 이 시기는 유럽과 미국, 일본 등의 제국들이 자신들의 이익들을 위해 동아시아를 무대로 각축을 벌였던 시기임에도 불구하고 가린은 이 여행기에 열강들의 정치적 변동에 대한 견해를 언급하고 있지 않다. 이것은 자신의 정치적인 입장과 상황을 고려하지 않음으로써 자신이 보고 들은 것만을 충실하게 여행기로 구성하려는 의도와 관계가 있다. 가린이 탐사대 일원으로서의 역할보다는 문학가의 직분에 의해 이 여행기를 쓰고자하는 집필의 목적이 애초부터 정치적인 견해를 차단했다고 할 수 있다.

또한 이 여행기가 정치적인 견해를 제기하고 있지 않은 것은 유럽의 변방이라는 러시아의 정체성과도 관계된다고 보인다. 당시 러시아는 아프리카나 인도, 베트남 등을 식민지로 거느린 서유럽의 영국이나 프랑스와는 달리 동유럽이라는 지리적 소외감과 제국이라고 하기에는 미약한 정치적 영향력 등으로 오리엔탈리즘이나 제국주의적인 관점에서 비교적 자유로웠다고 할 수 있다. 다시 말해 러시아의 '아시아적 성격'이나 '후진성', '폭정에 길들여진 것' 등은 유럽인들에게 러시아에 대한 타자화의 근거[49]가 되었던 것으로 보아 서유럽 국가나 미국의 여행자들과는 차별화된 시각을 내재할 수밖에 없었다고 할 수 있다. 이러한 국내외적인 러시아의 정치적 상황과 입장으로 인해 가린은 좀 더 객관적인 시각을 견지할 수 있었고, 이로써 여행기 전반에 걸쳐 적용된 문화상대주의적인 시각은 가린의 텍스트가 근대계몽기 외국인 여행기에 있어서 새로운 담론을 보여준 텍스트라는 것을 입증하는 근거가 되고 있다.

49 박노자, 앞의 논문, 140쪽.

가린의 여행기는 제국주의적 시선의 분열지점들, 그리고 그 위험성을 지적하는 부분들을 포함하여 이전의 여행자들과는 달리 조선을 객관화하여 문화상대주의적 시각으로 인식하고 있다. 미국이나 영국, 독일인이 쓴 것이 아닌 동유럽의 러시아인이 썼다는 점에서, 그리고 아관파천 이후 러시아의 영향력이 확대된 이후 백두산의 수원의 흐름과 철도 코스를 탐사하기 위해 파견된 기사에 의해 쓰였다는 점, 그리고 탐사 중에 조선인의 민담을 채록하고 이들과 상호 교류하며 조선 문화에 감응하고 있다는 점은 다른 여행기에서는 찾아 볼 수 없는 특징들이다.

가린은 이 여행에서 두 가지의 역할을 담당하고 있다. 첫째는 철도기사로서의 탐사대원의 역할이며, 둘째는 문단에 데뷔한지 10년이 된 중견작가로서의 역할이다. 여행기에서 첫 번째 역할에 대한 내용은 여행기에서 대부분 제거되어 있다. 이것은 가린이 이 여행기를 식민화를 위한 정보의 목록이 아닌 순수한 문학장르로 집필하고자 하는 의지를 보여준다. 또 하나 가린의 역할을 충실히 지지하고 있는 것은 작가로서 여행기를 쓰고자 하는 욕망이다. 이 시기 여행기의 특성중의 하나가 문명과 야만의 이분법적 구도 안에서 모든 관습과 풍경들이 재단되고 있지만 가린의 여행기는 객관화된 시선을 최대한 확보하여 상대주의적인 관점에서 사물과 사건들을 인식하고 있다는 점에서 차별화 된다.

텍스트에 서술된 조선의 표상들, 즉 '백조'와 '호머의 시대', '동화의 세계'라는 기표는 제국주의적인 시선이 내재되어 있는 것으로 해석할 수도 있지만, 이것은 조선의 문화와 관습, 역사적 상황에 대한 이해를 바탕으로 하고 있다는 점에서 일방적인 제국주의 관점을 내포하고 있다고 보기 힘들다. 또한 가린이 조선인들과의 관계를 통해 현지의 예절을 수용하고 타자의 언어를 공유하는 행위는 이들과 소통하고 교감하려는 의지가 있다는 것을 알 수 있다. 전설과 민담의 채록의 과정을 통해 가린은 조선인들의 세계관과 종교관을 이해하게 되며, 궁극적으로 이것은 조선인들의 내면을 좀 더 심도 있게 관찰할 수 있는 계기가 되고 있다.

가린의 텍스트는 지리에 대한 공간학 보다는 그곳에 살고 있는 '인간학humanities'에 초점을 두고 있다. 하나의 공간에 누가 살고 있으며, 어떻게 삶을 살고 있는지에 대한 관심을 가지고 가린은 이 여행기를 집필하고 있다. 그는 조선이라는 공간에 '무엇이 있는지, 얼마나 있는지'가 아니라 '누가', '어떻게 살고 있는지'에 대해 중점적으로 서술함으로써 이 여행기는 인류학의 보고서와 흡사하게 구성되었다. 이 시기에 쓰인 여행기들과 비교하여 볼 때 가린의 텍스트는 인간의 보편성에 의해 조선을 경험한 것을 서술하고 있다고 하겠다.

가린의 문화상대주의적인 관점은 이 여행기가 문화인류학적인 보고서의 일종으로 또는 일인칭의 소설로 인식되는데 일조한다. 이것이 가능한 것은 물론 러시아가 유럽의 변방이라는 인식, 제국이라고 하기에는 미흡한 러시아의 정치적 상황이라는 외부적인 요인이 작동한 것을 무시할 수는 없다. 하지만 가린이 정치적 목적에 의한 여행기가 아니라 인간을 중심으로 한 여행기를 쓴 것은 인간이 추구하고 있는 보편적인 삶에 대한 가린의 문학가적 관심 때문일 것이다. 세계열강들이 조선의 문호를 열기 위해, 그리고 제국의 힘을 확장하기 위해 다양한 측면으로 조선에 접근하고, 이러한 결과를 여행기로 남긴 근대계몽기의 서양인 여행기는 제국주의의 관점과 상대주의적인 관점 사이에서 진동했던 것이 사실이며, 또한 이 여행기들은 조선에 대한 환상과 사실 사이에서 수많은 언어들을 양산하며 존속했다고 하겠다.

제2부

근대초기 지리학의 수용과 민족 자강의 논리

제1장
국가담론과 지리담론의 역학 관계

1. 여행자의 탄생과 시각의 창출

1895년 간행한 유길준의 『서유견문』은 근대계몽기 최초의 세계일주 기행문인 동시에 서양문물에 대한 체계화된 지식을 소개한 여행서이다. 이 책은 서양의 문명의 정도와 지식체계를 조선에 전달하면서 문명론과 국가론에 대한 패러다임을 생성하게 했다는 점에서 중요한 저작으로 인정된다. 이 책은 유길준이 1881년 신사유람단의 일행으로 일본에서 유학생활을 한 것과 1882년 보빙사 파견대의 일원으로 미국을 방문, 체험한 것을 기록한 것이다. 1885년 귀국하기 전까지 그는 미국의 정부기관을 시찰하거나 병원, 학교, 박물관 관람 등을 통해 책 간행에 필요한 자료를 수집했고, 조선으로 돌아와 연금 상태에 있으면서도 『서유견문』의 집필을 계속하였다. 이후 1890년에는 초고를 고종에게 진상했고, 갑오경장 이후에는 이것을 책으로 발간했다. 『서유견문』은 근대 담론을 선도하는 역할을 자임하면서 당대 신문과 잡지들에 영향력을 끼쳤다. 당시 『대한매일신보』나 『황성신문』에서는 이 책의 내용을 발췌하여 소개하기도 했다. 『독립신문』의 경우 1897년 3월 6일자 논설에서 '개화의 주인'이라는 용어를, 『황성신문』 1898년 9월 23일자 논설에서는 「개화의 등급」을 발췌하여 옮겨 실었다.[50]

『서유견문』의 서문에는 유길준이 서양문물을 처음 접하는 과정에서의 놀라움과 경이감을 표현하고 있으며, 이러한 경험을 어떻게 조선에 활용해야 하는지에 대한 고민을 담고 있다.

> 학교의 제도를 연구하여 교육하는 깊은 뜻을 엿보고, 또 농업 · 공업 · 상업에 관한 일을 살펴서 풍성한 현황과 편리한 규모를 탐색하며, 군비 · 학문 · 법률 · 조세 등의 법규를 살펴서 미국 제도의 대강을 이해한 뒤에야 비로소 크게 탄식하고 송구스러워하면서 "민공이 나의 재주 없음을 못나게 여기지 않고 이곳에 유학시킨 뜻이 (여기에) 있었구나. 내가 게으른 습성대로 세월을 허송하는 것이 어찌 옳으랴?"라고 생각하였다. (그때부터) 듣는 것을 기록하고 보는 것을 베껴 두는 한편, 고금의 서적 가운데 참고 되는 것을 옮겨 써서 한 권의 책을 만들었다. 그러나 학업에 힘쓰다 보니 틈을 얻지 못해, 잡다한 내용을 미처 손질하지 못하였다. 차례도 정하지 못한 채로 궤짝 속에 묶어 넣어 두고는, 귀국한 뒤에나 그 일을 마치겠다고 스스로 다짐하고 있었다.[51]

유길준이 자신의 여행과 유학경험을 기록으로 남기고자 했던 의도는 서양의 문물과 '부강'한 국가의 면모를 조선 지도층에게 보여주고 싶었기 때문일 것이다. 그가 국한문혼용체를 고집한 것은 당시 조선의

---

50 유길준, 허경진 역, 『서유견문』, 서해문집, 2004, 10쪽.
51 유길준, 위의 책, 23쪽.

관리층이 한글과 한자를 병기하여 쓰고 있었기 때문이었고, 이들에게 보다 쉽게 이러한 사실들을 전달하기 위함이었다. “우리나라 사람들에게 읽을거리를 제공하는 것도 또한 터럭만큼의 도움이 없지는 않을 것이다.”라는 이 언급은 조선의 근대화를 위해 기행문이라도 남겨놓겠다는 유길준의 의지를 표현한 것으로 볼 수 있다. 그리고 그의 저작은 현실을 적나라하게 반영하고 해부하는 틀로서 기능했을 때, 그리고 그것이 현실에 수용되어 국가 건설의 기획안에 포섭되었을 때 유효한 효과를 발휘할 수 있었다.

유길준에 의한 문명화의 기획은 시·공간의 유의미성과 지리학에 대한 지정학적인 인식의 틀을 마련해주었다는 점에서 주목할 필요가 있다.[52] 이 책의 제1편인 <지구 세계의 개론>에서는 ‘6대주의 구역’, ‘나라의 구별’, ‘세계의 산’으로 구성되어 있으며, 제2편 또한 ‘세계의 바다’, ‘세계의 인종’, ‘세계의 물산’ 등으로 세계 지리와 인문지리를 서술하고 있다.[53] 제1편에서는 태양의 크기와 지구와의 거리, 자전과

52 근대초기 지리학에 대한 관심은 19세기 중반 최한기에 의해 제기되기도 했다. 최한기는 『지구도설』, 『해국도지』 등을 참고하여 세계 지리지인 『지구전요(地球典要)』(1857)를 편찬하였다. 여기에는 세계 각 나라의 지리에 대한 사실들과 지구에 대한 지식들을 소개하고 있다. 또한 세계 각 지역의 풍토와 물산을 소개하고 있으며, 이것을 기(氣)로 통합되는 유기체적 관점에서 지리학을 서술하고 있다. 최한기는 이 저작을 통해 기철학과 서양의 과학지식을 통합하여 실용적인 세계지리를 구축하고 있다고 할 수 있다.
노혜정, 「『지구전요』에 나타난 최한기의 지리관」, 『지리학논총』 45호, 서울대학교 국토문제연구소, 2005, 471~495쪽 참고.

53 『서유견문』의 목차는 다음과 같다.
1편: 지구 세계의 개론, 6대주의 구역, 나라의 구별, 세계의 산. 2편: 세계의 바다, 세계의 강, 세계의 호수, 세계의 인종, 세계의 물산. 3편: 나라의 권리, 국민의 교육. 4편: 국민의 권리, 인간 세상의 경쟁. 5편: 정부의 시초, 정부의 종류, 정부의 정치제도. 6편: 정부의 직분. 7편: 세금 거두는 법규, 납세의 의무. 8편: 세금이 쓰이는 일들, 정부에서 국채를 모집하여 사용하는 까닭. 9편: 교육하는 제도, 군대를 양성하는 제도. 10편: 화폐의 근본, 법률의 공도, 경찰제도. 11편: 당파를 만드는 버릇, 생계를 구하는 방법, 건강을 돌보는

공전의 개념, 위도와 적도의 내용들을 비교적 자세하게 소개하고 있고, 6대주의 나라에 대한 명칭과 산의 지형, 태평양, 대서양 등의 바다에 대해서도 서술하고 있다. 이러한 서술방식은 그동안 중국이 세계의 중심이라는 중화주의에 대한 반발과 이것을 벗어나고자 했던 유길준의 성찰이 개입된 결과라고 할 수 있다. 동양이라는 개념 대신에 유길준이 선택한 것은 '세계', '서양'이라는 개념이었으며, 이것은 조선 내부에 깊숙이 자리 잡고 있는 동양 중심적 사고방식을 타파하기 위한 하나의 시도였다고 보인다.

이러한 세계의 실감은 조선에 대한 비판과 반성으로 이어지고 있는데, 유길준은 지식에 대한 서술에만 그치는 것이 아니라 이것을 내면화하는 과정을 또한 서술하고 있다. 가령 영국을 소개하는 부분에서는 그 나라들을 평가하는 의견을 덧붙인다.

> 영국은 천연자원이 적기로 천하에 이름났지만, 가공품이 많기로도 만국의 으뜸이다. 그러므로 나라 안에 놀고먹는 사람이 없어야 한다. 이렇게 본다면 한 나라의 부강은 국민이 부지런한가 게으른가에 달려 있는 것이지, 물산이 넉넉한가 모자란가에 달려 있지 않다. 오늘날 서양 여러 나라가 세계의 상권을 잡고서 마음대로 흔드는 것도 이러한 진리에 기초

방법. 12편: 애국하는 충성, 어린이를 양육하는 방법. 13편: 서양학문의 내력, 서양군제의 내력, 유럽 종교의 내력, 학문의 갈래. 14편: 상인의 대도, 개화의 등급. 15편: 결혼하는 절차, 장사지내는 예절, 친구를 사귀는 법, 여자를 대접하는 예절. 16편: 옷, 음식, 집의 제도, 농작과 목축의 현황, 놀고 즐기는 모습. 17편: 빈민수용소, 병원, 정신박약아 학교, 정신병원, 맹아원, 농아원, 교도소, 박람회, 박물관 동·식물원, 도서관, 강연회, 신문. 18편: 증기기관, 와트의 약전, 기차, 기선, 전신기, 전화기, 회사, 도시의 배치. 19편: 각 국 대도시의 모습, 미국의 여러 대도시, 영국의 여러 대도시. 20편: 프랑스의 여러 대도시, 독일의 여러 대도시, 네덜란드의 여러 대도시, 포르투갈의 여러 대도시, 스페인의 여러 대도시, 벨기에의 여러 대도시.

하였을 뿐이다. 아프리카주의 흑색인과 아메리카주의 적색인 같은 경우에 천연자원이 산같이 쌓여 있고 흙처럼 널려 있다고 하더라도 그것을 쓸 곳이 어디 있으랴[54]

'나라'가 부강한 것은 천연자원이 많고 적음에 있는 것이 아니라, 그 나라의 근면함에 있다는 유길준의 성찰은 매우 유의미해 보인다. 서양의 국가들이 세계의 상권을 장악하고 있는 것은 '놀고먹는 사람'이 없는 까닭이고, 이것은 나라의 '부강'에 절대적으로 필요한 요인으로 그는 인식하고 있는 것이다. 다시 말하면 신분질서가 아직도 공고하게 존재하고 있는 조선의 상황에서 양반들이 생계를 위해 적극적으로 일하지 않는 모습은 여전히 문제점으로 지적되고 있는 것이다. 자원을 효율적으로 이용하여 국가의 '부'를 증가시키는 것은 국민들의 역할이고, 그럼으로써 국민들의 힘이 그만큼 중요하다는 것을 유길준은 깨닫고 있는 것이다.

제1편과 2편에서 제시되는 근대 천문 지리학의 지식과 세계지리를 통해 유길준은 비로소 세계 속의 조선을 실감한다. 지도 위에 표기된 국경선은 한 국가가 구획되는 과정과 그것의 결과로서 국가의 영토를 구체화하는 역할을 수행한다. 지도를 통해 획득된 지리학적 지식과 상상력이 현실화된 '세계지도'는 유길준으로 하여금 조선의 지리적·정치적 위치를 인식[55]하게 한다. 사실, 한 국가의 보빙사의 일원으로 미국에 간 유길준에게 개인의 사적 체험보다는 '국가' 차원의 정치적이고 정책적인 경험이 우선시 될 수밖에 없다. 그는 '국가'를 대리하는

54 유길준, 앞의 책, 101쪽.

55 김현주, 『이광수와 문화의 기획』, 태학사, 2005, 64쪽.

자로서 우선 이 선진문명을 어떻게 조선에 적용하여 교육적 효과를 극대화할 수 있느냐를 고심하게 된다. 그 예는 위에서 논의한 제1편과 2편의 중화사상에 대한 편견에서 벗어나 거시적인 세계를 실감한 지리학적 서술이다. 그리고 이것은 '국가' 차원의 논의로 확장되어 제3편의 '나라의 권리', '국민의 교육', 제4편인 '국민의 권리' '인간세상의 경쟁'으로 이어진다. 전체를 제시하고 부분으로 접근하는 이 같은 구성의 논리는 지식을 좀 더 체계적으로 전달하기 위한 하나의 방법이었다.

유길준이 제1편, 제2편에서 태양과 지구 · 나라 · 바다 · 산 · 인종 등을 열거함으로써 세계를 거시적으로 조망하고 있다면 제3편, 제4편에서는 이렇게 조망된 것의 구획으로써 '국가'를 논의한다. 그리고 그는 이것을 '나라의 권리'로 확장하여 19세기 세계적 법체계로 논의되었던 '만국공법'과 연결시키고 있다.

> 국법은 한 나라 안에서 시행되어 여러 사람들이 서로 주고받는 권리를 지켜주며, 공법은 온 천하에 시행되어 여러 나라가 서로 주고받는 권리를 유지시켜준다. 참다운 공법의 이치는 크고 작은 구분과 강하고 약한 분별로 (나라 사이에) 차이를 두지 않는 데 있다. 또 약소국 정부의 관리가 어떤 경우에 어떤 일로 강대국에 대하여 (우리나라가 그 강대국의) 속국이라는 체제를 자인했다고 하더라도, 이는 그 사람 개인의 무식한 망동이라 할 수 있다. 증빙할 만한 문서도 없고, 조약을 비준한 서류도 없으니, 한 나라의 권리가 부질없는 말에 따라서 동요되지는 않는다. 그뿐만 아니라 천만인이 함께 지켜야할 주권이 한 사람의 사사로운 단정으로 결정될 수는 없는 것이 이론상 분명하다.[56]

56 유길준, 앞의 책, 113쪽.

여기에서 나라의 권리는 '국내적인 주권'과 '국외적인 주권'으로 나뉜다. 그리고 국법은 국내적인 법이고 공법은 세계의 여러 나라들에 적용되는 법이다. 유길준이 말하고 있는 공법은 약소국의 정부가 속국이라고 자인했다 하더라도 인정되지 않는 것이다. 이것은 한 나라의 주권이 몇 사람의 개인적 의견으로 결정되는 것이 아니라는 것이고, 이것은 '만국공법'의 원칙에서 어긋난다는 것이다. '만국공법'에 의하면 한 국가의 주권은 타 국가의 이익에 의해 침해받지 않아야 한다는 것이다. 이것은 당시 조선의 상황에 있어 필요한 법으로 규정된다. 즉, 국가의 주권이 만국공법에 의해 지켜지고 있고, 지켜져야 한다는 이 같은 사실은 허약하게나마 이 시기 조선의 지식인들에게 공감되고 있는 하나의 논리였다고 볼 수 있다.

'국가의 주권'에 이어 유길준은 '국민의 교육'에 대해 서술하는데, 여기에서는 "가르치지 않은 국민을 처벌하는 것은 지극히 잔인한 일"이라고 명시하며 국민을 교육해야할 의무가 국가에게 있음을 천명하고 있다. 즉, 국가의 직분은 국민의 안녕을 위한 것이며, 국민을 교육하는 것으로 규정된다.

> 교육의 명목은 첫째는 도덕교육이고, 둘째는 재예(才藝)교육이며, 셋째는 공업교육이다. 도덕은 사람의 마음을 교화시키고 인도하여 윤리의 기강을 세우고, 말과 행동을 삼가도록 하여 인간세상의 교제를 관제하는 것이기 때문에 이러한 교육이 없을 수 없다. 재예는 사람의 슬기를 길러내어 사물의 이치에 이르게 하며, 근본적인 것과 지엽적인 것의 효용을 헤아리도록 하여 인간 세상의 지식을 관할하는 것이기 때문에 이러한 교육이 없을 수 없다. 공업은 마음과 힘을 다하여 제조하거나 운용하는 것에 관계되고, 인간세상의 살길을 이뤄 나가는 것이기 때문에, 이러한

교육이 없어서도 또한 안 된다.[57]

유길준은 국민 교육의 중요성을 언급하며 한 나라가 망하고, 존속하는 것은 그 나라의 국민교육에 있음을 강조한다. 국가 부강의 원천이 국민에 있고, 이러한 국민의 힘은 교육에 의해 뒷받침되고 있다는 것을 유길준은 도덕교육, 재예교육, 공업교육으로 제시하고 있다. 공업교육의 예에서는 이것이 국가의 물적 토대를 위한 것으로 규정하고 세계의 변환을 위해 필요하다고 언급한다. 그리고 국민교육을 위한 법을 설정하여 법령으로 만들어야 하며, 많은 비용이 들더라도 올바르게 쓰면 한 나라의 번영을 이루고 세계를 위해 이바지 할 수 있다고 서술하고 있다. 이와 같은 교육의 필요성에 대한 언급은 결국 국가가 어떻게 국민을 규정하고 있는가를 보여주는 동시에 국민이 국가의 일부분으로서 어떤 역할을 맡아야 하는지에 대한 세부적인 논의를 이끌어내고 있다.

여기에서 중요한 것은 왜 유길준이 『서유견문』의 앞부분에 이러한 내용을 배치했느냐이다. 이 책에서 세계지리와 국가, 국민의 개념을 가장 먼저 제시하고 있는 것은 당대 조선에서 행해지고 있었던 담론의 추이와도 관계된다. 19세기 말 조선은 중국의 지배질서에서 벗어나고자하는 노력의 일부로써 중국의 사신들이 드나들던 '영흥문'을 '독립문'으로 교체하였고, 서양의 열국들이 정치적으로 조선의 개방을 요구하는 상황이었으며, 갑신정변과 갑오경장으로 인한 개화파와 수구파의 갈등이 첨예화되던 시기였다. 이러한 상황에서 '국가'의 존립과 새로운 세계적 질서에 적합한 '국가'의 건설은 이 시기 지식인들에 의해

57 유길준, 앞의 책, 130쪽.

논의될 수밖에 없었다. 즉, 유길준은 일본과 서양의 유학으로 습득한 지식을 통해 범국가적인 문제를 해결하고자 했던 것이다. 그가 설정하고 있는 국가는 서양의 문명과 문물이 하나의 견본으로 제시되는 체제이며, 이것은 국가의 영토와, 국가의 권리, 국민의 역할로 규정되고 있는 것이다. 다시 말해 이것은 하나의 국가가 그 국가의 실정성을 담보할 수 있는 '영토'와 그 존립을 가능하게 하는 권리로서의 '주권', 그리고 이것을 이루는 요소로서의 '국민'으로 이루어진다는 것을 강조하고 있는 것에 다름이 아니다. 유길준은 추상적으로 국가를 상상하는 것이 아니라 사실적인 세계에 기반을 두고 국가를 구성하는 요소인 '영토', '주권', '국민'을 차례대로 제시하고 있는 것이다. 유길준의 '국가주의'에는 영토·국토의 기반이 없이는 국가주권을 확보할 수 없는 것이었고, 이에 국제관계에서 만국공법에 의한 국토의 획득은 필수적이었다고 할 수 있다.

유길준의 『서유견문』은 총괄적으로 '국가'의 개념에 초점을 두고 있는 저작이다. 조선이 개항함과 동시에 서양 열국에 의해 국권이 위태로워진 상황에서 유길준이 여행과 유학을 통해 보고 들은 견문들은 결국 '국가'라는 테두리 안에서 조합될 수밖에 없다. 조선의 제물포를 떠나 나가사키, 요코하마, 도쿄를 거쳐 미국의 동, 서부의 도시를 순회하고 유럽의 아일랜드나 영국, 프랑스를 여행하고, 수에즈 운하를 통해 아시아의 싱가포르, 홍콩을 거쳐 제물포에 도착하기까지의 여정은 그대로 『서유견문』에 기록되어 있다. 그러나 이러한 여행의 결과물들은 이 책에서 여행의 여정을 중심으로 배치된 것이 아니라, 지식의 체계에 적합한 '주제'적 분류에 따라 구성되었다. 이러한 주제적 분류는 조선의 새로운 국가체제로의 전환과 맞물려 하나의 지침서 또는 교과서로 이 책을 활용하고자 하는 의도가 내포되어 있다고 할 수 있다. 비록

이 책의 내용 중 일부를 후쿠자와 유키치의 『서양사정』에서 차용했다고 하더라도 이 책이 조선인 최초의 서구 여행에 관한 결과물이라는 것은 간과할 수 없다. 한 개인의 여행기, 유학의 기록들이 근대 국가에 대한 비전과 그에 대한 실천적 방법을 제시하고 있다는 점에서 유길준의 『서유견문』은 여전히 유의미한 저작이라 할 수 있다.

2. 근대 국가 담론과 모방된 국가

근대 초기 유길준의 『서유견문』이 여행을 통해 서양문명의 습득과 지식의 확장을 경험하고 근대 국가 성립과 그 체계에 대해 논의했다면, 이후 근대계몽기 지식인들은 교과서와 잡지를 통해 근대 국가 성립에 있어 지리학의 중요성을 세부적으로 논의하였다. 장지연은 『신정중등만국신지지(新訂中等萬國新地誌)』(1907)를 교열하였고, 정약용은 『대한강역고(大韓疆域考)』(1903)를 증보하기도 하면서 '국가'와 그 표상에 대한 지리학적 개념을 정초하였다. 근대계몽기 지도는 근대국가의 표상을 외면화하는 역할을 하면서 이 시기 세기적 전환의 현실을 적나라하게 보여 준다. 또한 '지도'라는 세계의 모상은 단순히 그것이 모사하는 '현실'을 전체로서 인식하는 것과 관련이 있을 뿐만 아니라 국가권력을 비롯한 사회적인 제도의 존립이나 기능에도 관련[58]되어 있다는 것을 1900년대 지식인들은 간파하고 있었다.[59]

---

58 와카바야시 미키오, 전성태 역, 『지도의 상상력』, 산처럼, 2006, 31쪽.

59 이에 대한 내용은 졸고, 『한국근대문학과 알레고리』의 3부에서 자세히 논의하였다.

1906년 일본 유학생 단체인 태극학회의 기관지였던 『태극학보』[60]에는 「국가론」이라는 제목의 논설이 게재되었는데, 여기에는 국가의 성립요건을 세 가지로 제시하고 있다.

國家라 ᄒᆞᄂᆞᆫ 것은 一定ᄒᆞᆫ 土地를 有ᄒᆞ고 또 權力으로써 統一ᄒᆞᄂᆞᆫ 人民의 團體니라. 此 定義를 分析ᄒᆞ면 國家에 三要素가 有ᄒᆞᆫ데 第一은 土地니 幾千萬人이 共同ᄒᆞ야 團體를 結合ᄒᆞ더라도 一定ᄒᆞᆫ 領土가 無ᄒᆞ면 國家라 稱ᄒᆞᆯ 슈 無ᄒᆞᆫ지라. 故로 學者가 古代에 水草를 追隨ᄒᆞ야 八方으로 漂流ᄒᆞ던 蠻族의 團體를 國家로 不認ᄒᆞᄂᆞ니라. 然이ᄂᆞ 土地의 大小에ᄂᆞᆫ 區別이 無ᄒᆞ니 全世界에 第一 廣大ᄒᆞᆫ 領土를 有ᄒᆞᆫ 英國도 一國家오 彈丸黑子갓튼 摩洽哥도 一國家니라. 第二ᄂᆞᆫ 權力이니 一定ᄒᆞᆫ 土地가 有ᄒᆞ고 數多ᄒᆞᆫ 民族이 有ᄒᆞ더라도 此를 統治ᄒᆞᄂᆞᆫ 主權者가 無ᄒᆞ면 國家가 아니니라. 故로 文明諸國에셔ᄂᆞᆫ 治者와 被治者의 區分이 明瞭ᄒᆞ야 人民이 其 主權者에게 對ᄒᆞ야 絶對的으로 服從ᄒᆞᄂᆞ니라. 第三은 人民의 團體니 此 社會上에 無數ᄒᆞᆫ 團體가 存在ᄒᆞ엿시ᄂᆞ 國家ᄂᆞᆫ 單純ᄒᆞᆫ 團體가 아니오 一定ᄒᆞᆫ 土地와 權力으로 組成ᄒᆞᆫ 團體니라.」 以上 三要素로 成立ᄒᆞᆫ 國家가 吾人과 如何ᄒᆞᆫ 關係가 有ᄒᆞ뇨.[61]

60 『태극학보太極學報』는 1906년 8월 24일자로 창간된 일본 유학생 단체인 태극학회의 기관지이며, 1908년 12월 통권 27호를 내고 종간되었다. 편집 겸 발행인은 장응진이었고, 주로 관서지방(황해도, 평안도)에서 온 유학생들이 중심이 되었다. 태극학회는 1907년 2월부터 국내 여러 곳에 지회를 두고 제반 학술 보급과 애국 계몽에 주력했는데, 이때의 회원 수는 270여명, 지회의 회원을 합치면 600명이 넘었다. 『대한매일신보』에서는 「태극학보를 축하함」(1908. 5. 23)이라는 사설을 통해 "각종 학설을 수집하여 조국의 문명을 도우려고 하는 것이 『태극보』가 아니겠는가. 열성을 뿜어 청년의 의기를 진작하려는 것이 『태극보』가 아니겠는가"라는 글을 통해 이 학회의 애국계몽운동의 의의를 설명하였다. 최덕교 편저, 『한국잡지백년 1』, 현암사, 2004, 174~177쪽 참고.

61 최석하, 「국가론」, 『태극학보』 제1호, 1906, 10쪽.

이 논설에서는 국가의 성립요건을 토지, 주권, 인민으로 제시하고 있다. 토지는 국가의 물적 토대가 되는 것이고, 그 크기와 상관없이 모든 국가는 영토를 중심으로 성립된다는 것이다. 두 번째는 치자와 피치자를 구별할 수 있는 권력, 즉 국가의 권력인 주권을 제시하고 있다. 세 번째는 인민의 단체로 영토와 주권을 실행하는 주체로 인민이 제시된다. 최석하는 이 글을 통해 국가의 성립요건을 논의하고 있지만, 이것은 그의 개인적인 의견이라기보다는 국가론을 논의하는데 있어서 그 시기 지식인들이 갖고 있던 공통된 의견이었다고 할 수 있다.

유길준의 『서유견문』으로 촉발된 국가 담론은 다양한 매체를 통해 논의되면서 국가를 이루는 요소들에 대한 논의가 면밀하게 이루어지는데, 그 중의 하나가 영토와 관련된 담론이었다. 당시 국가 상실의 위가와 맞물려 중요하게 인식되었던 것이 영토론이었고, 이것은 지리학의 관심으로 이어졌다. 이에 초등교육에서도 지리학이 교과목으로 설정되어 교육되었다. 장지연, 김홍집, 김교홍, 현채 등은 지리교과서를 편역·저술하거나 편집하여 교과서로 간행했다. 근대계몽기 지리학 교과서는 1889년 헐버트가 저술한 『ᄉᆞ민필지』[62]를 비롯하여, 『만국

62 헐버트(H.B. Hulbert)는 1886년 신교육기관으로 설립된 육영공원의 교사 신분으로 조선에 입국했고, 여기에서 수업할 지리 교재의 필요성에 의해 『사민필지』(1889)를 한글로 집필했다. 목차는 뎨일쟝 디구(地球), 뎨이쟝 유로바쥬(歐羅巴洲), 뎨삼쟝 아시아쥬(亞細亞洲), 데ᄉᆞ쟝 아메리가쥬(亞美利加洲), 뎨오쟝 아프라기쥬(亞弗利加洲), 오스트레랴주(大洋洲)로 되어 있다. 그리고 총론에는 태양계와 그 현상, 지구와 그 현상, 인력, 일식, 월식, 기상현상, 지진, 유성, 화산, 인종 등에 대한 정의와 설명을 실었다. 이 책은 첫째, 학문적 요구보다는 당시의 시대적 요청에 부흥한 개화정신과 애국계몽적 성격이 크게 부각된 세계지리 교과서의 특성을 보인다. 둘째, 이 책에는 기독교적 관점이 포함되어 있으며, 셋째, 유럽적인 시각, 즉 영미 중심의 시각에서 기술되어 있다고 할 수 있다. 또한 이 책은 1889년 초판 이후 1894년에 한문판으로 출판하고, 1906에 2판을, 1909년에 3판이 나오면서 지도의 삽입과 각 국의 통계수치를 추가하여 실었다.
김재완, 「사민필지(士民必知)에 대한 小考」, 『문화역사지리』 제13권 제2호, 한국역사문화

지지』(1895)[63], 『신편대한지리』(1907), 국민교육회가 편찬한 『초등지리교과서』(1907) 등이 있다. 그리고 단행본으로는 1895년 학부편집국이 간행한 『조선지지』[64], 현채가 역편한 『대한지지』(1899)[65], 밀러 부인의 『초학지지』(1906)[66], 장지연의 『대한신지지』(1907) 등이 있다.[67]

근대계몽기 지리교과서와 지리 서적들은 국경으로 구획된 세계지도와 국가별 상세지도를 도상화 하여 세계를 한 평면에 조망할 수 있는 기회를 제공하였다. 또한 한반도 지리에 대한 세부적인 설명을 통해 조선의 전체적인 국가 이미지를 재현하기도 했다. 장지연은 자신이 교열한 『신정중등만국신지지(新訂中等萬國新地誌)』에서 다음과 같은 언

지리학회, 2001, 199~209쪽 참고.

63 『만국지지』는 1895년 학부편집국에서 간행되었고 1책 84장으로 되어 있으며 국한문혼용으로 쓰여졌다. 총론에는 지구의 자전에 대한 설명과 반도, 협곡, 구릉, 화산 등을 정의하고 있고, 각 편에서는 아세아주 16국, 아프리카주 8국, 구라파주 18국, 북아메리카주 11국, 남아메리카주 11국 등에 대해 위치와 산하의 유무 등을 중심으로 간략하게 소개하고 있다.

64 『조선지지』는 1895년 학부편집국에 의해 국한문혼용체로 간행되었다. 여기에는 조선의 입지조건, 동서남북의 거리, 산맥과 강수의 관계 등을 서술하였고, 한성·인천·충주·공주·홍주·전주·남원·평양·의주·함흥 등의 전국 23부에 대해 인구, 명승, 산물, 인물 등을 소개하고 있다.

65 『대한지지』는 1899년 현채 역집으로 간행되었고 국한문혼용으로 쓰였다. 목차로는 총론, 경기도, 충청남도, 충청북도, 전라남도, 전라북도, 경상남도, 경상북도, 황해도, 평안남도, 평안북도, 강원도, 함경남도 함경북도 등으로 되어 있고 삽입지도는 14매이다.

66 『초학지지』는 밀러의 부인 헬리가 『사민필지』의 내용을 보완하여 쓴 세계지리지이다. 8면의 천연색 편찬도를 실었으며 기독교학교인 경신학교에서 이 교과서를 채택하여 가르쳤다.

67 계몽기 지리학에 대한 관심은 신문과 잡지, 교과서 등을 통해 볼 수 있는데, 『한성순보』는 세계지리에 대해 '지구론'(1호, 14~15쪽), '영국지략'(6호(18~23쪽), '아세아주총론'(14호 11~12쪽) 등으로 16회 정도 지리학의 내용을 전달하였다. 단행본과 교과서로는 작가 미상 『아한강역고』(1903), 진희실 『신찬외국지지』(1907), 황윤덕 역 『만국지리』(1907), 김건중 역술 『신편대한지리』(1907), 국민교육회편 『초등지리교과서』(1907) 등이 있다. 이에 대한 자세한 논의는 졸고, 「근대계몽기 지리적 상상력과 서사적 재현」, 『현대소설연구』 40호, 한국현대소설학회, 2009 참고.

급을 통해 지리학의 중요성을 설파하였다.

> 오늘날에 이르러 세계의 열국은 항로와 철로로 서로 이어지고 외교가 서로 이루어져 아시아와 구라파가 이웃이 되고 황인종과 백인종이 한 가족처럼 되었으니, 각처의 산해 · 풍토 · 정치 · 산업이 우리와 더불어 서로 관련되지 아니함이 없는데도, 발로 밟고 몸으로 접하여 가슴 속의 장관을 넓혀서 눈동자의 참모습으로 상쾌하게 하지 못하고, 헛되이 꿈속에 상상하여 생각을 달렸으니 진실로 탄식이나 할 뿐이었다. 비록 그러할 뿐 나는 이미 늙어서 실행할 수 없다. 뜻을 세우고 학문을 구하는 저 젊은 청년들이라면 이때를 당하여 전지구의 지리를 널리 탐구하고, 만국의 실정과 형세를 정밀히 살펴서 우리의 사고와 지식을 증대시키지 않을 수 없다. 이것이 '만국지지'를 반드시 읽어야 하고 폐(廢)해서는 안 되는 까닭이다.[68]

이 책에서는 세계지리에 대한 지식을 전달하고 있는데, 제1장은 세계지리총론(천문학, 지문지리, 인문지리) 제2장은 아세아주, 제3장은 구라파주, 제4장은 아프리카주, 제5장은 아메리카주, 제6장은 대양주에 대해 서술하였다.[69] 서문에서 민영휘는 『해국도지(海國圖志)』를 보고 비로소 지구의 동서에 오대주가 있는지 알았으며, 그 이전에는 『산해경(山海經)』과 『직방도(織方圖)』를 읽고 기괴한 나라와 그곳에 사는 괴상한 모습의 사람들을 연상했다고 언급한다. 그리고 그는 세계의 열국이 각축하는 현재적 상황에서 만국의 실정을 살피는 것은 중요하며 이에

68 민영휘·김홍경 편, 장지연 교열, 「신정중등만국신지지 서」, 『신정중등만국신지지』, 광학서포, 1907.

69 민족문학사연구소 편역, 『근대계몽기의 학술·문예사상』, 소명출판, 2000, 272쪽.

지리를 탐구하여 사고와 지식을 증대시켜야 한다고 주장한다. 장지연이 강조하는 것은 '세계'라는 타자를 아는 것이며, 이것은 지리교육을 통해 달성될 수 있는 것이었다.

> 『만국신지지』는 중등 교육을 위한 것이다. 처음 배움을 시작하는 학생이 초등 과정에서 이미 본국의 지리에 통하고 그런 연후에 순서를 따라 글을 올려 오대주 각국의 지리에 통하기를 구한다. 이는 문밖을 나서지 않더라도 능히 동·서양의 위치와 경도·위도상의 좌표, 그리고 각국의 풍토와 물산, 정치 연혁이 어떻게 성하고 어떻게 쇠했는지를 손바닥을 들여다보듯 명료하게 알 수 있다. 때문에 지리학은 역사학과 더불어 표리가 되어, 학문에서 강구하지 않을 수 없는 것이다. 근래 우리나라의 교과서류가 차례로 발달하여 외국지지 또한 갖추어지지 않았다고 할 수 없다. 그러나 각국의 문자가 같지 않고 언어가 서로 달라, 그 지명과 인명의 칭호가 자못 어긋남이 아주 많다. 한문을 번역한 책은 한자음을 좇아 차이가 나고, 일어를 번역한 책은 가나를 따라서 고르지 않는데다 전전하여 과오가 생겨나 마침내 진면목을 잃어버린 것이 많다. 나의 친구 김홍경군이 이를 병통으로 여겨 각각 그 나라의 명칭에 의거하여 우리 문자로 번역하여 한 권의 신서를 편집해 만들어 명칭을 『만국신지지』라 하고 나에게 교열을 부탁하였다. 내가 생각하기에 이 책은 긴요하고도 편리하니 의당 공부하는 사람들은 즐겁게 취해야 할 것이다. 어찌 곧 인쇄하여 공급하여 교육계에서 채택하도록 하지 않겠는가?[70]

위의 인용문은 장지연이 이 책의 '서'에서 언급한 내용이다. 중등을 위한 지리교과서인 이 책은 각 국의 위치, 경도와 위도, 각 국의 풍토에

---

70 민족문학사연구소 편역, 위의 책, 275~276쪽.

대한 내용을 중심으로 편집되었고, 이 책이 각 나라의 연혁에 대해서도 지식을 제공하고 있기 때문에 역사학도 같이 공부할 수 있다고 장지연은 강조한다. 여기에서 장지연의 언급은 지리 지식과 역사를 연결시켜 놓고 있다는 점에서 주목할 만하다. 지리를 통한 역사적 통찰은 다시 말해 한 국가의 영토 구획과 그 흥망의 역사가 지리교과서를 통해 가시화됨으로써 가능한 것이다. 한 국가의 통시적 역사는 국가 영토의 축소와 확장으로 형상화 되는 것이다. 근대계몽기 지리교과서는 국가의 역사를 지도로 표상화 하였고, 이에 지리학은 초등과 중등의 필수과목으로 교육되었다. 1908년 배재학당의 지리학 수업은 1, 2학년의 경우 한국지리를 중심으로 하였고, 3, 4학년의 경우는 동양지리와 세계지리로 확장하여 교육하였다.[71] 기존의 지리적 개념이 '관찰'된 풍수사상의 일환으로 인식되어 온 점이 적지 않지만[72], 근대 계몽기의 지리학은

---

71 1908년 배재학당의 1, 2, 3, 4학년의 교과목 수업시수를 살펴보면 다음과 같다.

1학년 : 독법, 작문(국어) 4시간/한국역사 2시간/한국지리 2시간/인물(성경) 3시간/독법, 습자(영어) 5시간

2학년 : 독법, 작문(국어) 4시간/동양역사 2시간/한국지리 2시간/복음요사(성경) 2시간/독법, 습자(영어) 5시간

3학년 : 독법, 작문(국어) 3시간/세계역사 2시간/동양지리 2시간/성서개론(성경) 3시간/독법, 습자, 작문 6시간

4학년 : 독법, 작문(국어) 3시간/한국역사 2시간/세계지리 2시간/성서개론(성경) 3시간/독법, 습자(영어) 6시간

배재 100년사 편찬위원회, 『배재 100년사』, 배재학당, 1989, 159쪽.

72 근대 이전의 지리서 중 이중환의 『택리지』(1751)는 조선시대 최고의 인문지리서로 평가를 받아왔는데, 여기에 수록되어 있는 팔도총론에는 함경도, 황해도, 강원도, 경상도, 전라도, 충청도, 경기도 등의 국토를 고찰하고 있고, 산줄기와 하천을 통한 생활권을 도시하고 있다. 그리고 이 책의 후반부는 복거총론으로 사대부들이 자신들의 거주관에 적합한 곳을 찾아 새로운 집을 꾸리는 내용으로 되어 있다. 이 저서는 지형학적인 정보를 생태적인 관점에서 제공하고 있고, 사대부의 이상향 찾기에 초점이 맞추어져 근대 지리학에 대한 저서라고 보기는 어렵다.

권정화, 「이중환의 택리지」, 『공간이론의 사상가들』, 한울, 2001, 527~536쪽 참고.

객관성을 담보한 과학의 한 분야, '보는 행위'에 중점을 둔 하나의 지식 체계로 인정되었다고 할 수 있다.

장지연은 『대한신지지(大韓新地誌)』에서도 "지리학이 일어나지 않으면 애국심이 생기지 않는다."라고 언급하며, "국토, 지리에 대한 느낌이 매우 얕으니 이것이 우리들의 결점"[73]이라고 비판한다. 장지연은 국가적 위기 요인의 하나를 지리지식의 결여로 보고 있다. 그는 국가의 근간을 이루는 것이 영토임에도 불구하고, 그것을 정치적으로 전유하지 못하고 있는 상황을 지적한다. 지리학과 지도가 단순히 지형을 도시하는 것에 그치는 것이 아니라 국가의 영역, 국경을 규정하는 정치적인 성격을 내포하고 있다는 것을 장지연은 인식하고 있는 것이다.[74] 장지연에게 있어 지리학은 근대 국민국가 성립에 있어 필요한 지식인 것이고, 이것은 국가의 실정성을 담보하는 것으로써 인정되었다.

또한 『대한흥학보』에 실린 「지리와 인문의 관계」에는 지리와 인간의 관계성에 대해 논의하고 있다.

> 古人이 云離人無事하고 離地無人이라하니 世間에 土地와 人生의 關係와 갓치 且重且大한 者 更無한지라 試觀上下數千古에 人類의 興亡盛衰와 文物의 變遷移動이 다 人類로 하여 곰 地上에 入하야 活動케 한 歷史가 아니리오 彼리히텔이 云호되 吾人은 人과 地와 不可離할지오 國家난 地와 人 이 互相活動한 結果로 造成한 一機關이라 故로 먼져 土地와 人의 關係를 詳知한 然後에 國家事를 可히 硏究하리라하엿으니 苟或 政治에 有意하난 者 國家에 有志하난 者 不可不 土地와 人文의

73 장지연, 『대한신지지』, 『근대계몽기의 학술 문예사상』, 소명출판, 2000, 268~269쪽.

74 홍순애, 「근대계몽기 지리적 상상력과 서사적 재현」, 『현대소설연구』 40호, 한국현대소설학회, 2009, 365쪽.

> 干係를 깁히 硏究치 아니치 못할진져 기 民族의 歷史를 硏究코자하면 必先 其 民族 所居地의 地理 如何함을 觀察할지오 기 民族의 性質을 硏究함에도 亦然하니라.[75]

이 글에서는 국가가 사람(人)과 땅(地)의 상호 활동한 결과로 구성된 것이고, 토지와 인문의 관계를 연구하는 것이 국가에 유익한 일이라고 설명한다. 민족의 역사를 연구하고자 한다면 먼저 민족의 거주지인 토지를 관찰하고 민족의 성질을 연구하는 것이 필요하다는 것이다. 여기에서 지리는 역사와 연관되며, 동시에 민족성과도 연계된다. 지리에 따라 민족성이 달라진다는 견해는 지리가 단순히 지형의 형태만을 논의하는 것이 아니라 민족적 기질과 관련이 있다는 것이다. 즉 이 글에서 정의하는 지리학은 비단 영토뿐만 아니라 민족까지 포함하는 학문인 것이다. 인문지리의 특성을 논의하고 있는 이러한 지리학 담론은 지리학이 지닌 교육적 효과를 내포한 결과라고도 볼 수 있다. 다시 말해 근대계몽기 지리학은 국가론의 자장 안에서 민족이라는 이름으로 주권의 주체인 국민의 개념을 확장하여 보여주고 있는 것이다. 또한 이러한 민족과 영토를 하나의 틀, 즉 지리학이라는 영역 안에서 사유하고 있는 것은 이 시기에 필수적으로 요청되었던 정치적 상황을 염두에 두었던 결과라고 할 수 있다.

지리에 대한 총체적인 정보가 도상화되어 있는 지도는 근대계몽기 지식인들에게 국권 상실의 위기와 맞물려 현재의 위기적 상황을 적나라하게 표상하는 하나의 기표였다. 신채호의 경우는 『대한매일신보』의 논설을 통해 국토상실을 지도를 통해 좀 더 적나라하게 실감하고

75 「지리와 인문의 관계」, 『대한흥학보』 10호, 1910, 28~29쪽.

있다.

> 단군 ᄉᆞ천여년 후 텬디에 세계디로를 펼쳐 노코 ᄒᆞᆫ번 시험ᄒᆞ여 보니 남극에셔 북극에 ᄭᆞ지 북극에셔 남극에 ᄭᆞ지 동셔 몃만리에 허다ᄒᆞᆫ 나라이 별 ᄀᆞᆺ치 버러잇고 바둑ᄀᆞᆺ치 널니여 잇셔셔 혹 크기도 ᄒᆞ고 혹 젹기도 ᄒᆞ여 혹 강ᄒᆞ기도 ᄒᆞ고 혹 약ᄒᆞ기도 ᄒᆞᆫᄃᆡ 각각 그 디위ᄅᆞᆯ ᄯᆞ라 그 국괴ᄅᆞᆯ 표양ᄒᆞ거ᄂᆞᆯ 유독 아셰아 동편 ᄒᆞᆫ 모퉁이에 한반도ᄂᆞᆫ 젹젹히 그 광ᄎᆡᄅᆞᆯ 감초고 풍운이 암ᄆᆡᄒᆞ여 젼ᄋᆡ가 미만ᄒᆞᆯ 섄이로다. 오호ㅣ라 한반도ㅣ여 너ᄂᆞᆫ 모ᄉᆞᆷ 연고로 이 ᄀᆞᆺ흔 비ᄎᆞᆷᄒᆞᆫ 운슈ᄅᆞᆯ 홀노 당ᄒᆞ엿ᄂᆞᆫ고 너ᄂᆞᆫ 뎌 영길리와 ᄀᆞᆺ치 령디가 세계에 편만치도 못ᄒᆞ고 덕국과 ᄀᆞᆺ치 찬란혁혁ᄒᆞᆫ 학술의 광ᄎᆡ를 나타내지도 못ᄒᆞ며 미국과 ᄀᆞᆺ치 굉장ᄒᆞ고 웅위ᄒᆞᆫ 부원을 자랑치도 못ᄒᆞ야 너의 면목이 참담ᄒᆞ고 너의 위엄이 타락ᄒᆞ여 세계에 혈긔가 잇 ᄂᆞᆫ 쟈로 ᄒᆞ여곰 너를 ᄃᆡᄒᆞᄆᆡ ᄌᆞ연 슯흔 눈물이 옷깃을 젹시우니 오호ㅣ라 한반도ㅣ여[76]

신채호는 여기에서 지도를 보면서 국토상실에 대한 슬픔을 표현하고 있다. 그는 세계지도에 표기되어 있는 남극과 북극, 그리고 각 나라의 이름을 확인하면서 아시아 동편의 모퉁이에 있는 한반도를 발견한다. 그러나 한반도가 위태로운 지경에 처해 있으며 비참한 운명에 놓여 있다고 서술한다. 신채호는 한반도가 이전 시대에는 영웅을 배출한 부강한 나라였으며, 문명에 있어서도 중국, 인도와 함께 광채를 나타냈었다고 회상한다. 그러나 지금은 과거의 영광이 모두 사라지고 비참한 운수만이 한반도를 지배하고 있다고 서술한다. 한반도가 세계 강국으로 부상하지 못하고 일본의 식민지가 되는 위기는 지도를 통해 확인되고

---

76 신채호, 『대한매일신보』, 논설란, 1909. 3. 27.

있다. 한반도는 여기에서 의인화 되고 있고, 그럼으로써 그 상실의 의미는 보다 전면적으로 부각된다. 지도는 거시적 공간을 시각적으로 확인 가능한 형태로 축소함으로써 이 공간에서 벌여지는 제국의 충돌과 긴장의 상태를 보다 명료하게 도시한다. 한반도의 위기는 지도를 통해 실증적으로 언급되고 있으며, 이로써 조선의 국토상실은 가시화 된다.

박은식의 경우는 한일병합 이후 1911년 망명지인 간도에서 『대동고대사론』, 『동명성왕실기』 등의 역사서와 『명림답부』, 『천개소문전』, 『발해태조건국지』 등의 역사전기소설을 통해 근대 지리학의 위상을 재현한다.77

> 국민교육계서 제일 필요한 것은 지리학과 역사학이니 지리는 국민의 신체요 역사는 국민의 정신이다. 사람의 신체와 정신이 건전하고 활발하여야 본체를 주득하고 수명이 장구함과 같이 국민교육계에 지리학과 역사학이 불통으로 발달하여야 그 백성이 해륙방면에 대하야 활동진보한 사상도 있고 국가주의에 관하야 충애한 사상도 있을 것인데 우리나라의 문학자는 지리를 논하면 태산 황하와 악양루 동정호의 명칭을 맹송할 뿐이요 역사를 논하면 천황씨 이하로 당송사기의 조박을 취담할 뿐이오. 본국지리와 본국역사는 학과 이외에 붙이니 일반 교육계의 방법이 이와 같이 오류한 중에 가장 유력한 학가는 특별히 일종일론을 주창하야 오로

77 1895년 이후 조선 영웅과 서양 영웅을 재현하는 역사서와 역사전기·전·인물고 등이 출판되거나 잡지에 번역, 연재되었다. 『서우』에 실린 위인전은 「을지문덕전」(2호), 「양만춘전」(3호), 「김유신전」(4~8호), 「강감찬」(11호) 등이다. 서양의 영웅을 소개하고 있는 것은 「비스막 전」(『태극학보』 5~10호), 「피득대제전」(『기수학보』), 「나폴레온 대제전」(『소년』, 1908. 11~1909. 1), 「까르발디」(『소년』, 1909. 4~11), 「신소설 애국부인전」(광학서포, 1907), 「민충정공영환전」(『대한자강회월보』 2권3호), 「나파륜전」(『한성신보』, 1895. 11. 7~1896. 1. 26.), 「이태리건국삼걸전」(양계초, 광학서포, 1906), 「비사맥전」(보성관, 1907), 「피득대제전」(『공수학보』, 1907. 1~10), 「나파륜전사」(의진사, 1908) 등이 있다.

지 딴 나라를 추촌하고 기념함으로써 유일무이한 의리를 삼고 자국정신은 자연 소멸하게 하였으니 그 백성이 어찌 국가사상이 있으며 조국위인을 숭배할 사상이 있으리요. 뿐만 아니라 지금 우리가 눈을 들어 강북일대를 바라보면 광막한 원야가 일즉 누구의 소유이던가 단군 후예 부여의 기지는 현토 북 1천리에 위치하고 기씨조선의 경계는 영평부가 다 우리 조상의 고토이었는데 1천여 년래에 우리 민족이 이에 대하야 경영자는 고사하고 몽상자도 처음부터 없었으니 이것은 무슨 연고인가[78]

박은식은 국민교육에서 필수적으로 요청되는 것이 지리학과 역사학이라고 언급한다. 그는 지리가 '국민의 신체'의 역할을 하며, 역사는 '국민의 정신'을 책임진다고 보고 있다. 여기에서 지리는 '신체'로 인지되고 있으므로 해서 국가 성립에 있어 영토가 갖는 중요성이 강조된다. 그리고 역사는 민족의 연속성의 문제와 결부되어 인식된다. 박은식은 기존 지리학이 중국의 사대주의에서 벗어나지 못하고 있고, 역사 또한 중국의 역사가 연구되고 있는 실정을 비판한다. 그는 그동안 조선의 지리와 역사 연구가 없었기 때문에 '자국정신'이 훼손되었고, 모방된 중국의 사상으로 인해 역사적으로 조선의 실체성이 인정되지 않았다고 언급한다. 여기에서 단군의 후예인 부여는 구체적인 지역의 명칭 '강북일대의 원야'와 '현토 북 1천리', '영평부'라는 고유명사와 거리개념으로 제시되면서 현실화 되고 있다. 부여는 구체적인 영역으로 도시됨으로써 국가적 정체성을 부여받고 있다. 박은식은 지리적 개념을 끌어와 부여의 지도를 도시함으로써 역사전기소설의 실제성을 강조한다. 부여는 작가가 서술해놓은 지리적 상상력을 기반으로 현실화되고

78 박은식, 「발해태조건국지」, 『백암 박은식 전집』 4권, 동방미디어, 2002, 468~469쪽.

도상화됨으로써 국가의 리얼리티를 인정받는다.

> 하루는 병가서를 읽다가 용병의 도는 지리의 오해를 일찍 익히는 것이 옳다고 생각하고 곧 나라 안에 名山大川과 高城深池를 두루 다니며 두루 보아서 戰守의 의를 살피고 남으로 淇江에 거슬러 올라가 登萊海路를 탐취하며 서로 遼河를 건너서 거란의 관방을 점득하며 동북으로 흑룡강 연안에 이르러 일본 북해도를 조망하고 돌아오니 一副輿圖가 흉중에 요연하였다. (중략) 발해의 상경은 용정부이니 또한 용천부라고도 한다. 용주와 호주 발주를 거느렸다. 부는 홀한하 동쪽에 있으니 영고탑과 격수의 땅이다. 河는 북으로 일진하여 경박이 되는 지금 미타호요 또한 북으로 흘러 혼동강이 되어 형승이 동황에서 제일이다. 발해를 앞서 숙신의 서울이 여기 있었으며 발해 이후 금인이 여기에 도읍을 건립한 까닭으로 옛 큰성이 영고탑 서남 60리 호아합하 남에 있으니 둘레 30리에 사면에 7개 문이요 내성은 둘레 5리에 동서남 각각 1문이요 그 안에는 궁전 유기가 있고 원인은 여기에 부를 설치하야 호리개라고 이름하였다.[79]

박은식은 『발해태조건국지』를 통해 국가 설립에 앞서 행해야 하는 것이 지리를 아는 것이라고 제시하면서 역사 속에 존재하는 발해의 위치를 설명한다. 그리고 전쟁의 승리로 영토를 확보한 이후의 서사에서는 보다 세부적으로 발해의 국토로 편입된 지역에 대한 명칭을 열거하고 있다. 『발해태조건국지』는 발해의 상경과 동경, 서경의 위치와 다스리는 지역의 이름을 제시하고 있고, 부여부, 정리부, 솔빈부, 동평부, 철리부, 회원부의 위치에 대해 서술하고 있다. 즉 여기에서 발해는 지역을 명시한 지도로서 조망된다. 발해는 지도의 상상력에 의해 구획

79 박은식, 『백암 박은식 전집』 4권, 동방미디어, 2002, 473쪽.

되면서 하나의 '일부여도(一副輿圖)'로 완성된다. 이 서사에서 발해는 지리적 상상력에 의해 구체화됨으로써 하나의 국가의 형태로 자연스럽게 구성되고 있다.

지리적 상상력을 추동하는 이러한 서술방식은 '지금-여기'의 현재성을 가지고 직접 경험할 수 없는 미지의 세계를 상상하게 한다. 박은식은 영토와 주권이 없는 국가의 성립은 불가능한 것이며, 국가의 실질적인 위상은 물리적인 땅, 영토로 규정되고 있음을 인식하고 있다. 지도로써 표기된 경계선은 국가의 영역을 구획하는 국경의 역할을 담당하는 것이고, 국가의 설립은 자국의 영토에 이름을 명명하는 작업에 다름 아닌 것이다. 그리고 이러한 과정을 통해 국가는 하나의 영역국가로서 공인되는 것이다.

근대계몽기 지식인들이 지리학과 지도를 통해 제시하고자 했던 것은 전역적으로 세계를 구성할 수 있는 사고력이다. 근대계몽기 지리학적 상상력은 국가와 연계되고 이것은 민족과도 연관된다. 즉 당대 지식인들은 학생들의 임무가 지리 지식을 통해 세계를 탐구, 통찰하는 것이고, 이것이 시대적 사명이라고 제시하고 있다. 다시 말해 근대계몽기 지리학은 근대를 사유하는 하나의 창이면서, 국가의 연속성을 인식하는 하나의 지식이었으며 사상이었다. 따라서 지리학은 국가의 위기적 상황과 영토 수호의 필연성 안에서 정치적으로 논의될 수밖에 없었다.

3. 민족의 기원과 북방에 대한 환영

근대 지리학은 근대계몽기에 상상되었던 세계를 하나의 지도로서 현실화함으로써 사실적으로 전달되었다. 국가흥망의 역사가 평면의 지도위에 도시됨으로써 국가의 위기는 전면화 된다. 세계열강이 식민지 개척을 위해 쟁투를 벌이는 상황에서 지리학은 이 시기 필수불가결한 하나의 지식이었다. 이러한 지리학과 지도에 대한 관심이 국가개념과 관련하여 지리 교과서의 편찬을 이끌었다면, 다른 한편에서는 민족의 기원 탐색이라는 명제로 간도와 만주 담론을 생성케 하였다. 근대계몽기 간도와 만주는 러일전쟁 이후 국경과 영토를 둘러싼 제국들의 이해관계가 전면적으로 대립되었던 지역이었다. 이 시기 간도와 만주를 차지하기 위한 러시아・일본・청나라의 영유권 쟁탈은 제국의 권력을 표면화하는 계기가 되었다.

신채호는 『대한매일신보』의 논설란을 통해 간도와 만주를 둘러싼 일본과 러시아 제국들의 쟁투와 청의 정치적 행보들을 서술하였다. 『대한매일신보』에서는 1907년 9월 이후 간도의 영토분쟁을 기사화하는데, 여기에서는 북간도의 위치와 지형, 청과 일본의 영토분쟁을 언급하고 있다.

ᄇᆡᆨ두산 아래 두만강과 토문ᄀᆞᆼ ᄉᆞ이에 잇ᄂᆞᆫᄃᆡ 분수령에 디경을 뎡ᄒᆞᆫ 비셕은 대한 슉종대왕 ᄯᅢ에 청국 총관 목극둥이가 한국 관인과 회동ᄒᆞ여 디경을 뎡ᄒᆞᆫ 곳이라 ᄒᆞᆫ편은 청인의 령토요 ᄒᆞᆫ편은 로국의 령디라 년ᄅᆡ에 대한 ᄇᆡᆨ셩도 그 디방에 드러가 사ᄂᆞᆫ쟈가 수만 호가 되ᄂᆞᆫ지라 한국 ᄇᆡᆨ셩은 북간도가 한국 강토라 ᄒᆞ고 청국 사ᄅᆞᆷ은 간도가 본시 청국 강토라 ᄒᆞ여 셔로 힐난ᄒᆞᆫ지가 십여년이러니 이제 일본이 한국 ᄇᆡᆨ셩을 보호ᄒᆞᆫ다 빙쟈ᄒᆞ고 관원과 병뎡을 파송ᄒᆞ여 주둔ᄒᆞ니 청국과 일본 ᄉᆞ이에 즁대한 교섭이 된지라, (중략) 대뎌 그 ᄯᅡ은 한국과 청국과 로국 ᄉᆞ이에 요해쳐이오 광야옥토에 농리ᄂᆞᆫ 곡식ᄒᆞᆫ 되를 심으면 ᄒᆞᆫ셤식 나고 샹업은 남으로 원산과 셩진을 통ᄒᆞ고 북으로 히ᄉᆞᆷ위를 통ᄒᆞ고 슈쳔리 황무디에 금은동 텰도 만히 나ᄂᆞᆫ 곳이라 몃 ᄒᆡ 젼브터 일본이 그 ᄯᅡ에

> 욕심을 내여 긔회를 ᄐᆞ셔 발을 붓치려 ᄒᆞ더니 한국 일진회원들이 통감부에 쥬선ᄒᆞ여 일본 보호병을 쳥득ᄒᆞ여 그 ᄯᅡ에 쥬둔홈으로 쳥국도 병뎡을 만히 두고 로국도 훈츈을 뎜령ᄒᆞ엿스니 간도 ᄉᆞ건이 필경은 셰나라 사ᄅᆞᆷ의 큰 문뎨가 니러날지라[80]

이 논설은 백두산 인근의 영토가 숙종대왕 때 청국총관과 한국 관인에 의해 국경으로 설정되었으나 그 경계가 분명하지 않고, 따라서 현재 청과 러시아, 일본이 서로 영토권을 차지하기 위해 분쟁하고 있다고 언급한다. 이 글에는 일본이 한국을 보호국 아래 두고 간도에 일본인 관원과 군대를 파견하여 주둔시키고 있다고 설명하며, 이것이 세 나라의 갈등이 되고 있다고 논평한다. 1907년 헤이그 밀사 파견을 빌미로 고종을 강제 폐위시킨 일본은 '정미7조약'으로 조선의 사법권을 강탈하고 군대를 해산시키면서 통감정치를 시작한 것은 주지의 사실이다. 일본이 통감정치를 실시하면서 영토에 대한 분쟁이 본격화되었는데, 그것 중의 하나가 간도 문제였다.[81] 간도를 차지하기 위한 청 · 러 · 일 삼국의 분쟁은 『대한매일신보』 11월 22일 논설에서 다시 언급되면서 분쟁의 핵심이 천보산금광이라는 것이 드러난다. 삼국은 천보산금광을 차지하기 위해 쟁투를 벌인 것이고, 이것이 국제적으로 이슈화 되었던 것이다. 결국 간도의 분쟁은 자원의 문제와 결부되어 있었던 것이고, 그럼으로써 분쟁은 더욱 심화되었다.

간도의 영토분쟁은 자원의 이권쟁탈 뿐만 아니라, 그곳에 살고 있는 조선인의 거취 문제, 국적 문제와 관계되어 복잡한 양상으로 전개되었

80 「북간도」, 『대한매일신보』, 논설, 1907. 9. 21.
「간도ᄉᆞ건」, 『대한매일신보』, 논설, 1907. 12. 7.

81 앙드레 쉬미트, 『제국, 그 사이의 한국』, 휴머니스트, 2007, 460~461쪽.

다. 신채호는 1907년 12월 7일 논설에서 이전의 방관자적인 입장과는 달리 적극적으로 조선의 입장을 표명하면서 조선인의 주권 문제를 거론하고 있다. "일본의 간셥만 업스면 그곳에 농부와 광민들이 그 쳔브터 친밀ᄒᆞ던 청국정부의 방해ᄒᆞ고 작희홈을 밧을 념려가 없시 편안히 잇셔 쟝구히 태평을 누릴거시어ᄂᆞᆯ 이런 사건이 니러난 거슨 한국에 불힝ᄒᆞᆫ 일이라."[82]라고 언급하며 영토분쟁으로 인한 결과가 조선인의 거취문제와 관계되고 있다는 것을 설명한다. 당시 간도는 조선인의 삶의 터전이었음에도 불구하고 일본의 지배를 받을 수밖에 없는 영역인 것이다. 조선인이 상주해 있음에도 이에 대한 최소한의 이권도 제대로 피력할 수 없는 상황, 그리고 이러한 과정이 일본 제국주의 세력에 의해 행해지고 있다는 사실을 신채호는 인식하고 있는 것이다. 이 논설에서 간도는 영토상실에 대한 알레고리로써 제시되면서 조선의 국가적 위기감은 더욱 부각된다. 신채호가 논의하고 있는 간도문제는 당시 국경에 대한 개념, 즉 국가가 어떻게 영토를 구획하는가에 대한 것, 영토 획득이 어떠한 쟁투를 통해 이루어지고 있는가를 보여주기 위한 하나의 예였던 것이다.

근대계몽기 영토와 관련하여 제국들이 첨예하게 대립되었던 지역 중의 하나가 간도였다면, 다른 하나는 만주였다. 간도 이북에 위치한 만주에 대해 처음 거론한 것은 『대한매일신보』였으며, 이 신문의 1908년 7월 25일 논설에서는 단군의 서사를 인용하여 민족의 기원으로 만주를 의미화 하고 있다.

82 「간도사건」, 『대한매일신보』, 논설, 1907. 12. 7.
간도사건에 대한 논의는 이후 『대한매일신보』에서 계속해서 논의되었다. 「간도」, 논설란, 1908. 2. 6. /「서간도의 소식」, 논설란, 1909. 4. 23. /「서간도 목민학교 셔도친구에게셔 온 편지에셔 대략을 ᄲᅡ여 긔록홈」, 논설란, 1909. 8. 5.

단군이 처음으로 나신 셩인으로 죠션국을 창셜ᄒᆞ쉽ᄉᆡ 만쥬를 즁히녁여 그 아ᄃᆞᆯ 부부로 ᄒᆞ여곰 이거슬 ᄀᆡ쳑ᄒᆞ야 후셰 ᄌᆞ손의게 씻쳣더니 그 자손이 즁간에 쇠ᄒᆞ야 강토ᄅᆞᆯ 만히 일코 몃ᄇᆡᆨ년 력사샹에 영광이 나타나지 못ᄒᆞ엿스나 오히려 만쥬ᄒᆞᆫ디경은 가지고 잇ᄂᆞᆫ 동명왕 쥬몽이 이것을 쟈뢰ᄒᆞ야 ᄒᆞᆫ 칙직을 들어 동으로 가ᄅᆞ치ᄆᆡ 위씨와 ᄉᆞ군이부가 몃ᄇᆡᆨ년 기르고 싸앗던 셰력을 일죵에 쳐셔 항복 밧앗고 (중략) 그 후에 고구려가 졈졈 동으로 밀녀와셔 평양으로 근거디를 ᄉᆞᆷ고 만쥬를 무심히 본 이후로 국셰가 ᄯᅩᄒᆞᆫ ᄯᅥ러져셔 비록 을지문덕 ᄀᆞᆺᄒᆞᆫ ᄌᆡ략으로 슈양뎨의 ᄇᆡᆨ만군ᄉᆞ를 도륙ᄒᆞ고 합소문의 슈단으로 당태종의 교만ᄒᆞᆫ담을 썩것스나 필경은 보쟝왕의 ᄒᆞᆫ 조각 ᄇᆡᆨ긔가 신셩ᄒᆞᆫ 나라 ᄉᆞ긔에 더로온 뎜을 씨쳣스니 오호라 (중략) 동셔가 통ᄒᆞᆫ 이후로 이 ᄯᅡ이 뎌옥 동아의 경ᄌᆡᆼᄒᆞᄂᆞᆫ ᄯᅡ이 되야 아일 량국이 만쥬 문뎨로 수십년을 셔로 닷토ᄂᆞᆫᄃᆡ 한국은 그 겻헤셔 손을 찌르고 보기만 ᄒᆞ더니 이제 만쥬ᄂᆞᆫ 엇더케 되엿스며 한국은 엇더케 되엿ᄂᆞ뇨 동편에셔 잘못ᄒᆞᆫ 계칙을 놀내며 셔편에 와셔도 겁운을 맛난 거슬 ᄒᆞᆫᄐᆞᆫᄒᆞᆫ 이것을 긔록ᄒᆞ노니 알지못케라 쟝ᄅᆡ에 한국에도 안목이 열닌 사ᄅᆞᆷ이 몃치나 날ᄂᆞᆫ지[83]

이 글에서는 단군이 만주에 조선국을 창설한 과정과 이후 고구려가 만주의 영토를 잃고 국권이 위축된 과정을 설명한다. 그리고 만주는 단군이 조선국을 창설했던 장소이고, 고구려가 개국하여 평양에 근거지를 삼고 수양제의 백만대군을 물리친 장소로 제시된다. 이 논설의 요지는 만주의 공간이 조선 국권의 향방과 상호 연관되어 있다는 것이며, 만주를 획득했을 때와 상실했을 때의 상황이 국가의 존립과 연결되어 있어 만주를 차지하는 것이 국권을 위해 필요하다는 것이다. 그리고

83 『대한매일신보』, 1908. 7. 25.

신채호는 만주를 획득하지 못한 것이 현재적 상황을 도래하게 한 원인으로 규정하고 있다. 신채호는 만주가 국가적 차원에서 중요한 요충지였으며, 이것은 현재에도 지속되는 문제라는 것을 설명한다. 이러한 언급은 조선 민족의 역사성과 만주의 지정학적인 성격을 연결하고자 하는 신채호의 의도로 보이며, 또한 이것은 영토에 대한 관념과 그 중요성을 제대로 인식하지 못한 당대 지식인들에 대한 비판인 동시에 이러한 상황에 처한 것에 대한 회한이라고도 볼 수 있다.

1909년 '간도협약' 이후 만주는 열강이 대립하는 문제지역으로 거론되었고, 『대한매일신보』에서는 이것에 대해 1910년 1월 19일부터 1월 22일까지 「만쥬문뎨를 인ᄒᆞ여 다시 의론 ᄒᆞᆷ」이라는 제목으로 3회 연속 만주 문제를 다루고 있다.

즉금 동양에 만쥬ᄂᆞᆫ 구라파로 말ᄒᆞ면 쌜칸 반도와 ᄀᆞᆺ흐니 이젼 구라파에셔 어ᄂᆞ 나라의 강ᄒᆞ고 약ᄒᆞᆷ과 어ᄂᆞ 나라의 흥ᄒᆞ고 망ᄒᆞᆷ이 ᄒᆞᆼ샹 쌜칸 반도의 문뎨로브터 시작이 된 고로 쎄스마르크가 평ᄉᆡᆼ 심력을 이에 허비ᄒᆞ엿스며 가부이의 이태리를 독립ᄒᆞ던 계ᄎᆡᆨ도 이 문뎨를 셔로 닷토ᄂᆞᆫ 가온ᄃᆡ셔 셩공을 ᄒᆞ엿스니 오하라 오ᄂᆞᆯ 날 한국에 쎄스마크와 가부이ᄀᆞᆺᄒᆞᆫ 그 사람이 잇스면 졍히 만쥬 문뎨를 인ᄒᆞ여 심력을 쓸날이 아닌가 또 변동ᄒᆞᆷ이 무샹ᄒᆞᆫ 쟈ᄂᆞᆫ 텬하의 대셰라 만쥬ᄂᆞᆫ 이믜 스ᄉᆞ로 독립ᄒᆞᆯ 능력이 업ᄂᆞᆫ 고로 당년에 아라ᄉᆞ 셰력 안에 잇던 만쥬가 엇그졔 일본 셰력 안으로 드러갓다가 오ᄂᆞᆯ날 또 렬강국의 균평ᄒᆞᆫ 셰력 안으로 드러가게 되엿스니 또 명일에ᄂᆞᆫ 엇더ᄒᆞᆫ 만쥬가 될는지 알수 업스며 또 이 문뎨로 인ᄒᆞ야 모ᄎᆞᆷ 큰 젼ᄌᆡᆼ이 니러ᄂᆞᆯᄂᆞᆫ지도 알수 업스니 긔이ᄒᆞ고도 굉장ᄒᆞ다 만쥬풍운의 무ᄃᆡ여 뜻잇ᄂᆞᆫ 대쟝부가 어셔 나오기를 ᄌᆡ촉ᄒᆞᄂᆞᆫ도다[84]

84 「만쥬문뎨를 이ᄂᆞ여 다시 의론 ᄒᆞᆷ(쇽)」, 『대한매일신보』, 논설란, 1910. 1. 21.

이 논설은 열강의 쟁투의 장으로 변모하고 있는 만주의 현재적 상황과 미래를 예측하고 있다. 여기에서 만주는 유럽의 발칸반도와 동일시되면서, 이태리가 독립에 성공한 것은 발칸반도를 차지했기 때문이고, 가부이(가리발디)와 같은 영웅이 있었기 때문이라고 설명한다. 현재 조선에는 이러한 영웅이 없기 때문에 만주는 다시 열강의 세력 안으로 포섭되고 있고, 만주로 인해 큰 전쟁이 일어날 것이라고 언급한다. 만주는 제국이 패권을 잡기 위해 우선적으로 점령해야 하는 지역으로 설정된다. 만주를 선점하는 국가가 패권을 갖는다는 이러한 논리는 만주의 지정학적 특성을 극명하게 보여준다. 여기에서 주목할 점은 신채호가 『대한매일신보』를 통해 연속적으로 강조하고자 한 것이 간도와 만주에 대한 영유권 쟁탈이 몰고 올 파장이며, 그것이 조선의 위기를 불러 온다는 것이다.

일본은 러일전쟁의 승리 이후 제1차 러일협약(1907년)을 맺게 되는데, 이 협약은 일본과 러시아가 만주의 일부를 나누어 통치하고, 러시아는 조선에 대한 이권을 일본에게 이양한다는 내용이었다. 그리고 간도협약(1909.9.4)으로 인해 청・한의 국경선이 두만강으로 설정되었고, 간도가 청국의 영토로 귀속되었다. 그리고 일본은 간도를 포기하는 대신 남만주철도 부설권을 쟁취하였고 제국들의 용인 하에 만주를 통치하기 시작했다.[85] 이러한 영토를 둘러싼 제국열강의 협약 과정을 통

85 러시아와 일본은 제2차 러일협약(1910. 7. 4)을 맺게 되는데, 이 협약은 미국의 만주침투에 대항하여 러일 양국이 공동전선을 구축하는 의미를 지니며, 러시아가 일본의 한국병합을 반대하지 않는 조건으로 체결된다. 이에 일본은 몽골과 북만주를 러시아의 특수 이해지역으로 인정하였다. 제2차 러일협약을 통해 러시아는 한국을 양보하는 대신 몽골을 차지한 셈이었다. 러일전쟁의 패전에도 불구하고 한국의 독립원칙을 지지함으로써 일본의 대륙진출을 저지하고자 한 러시아는 동아시아 정책의 보루였던 한국을 포기하는 대가로 몽골을 확보하기로 결정한 것이고, 러일협약 체결 한 달 후 1910년 8월 22일 통감 데라우치 마사다케와 총리대신 이완용 사이에 합병조약이 조인되기에 이른다.

해 만주는 제국에게 이양되었고, 이러한 결과에 대해 조선의 지식인들은 관망할 수밖에 없었다. 신채호는 이러한 과정과 결과를 논설을 통해 전달하고자 했던 것이다. 또한 이러한 일련의 사건들을 통해 신채호는 영토, 주권 개념을 보다 공고히 하는 동시에 영토 상실을 경험하는 아이러니적 상황에 놓여 있을 수밖에 없었다. 이 시기 만주는 조선인들에게 민족의 상징으로서, 또는 국제적 분쟁의 핵심지역으로서 양가성을 갖는다. 러일협약과 간도협약으로 인한 일본의 만주 통치는 신채호에게 있어 역사적 기원의 상실을 뜻하는 것이었고, 단군으로 대표되는 민족적 상징을 포기하는 것으로 인식되었다. 즉 만주는 북방에 위치한 영토의 의미뿐만 아니라, 조선의 역사적 특수성이 내재된 공간인 것이고, 민족적 표상과 관련된 심리적 공간이었다. 또한 근대계몽기 동아시아의 영토전쟁에 있어 만주는 지정학적으로 중요한 요충지로 제국의 권력관계가 직접적으로 충돌하는 지점이었다. 만주는 조선의 역사적 상징의 공간인 동시에 과거 건국영웅과 구국영웅들의 위업을 확인하는 장소로 각인되었지만, 현재 이곳은 제국의 권력에 의해 분할되고, 열강의 통치를 받아야 하는 식민지로 변모된 것이다. 근대계몽기 지식인들에게 이러한 영토분쟁은 국가의 리얼리티가 국경으로 확인되는 국민국가의 개념을 인식하는 계기가 되고 있다. 그리고 이러한 사실 자체가 국민국가의 차별적 특성으로 강조되고 있다.

이전의 모호했던 국경이 하나의 선으로 그어지고, 구별될 수 있는 '명료하고 뚜렷한' 것으로 전환되었다는 것은 이전 시기의 영토성과 국민국가적 영토성의 차이[86]를 보여주는 하나의 예이다. 국민국가의

최덕규, 「제국주의 열강의 만주정책과 간도협약(1905~1910)」, 『역사문화연구』 제31집, 한국외국어대학교 역사문화연구소, 2008, 232~233쪽 참고.

86 박태호, 「근대계몽기 신문에서 영토적 공간 개념의 형성」, 『근대계몽기 지식의 발견과

영토에 대한 개념이 확립되기 전 근대계몽기 지식인들은 국경의 문제를 간도분쟁으로 체험하고 있는 것이고, 이것은 이들에게 낯선 풍경일 수밖에 없다. 국가의 위기가 공간의 구획으로 시작되고, 제국의 권력관계가 국경이라는 '선'으로 그어진다는 인식은 이 시기 영토주권과 관련하여 근대 국민국가의 설립에 대한 중요성을 환기시키면서 전유되었다.

사유지평의 확대』, 이화여대 한국문화연구원, 소명출판, 2006, 148쪽.

제2장
지리적 상상력과 국토의 발견

1. '소년'의 성장과 근대의 설계

근대 지식이 기존의 사유체계를 넘어 새로운 세계로 진입하는 통로의 역할을 했다는 것은 부정할 수 없다. 근대화에 대한 고민과 근대국가체계를 수립하려는 노력들은 신문과 잡지, 단행본의 발간을 통해 이루어진 것 또한 사실이다. 근대문명에 대한 내재화와 실천의 담론들은 『황성신문』, 『한성순보』, 『독립신문』, 『대한매일신보』 등의 신문들을 통해, 그리고 학부편집국, 광문사, 김상만서포, 광학서포 등의 단행본 저서들을 통해 진행되었다. 그 중에서도 지리지와 역사서 간행을 보면 1895년 발행된 저서들은 학부편집국의 『조선지지』, 『조선역사』 등을 비롯하여 9종, 1899년도에는 『대한지지』, 『동국역사』 등의 13종이 간행되었고, 이후 1906년에는 김상연의 『정선만국사(精選萬國史)』, 국민교육회의 『대동역사략』 등 32종, 1907년에는 『만국지지』, 『초등지리교과서』 등 103종[87]이 발간되었는데, 이러한 수치는 이 시기 지리학에 대한 관심이 어느 정도였는지 알 수 있게 한다.

앞장에서도 살펴보았듯이 1895년 간행한 유길준의 『서유견문』은 서양문물에 대한 체계화된 지식을 소개한 저서로서 근대국가 건설에 대한 전망을 공유하게 하는 역할을 수행했다. 유길준은 1890년에 완성된 초고를 고종에게 진상했고, 갑오경장 이후에는 이것을 책으로 발간했다. 『서유견문』이 당대에 영향력을 행사할 수 있었던 것은 서양의 문명을 구체적으로 항목을 나누어 소개하고 있다는 점과 중화적 세계관 이외의 바깥을 보여주었기 때문이었다.

또한 이러한 외부의 세계, '바깥'을 보여주고자 노력했던 이 시기 지식인들 중의 하나가 최남선이다. 그는 『소년』, 『청춘』 등의 잡지를 간행하면서, 근대지식을 생산하고 공유하고자 했던 대표적인 인물이다. 최남선은 '근대'와 '계몽'을 기준으로 하면 '신문화의 선구'로 평가받을 수 있으며, 제국주의에 대한 저항성을 기준으로 하면 민족주의자에서 친일로 '변절'한 인물이다.[88] 기존의 논자들에 의해 민족주의 우파로 평가되는 최남선은 근대 초기와 1910년대에는 민족주의 논리를 생산하였고, 출판과 번역을 통해 신지식을 전파하는가 하면, 역사 · 문학 · 지리에 대한 광범한 저술 활동을 하였다. 또한 그는 『대한유학생회학보(大韓留學生會學報)』의 편집 활동을 통해 잡지 출간과 발행의 필요성을 실감하면서 당대 출판문화를 선도하였다. 특히 『소년』에서는

87 1895년부터 1907년까지 출간된 단행본 및 교과서의 연도 별 자료는 이화여대 한국문화연구원, 『근대계몽기 지식의 발견과 사유지평의 확대』, 소명출판, 2006을 참고하였다.

88 류시현, 『최남선 연구』, 역사비평사, 2009, 26~27쪽.
"최남선에 대한 평가에서 1900~1920년대 활동에 강조점을 둔 홍일식·조용만은 최남선을 '신문화의 선구자' 내지 민족운동가로서 적극적으로 평가한 반면, 임종국·박성수 등은 1928년 최남선이 조선사편수회에 참가한 시점을 계기로 반민족 친일파임을 강조하고 있다."(26쪽)

지리지식의 보급에 주력하고 있는데, 이것은 최남선이 제2차 유학 당시 와세다에서 역사지리학을 전공했기 때문이기도 하다.[89] 최남선에 의해 간행되고 집필된 『소년』은 1908년 1월 창간되어 1911년 4월까지 통권 23권으로 종간되었다.[90] 여기에 게재된 근대 과학지식, 국내외 인물전기, 사회 · 역사 · 정치 · 문화 등은 '근대의 설계'라는 관점 속에 포착된 것이며, 이른바 '세계적 지식'의 범주로 파악된 것들이다.[91] 최남선은 『소년』의 표제 옆에 다음의 문구를 표기하며 잡지의 발간 의미를 밝히고 있다.

> 今에 我帝國은 우리 少年의 智力을 資하야 我國 歷史에 大光彩를 添하고 世界文化에 大貢獻을 爲코뎌하나니 그 任은 重하고 그 責은 大한디라.
> 本誌는 此 責任을 克當할만한 活動的 進取的 發明的 大國民을 養成하기 위하야 出來한 明星이라 新大韓의 少年은 須臾라도 可離티 못할디라[92]

89 최남선은 1904년 동경부립 제일중학교에 입학해 1905년 1월 귀국했고(1차 유학), 1906년 9월 와세다 역사지리학과에 입학하여 1907년 3월 학업을 그만두고 입국하였다(제2차 유학). 『최남선 전집』에는 1906년 귀국하여, 1907년 신문관을 창립하였다고 기록되어 있다. 그는 1907년 3월 '와세다대 모의국회사건'에서 조선황실을 모욕하는 것에 대해 항의하면서 학업을 중단하였다. 1908년 최남선은 '신문관'을 설립하여 11월부터 『소년』을 발행하고, 교과서와 소설 등을 출판하였다. 『소년』, 『청춘』, 『새별』, 『아이들보이』의 잡지 발간은 최남선에게 근대 지식과 문명을 가장 쉽고 빠르게 보급할 수 있는 방법으로 인식되었다고 볼 수 있다.

90 조용만은 최남선의 잡지 집필에 대해 다음과 같이 언급한다.
"최남선은 혼자서 원고를 썼는데, 그 대본은 그가 동경에서 모아 가지고 온 신학문 책이라고 일컫는 일본잡지, 과학책, 지리책 등이었다. 이 책들이 육당이 거처하는 방 다락 속에 가득 차 있었고, 이를 이용했다고 한다. 말하자면 그 책들을 우리말로 번역해서 베낀 것이었다. 초창기의 잡지로서는 어쩔 수 없는 일이었다."
조용만, 『울 밑에 핀 봉선화야』, 범양사, 1985, 193쪽.

91 한기형, 「최남선의 잡지 발간과 초기 근대문학의 재편 - 『소년』, 『청춘』의 문학사적 역할과 위상」, 『대동문화연구』 제45집, 성균관대학교 동아시아 학술원, 2004, 225쪽.

92 최남선, 『소년』 창간호, 1908, 표지.

이 글은 창간호 표지의 '少年'이라는 제호 옆에 좌우로 기표된 글의 전문이다. 여기에서 최남선은 잡지 창간의 목적을 소년들에게 지식을 전달해주는 것, 그리고 그 지식을 통해 소년들이 세계문화에 공헌하는 것이며, 이것은 활동적이고 진취적, 발명적인 대국민을 양성하기 위한 것이라는 점을 언급하고 있다. 여기에서 '소년'이라는 것은 당대 지식 습득이 필요한 소년과 청년뿐만 아니라, 계몽이 필요한 조선의 모든 사람들이라는 표식이었고, 최남선은 이들이 근대적 지식을 통해 국민으로 성장하기를 염원하면서 이 잡지를 발간했다고 할 수 있다.

최남선은 창간호 표지 안쪽 첫 페이지에 잡지의 간행 취지에 대해 다음과 같이 적고 있다.

> 나는 이 雜誌의 刊行하난 趣旨에 대하야 길게 말삼하디 아니호리라. 그러나 한마듸 簡單하게 할 것은 「우리 대한으로 하야곰 소년의 나라로 하라 그리하랴 하면 능히 이 책임을 堪當하도록 그를 敎導하여라」 이 雜誌가 비록 뎍으나 우리 同人은 이 目的을 貫徹하기 위하야 온갖 方法으로 써 힘쓰리라. 少年으로 하야곰 이를 닑게하라 아울너 少年을 訓導하난 父兄으로 하야곰도 이를 닑게하여라[93]

최남선은 잡지의 발간 목적을 조선이 '소년'의 나라로 갱신하는 것, 그리고 그것을 가능하게 하기 위해 '교도' 하는 것이라고 공표한다. 1908년 당시 통감정치가 실시되고 있었고, 대한제국의 국권이 제대로 작동되지 않은 시기에 이러한 취지를 공표한다는 것은 현재보다는 미래적 가능성을 염두에 둔 것이라고 할 수 있다. '소년'은 성장의 주체이

93 최남선, 위의 책, 1쪽.

고, 그들의 성장이 대한제국의 새로운 가능성이 될 것이라는 기약은 한편으로는 식민화가 진행되고 있던 당시 허무한 전망이었지만, 그럼에도 불구하고 잡지를 발간하는 최남선에게는 문명 진보에 대한 환영과 국민국가 설립에 대한 의지가 내재되어 있었다고도 볼 수 있다. 창간호의 목차 뒤에는 사진 세 장이 게재되었는데, 첫 번째 사진은 이토 히로부미(伊藤博文)와 조선의 황태자가 빈 의자를 앞에 두고 찍은 사진이다. 이 사진은 다양한 각도로 해석 될 여지가 많지만, 최남선이 이것을 게재한 것은 빈 의자라는 기표가 주는 가능성을 의식한 것은 아닌가 한다. 또한 나이아가라 폭포와 피터(표트르) 대제의 사진을 게재하였는데 피터(표트르) 대제는 당시 잡지의 인물고나 위인전에서 당시 많이 거론되던 인물이었다. 많은 인물들 중 피터(표트르) 대제의 사진을 게재한 것은 그가 러시아를 중세적인 질서에서 근대로 이행시켰던 통치자였기 때문일 것이다. 전쟁영웅이나 개국영웅이 아닌 위대한 통치자가 당시 최남선이 인식했던 조선에 필요한 지도자였던 셈이다.

『소년』은 최남선이 기획한 근대문명으로 조선을 이끌 방법론의 차원에서 간행되었던 것이고, 여기에는 '소년'이 '국민'으로 성장할 것을 의도하고 있다. 그 중 핵심은 '근대적 지식'이였고, 이것은 문명진보라는 사명과 동궤를 이루면서 『소년』의 발간 논리로 작용되었다. 『소년』에서 자주 거론되는 것 중의 하나는 '바다', '해상'에 대한 표상이다. 최남선이 창간호의 첫 기사에서 「海에게서 少年에게」를 게재하고 있는 것으로 보았을 때 '바다'는 조선이 외부와 접촉하기 위한 통로인 동시에 국가적 정체성을 구성하기 위한 하나의 대상이었다고 볼 수 있다. '바다'와 연계되는 '반도'라는 위치에 대해 최남선은 조선이 갖는 지리적 측면을 긍정적으로 사고하였다고 볼 수 있다.

여기에서 눈여겨보아야 할 점은 『소년』이 근대 국가 설립과 근대

국민 만들기라는 기획에서 '세계'를 실감하고 '바깥'의 사유를 촉진하고 있는 것이 지리지식과 국토여행이라는 점이다. 최남선은 『소년』의 다양한 연재물들을 통해 지리지식의 중요성을 설파하는가 하면 세계지도와 조선 전도를 게재하고, 기행문들을 실으면서 여행의 필요성을 직접적으로 언급하였다. 이러한 결과물은 「봉길이 지리공부」(7회 연재), 「해상대한사」(12회 연재), 「지도의 관념」(1회)로 축적되었고, 여기에서는 지리의 기초개념 및 세계지리, 조선의 지리를 거시적으로 조망하고 있다. 또한 『소년』에는 가상적 서술자가 개성과 의주를 여행하는 「쾌소년주유시보」(1년 1권~3년 3권, 7회 연재)와 남대문역에서 공주, 대구, 구포역까지의 기차 여행을 묘사하고 있는 「교남홍조」(2년 8권~2년 10권, 2회 연재), 봄날 성곽을 순례하는 「반순성기」(2년 7권~2년 9권, 3회), 신의주행 기차를 타고 평양을 여행하는 「평양행」(2년 10권, 1회 연재) 등 다수의 여행기들이 수록되어 있다.[94]

근대초기 최남선이 『소년』을 통해 지리학적 지식과 여행기들을 게재하면서 민중들에게 전달하고자 했던 것은 근대국가 성립과 관련된다. 그리고 이것은 '영토귀속성territoriality'의 논리 안에서 재현된다. 영토귀속성은 특정한 경계선 내의 정치적 공간에 대한 컨트롤을 할 수 있는 권력과 그에 대한 소유권을 의미하며, 지역을 제어함으로써 국민과 사물을 컨트롤하려는 강력한 지리적 전략[95]이라고 할 수 있다. 근대

94 이 외에도 최남선은 국토순례에 대한 기행문을 다수 집필하였다.
「풍악기유」, 『시대일보』, 1924(금강산 여행)/『심춘순례』, 『동아일보』, 1925(지리산, 전라도 지방 여행)/『금강예찬』, 한성도서주식회사, 1928(금강산 여행)/『백두산근참기』, 한성도서주식회사, 1927(백두산, 국경지대 여행)/「구월산 사적답사」, 『동광』 9호, 1927(구월산 여행)/『송막연운록』, 『매일신보』, 1937(만주 여행, 중국동북지역)/「삼도고적순례」, 『매일신보』, 1939(평양, 부여, 경주 여행)/「만주풍경」, 『매일신보』, 1938(만주 여행)/『천산유기』, 『재만조선문예선』, 1941(만주국 남쪽 천산 여행).

초기 제국들의 영토 확장과 관련하여 식민지 개척이 본격화되었고, 이에 대한 대응으로서 최남선은 지리학을 통한 근대국가의 '영토귀속성'의 문제를 인식하고 있는 지식인 중의 하나였다고 할 수 있다. 즉 최남선은 『소년』을 통해 이러한 문제의식을 선취하면서 지리학과 여행기에 대한 기사를 게재하게 된다.

2. '해상', '반도'의 지정학적 논리와 영토귀속성

근대초기 지리학의 중요성과 지도의 활용에 대한 논의는 최남선에 의해 본격화되었다고 해도 과언이 아니다. 지리담론은 일반인이 자연이나 토지 · 풍경에 대해 품고 있는 관념이나, 그것을 상상하는 실감을 분명히 하는 것, 보다 구체적으로는 지리적 사사에 대한 의견이나 태도 등을 통해 구성되는 일군의 지(知)의 체계와 연관된다.[96] 최남선은 1908년 잡지 『소년』(1908. 11~1911. 5, 총 23권)을 펴내면서 지리 지식을 체계적으로 전달하는가 하면 지도를 통해 세계를 표상화하는 작업을 단행하게 된다. 또한 그는 『초등대한지리고본』을 『소년』 3년 4권에 10여 쪽의 지면을 할애하여 수록하고 있고, 다양한 글들을 직접 집필함으로서 지리학적 지식을 전파하였다.

『소년』의 창간호에 게재된 「봉길이 지리공부」 첫 회에는 "지리학이란 웃더케 중요한 것인디 웃더케 중대한 것인디 웃더케 자미로운 것인디 알냐하면 정신드려 이글을 보시오"라고 지리학을 소개한다. 그리고

95 이진일, 「주권-영토-경계: 역사의 공간적 차원」, 『사림』 제35호, 수선사학회, 2010, 409쪽.
96 소영현, 『문학청년의 탄생』, 푸른역사, 2008, 81쪽.

나라의 지형에 대해 논의하면서 '대한의 외위형체(大韓의 外圍形體)' 를 먼저 소개하며 프랑스는 주전자 모양, 일본은 토끼모양, 한반도는 호랑이 모양이라고 언급하고 있다. 최남선은 "우리 대한반도로써 맹호가 발을 들고 허위덕거리면서 동아대륙을 향하야 나르난 듯 뛰난듯 생기잇게 할퀴며 달녀드난 모양"[97]을 하고 있다고 설명한다. 「봉길이 지리공부」 2회에서는 '동・남・서해안의 비교연구'를 통해 각 해안의 항구와 산맥, 수출입의 상황 등을 열거하고 있다. 계속해서 이어진 연재에서는 우리나라의 각 도의 이름과 산, 섬, 지형에 대해서도 서술하고 있고, 세계대륙, 남극과 북극에 대해서도 소개한다.

> 地球의 形狀이 읏더한것 = 둥글기 구슬과 갓다함 = 은 여러분이 다 아시난바어니와 그러나 정말 구슬과 갓히 똥그란것이아니라 南北兩端은 조곰 扁平하오. 그런데 地球를 바로던지 비스듬이던지 세워놋코 보면 上正中으로서 下正中에 까지 한 가운데 타서 一直貫通한 假定線을 地理學上에 軸이라하나니 이 軸의 上極端과 下極端은 곳 우헤 말한바 地球의 두둔데 扁平한 곳인데 이른바 極이란 곳이라 方位대로 그 上에 處한 者를 北極이라하고 下에 處한 者를 南極이라 하오. 이후의 그림(第一圖)은 비스듬하게 地球를 쪽앤것인데 右便에 잇난 半球의 中上方에 잇난 點이 곳 北極이오 左便半球의 中下方에 잇난 點이 곳 南極이외다. 地球상에는 當然히 그러한 線이 업스나 地圖를 보면 或 세로도 긋고 惑 가로도 그어 활ㅅ등갓흔 線도 잇고 長ㅅ대 갓흔 線도 잇스니 이 선은 다 地理學者가 處地를 記憶하난데 便利케하기 爲하야 假劃한 線이오. 그런데 이 線이 縱橫을 쌰라 일홈이 다르니 縱線을 가로대 經線이라하고 橫線을 가로대 緯線이라하고 線과 線 사이를 度라하난데 經緯가 다 三百六十度가 잇스니

97 「봉길이 지리공부」, 『소년』 창간호, 1908. 11, 67쪽.

經 몟 度 · 緯몟度라하야 써 어늬 쌍이 던지 어대 씀잇난 것을 定하오.[98]

여기에서 지구라는 단어는 새로운 것이 아니라 이미 유포되어 상식화된 개념이라고 언급한다. 이 기사에는 지구가 완전히 구형으로 되어 있다는 설을 일부 수정하면서 지구의 남북 양극에 대해 설명한다. 그리고 네 장의 지구도를 제시하면서 위도와 경도에 대해서 자세하게 설명한다. 지리 지식에 대한 보다 구체적인 사항을 언급하고 있는 「봉길이 지리공부」는 당시 일반인들이 알고 있었던 지리 지식에 대한 그릇된 인식을 비판한다.

이 시기 유행했던 신소설 『모란봉』, 『혈의누』, 『빈상설』, 『원앙도』, 『은세계』 등에서는 외국유람과 유학의 경로를 스토리 차원에서 제시하면서 서양 문명을 찬탄하고 이국의 신비성을 강조하기 위해 지리적 지식들을 원용하고 있다. 이 소설들에서 지리 지식은 얼개화꾼과 개화꾼을 구분하는 기준이 되고 있는데, 얼개화꾼의 경우에는 미국이 땅 밑에 있고 서양 사람이 양(洋)의 자손이어서 눈이 누렇고, 독일을 미국으로 착각하기도 하고, 덕국(독일)을 떡국으로, 법국(프랑스)을 뻐꾸기로 잘못 알아듣고 있다고 서술한다. 잘못된 지리지식과 정확하지 않은 정보가 이 시기 많은 사람들에게 유포되었고, 이것은 지식이 아닌 소문으로만 당대 사람들에게 인식되고 있었다. 이에 최남선은 지리 지식의 보급뿐만 아니라 지리를 통해 현실을 통찰하는 방법을 제시하고자 했다. 일본에 의해 국권이 상실될 위기에서 지리 지식은 타자에 대한 앎을 가능하게 하고, 세계를 보는 시각을 거시적으로 가질 수 있는 틀로서 제시되었던 셈이다.

98 「봉길이 지리공부」, 『소년』 2년 3권, 1909. 3, 39~40쪽.

최남선은 지리학의 사실적인 전달을 위해 지구와 세계, 한반도의 지도를 도시하여 제시하는 실질적인 방법을 선택했다. 지도는 세속적인 지리적 구조를 사람의 눈에 보이는 형태로 제시하고, 그럼으로써 토지의 소유나 영유 관계를 사회적으로 받아들여진 객관적인 '사실'로서 확정[99]하는 역할을 수행한다. 추상화되고 허구화된 타자의 공간은 소문이 아닌 사실로서 지도를 통해 선명하게 제시될 수 있는 것이다.

『소년』에서 최남선의 지리적 관심을 잘 반영하고 있는 것이 또한 「해상대한사(海上大韓史)」이다. 이것은 창간호부터 연재되었고, 이 글에서는 조선 반도의 지형적 특징 즉, 조선을 둘러싸고 있는 바다의 지리적 장점을 소개하고 있고, 지정학적으로 전략화하기 위한 방식들이 서술되어 있다.[100] 「해상대한사」를 집필하면서 최남선은 연재를 하기에 앞서 '미리 통긔'하는 글을 통해 집필 의도를 설명하고 있다. "차서는 소년의 해사사상을 고발(鼓發)하기 위하여 편술한바인 칙 일편의 사기, 혹, 사론으로서 평하면 딘실노 정비완전티 못한 것이오, 또 차와 갓흔 저술은 원래 아국의 유례가 업난바인 칙 사실의 소누(踈漏) · 오착(誤錯)이 다할것은 편자도 예기하난 바라 연이나 참조할 서와 방고할 물을 유티 못한 편자에게는 여하히 할 수업는 바니 독자는 량언(諒焉)이러라." 이 글을 통해 최남선은 이러한 저술이 전례가 없었다는 것을 강조하면서 기존의 역사적 기록과는 별개로 이 책의 글이 인식될 필요가 있다고 언급한다. '史'라는 제목을 달고 있지만 이것이 객관적인

---

99 와카바야시 미키오, 정선태 옮김, 『지도의 상상력』, 산처럼, 2002, 103쪽.

100 「해상대한사」의 각 회별 제목을 열거하면 다음과 같다.
1회 '왜 우리는 海上冒險心을 감튜어 두엇나'/ 2회, 3회, 4회, 5회, 6회 '三面 環海한 우리 大韓의 世界的 地位'/ 7회 '반도와 문화'/ 9회 '해륙문화의 융화와 및 집대성자로의 반도 문화의 기원처로서의 반도'/ 10회, '반도와 문화'/ 11회 '泰東에 處한 우리 半島, 既往의 功勳'

사실에 의해 저술되지 않고, 일부는 편자의 주관적인 견해가 들어 있을 수 있음을 최남선은 미리 고지하고 있다. 그는 세계사적으로 조선 해상의 역사를 고찰하는 것보다는 조선의 입장에서 해상을 역사지리학으로 논의하고 싶다고 언급하고 있는 것이다. 다시 말해 이것은 객관적인 세계사가 아닌 주관적인 조선의 해상사를 조망하고자 하는, 조선의 반도적 특성을 자유롭게 해석하기 위한 해명이라고 볼 수 있다.

> 왜 우리는 海上危險心을 감튜어 두엇나 : 내가 이 冊에 執筆할세 우리 國民에게 향하야 看精키를 願할 一事가 잇스니 그것은 곳 우리들이 우리나라가 三面環海한 半島國인것을 許久間 忘却 한일이라. 차에 관하야 여러가디 原因이 잇스니 우리나라의 交通이 비록 日本, 琉球, 安南 등 海路往來도 잇섯스나 親密하게 交聘하기는 遠東大陸의 諸國으로 더부러 陸路로 通間한 것도 그 한 原因이 될 것이오, 陸路로 交通하난 나리에는 文物의 加取할 것도 잇고 方物의 可求할 것도 잇섯스되 海에 泛하야 來往한 곳에는 아무것도 加取可求할것이 없슬 쓴아니라 도리혀 恒常 各色物品을 贈遺할 獘가 잇고 또 더욱 倭와 갓흔 東輒則 彙端을 열녀하난 나라가 잇서 國民의 感情이 自然 海外에 對하야 돗티못한것도 한 原因이 될 것이오. 陸으로 支那와 貿易하면 奇玩珍貨를 엇을것도 만커니와 商利도 쏘한 厚하거늘 海로 倭와 交易함에는 中路에는 强暴한 倭寇가 잇고 向處에는 狡猾한 商輩가 잇서 獲利는 姑捨하고 失本이 捷徑임으로 海商에 着味티못한 것도 쏘한 원인이 될 것이오.[101]

이 글에서는 한반도를 동으로는 동대한해(東大韓海)를 두고 일본국을 대하고, 서로는 청국 중원의 동부를 대하고, 남으로는 일본의 구주

101 「해상대한사」, 『소년』 1년 1권, 1908. 11, 31~32쪽.

와 만리의 아메리카와 필리핀 반도를 두고, 북으로는 청국 만주와 발칸 반도, 이탈리아를 두고 있는 세계의 요충지라고 말한다. 최남선은 조선이 해상에 둘러싸여 있는 지형적 유리함을 이용하여 서양과 무역을 한다면 국가가 부강해 질 수 있고, 군사적으로는 해군력을 증가시켜 국가의 발전을 도모할 수 있다고 언급한다. 그는 문물이 발달되지 못한 상황에서 지리적 이점을 살려 국가를 수호하는 것이 현재에 있어 최선의 방법임을 강조한다. 그리고 조선의 소년들은 이러한 반도적 지형을 이용할 줄 아는 지혜가 필요하다고 언급하며, 이것이 자신이 책을 쓰는 이유라고 밝히고 있다.

최남선은 또한 "대양을 지휘하난 자는 무역을 지휘하고 세계의 무역을 지휘하난 자는 세계의 무역을 지휘하나니 세계의 무역을 지휘함은 곳 세계 총체를 지휘함이요.", "『로빈손 크루소』는 해사에 관한 한 소전기라 그러나 세계의 해왕이라는 영국의 해군은 차로 인하여 성취하얏다하니 오인은 차에 관감하여 흥기티 아니티못하리로다." 라고 부기하면서 해상의 중요성에 대해 강조하고 있다. 바다를 어떻게 활용하느냐에 따라서 국가의 부강이 결정될 수 있다는 최남선의 언급은 서양 열국들의 예를 통해 제시된다. 특히 '영국'이 해상대국으로서 많은 식민지를 개척하고 문명의 나라로 발달할 수 있었던 것은 바다를 잘 이용했기 때문이라고 말한다. 최남선은 바다를 활용하는 것이 국가의 부강과 연결되고 있음을 여기에서 지적한다. 그리고 바다와 관련하여 최남선은 『로빈손 크루소』의 예를 들며 영국의 해군력을 강조하고 있다.

『소년』에서는 나폴레옹이나 피터(표트르) 대제 등의 역사적 위인들의 전기나 사진 등을 많이 배치하고 있는데, 이것은 국가의 영토를 확장한 인물들에 한정된다. 이 시기 조선의 소년들에게 영웅이라는 것은 국가와 관계된 인물로 좁혀진다. 또한 이 잡지에는 해상을 통해 모험을 강행하는 인물들이 등장하는 소설인 「거인국 표류기」, 「15소년 표류기」 등을 지속적으로 게재하였다. 최남선의 이러한 편집의 의도에는 조선의 미래를 책임지는 소년들이 두려움을 극복하고 세계로 진출하기를 기대하는 의미가 담겨있다고 할 수 있다. 그리고 이러한 가능성은 반도라는 지형적인 특징으로 연계된다.

최남선의 지리학에 대한 관심은 이것을 어떻게 국가적 개념으로 전략화 할 수 있는지에 대한 고민으로 귀속된다. 국가를 구성하는 첫 번째 요소가 되는 것은 "밀집되고 분명히 규정된 영토"이며, 이러한 영토는 민족의 연속성을 담보하는 역할을 한다. 이에 최남선은 반도라는 영토와 반도를 둘러싼 해상을 또 다른 가능성을 가진 영토로 확장하여 논의한다. 국가의 주권이 위협을 받는 상황에서 해상은 새롭게 인식해야 할 영토로 제시되고 있는 것이다.

세계라는 개념을 구성하는데 있어 그 매개가 되는 것이 해상이고, 이 해상은 최남선에게 국가의 부강을 담보할 수 있는 중요한 대상으로 인식되고 있다. 세계사에서 유럽이 강대국으로서 제국의 패권을 가질 수 있었던 것은 바다를 장악한 결과라는 것을 최남선은 강조한다. 해상의 지배력이 국가의 영토 확장과 연계되어 있다는 사실은 이 시기 최남선의 통찰한 지정학적 관점이라 볼 수 있다. 내륙 지향적인 중국과는 달리 해상을 매개로 하여 식민지를 개척하고 있는 일본의 세력을 최남선은 직시하고 있었던 셈이다. 타자를 받아들이려고 하지 않는, 해상 너머의 것을 수용하지 않으려는 조선의 쇄국정책은 결국 식민지로 전락하게 된 원인이었고, 그래서 해상을 어떻게 전략화해야 하는지에 대한 논의는 최남선에게 있어 중요한 논점이 되고 있는 것이다.

『소년』은 근대국가의 성립에 있어서 영토의 역사적 중요성을 역사지리학과 지정학적 관점으로 조명한다. 최남선은 국가의 정치 현상

속에 드러나는 공간적 조건들과 지리적 영향을 탐구[102]하는 지정학의 틀을 통하여 조선의 영토를 새롭게 규정하고 있다. 그는 지역·공간이라는 자연에 지배되는 객관적 사물을 역사와 국가의 틀 안에서 사유하며 이것을 영토와 국토로 치환하여 보여준다. 다시 말해 최남선은 지리적 지역(영토)에 대한 관리를 통하여 개인이나 집단에 영향을 주거나 통제[103]하는 영토귀속성을 강화하는 방식으로 지리학을 논의했다고 할 수 있다. 19세기 말 영토가 근대국가를 성립하는 절대적인 요소였고, 제국의 식민지 개척이 영토를 중심으로 분할되고 통합되었던 것처럼, 지리학은 영토귀속성을 강화하는 방식으로 『소년』에서 논의되었다. 그리고 이러한 영토귀속성은 여행기를 통해 구체성을 띠게 된다.

3. 국토의 신체적 전유와 영토상실의 메타포

최남선은 『소년』을 통해 「쾌소년주유시보」(1년 1권~3년 3권), 「반순성기」(『소년』 2년 7~9권), 「교남홍조」(『소년』 2년 9~10권), 「평양행」(『소년』 2년 10권)의 총 네 편의 국토기행문을 수록하였다. 이것은 자연물로서의 지역·공간을 정치적 권력이 개입된 이데올로기의 공간인 국토·영토로 어떻게 치환하여 보여줄 것인가와 관계된다. 『소년』에서 제시하는 국토여행은 지리학이 지식으로 전달되는 것뿐만 아니라 체험과 경험을 통해 실질적인 교육적 효과를 낼 수 있는 하나의 방법으로 제시된다. 최남선은 여기에서 국토여행을 근대 이전의 유학자들이나 양반들

102 이진일, 앞의 논문, 412쪽.
103 이진일, 앞의 논문, 409쪽.

이 하던 심신수양을 위한 유람의 개념이 아닌 국가와 영토, 국민을 확인하고 실감하는 영토귀속성의 방법론으로 제시한다.

『소년』에 게재된 지리학에 대한 일련의 지식들이 근대 국가성립과 영토의 귀속성의 차원에서 제시되었다면, 이것의 실행하는 방법으로써 제시된 것은 국토여행이다. 최남선은 소년들이 왜 여행을 해야 하는지에 대해 서술하면서, 이것이 직접적으로 국가의 흥망과 연계되는 과정을 보여준다.

> 대저 우리나라 사람이 여행을 시러하난 경향이 잇슴은 가리디 못할 사실이니「밋딘놈이나 金剛山드러 간다」「八道江山다 도라다니고 말못할 난봉일세」.「子息글은 가르티고 십허도 求景다니난 꼴보기시려 그만두겟다」하난 말은 다 이 경향을 言明한 것이라. 대저 고대 태동사상에 雄飛活躍한 我大韓人이 금에 아모리 일시라도 屈蟄된 것은 전에 왕성한 旅行誠이 금에 衰降한 까닭에 말매암음이 또한 만흔 것을 나는 말하랴 하노이다. (중략) 바라노니 소년이여 울적한일이 잇슬리도 없거니와 잇스면 여행으로 풀고 환희한 일이 잇거든 여행으로 느리고 더욱 공부의 여가로써 여행에 허비하기를 마음 두시오. 이는 여러분에게 진정한 지식을 듈뿐아니라 온갖 보배로운 것을 다 드리리다.[104]

최남선은 우리나라 사람이 여행을 싫어하는 경향이 있어 나라가 쇠약해 졌고 원기가 소진되었다고 서술한다. 그리고 부모는 자식들이 문밖으로 나가는 것을 꾸짖고, 스승 또한 제자가 책상을 벗어나는 것을 허용하지 않아 성정이 우울해지고 음침해졌다고 한다. 그는 하루 종일 좁은 방안에서 벼루만 바라보고 구부정하게 앉아 있는 조상들의 생활태

104「쾌소년세계주유시보」,『소년』1년 1권, 1908. 11, 74~76쪽.

도에 대해 비판적으로 서술한다. 실제를 경험하는 것이 아니라 책에서 본 추상적인 것만을 옮기는 것이 문사가 할 일이었고, 이들이 환갑이 되도록 성 밖 십리도 나가지 못하는 것이 잘못된 관습이라고 그는 언급한다. 그리고 콜럼버스나 미켈란젤로가 신대륙을 발견한 것은 그들이 여행을 한 덕분인 것이다. 그는 "여행은 정직한 지식의 대근원"이라는 비콘스필드의 말을 인용하면서 책에서 배우는 지식보다 실제로 경험하고 체험한 지식이 중요하다는 것을 강조한다. 최남선에게 있어 여행은 지리 지식의 현실적 습득이며, 하나의 공간을 신체적으로 전유하는 방법에 다름이 아니다. 경험으로 습득된 지리 지식과 그것의 신체적인 체험은 개인의 호연지기와 국가의 부강과도 연결되는 것이다.

「쾌소년세계주유시보」는 국토의 실질적 확인과 그것의 신체적 체험을 이야기의 형식을 통해 보여준다. 여기에서 지리 지식은 '수신(修身)'의 일부로서, 자국의 역사를 성찰하는 것으로 제시된다. 이 여행기에 등장하는 최건일이라는 소년은 가상인물이고 15세로 설정되어 있다. 그는 1년 동안 영국 · 미국 · 일본 · 청나라의 외국어를 연구하여 세계의 실상을 시찰하고 견문하는 것을 목적으로 여행을 시작한다. 이 연재물의 1회 서문에서는 "소년한반도의 명예를 전세에 선양하고 이와 갓흔 쾌문자를 익익기송(益益寄送)"한다고 언급한다. 그리고 실제적인 시찰을 위하여 아시아 · 유럽 · 아메리카 대륙 · 중국 · 터키 · 히말라야 · 록키 산맥 등지의 강하(江河)는 물론, 템즈 강의 일몰과 베니스 항구를 보며 열린 마음으로 문화를 감상할 것이라고 언급하고 있다. 그러나 이 연재물은 최남선의 의도와는 달리 개성과 의주를 여행하는 것으로 끝을 맺고 있다. 「쾌소년세계주유시보」는 7회 연재 되었지만, 여기에는 고려의 수도 개성을 여행하면서 패망한 도시의 잔해를 확인하는 과정과 고적 보존의 문제, 그리고 기차 안에서 조망되는 지리적 특성들을 주로 서술하고 있다.

> 小生은 지금 의주로 향하난 3등객차 중 일격에 옥으로 안뎌잇소. 뎌러케 열닌 田野와 뎌러케 秀麗한 江山과 뎌러케 泰平한 村客을 볼때마다 오오 아름다운 우리나라여 오오 깃거운 우리나라여 하다가도 今時에 아름다운 것을 업시하고 깃거운 것을 쌔앗난한 감상이 잇스니 다른 것아니라 곳 이 汽車의 主人을 무러보난 생각이라 생각이 한번 이에 이르러 『너는 뉘 차를 타고 안딘듈 아나냐?』하는 것이 電光갓히 心頭에 오르고 (중략) 나는 여기 까지 오난 동안에 여러곳 경치 됴흔데를 보앗소 한강중에 써잇난 난지도의 飄然한 것도 보앗고 덕물읍에 노혀잇난 덕적산의 超然한 것도 보앗고 碧波가 蕩漾한데 白帆이 그 우흘 點綴 汶山의 개도 보앗고 기름 갓흔 물에 칼 갓흔 바람이 부난데 비오리 갓흔 배가 살갓히 닷난 한강의 흐름도 보앗스나 불행히 그 佳景과 그 好勝을 보고도 능히 거긔 상당한 흥미를 일히키디못하얏노니 이는 그 韻致가 아름답디못함이 아니라 곳 수레임댜를 무러보난 생각이 나의 神經을 鈍하게 만드러 美感이 이러나디 못하게 함이오.105

이 여행기의 1편에서 최건일의 첫 번째 여행지는 개성이다. 그리고 2편의 내용은 의주로 향하는 기차 안에 앉아 있는 풍경과 기차를 타고 가는 광경, 그리고 기차에서 내리는 부분까지 서술된다. 위의 인용문에서는 기차를 타고 산야와 강산의 풍경에 대한 감상을 묘사하고 있다. 여기에서는 여행을 떠나는 인물의 감정을 비교적 소상하게 묘사하고 있는데, 기차를 타고 여행을 떠나고 있음에도 불구하고 기차에 대한 동경이나 기쁨 등은 서술되어 있지 않다. 그 이유는 '나'가 탄 기차가

105 「쾌소년세계주유시보」, 『소년』 1년 2권, 1908. 12, 9~10쪽.

우리의 것이 아니기 때문이며, 한강의 경치가 아름답고 그 운치가 있음에도 불구하고 거기에 몰입할 수 없는 이유는 "너는 뉘 차를 타고 안던듈 아나냐?" 라는 자의식 때문이다. 근대 문명에 대한 신기함보다 앞서는 것은 식민지로 전락할 조선인 여행자의 자의식이다. 이것은 지식을 체험하고 흡수할 경로, 그리고 그것을 가능하게 하는 물적 토대가 없는 조선에 대한 비판인 동시에 그럼에도 타자가 형성해 놓은 것을 이용할 수밖에 없는 식민주체의 비애의 표현인 것이다.

> 이만구천척되난 성은 그 일천초 반파벽이라도 다 사백오십년왕가의 성쇄를 가장 극명하게 말하난 자가 아니냐 우리는 필마타고 도라드지는 아니하얏다마는 의구한 산천에 인걸업슴을 슬허하난 정은 고인과 다름이 업노니 한줌 눈물을 짜서 길태은으로 한가지 쑴 갓흔 태평연월을 제상하기를 수고로히 아지아니하오리 (중략) 일막서산하야 나라가 이믜 망하난데 최영갓흔 무장이나고 정몽주갓흔 문신이 낫스나 사후청심환 세음은 아니라 할지라도 조화가 만일 왕가사미를 장식하기만 위ᄒᆞ야 이러한 인물을 이러한 째에 내엿다하면 이는 너모 인물절용을 아니하심이 아니오릿가 아 ㅅ 갑고 슯흐다. 조화가 왜 조곰더 일 쎄 충령왕 째 쯤이나 충선왕혜왕 째 쯤이 이러한 인물을 내여서 화란을 미연에 선방함은 그말둘지라도 을지문덕이 양광을 최절하고 양만춘이 이세민을 케한것처럼 저 지 아니하얏나고! 이 읏지 천만고인인지사가 동성일곡할 곳이 아니오릿가106

최건일은 개성에 도착하는데, 이 공간은 고려왕조의 도성이었고 현재 무역(인삼)에 있어 중요한 위치를 차지하고 있는 곳으로 서술된다.

---

106 「쾌소년세계주유시보」, 『소년』 2년 1권, 1909. 1, 35~36쪽.

그는 개성의 서소문과 성벽들이 허물어진 것을 목도하고 퇴락한 한 왕조의 실체를 느끼게 된다. 과거의 영광이 사라진 현재의 개성은 흉한 몰골로 묘사되고 있다. 현재의 반파된 성벽으로는 과거의 영광을 꿈으로조차 상상할 수 없다. 여기에서 몰락한 고려의 성벽과 유물은 현재 조선의 현실을 대리한다. 경성이 조선의 수도이고 현재 일제에 의해 국권 상실의 위기에 있다면, 개성은 고려의 수도로써 지금 경성의 현실을 표상한다. "이른바 인재양성이란 것이 전수히 정해독량에 거름실흔 배 지을 사람만 조출함에 지나지 못하얏슴을 생각하오매 눈물이 쑥쑥 써러짐을 금치못하겠소이다."라고 언급하며, 인재등용이 국가 존립의 중요한 요소임을 강조한다. 인재를 통한 실질적인 지식의 수용과 이것이 국가 차원으로 활용되는 문제는 국가의 존립과도 관계되는 것이다. 그리고 이러한 지식의 수용과 활용의 문제는 여행을 통해 깨닫게 되는 것이고, 여기에서는 500년 전의 고려왕조가 하나의 알레고리로서 제시되고 있다.

「반순성기(半巡城記)」는 『소년』에 3회 연재된 것으로 동대문에서 구계동, 경복궁 뒤 백악산을 연결하는 성곽을 주유하는 것을 주요 내용으로 하고 있다. 여기에서는 구계동의 자연 풍경과 삼계동, 석파정을 구경하고 "은제나 되나하난 생각이 날 쌔마다 조곰만 더 란 철리를 생각하기로 작정"해야 한다는 교훈을 간단하게 서술하고 있다. 이에 비해 「교남홍조(嶠南鴻爪)」와 「평양행」은 여행기의 형식에 충실한 기행문이다. 전자가 남대문역에서 출발하여 남쪽 지방, 즉 조치원, 신탄진, 대전역, 추풍령역, 김천역, 위관역, 대구역, 경산 역, 청도역, 밀양역, 삼랑진역, 구포역까지를 서술하고 있다면, 후자는 북쪽지방을 중심으로 남대문역에서 금촌, 문산포, 개성역, 토성역, 학정역, 신막역, 단흥역, 사리원역, 심촌역, 평양역까지 서술하고 있다. 이 두 여행기는 한 지역에 머물러 있기 보다는 기차를 타고 가면서 기차안의 풍경과 기차가 지나가는 지방의 지리적 사실 또는 도착지의 유적들과 그 고장의 위인들을 언급하고 있다.

> 조치원은 연기군 점산압헤 잇난 평단 광활한 곳이니 이 쌍은 충청남북도와 및 전라남도에 통한 사통팔달한 상업상 소중심이오 겸하야 사십리를 격하야 청주의 야를 끼고 잇서 곡물의 산지라 음력으로 삼, 팔일에 서난 장에는 무역하난 사람이 항용 오육천인이 모여들고 적드라도 이삼천명이 나리지 아니한다하며 지금 일본인구는 근 칠백이라하난데 전하기를 신라 쌔 최치원이 처음으로 이곳에 시장을 베풀엇슴으로 그 일흠을 조차 일흠하얏더니 음상이한 짜닭으로 지금 갓히 조치원이 되얏다하나[107]

> 추풍령은 우리나라의 북경으로서 온 태산맥의 대수령이나 남북양편에서 비스듬하게 수백리를 올나온 고로 상하하면서도 놉흔곳인줄 쌔닷지 못하겟더라[108]

> 금조산역(개령)을 지나 낙동강이 멀니 둘닌 약목역을 지나 낙동강철교(이백삼사척)를 건너난데 이곳 강물은 비가 새로 온 뒤언마는 그리 만카할 수 업스며 제일 왜관동도(팔이오척)와 제일 왜관동도(이칠필척)를 싸져 왜관역(인동)에 이르다. 이곳은 낙동강을 상하하난 큰 배의 종박처니 부산금해로 내왕하난 선박이 항상 쎄로 모여든다하더라[109]

---

107 「교남홍조」, 『소년』 2년 8권, 1909. 9, 58쪽.
108 「교남홍조」, 앞의 책, 63쪽.
109 「교남홍조」, 앞의 책, 64쪽.

「교남홍조」의 여행기는 기차가 도착하는 역을 중심으로 이야기가 전개한다. 위의 인용문에서 보는 바와 같이 조치원, 추풍령, 금조산역 등 각 역의 위치와 그 역의 근방에 대한 지리적 사실들을 전달하고 있고, 지역명의 유래와 그 지방의 유명 인물들, 영웅들을 소개한다. 때로는 일본인 승객들이 조선을 비판하는 내용들을 서술하기도 하고, 늦은 밤 보부상들이 장을 끝내고 기차를 타는 풍경에 대해서도 서술한다. 최남선은 여기에서 『동국여지승람』이나 옛 사람들의 시를 인용하여 그 지방의 특성들을 기록하고 있다. 구포역에 도착할 때까지 소개되는 경부선의 역의 명칭, 그 역을 둘러싼 지역, 지리에 대한 정보는 여행자의 심리적 정황보다 우선적으로 서술된다. 최남선은 이 여행기를 통해 경부선이 하나의 축이 되어 조선의 역사와 지리가 하나로 통합되는 것을 시도하고 있다. 또한 이 국토여행기는 조선의 영토를 지리적 상상력으로 구축하는 하나의 방법론으로 제시되고 있다.

이러한 여행기를 통한 지리지식의 전파는 「평양행」(『소년』 2년 10권)을 통해 다시 한 번 재현되는데, 이 여행기는 남대문에서 신의주행 기차를 타고 가면서 북쪽 지방의 지리적 특성에 대해 설명한다.

> 長端驛을 거쳐서 다시 써나난데 우리 崔哥가 자랑할만한 名祖오 우리 國民이 다갓히 崇敬할만한 大經綸家 武愍公崔瑩의 祠堂이 잇난 德物山이 이 近處려니하고 얼업시 뒤리번뒤리번 내여다보나 엇던것인지 알지 못하너니 偶然히 압헤 안진 한사람이 갓히 탄 사람에게 가르치난 모양으로 西便으로 멀니 보이난 連山中 獨秀한 高峰을 가르치면서 저긔 저산이 德物山이니 예서 이십리오 산 꼭댁이에 松林이 최장군사당 잇난 곳인데 祈福禳災에 靈驗이 偉大하거니 전에는 신의 威嚴이 매우 대단하야 웃더한 사람 만일 그 압흐로 지나가난 方伯守令이 치성을 하지안커나 쏘 행객

이라도 차마간 무난히 타고가기만 하면 큰 죄력이 입지하더니[110]

최영장군의 사당에 대해 자세하게 묘사하고 있는 이 인용문은 그의 영험함에 대해 예를 들어 설명하고 있고, 또한 그의 사적과 고려왕조의 몰락에 대해 서술한 시를 인용하고 있다. 정차역의 역명과 지리적 사실들을 서술하고 있는 이 여행기는 이 지방의 시장 형성과 철광산업에 대해 많은 부문을 할애하여 설명하고 있다. 흑교역을 소개하면서 여기에는 철광자원이 풍부하여 큰 재원이 되고 있으나, 그 채굴허가권을 외국인에게 빼앗긴 것에 대해 비판하고 있다. 그래서 기차역을 둘러싼 지역 산업과 지리적 차이에 따라 서술자의 감정이 격화되기도 하고 순화되기도 한다. "대동강아! 너는 나를 모르리라마는 나는 너를 상사한지 오래다 오냐 내 마음이 만족하다 반면도 업난 이 손을 저리 조흔 낫으로 마져주니 너를 그리던 본의 잇다!"라고 대동강을 의인화하여 감정적으로 대하기도 한다. 조선의 영토에 대한 애정을 기표하고 있는 이러한 서술은 국토를 하나의 사물적인 것으로만 인식하는 것이 아닌 감정적으로 영토를 공유하고자 하는 의도로 보인다. 이러한 서술은 결국 조선의 영토, 국토를 재발견하고 이것을 독자들에게 보다 효율적으로 전달하고자 하는 방식의 일환이었다고 할 수 있다.

『소년』이 강조하고자 하는 것은 결국 지식의 습득으로 인한 국가의 부강과 문명화이다. 이에 국토여행은 지리적 지식의 습득을 위한 실질적인 방법으로 활용된다. 근대 지식의 일부로서 지리학과 이것을 구체화 하는 것으로서의 여행은 최남선에 의해 국가체제의 구축과 함께 영토의 개념을 공고히 하는 역할을 하고 있다. 다시 말해 최남선의

110 「평양행」, 『소년』 2년 10권, 1909. 11, 137~138쪽.

국토여행의 기획은 한 개인의 사적 경험에서 그치는 것이 아니라 근대 국가체계의 근간을 이루는 지식으로 활용되고 있다. 이것은 개인의 사적인 기록을 넘어 국가의 담론 안에서 영토에 대한 지리적 상상력과 영토귀속성을 강화하는 방식으로 생산되었다고 할 수 있다.

근대초기 저작에서 나타나는 지리학에 대한 논의의 일단에는 근대 국가 건설과 그에 대한 체계의 성립, 그리고 국가상실에 대한 위기의식과 그에 대한 대안이 포함되어 있다. 이에 근대적 지도는 국가의 영토와 국제적으로 인가된 국경이 연속적으로 표시되어 상상된 국가의 주권적 영역을 구체적이고도 확실[111]하게 보여준다. 중국이 세계의 중심이라는 허구에 대한 깨달음은 근대 지리학의 출현으로 가능했고, 이것은 세계에 대한 개념을 새롭게 정립하게 하였다. 최남선의 『소년』에 게재된 지리학에 대한 논의들은 상상으로, 또는 소문으로만 존재하던 서양을 현실로 끌어내었으며, 외부와 미래에 대한 전망을 새롭게 하는 계기가 되었다.

최남선의 『소년』은 역사지리학의 관점에서 국토와 영토를 조망하고 있고, 이것이 근대초기 서양의 제국의 확장과 관련하여 다양한 지리적 정보와 내용들을 전달하고 있다. 그 중에서도 「봉길이 지리공부」와 「해상대한사」는 기초적인 지리학뿐만 아니라 지구의 형체, 남극과 북극, 위도와 경도 등의 체계적인 내용과 조선의 해상 역사를 통시적, 공시적으로 고찰하고 있다. 그리고 이 글들에서는 조선을 둘러싼 해상의 중요성과 반도의 전략적 활용에 대해 논의하면서 제국들의 정치적

111 홍순애, 「근대계몽기 지리적 상상력과 서사적 재현」, 『현대소설연구』 40호, 한국현대소설학회, 2009, 375쪽.

권력이 해상을 통해 발현되는 과정과 이것을 대한제국이 지정학적으로 전략화 할 수 있는 가능성을 제시하고 있다. 또한 이 글에서는 해상을 통한 외부적 상상력이 국가상실의 대안이 될 수 있음을 전망하고 있다. 『소년』에서 제시하는 근대적 지도는 이전의 자국중심적인 세계의 반영, 즉 자기가 문명의 중심이며, 타자는 '주변'이라는 개념을 상쇄하며, 중심과 주변이 공존하는 세계를 사실로서 전달해주는 역할을 수행하고 있다. 이에 「봉길이 지리공부」, 「해상대한사」는 세계라는 개념에 대한 보편성을 획득하고, 국경선에 의해 분할된 국토의 개념, 영토국가의 개념을 보여주고 있다.

『소년』에서는 지리학의 현실적 실천으로서 국토여행을 제시하고 있는데, 「쾌소년세계주유시보」, 「반순성기」, 「평양행」, 「교남홍조」의 여행기들은 조선의 지리적 사실과 여행자의 감정을 자세하게 전달하고 있다. 최남선은 이 글들을 통해 여행이 근대인의 기상과 현실적인 지식을 위해 필요하며, 국권의 강화와 국토에 대한 실정성을 담보하기 위해 활용되어야 한다고 강조한다. 국권상실에 대한 슬픔과 그렇게 된 연유를 개성의 여행을 통해 알레고리적으로 보여주고 있는 것이 「쾌소년주유시보」이고, 「반순성기」는 성곽의 등반을 통해 호연지기를 기를 것을 강조하고 있다. 「교남홍조」와 「평양행」은 기차여행을 축으로 지리적 사실들을 조합하여 하나의 한반도 지도를 도시하고 있다.

『소년』에서 독자들이 지역과 영토를 상상하는 방식은 지도를 통해 구현되며, 신체적 경험으로 한정되었던 장소, 공간에 대한 인식은 보다 거시적인 전역적인 공간으로 확장되고, 이것은 국토와 영토의 개념을 사유할 수 있게 한다. 지도는 공간을 대신하는 것이 아니라 공간에 대한 인간의 이해를 상징적인 기호와 이미지로 표현한 것이다.[112] 지도 위에 도시된 국경선은 한 나라의 존립을 사실적으로 구획하고 있고,

이것은 선과 면을 통해 인지된다. 영토의 귀속성은 지도위에서 하나의 면으로 구획함으로써 보다 확실하게 그 국가권력의 체계가 확인되는 것이다. 그리고 여행을 통한 국가의 역사적 전기가 지도 위에 형상화되고 있는 상황을 최남선은 독자들에게 보여주고 있으며, 이것은 이 시기 영토상실, 국권상실에 대한 메타포로서 차용되고 있다.

근대 초기 최남선의 『소년』은 사실로서의 세계를 적나라하게 보여주는 동시에 지도와 지리학에 대한 개념을 새롭게 인식할 수 있는 계기를 만들어준 것이 사실이다. 또한 여기에 수록된 국토여행기는 전근대적인 일상의 하나로서 취급되는 것이 아니라, 국가만들기라는 담론의 일부로서 기획되고 실천되었다는 점에서 의의가 있다.

112 송규봉, 『지도, 세상을 읽는 생각의 프레임』, 21세기북스, 2011, 86쪽.

제3장
수양론과 조선 문명화론

1. 청년학우회와 『청춘』의 연계

1914년 11월 격월간을 표방하고 출판한 『청춘』은 1915년부터 1917년까지 정간 되었다가 다시 발행되어 1918년 9월까지 발간되었다. 『청춘』은 문명 · 과학 · 인물 · 종교 등의 다양한 내용들을 포괄하고 있으면서도 역사와 정치, 문화에 대한 내용들을 식민지의 현실에 맞게 재구성하고 있다. 1914년 최남선에 의해 창간된 『청춘』은 한일병합 이후 1910년대 담론의 추이를 가늠할 수 있는 잡지라는 점에서 시사하는 바가 크다. 『소년』이 최남선 일인 편집체제로 제작되었다면, 『청춘』은 이광수, 현상윤, 이상준 등이 참여하면서 당대의 문화와 사회, 일상사에 대한 내용을 보다 현실성 있게 보여주었다. 또한 이 잡지는 공식적인 글쓰기의 규범을 전제로 문학적 글쓰기를 공모하여 글쓰기를 제도화하는 선례[113]를 보여주었고, 당시 수양론의 관점에서 여행의 필요성을 주장하면서 조선과 일본, 중국의 기행문을 수록하였다. 이 장에서

『청춘』을 주목하는 것은 이 잡지가 1910년대의 근대체험의 양식으로 여행의 경험을 중시하면서 식민지인의 자의식을 전면화하고 있다는 점이다.

근대계몽기 수양론은 1900년대 태극학회와 청년학우회의 자강운동의 일부로 논의되었고 1910년대 중반 발행된 『청춘』에 의해 무실・역행의 이념을 전달하였다. 태극학회가 태극서관[114]을 통해 발행한 『태극학보』(1906~1908)에는 「한국국민의 생활을 논홈」(1906. 5호), 「자아의 자활의무」(1907. 9호), 「문명의 준비」(1908. 18호), 「정해에 투입ᄒᆞᄂᆞᆫ 청년」(1908. 23호)이라는 글이 실렸는데, 여기에서는 공통적으로 정신적 문명을 도모하여 '선수(先修)', 즉 학문을 닦고 실력을 도모하여 현재의 난국을 이겨내야 한다는 것을 강조하고 있다.

특히 문일평은 "건전ᄒᆞᆫ 국민을 양성하ᄂᆞᆫ 도ᄂᆞᆫ 교육에 재하거니와 대범 교육의 지를 분철하야 언하면 덕, 지, 체육 삼자라"[115]고 언급하였고, 곽한칠은 "품격수양이 청년의 제일 선무(先務)"라고 하며 "영웅의 본색은 공선(公善)에 복종함에 재(在)하고 인격수양의 본원은 진리를 신앙함에 재(在)하다"[116] 하여 인격수양의 방식을 논의하고 있다. 여기에서 국민을 양성하는 것은 교육에 있고, 그것은 인격을 지칭하는 '德', 지식의 유무를 판단하는 '智', 신체의 강건함을 일컫는 '體'의 3가지로

---

113 문성환, 『최남선의 에크리튀르와 근대·언어·민족』, 한국학술정보, 2009, 111쪽.

114 태극학회는 태극서관을 통해 『태극학보』를 발행했는데, 태극서관은 서울, 평양, 대구의 3군데가 있었고 사업의 총책임자는 안태국이었다. 여기에서는 서적의 판매와 출판사업도 계획하였고, 특히 건전한 서적을 출판할 것을 목적으로 하여 어느 정도 비영리적인 사업을 진행하였다. 그리고 태극서관은 신민회의 활동에 있어 근거지로 활용되기도 하였다. 주요한, 『안도산 전서』, 범양사 출판부, 1978, 99쪽 참고.

115 문일평, 「체육론」, 『태극학보』 21호, 1908, 13쪽.

116 정한칠, 「인격수양과 의지 공고」, 『태극학보』 9호, 1907, 16~19쪽.

설정된다. 그리고 이러한 품격수양이 청년의 가장 중요한 의무라고 언급한다. 여기에서 수양론은 실천으로서 덕 · 지 · 체를 통합한 개념이라고 할 수 있다.

태극학회에서 논의하고 있는 '품격수양', '인격수양'은 도산 안창호가 결성한 신민회에서 언급하고 있는 '인격수양론'과 유사하다.[117] 안창호는 근대계몽기 신민회를 결성하여 국권회복운동을 펼치면서 1909년 청년들을 위주로 한 청년학우회를 설립하여 실력을 우선 배양하고 청년들의 인격을 수양해야 한다는 것을 강조하였다. 이 시기 국권회복운동은 무장투쟁의 의병운동과 실력양성운동의 자강운동으로 양분되었는데, 후자의 경우는 그 단체의 지향에 따라 4개의 운동으로 다시 분류되었다. 그 중에서 청년학우회 계열의 선실력양성론과 인격수양론은 안창호의 자강론을 중심으로 한 것[118]으로 식민지 시기 준비론의 일단으로 논의되었다. 안창호에 의해 제기된 '인격수양론'은 근대계몽기 청년학우회의 근본이념이었고, 특히 1910년 한일병합 이후 수양론은 이 시기 정치적 지향을 대표하는 담론으로 대두되었다.

최남선은 한일병합 이후 수양론의 논의를 『소년』, 『청춘』의 발행을 통해 이어갔다. 최남선은 『소년』의 잡지발행(1908. 11~1911. 5)을 통해

117 안창호는 1907년 미국에서 귀국하면서 일본을 경유하는데, 일본에서 그는 태극학회를 중심으로 한 재일유학생들과 교유하면서 연설, 강연 등을 통해 무실역행의 사상을 전파하였다.
정숭교, 「1904~1919년 자강운동의 국민교육론」, 『한국사론』 33, 서울대학교 국사학과, 1995, 189쪽.

118 자강론의 4개의 계열은 첫째는 대한협회계열의 선실력양성론과 정당정치론, 둘째는 황성신문계열의 선실력양성론과 점진적 문명개화론, 셋째는 대한매일신보계열의 선독립론과 국수보전론, 넷째는 청년학우회계열의 선실력양성론과 인격수양론으로 각기 자강운동을 진행하였다.
박찬승, 「한말 자강운동론의 각 계열과 그 성격」, 『한국사연구』 68집, 한국사연구회, 1990, 81~140쪽 참고.

'소년의 지력을 자(資)하야 아국 역사에 대광채를 첨하고 세계 문화에 대공헌'하기 위해 실력 양성을 위한 지식 전달에 주력하였다. 구체적으로 『소년』에서는 지리지식의 보급을 위해 세계지도를 게재하는가 하면 지리지식에 관한 연재를 통해 조선의 해상과 국토, 영토에 대한 근대 지식의 중요성을 환기하였다. 그리고 이 잡지는 조선 청년들의 자아성장과 국토 체험, 타자의 공간을 체험하는 것을 수양론의 측면에서 논의하고 있다. 1910년대 수양론은 지식에 의한 내적 성장과 신체를 단련하는 방식으로 논의되었고, 이것은 국토 여행과 식민 본국인 일본, 또는 중국 여행으로 제시되었다.

『청춘』에서는 세계 탐험가의 전기와 소설들을 게재하였는데, 이것은 국토여행기와는 달리 좀 더 그 효력의 범위를 넓게 잡고 있다. 「근세로빈손기담」(9호), 「핸드릭 하멜 조선일기 - 36인의 14년간 엄유실록(淹留實錄)」(14호), 「내가 유로바에 만유한 동기」(4호), 「세계문학개관 - 돈기호전기」(4호) 등은 이러한 의도의 연장선에 있다. 콜럼버스가 영국이 제국으로 성장할 수 있는 기틀을 마련해 준 것, 다윈이 진화론 발견할 수 있었던 것은 여행을 통해 가능했다고 여기에서는 설명한다.

「내가 유로바에 만유한 동기」에서 어빙은 "평생에 새롭은 풍경을 차자 다니고 기이한 인물풍태를 구경하기를 즐겨하였고", "아직도 인적 못미츤 지경에 탐험적 대유람도 하여 보며 (중략) 그럼으로 역사나 고담 중에 잇는 명소치고 내가 모르는바 업스며 (중략) 또 인근 촌리에 돌아다니어 그 풍속과 관습을 살피어 고노현량과 질의토론도 하야 크게 지혜를 채우며 (중략) 생을 부친 천지의 광대함에 경탄을 발한 적도 잇섯노라"[119]고 언급하고 있다. 어빙이 각 지방을 유람하며 그곳의 사

119 「내가 유로바에 만유한 동기 - 어빙선생」, 『청춘』 4호, 1915. 1, 128~130쪽.

람들과 교류하면서 지혜를 얻은 것처럼 여행은 지식을 축적하는 것에 있어 유용한 것이고, 더 넓은 세상의 이치를 깨닫는 계기가 된다. 여기에서 최남선은 어빙의 언급을 통해 여행이 과거의 역사와 미래의 전망을 새롭게 하는 수양으로서 중요하다는 것을 말하고 있다. 그리고 여기에서 더욱 강조하고 있는 것은 이러한 세계로의 대탐험이 제국으로의 확장을 가능하게 했다는 점이다. 최남선은 현재 조선이 제국의 한 식민지로 전락했지만 수양론을 통해, 그리고 이러한 여행의 적극적인 행위를 통해 공간이 갖는 이념화의 과정을 독자들이 인식하기를 의도하고 있다.

1910년대 한일병합 이후 『청춘』에서 논의하고 있는 수양론은 무실역행의 실력양성론으로 집약된다. 당대 지식인들이 정치적 행동이 불가능한 식민지적 상황에서 청년들에게 제시하였던 것이 수양론이었고, 이것은 지식과 실력을 쌓는 무실역행으로 귀결되었다. 여기에서 실력양성론으로 조선과 세계를 조망하는 실질적인 방식은 여행이었다. 『청춘』에서 기획하고 있는 여행은 영토를 신체로 경험하는 것이며, 새로운 시각이 창출되는 동시에 추상화된 지리적 상상력을 현실화하는 계기가 된다. 식민화된 공간을 여행한다는 것은 시각적으로 국토를 확인하는 작업이며, 이것은 조선의 표상을 새롭게 정립하고자 하는 의지와도 관계된다. 또한 일본과 중국 여행은 문명의 발달 정도를 직체험하는 동시에 식민과 제국의 관계를 보다 적나라하게 경험하는 것으로 제시된다. 현실을 정확하게 인식하고, 이것을 준비하기 위한 노력들의 총체로서 수양론은 이 시기 국토여행을 통해 식민본국과 식민지의 공간을 횡단하면서 진행된다. 즉 1910년대 『청춘』에서 제시하고 있는 수양론은 지식을 통한 내적 성장과 신체의 강건함을 배양하는 것을 목적으로 논의되었고, 이에 여행은 당시 제국주의의 확장과 그 과정에서 대두된 경험적 지평의 확대 필요성에서 강조되었다.

2. '무실역행'의 수양론과 그 실천

근대계몽기 수양에 대한 논의는 청년학우회를 통해 논의되기 시작하여 안창호, 윤치호, 최남선 등에 의해 구체적으로 논의되었다. 수양론을 논의하기 위해서는 청년학우회의 일면을 살펴볼 필요가 있다. 『청춘』의 발행인 겸 집필자였던 최남선은 청년학우회의 활동과 잡지 간행을 동시에 진행하였고, 이에 청년학우회의 담론의 일부가 잡지의 사상적 기조가 되었다.

1909년 8월 17일 『대한매일신보』(국한문 판)에는 청년학우회의 발기인인 윤치호, 장은진, 최남선, 최광옥, 박중화의 이름으로 된 「청년학우회 취지서」가 게재되었다.[120]

> 不可不 有志 靑年이 一大 精神團을 組織하여 心力을 一致하며 智識을 互換하여 實踐을 勉하고 前進을 策하여 險과 夷에 一視하며 苦와 樂에 相濟하고 流俗의 狂亂을 障하며 前途의 幸福을 求하여 維新의 靑年으로 維新의 基를 築할지라. 故로 本會를 確立코자 趣旨를 發하여 我 靑年界에 佈하노니 惟 我 有志 靑年이여[121]

120 「청년학우회 취지서」가 실린 같은 날 『대한매일신보』(국문판)에는 청년학우회의 창립에 대한 소식과 회원들의 이름을 소개하는 기사를 실었는데, 회원으로는 한영 서원장 윤치호, 대성학교 총교사 장응진, 『소년』의 주필 최남선, 오산학교장 이승훈, 청년학원 교사 이동녕 외에 차리석, 안태국, 채필근, 김도희, 박중화, 전덕기 등이 명기되었다.

121 「청년학우회 취지서」, 『대한매일신보』(국한문판), 1909. 8. 17.

신민회 하부 단체의 하나로 1909년 2월 결성된 청년 운동 단체인 청년학우회는 실질적으로 도산 안창호에 의해 조직되었다.[122] 청년학우회는 『소년』을 기관지로 하여 1910년 4월 「청년학우회보」를 부록으로 첨부하면서 '청년학우회의 주지', '설립위원회기사', '청년학우회가', '휘보'와 설립위원장인 윤치호의 연설을 싣기도 했다.[123] 「청년학우회 취지서」에서는 학술과 도덕이 쇠퇴하여 청년의 기력이 늙은이와 같고 그 어리석음이 어린아이와 같다고 비판하고 있으며, 이에 부패한 옛 습속을 개혁하여 진실한 풍도와 기상을 양성하려면 뜻있는 청년들이 모여 정신단을 조직하여 지식을 나누고 실천하여 유신의 청년으로 거듭나야 할 것을 표명하고 있다. 여기에서는 전근대적인 폐습을 일소하기 위해서 청년들의 각성과 그 실천으로서 단체의 조직이 필요하다고 강조한다.

도산은 먼저 국민들 각자가 분발 수양하여 도덕적으로 거짓없고 참된 인격과 기술적으로 지식이나 기능을 적어도 한 가지씩 가진 유능한 인재가 되어야 한다[124]는 실력양성론을 주장하면서 그 실천을 위한

---

122 청년학우회는 안창호의 발의에 의해 청년들의 인격수양과 애국심 함양을 위해 설립된 청년수양단체이다. 이것은 한성, 평양, 의주, 안주 등 각 지방에 연회(聯會)를 두었고, 한성연회는 1910년 3월 박중화, 이동령에 의해 창립되었으며, 평양연회는 1910년 6월 오대영 등에 의해 창립되었다. 청년학우회의 주요 실무는 박종화, 최남선, 옥관빈, 최광옥 등이었고, 박중화는 윤치호를 대리하여 사실상 설립 위원장 역을, 최남선은 기관지 『소년』의 발간의 책임을, 옥관빈은 서기의 역을 맡았다.
박찬승, 「한말 자강운동론의 각 계열과 그 성격」, 『한국사연구』 68집, 한국사연구회, 81~140쪽 참고.

123 또한 청년학우회 한성 연회(聯會)에서는 강연회(1910. 4. 16.), 음악회(1910. 4. 23.) 등을 개최하였고, 정기총회(1910. 4. 2.), 정기의사회(1910. 4. 30.) 등에서는 학우회 임원의 선정과 자금관리에 대한 내용을 의결하였다. 평양연회·의주연회·한성연회의 활동을 통해 청년학우회는 몇 개의 지방조직을 중심으로 시작하였고, '청년학우회 지방연회 설립규칙' 등을 제정하기도 했다.

124 안창호, 『신정판 안도산 전집』, 삼중당, 1971, 71~72쪽.

청년단체 결성을 촉구하였다. 이에 청년학우회에서는 무실(懋實)·역행(力行)·자강(自强)·충실(忠實)·근면(勤勉)·정제(整齊)·용감(勇敢)을 청년의 자격으로 강조하였다.[125] 신민회와는 달리 청년학우회는 정치 참여보다는 청년들의 인격수양단체임을 표방하였고, 비밀결사가 아닌 통감정치 하의 관청의 허가를 얻어 활동하였다. 이 조직의 설립을 이끌었던 도산은 무장투쟁에 의한 독립의 가능성이 희박하다는 것을 인식했고, 그 대안으로 교육을 통한 인격수양의 필요성을 통감하고 이를 청년단체들을 통해 실현하려 했다. 그는 현재가 민족경쟁시대이므로 국민의 각자가 각성하여 큰 힘을 발휘하지 않으면 조국의 독립을 유지할 수 없다고 강조하였다. 그리고 이를 위해서는 국민 각 개인이 분발 수양하여 도덕적으로 참된 인격이 되고, 지식적으로 유능한 인재[126]가 될 것을 인격수양론[127]을 통해 강조하였다.

---

125 "청년학우회의 목적은 무실·역행·충의·용감의 4대 정신으로 인격을 수양하고 단체 생활의 훈련에 힘쓰며, 한 가지 이상의 전문 학술이나 기예를 반드시 학습하여 직업인으로서의 자격을 구비하여, 매일 덕·체·지육에 관한 수양 행사를 한 가지씩 행하여 수련에 힘쓴다는 것이다. 4대 정신은 뒤에 설립된 흥사단과 같으나, 청년학우회 시대에는 무실·역행 다음에 자강(自强)·충실(忠實)·근면(勤勉)·정제(整齊)·용감(勇敢)등을 말하였음이 그 회가에서 보이는 바, 아마도 처음에 7가지의 덕목을 세웠다가 뒤에 정리하여 4대 정신이 된 듯하다."
주요한, 『안도산 전서』, 범양사 출판부, 1978, 99~100쪽.

126 정승교, 「1904~1910년 자강운동의 국민교육론」, 『한국사론』 33집, 서울대학교 국사학과, 1995, 188쪽.
정승교는 안창호의 인격수양론을 자강운동내의 국민교육론의 입장에서 논의하고 있다. 그는 자강운동의 국민교육론이 중국, 일본의 교육론의 영향을 받았고, 이는 근대계몽기 국민교육론으로 진행되었다고 보고 있다. 그리고 교육목표, 즉 어떤 인간형을 국민으로 양성할 것인지에 대한 입장에 따라 1) 참정능력함양론, 2) 인격수양론 3) 국가정신 보존론으로 나누어 논의하고 있다.

127 주요한은 안창호의 인격수양론이 일정하게 양명학의 지행합일의 사상의 영향을 받고 있다고 언급한다. 이런 점에서 인격수양론의 윤리의 바탕은 자조론의 '誠'과 양명학의 '知行合一' 사상이 합쳐진 어떤 것이라고 할 수 있다.

청년학우회의 실질적인 총무역을 맡았던 최남선은 이것을 '순수하고 열렬한 청년운동'이라고 언급하며, "무실 역행 등쌜 밝고 기빨 날리난 곳에/우리들의 나갈 길이 숫돌 갓도다/영화로운 우리 역사/복스러운 국토를/빗이나게 할양으로/ 힘을 합햇네/용장하던 조상의 피 우리속에 흘으니/아모러한 일이라도 겁이업도다/지선으로 일으랴고/노력하난 정신은/자강, 충실, 근면, 정제, 용감이로세"[128]라는 「청년학우회가」의 노래가사를 직접 짓기도 했다. 이같이 청년학우회는 '무실・역행'을 표어로 하여 지・덕・체를 중심으로 하는 실천과 수양을 강조하였다. 이 시기 인격수양에 대한 강조는 민족 전체가 근대적인 국민으로서의 자격을 갖추어 '민족갱생사업'이 완수되면 독립운동이 성공하게 될 것이라는 믿음과 관련[129]이 있었고, 청년학우회를 통한 인격수양론은 자강운동의 연장선에서 근대적 국민 만들기의 일환으로 논의되었다.

청년학우회의 수양론이 가시적으로 담론화된 것은 『청춘』이다. 수양론에 대한 논설과 국토기행문들이 『청춘』에 수록되면서 이것의 개념과 실천으로서의 방법론이 본격적으로 논의되었다. 『청춘』에는 최남선 외에도 이광수와 현상윤, 진학문 등 당대 지도적 인사들이 다수 참여했다.[130] 이러한 사실은 『청춘』이 단순히 최남선의 사상을 언표화

정승교, 「한말 안창호의 인격수양론 - 사상사적 위치를 중심으로」, 『도산사상연구』 6집, 도산사상연구회, 2000, 29~46쪽 참고.

128 『소년』 3년 4권, 1910. 4, 65쪽.

129 박찬승, 「한말 자강운동론의 각 계열과 그 성격」, 『한국사연구』 68집, 한국사연구회, 1990, 136쪽.
박찬승은 자강운동계열을 4가지로 나누고 있다. 1) 대한협회계열의 선실력양성론과 정당정치론 2) 황성신문계열의 선실력양성론과 점진적 문명개화론 3) 대한매일신보계열의 선독립론과 국수보전론 4) 청년학우회계열의 선실력양성론과 인격수양론.

130 권보드래 외, 『『소년』과 『청춘』의 창 - 잡지를 통해 본 근대 초기 일상성』, 이화여자대학교출판부, 2007, 15쪽.

한 것이 아니라 당대 지식인들의 공유된 담론을 수렴하는 잡지로서의 역할을 했다는 것을 알 수 있다.

> 표적잇단 사람은 엇더하뇨 進步하야가는 世運에 貢獻이 잇는 사람이니 그 貢獻이 크면 표적도 쏘한 큰 것이오 적으면 쏘한 적은 것이라 歷史란 동산에 가장 풍려 艶麗한 色과 芳馥한 香을 가져 가장 남의 視聽을 쓰는 명화는다 가장 훌늉한 貢獻을 한 이들이니라 엇더케 공헌을 할가 남보다 뛰어나는 努力으로 써할 것이요 엇더한 貢獻을 할가 남 못하는 것 나 아니면 못할 것을 할지니 가튼 표적으로 들어나고 들어나지 못함과 크고 크지 못함은 그 獨特하고 生新한 분수를 짜르나니라. 쓸대잇시됨은 사람노릇의 비롯이오 함이잇슴은 사람노릇하는 일이오 표적잇시함은 사람노릇의 마촘미라[131]

최남선은 「수양의 3계단」에서 1단은 '사람', 2단은 '사람 됨', 3단은 '사람 노릇'이라고 정의하고 있다. 사람은 처음부터 영귀한 것이 아니라 "무한한 수련을 싸코 공정을 지낸 뒤에 아름다운 덕성과 가멸한 재지를 어더 비로소 놉흔 자리에 오르게 된 것"이라고 평가하며 인간은 보배를 가지고 태어난 것이 아닌 만큼 스스로 노력하는 자세가 필요하다는 것을 강조한다. 그리고 중요한 것은 '사람됨'이며, 이것은 "자기 독립"에 대한 "심사만이 아니라 행위"까지 아우르고, 이것이 사회적 실력으로 연결될 때 가능하다고 보고 있다. 3단계인 '사람 노릇'이라는 것은 표적 있는 사람, 즉 목표가 있는 사람을 말하는 것으로 세계와 역사에 공헌할 뜻을 가져야 함을 언급하고 있다. 즉 여기에서 '수양'은

---

131 「我觀 - 수양의 3계단」, 『청춘』 8호, 1917. 6, 11쪽.

뜻을 세우고 그것을 위해 노력하는 것, 개인의 자질과 능력을 단련하는 것으로 규정된다.

이 시기 『청춘』의 논설에서는 청년들이 "귀한 서적을 닑을 줄 모르고 희대와 노리터에 귀한 금전과 시간을 량비"하고 있으며, "'당신은 무엇이 되려하오?' 하고 청년학생에게 물으면 '모르겠어요'"[132]라는 대답을 한다고 비판한다. 논설에서는 청년이 대지(大志)가 없는 것이 시대의 영향이라는 것을 인정하면서도 사회에 다소간 공헌할 뜻을 가질 것을 청년들에게 당부하고 있다. 국권이 상실되어 식민지로 전락한 상황에서 청년들에게 요구되는 것은 배우고자 하는 의지와 그것의 실천이다. 실력을 양성해야 하는 것, 즉 수양이 이 시기 청년들이 해야 할 일로 제시되었던 것이고, 이것은 시대적 상황에 대한 대안적 지향점으로 인식되었다고 볼 수 있다.

『청춘』 14호에는 수양론의 특집이라 할 정도로 이와 관련된 논설이 많이 실렸다. 최린은 『청년의 수양과 기가치』라는 논설에서 사람은 정신적, 물질적으로 조성된 것으로 쌍방으로 수양하여야 함을 강조한다. 여기에서(정신적인 것은 지식을 수련하는 것으로), 물질적인 것은 신체를 지칭된다. "정신적 아(我)는 무한적이오 물질적 아(我)는 유한적인 고로 수양이 기시(其時)를 실하면 후회하야도 추급할 수 무함은 춘종을 파치 안은 자 - 추수를 득코져함과 여하도다"라고 언급한다. 이와 유사하게 수양론을 논의하고 있는 오랑(鰲浪)은 「력을 축적하라」라는 글에서는 수양을 신체와 관련하여 논의하고 있다.

英國 俚諺에 「하늘은 스사로 도읍는 이를 도읍는다」하니 至言이라

132 「靑年의 無大志」, 『청년』 6호, 1915. 3, 73~74쪽.

이르겟도다 하늘은 力이 잇는 이에 興하고 力이 업는 이에 興하지 안이하야 力이 잇는이는 榮하고 力이 업는 이는 屈하며 아주 力이 업는 이는 마침내 自滅하나니 (중략) 力의 일부분은 天賦오 일부분은 修養이오 또 일부분은 運이니 天賦와 運은 人力으로 엇지할수업는 바어니와 修養은 發憤하는대로 엇더케라도되는 것이니 어뒷가지든지 修養을 축적하야 天賦의 잇는대로 다하야 運을 정한데까지 進行하는 이라야 비로소 人生을 理解한다 이를지라. 修養은 곳 力의 蓄積이니 이것은 人生力의 潛伏的 方面이라 만일 마음에 怨恨과 忿怒가 잇거든 맛당히 反省하야 自家修養에 상지할지오.[133]

여기에서 '力'은 매우 다양한 의미로 쓰이고 있다. '力'은 개인적으로 갖추어야 할 능력인 동시에 국가적인 측면에서는 자멸하지 않기 위한 요소로 인식된다. 그리고 이러한 '力'은 천부적으로 주어지는 것과 수양하는 것으로 나뉘며, '力'을 갖추기 위해 청년은 반성하고 수양해야 한다고 언급한다. 숙명적인 것이 운명이라면 수양은 운명을 개척 · 개혁할 수 있는 무엇이 된다. 식민지 상황에서 청년들이 지향할 수 있는 것은 단지 지식을 쌓고, '力'을 축적하는 것이다. 따라서『청춘』에서 수양은 미래의 어떠한 가능태를 준비하기 위한 하나의 행위로 제시되면서 정신에 의한 지식과 신체의 단련을 동시에 지칭하는 것으로 의미화 되었다.

이에『청춘』에서는 수양의 방법론을 제시하는데, 김구하는『평상의 수양』(14호)에서 강화(講話)와 연설이 정신수양의 이론을 아는 것이고, 이것을 실천하여 연구하는 것이 중요하다고 언급한다. 김창제는 여름

133 오랑,「력을 축적하라」,『청춘』 14호, 1918. 6.

이 수양하기 좋은 계절이며 "독서로, 여행으로, 탐승으로, 혹은 연설, 강습으로"(15호) 수양하는 방법을 제시하고 있다. 최남선의 「수양과 여행」(9호)에서는 의지의 단련이 정신의 수양이고 골육의 단련이 신체의 수양이라고 하며 여행이 인생수양에 요긴한 효익을 구비하고 있다고 말한다.

> 고생하라! 고생하라! 이른바 鍛鍊도 이것이오 이른바 修養도 이것이니 큰 修養은 큰 고생을 意味하며 만흔 修養은 만흔 고생을 意味하는 것이니라 危險을 무릅쓰며 缺乏을 견대며 맛지아니하는 人情世態를 追隨하고 들업는 天條 地理를 順應하는 등 心身 兩方으로 가진 고생을 격지 아니치 못하는 旅行은 진실로 온갖 修養의 共通的 要件을 具備하얏다할만하니 旅行으로 써 鍛鍊한 사람은 마치 불맛 본 쇠처럼 바탕이 단단하매 견댈성이 만코 견댈성이 만흐매 일울성도 만토다 旅行이 모든 方面 가진 修養에 엇더케 偉大한 原動力이 되는 것은 倫理보다 實例가 더욱 明白히 證明하나니 司馬子長, 빠이론의 文章과 아리스톨틀, 해로도투의 학식과 마호멘의 宗教的 建設과 콜롬보의 地理上 發見等이 다 旅行으로서 神機를 得來한 것임은 다시 할말 아니오 近世에 大事業을 일운 事業家와 大作品을 끼친 藝術家와 大創見을 세운 學問家의 대개 大旅行家인 것은 旅行과 修養의 深大한 交涉을 說明하기에 매우 適切한 證據일지라[134]

여행과 수양의 관계를 설명하고 있는 이 글은 여행이 인정세태를 인식하게 하고, 지리적인 지식을 쌓을 수 있는 계기가 된다는 것을 강조한다. 정신적인 것과 신체적인 것의 수양에 있어 여행은 인간을 단련하기 위한 하나의 좋은 훈련이 되고 있고, 더 넓게는 국토의 발견

---

134 「수양과 여행」, 『청춘』 9호, 1917. 7, 8~9쪽.

을 추동하는 것으로 인정된다. 여행은 새로운 공간의 창조와 기회를 제공하는 동시에 근대의 새로운 패러다임을 경험하는 것으로 제시된다. 세계를 분석하고 이해함으로써 현실과 자기가 처한 상황에 대한 판단을 가능하게 하는 것이 여행인 것이다. 여기에서 여행은 산수유람식의 전근대적인 자기수양에서 그치는 것이 아니라 실질적인 세계를 이해하기 위한 방법론으로 제시되고 있다.

또한 수양론으로 여행을 강조하고 있는 『청춘』에서는 그 방법으로 '산'에 오를 것을 강조한다. 조선만큼 산악이 많은 곳은 드물고 백두산과 한라산이 조선의 명산으로써 "조선의 역사는 산의 역사"라고 언급한다.

> 건국설도에는 반드시 산악으로써 기점을 삼앗나니 단군의 단은 원어를 배달이라하야 조산의 의오 그의 남항한 아사달은 취한 산의 의며 이래 고구려 시조의 웅심산에와 백제시조의 부아산에와 신라시조의 양산에와 발해태조의 태백산에와 고려태조의 송악에와 조선태조의 삼각산에와 그 현등이오 (중략) 역사와 산악의 교섭이 엇더케 밀접함을 가르치는 것이라. (중략) 진실로 산에 오름에는 거긔 상당한 용기, 체력, 인내심, 극기심을 요하며 생자한 곳과 고대한 곳에를 순편하게 등보함에는 별로 상당한 경험, 지식, 판단력을 요하나니 그런즉 등산의 준비와 인생의 수양이 일즉 일발의 차이가 업다할것이며 작은 산 하나를 등보함은 작은 일 한가지의 성취에 비하고 큰 산 한아를 등보함을 큰 일 한가지의 성취에 비할 것이며[135]

여기에서 산을 오르는 행위는 역사에 대한 재인식을 할 수 있는

135 「我觀- 산에 가거라」, 『청춘』 10호, 1917. 9, 5~8쪽.

기회가 된다. 왕조가 건설될 때 산과 연계하여 도읍을 정했다는 발언과 산이 영웅의 산실이라는 발언은 역사적 인식과 산행과의 밀접한 관련성을 암시한다. 공자가 태산에 올라가 천하를 작게 보았다는 일화는 정신적인 고양과 진취적인 기상을 갖기 위해 산을 올라야 하는 필요성을 제기한다. 건강한 자와 쾌활한 자가 누릴 수 있는 특권인 산에 오르는 행위는 용기, 인내, 극기심을 기르기 위한 수양의 과정인 것이다. 또한 이것은 세상을 넓게 볼 수 있는 시야를 확보하기 위한 행위로서 강조되고 있다.

『청춘』에서 말하고 있는 여행은 수양의 측면에서 새로운 공간을 신체로 경험하는 것이며, 새로운 시각의 창출인 동시에 추상화된 지리적 상상력을 현실화하는 과정이다. 새로운 풍경은 여행주체에게 새로운 세계에 대한 인식을 심어주며, 현실을 미세하게 또는 전체적으로 조망하게 하는 창으로 기능한다. 식민지로 전락한 상황과 정치적인 행동이 불가능한 현실에서 이 시기 청년들의 인식은 식민지의 처지를 비관하거나 사익을 추구하는 것으로 변질되었고, 이에 당대 지식인들은 수양론을 통해 지식을 배양하여 실력양성을 위한 무실역행의 수양론을 하나의 지향점으로 강조하였다. 지식을 통한 내적 성장과 신체를 끊임없이 단련해야 하는 수양론은 이 시기 청년들의 국토여행으로 제시되었다고 하겠다.

3. 조선의 표상 찾기와 공간의 시각화

수양론 안에서의 여행은 식민지화된 공간의 철저한 시각화와 연계된다. 여행을 한다는 것은 시각적으로 국토를 확인하는 작업이며, 이것은 식민지화된 조선의 표상을 새롭게 정립하고자 하는 것과도 관계된다. 근대적인 지식을 체화하기 위한 것과 신체의 강건함을 유지하기 위한 수양의 방법으로서 여행은 『청춘』의 기행문들을 통해 확인된다.[136] 『청춘』 창간호에는 「세계일주가」가 부록으로 게재되어 있는데, 최남선은 "세계지리 역사상 요긴한 지식을 득하며 아울너 조선의 세계 교통상 중요한 부분임을 인식케 할" 목적으로 이것을 지었다고 언급한다. 7·5조의 창가형식으로 지어진 「세계일주가」는 65페이지 가량 길게 서술되어 있다.

벨기國 들어가니 쌍은 적어도/ 가진 製造工業이 大發達하야/ 유로파 大工場의 일홈잇도다/

온갖 産業發達이 됨을 따라서/ 가진 交通機關이 整齊도하다/ 거긔다부지런에 힘씀 兼하니/

그가멸늘어남이 偶然함이랴/ 아름다운 브루쎌 모든 設備는/ 작은파리 일홈이 엇되지안코/

宏壯하다 製版所 外形內粧이/ 世界에 第一됨을 얼는알겠네 (중략)

글냇스톤을 내인 옥스퍼드와/크럼웰, 늬유톤난 캠브릿지며/ 이톤, 하로두 中學 두로삷히니/

大英國民 생기는 까닭알네라/ 天惠人工兼하야 발달된 工業/ 쌔미감의 鐵物과 리드의 담뇨/

136 『청춘』에 게재된 여행기는 다음과 같다.
소성, 「동경유학생 생활」(2호)/호상몽인, 「상해에서(1신)」(3호)/호상몽인, 「상해에서(2신)」(4호)/「해삼위로서(제1신)」(6호)/한샘, 「동경 가는 길」(7호)/하몽, 「함흥육생배종기」(8호)/방두환, 「제3회 극동선수권경쟁 올림픽 대회참견기」(8호)/춘원, 「동경에서 경성까지」(9호)/한샘, 「부여 가는 이에게」(9호)/태순생, 「타선생송환기」(11호)/소성, 「경성소감」(11호)/소성, 「B항의 하로」(13호)/춘원, 「남유잡감」(14호)/애유생, 「북성기」(15호).

만체스터 木織과 쉐플드 刀劍/ 各其 世界大中心 되어 잇도다[137]

이 철도여행은 한양을 출발하여 평양, 요동, 만리장성과 해삼위, 베를린, 마르세유, 파리, 런던, 뉴욕, 샌프란시스코, 호놀룰루, 횡빈, 대판, 부산, 남대문의 여정으로 되어 있다. 중국을 통해 유럽과 아메리카를 순회하는 이 기차여행은 각 나라의 산업과 교육, 승전지와 패전지, 각 국가의 국민성까지 언급한다. 그리고 「세계일주가」가 실린 지면의 형태를 살펴보면, 상단에는 창가의 내용이 서술되어 있고, 하단에는 유적과 유물에 대한 사진과 도시의 전경, 그것을 설명하는 글들이 배치되어 있다. 이러한 편집의 형태는 세계의 나라들과 도시들에 대한 더 많은 지식을 전달하기 위해 고안된 것으로 보인다. 그리고 운문을 통한 암송식 지리교육은 서구에서도 널리 상용된 방법으로 특히 이것은 후쿠자와 유키치가 1869년 집필한 세계지리 교과서 『세계국진』이 채택한 방법이기도 했다.[138] 독자들을 위한 이러한 편집은 여기에서 효율적인 지식전달의 방식으로 활용되고 있다.

「세계일주가」에서 여행지로 제시되는 '해삼위', '모스크바대궐', '베를린 부운데르덴가', '뉴욕' 등의 도시는 이국 취향의 정서를 환기하면서 세계를 실감하게 한다. 기차여행은 단순히 지식을 축적하고 새로운 문물을 경험하는 차원을 넘어서 인격의 도야와 수양, 그리고 개인의 감수성 개발을 위해서도 없어서는 안 될 중요한 교육의 장으로 확장된다.[139] 또한 기차로 여행한다는 것 자체는 세계가 단절되지 않고 연결

137 「세계일주가」, 『청춘』 1호, 1914. 10, 37~101쪽.

138 권정화, 「최남선의 초기 저술에 나타나는 지리적 관심 - 개화기 육당의 문화운동과 명치 지문학의 영향」, 『응용지리』 13, 성신여대 한국지리연구소, 1990, 24~25쪽.

139 권용선, 「국토 지리의 발견과 철도 여행의 일상성」, 『『소년』과 『청춘』의 창 - 잡지를

되어 있다는 것을 의미하는 것이며, 이것의 기록은 타자와의 관계를 지리적인 거리의 개념으로 환원해주는 역할을 한다. 비록 여기에서 서술하는 여행이 가상으로 이루어지고 있다고 하더라도 세계여행을 통해 배우는 유럽과 미국이라는 타자의 존재는 사실로서 인식되고 있는 것이다. 세계를 조망하는 이 여행에서 식민지인의 자의식은 존재하지 않는다. 다만 공업 · 상업 · 정치 · 교육이 발달된 국가들만이 여행지로 선택되고, 이것은 '세계 대중심'이라는 명제로 제시된다. 여행을 통한 지식의 축적과 수양으로서의 무실, 역행의 결과가 「세계일주가」로 대변되고 있는 것이라고도 볼 수 있다. 『청춘』에서 서양은 가상적 방식으로 제시되고 있으며, 이것은 지리교육의 측면을 강조하는 방식으로 또는 미래상을 투영하는 매개로도 등장하고 있다고 할 수 있다.

『청춘』에 게재된 실질적인 여행기는 국토여행의 경우 개성, 경성, 부여, 삼남지방을 중심으로 서술된다. 그 중에서 춘원은 「남유잡감」을 통해 식민지 조선의 형상을 묘사하며 조선인의 기상부흥을 위해 여행을 해야 한다고 강조한다. 춘원은 여기에서 '잡감'이라는 제목으로 여행한 소감에 대한 내용을 '단편단편(斷片斷片)'으로 소개하고 있다.

> 慶州에서 築山과 왕릉을 보고 나는 우리의 퇴화한 것을 哭하지 아니치 못하엿다. 그 산덤이 가튼 무덤! 그것에 무슨 뜻이 잇스랴마는 그 기상이 참 웅대하지 아니하냐. 이삼천년전의 그 큰 무덤을 싸턴 사람과 지금 우리가 보는 그 주먹가튼 무덤을 쌋는 사람과는 전혀 기상이 다르다. 그네는 동해와 가튼 바다를 파지 못하는 것을 한하야 雁鴨池를 팟다. 臨海殿이라는 일흠을 보아도 알것이 아니냐. 문예부흥이 서양신문명의

통해 본 근대 초기의 일상성』, 이화여자대학교출판부, 2007, 107쪽.

서광임과 가치 조선인에게는 기상부흥이 잇서야 하겟다. 엇던 의미로는 精神復古가 잇서야 하겟다. 諸子이라도 古蹟을 구경해 보아라. 쏙 나와가튼 생각이 날 것이니[140]

이광수는 이 여행기에서 여관의 불결함과 시설의 미비에 대해 비판하는가 하면 경상도와 전라도의 기질적 차이, 산물의 차이 등에 대해 서술하고 있다. 그리고 그는 '경주'의 왕릉을 정치적인 측면에서는 식민지 영토이지만 심정적으로는 조선적인 역사적인 공간이라고 언급한다. 이광수는 조선적인 것의 특징을 지방별로 서술하고 있는데, 충청도 이남과 서북지방의 차이는 술과 국수로 소개하고 있고, 전라도와 경상도의 차이는 산수와 인심으로 제시하며 전라도의 산은 여성적이고 경상도의 산은 남성적이라고 언급한다. 그리고 이것은 호남을 국토로 하는 백제인과 영남을 국토로 하는 신라인의 차이라고 인정하고 있다. 지방의 풍습과 기질에 대해서는 평안도의 대표적 소리가 수심가(愁心歌)이며 남도사람의 소리는 육자배기라고 소개한다. 그는 신라의 왕릉을 보고 기상의 웅대함에 찬탄하며 조선인에게 기상부흥이 있어야 할 것을 당부하고 있다.

여러 가지 感想이 만흔 中에 가장 큰 感想은 우리 靑年에게 朝鮮에 관한 知識이 缺乏함이다. 우리는 朝鮮人이면서 朝鮮의 地理를 모르고 歷史를 모르고 人情風俗을 모른다. 나는 이번 旅行에 더욱 이 無識을 懇切히 깨달앗다. 내가 혼자 想像하던 朝鮮과 實地로 目睹하는 朝鮮과는 千里의 差가 잇다. 아니 萬里의 差가 잇다. 인정풍속이나 국토의 자연의

140 춘원, 「남유잡감」, 『청춘』 14호, 1918. 4, 116쪽.

미관은 오즉 그 문학으로야만 알 것인데 우리는 이러한 문학을 가지지 못하엿다. 그러닛가 모르는 것이 당연하다. 만일 알려할진댄 실지로 구경 다니는 수밧게 업지마는 저마다 구경을 다닐 수도 업고 또 다닌다 하더라도 眼識이 업서서는 보아도 모른다. 나는 우리들 중에서 문학자 만히 생기기를 이 의미로 또 한번 바라며, 그네들이 각자 자기의 향토와 風物과 人情 習俗을 자미잇게 그러고도 충실하게 세상에 소개하여 주기를 바란다. 엇잿스나 朝鮮이 무엇인지를 아는 것은 우리에게는 絶對로 必要한 것이다.**141**

그는 이 여행기에서 국토에 대한 지식이 없음을 자책한다. 춘원은 학생들이 조선의 지리와 역사, 인정풍속을 모르는 상황을 문제시하며 지금 절대적으로 필요한 것이 우리의 것을 아는 것이라고 언급한다. 조선 청년들이 무엇보다 우선적으로 배워야 하는 것은 국토에 대한 지식과 역사에 대한 것이며, 조선 사람의 정체성인 것이다. 춘원이 여행을 통해 의도하고 있는 것은 각 지역의 지리적 특성과 지역성, 기질에 대한 것들과 기상의 웅대함에 대한 깨달음이다. 문예부흥이 서양 신문명의 서광인 것과 같이 조선인에게는 기상부흥과 정신복고가 필요하다는 각성은 여기에서 여행의 체험과 경험을 통해 이루어지고 있다. 여행은 다시 말해 국토를 새롭게 발견하는 과정이고, 조선에 대한 표상을 재구성하는 과정에 다름 아니다. 조선의 정체성을 구성하고 있는 여행은 국토의 재발견과 근대적인 국민 만들기의 일환으로 시행되고 진행되었다고 볼 수 있다.

식민지 조선의 정체성에 대한 서술은 '제3회 극동선수권경쟁 올림픽

141 춘원, 위의 글, 116쪽.

대회참관기'[142]를 통해 보다 전면적으로 드러난다.

> 어듸가 自己가 정한 말席인지 아지 못하야 또 시골뜩이 틔이 를 보이게 되얏다. 눈이 휘둥그레케 쓰고 이리저리 돌아보니, 案內者가 와서 나의 坐席番號를 뭇는다 自己는 가장 점자는 체하고 輕蔑하는 말로 대답하니 그의 얼골에 不平한 빗이 뵈인다. 仔細히 보니 이들은 帝國學生이나 혹은 高師學生이라. 輕蔑한말 쓰는 것이 점자는 사람의 態度라고 생각하야 나려오든, 내가 엇지 부끄러움을 禁할수 잇스리요(중략) 『너의들은 웨 아니 왓나냐? 運動場이 좁아서 아니왓나냐? 敵手가 업셔셔 아니 왓나냐? 일이 밧바서 못왓나냐?』아! 슬프다 ! 하날이 人生을 禀할실 째 特히 너의들은 劣하라, 어두어라 아섯슬 理萬無하겟고, 너의들은 衰해라 殘해라 하섯슬理萬無하겟것만! 우리도 권리가 잇고 능력이 잇다. 우리도 할것이라. 굿세고 힘잇게 할것이라. 눈물로 구경하니 興味도 별로 업고, 四五日 동안 作客하니 客味도 업지안타.[143]

이 여행기는 1917년 5월에 도쿄에서 개최된 극동선수권경쟁 올림픽 대회를 관람하는 내용을 서술하고 있다. 중앙기독교 청년회 시찰원의 입장에서 식민본국을 여행하는 서술자는 남대문을 출발하여 현해탄을 건너 동경에 도착한다. 여기에서 동경으로의 여행은 그곳이 어떤 곳인지에 대한 궁금증을 해결할 수 있으리라는 '시원함'과 식민 본국으로

142 '극동선수권대회'는 1913년 '동양올림픽대회'로 시작하여 그 이름이 2회부터 바뀌었고, 1934년까지 2년마다 개최되었다. 여행기에서 서술하고 있는 이 대회는 1915년 동경에서 열렸고 필리핀, 중국, 일본 3국이 참가하였다. 대회는 5일 동안 개최되었고 百嗎경주, 광폭바람씸, 一哩경주, 야구, 정구, 십리마라손, 축구 등에 대해 서술하고 있다. 그리고 이 경기는 일본이 승리하여, 支軍, 比軍이 아쉬워하는 모습에 대해서도 언급하고 있다.

143 방두환, 「제3회 극동선수권경쟁 올림픽 대회참견기」, 『청춘』 8호, 1917. 6, 68~69쪽.

가게 된다는 '무서움'의 감정을 불러일으킨다. 여행자들은 동경에서 이등방문의 동상과 불상을 구별하지 못하고, 경기장 안에서 좌석을 찾지 못해 헤매는 것을 한심해 하며, '시골뜩이'라고 자책한다. 경기가 끝나고 시상식을 하는 중에 서술자는 이 경기에 참가할 수 없는 현실에 대해 서글픔을 토로한다.

식민지인으로서 경기에 참여할 '권리'조차 상실한 현실, 그리고 '노력'조차 할 수 없는 상황은 결국 식민지인의 자의식을 작동시킨다. 중국과 필리핀이라는 국가의 등장은 조선의 상태를 더욱 비참하게 하는 매개가 되고 있고, 국가의 힘은 운동경기로서 상징화된다. 여기에서 중국과 필리핀의 모습은 패군으로 의미화 되는데, 경기에 참여해보지도 못한 조선 또한 패군으로 표상된다. 식민지 본국으로의 여행은 결국 식민지인의 자국의 모습을 확인하는 계기가 되고, 운동경기는 국권상실을 비유하며 현실을 적나라하게 반영하는 것으로 의미화 된다. 결국 식민 본국으로의 여행은 제국과 식민지의 위계질서를 가시화하면서 국가의 '권리'와 '능력'을 소유하는 것에 대한 중요성과 그 필요성을 인식하는 계기가 되고 있다.

이러한 식민지인으로서 자의식을 확인하는 여행기는 『청춘』에서 지속적으로 제시되는데, 「타선생 송환기」(11호)의 경우는 동경유학생들이 횡빈에 있는 타고르에게 식민지인으로서 학생들의 역할에 대해 조언을 구하는 과정을 서술하고 있다. 여행의 서술자는 일본인, 지나인, 대만인들과 같이 방문단의 일원으로 타고르를 방문하여 <현대청년의 새생활>을 주제로 강연을 듣는다. 그리고 이들은 일주일 후 『청춘』에 게재할 원고를 부탁하기 위해 타고르를 다시 방문한다. 서술자는 교육에 종사하고자 하는 사람으로서 어떠한 방법으로 조선인을 교육해야 하는지에 대해 타고르에게 묻는다.

『선생님 저는 지금부터 교육에 從事코저 합니다. 한데 엇더한 방법으로써 하는 것이 가장 適當하올지 발삼하야 주시기를 바람니다』(중략) 『한 사람이 다섯 사람이나 열 사람을 引導하고 그 다섯 사람이나 열 사람이 또 다섯 사람이나 열 사람식 引導한다하면 엇지 그게 적은 일이라 하겟소 하나 그 引導할 사람의 資格은 德이 놉고 사랑이 크고 깁고 普遍的인 사람에만 限할 것이오. 君이 지금 教育家가 되랴한다니 말이오만은 君이 참 教育家가 되랴면 君이 몬저 아해가 되지 아니하면 아니될 것이오. 君이 純然히 아해가 되여 그들과 가치 쒸고 놀 것이오. 그리하야 그 純然無邪한 아해에게 군이 그들에게 先生이란 觀念을 너치 말고 한동모라하는 觀念을 넌 後에 차차차차 그들을 가라치고 그들을 教化시켜야 할 것이오』[144]

타고르는 동양인으로서는 처음 노벨문학상을 받은 사람으로 당시 아시아의 이념적 지도자이자 독립운동을 상징하는 인물로 평가되었다. 『청춘』은 이 여행기를 게재하면서 같은 호에 타고르의 전기와 시를 게재하고 있는데, 여기에서 타고르는 20세기의 일대 예언자, 동양의 정신적 문명을 세계에 전파한 사람으로서 "우리 동양인 전체의 명예"라고 소개하고 있다.[145] 영국의 식민지인으로서, 그리고 원시적 산림 속에서 노천학교를 설립한 교육자로서 타고르는 조선의 유학생들에게 현실적 난국을 의논할 수 있는 적당한 대상이었던 셈이다. 조선학생이

144 태순생, 「타선생송환기」, 『청춘』 11호, 1917. 11, 106쪽.

145 순성, 「인도의 세계적 대시인 라빈드라나드 타쿠르」, 『청춘』 11호, 1917. 11, 95~100쪽. 이 기사에는 타고르의 전기와 작품들을 소개하고 있고, 「기단쟈리」, 「新月」, 「園丁」 등의 시와 함께 『청춘』을 위해 직접 쓴 「쫏긴이의 노래」를 번역하여 게재하였다. 이 기사의 필자인 순성은 "인도와 우리와의 이천년 이래 넷 정을 도타이하고 겸하야 그들과 우리들 사이에 새로운 정신적 교호를 맺자는 深意에서 나온 것이라"고 서술하고 있다.

질문한 구체적인 교육방법에 대해 타고르는 교육의 중요성과 교육자의 자실을 이야기하며, 학생들과 교감을 쌓아 교화하는 것이 필요하다고 언급한다.

동양의 정신적인 지도자로 추앙받고 있는 사람을 직접 만나서 구체적인 면담을 하는 이러한 여행기는 독자를 위한 교육적인 효과를 염두에 두고 기획되었다고 할 수 있다. 한 개인의 감정과 그것에 대한 서술보다는 위대한 인물을 통한 발언은 독자들의 시선을 끌 수밖에 없다. 타고르의 발언이 중요한 것은 그가 식민지인이라는 동일한 입장에 처해있다는 것과 세계적으로 인정받은 인물이라는 점이다. 개화와 함께 갑작스럽게 식민지인으로 전락한 조선인들에게 타고르는 식민지인을 대표하는 정신적 지도자로서 인정되고 있는 것이고, 이것은 여행기라는 형식으로 전달되고 있는 것이다.

4. 이광수의 수양론과 문명화론

이광수가 쓴 여행기는 『청춘』에 호상몽인의 이름으로 게재된 「상해에서(제 일신)」(3호)과 「상해에서(제 이신)」(4호), 그리고 이름을 명기하지 않은 「해삼위로서(제 일신)」(6호), 춘원의 이름으로 실린 「동경에서 경성까지」(9호), 「남유잡감」(14호) 등 5편에 달한다. 이광수는 1913년 오산학교의 교원을 사직하고 국경을 넘어 상해행을 결행하고, 블라디보스토크와 치타를 경유하여 경성으로, 다시 일본으로 유학하면서 '자수자양(自修自養)'의 수양론을 실천하였고, 이 과정에서 근대 문명의 실질적인 측면을 사유하게 된다. 이광수에게 있어 여행은 근대 문명에 대한 새로운 패러다임을 경험하는 것이었고, 이 과정을 통해 그는 식민지 조선을 재발견하고, 1910년대의 식민과 제국의 관계망을 인식하게 된다.

이광수가 1913년 상해 여행을 시작하기 전에 쓴 논설에는 계몽의 방법으로 '교육'이 초점화된다. 이 논설들은 춘원이 오산학교 교사로 재직하고 있을 때 쓴 것으로, 여기에는 교육의 중요성과 그 효용에 대해 언급하고 있다. 이것은 1909년을 전후로 크게 고조되었던 '우리도 하면 된다'는 심정적 세계[146]가 반영된 논점이라고 할 수 있다.

> 우리들 靑年은 被敎育者 되는 同時에 敎育者 되어야 할지며 學生되는 동시에 社會의 一員이 되어야 할지라. 詳言컨댄, 우리들은 學校나 先覺者에서 배우는 同時에 自己가 自己를 敎導하여야 할지요, 學校나 기타 敎育機關에 通御함이 되는 同時에 此等 機關을 運轉하는 자가 되어야 할지라. 人格 修養上에도 그러하고, 學藝 學習上에도 그러하고, 무엇이든지 그러하지 아니함이 없나니, 우리들은 造次 顚沛하는 사이라도 이를 잊지 말아서 消極的으론 反省으로 自己의 精神을 墮落하지 않게 注意하며, 積極的으로 修養으로 우리의 精神을 向上 發展케 注意하여, 自己가 自己를 敎養하여서 新大韓 建設者 될 第一世 新大韓民國이 될 만한 資格을 養成치 못할지라.[147]

1910년 이광수는 메이지 학원 중학 5학년을 졸업한 상태에서 제일고등학교의 입학준비를 하던 중, 조부의 병환으로 급거 귀국하여 오산학교의 학감으로 교편을 잡고 있었다. 이 글은 1910년 6월 『소년』에 실린

146 김윤식, 『이광수와 그의 시대 1』, 솔 출판사, 1999, 398쪽.

147 이광수, 「今日 我韓 靑年의 境遇」, 『이광수 전집 1』, 삼중당, 1971, 528~529쪽.

한일병합 이전에 서술된 논설이다. 이 시기 이광수는 일진회의 유학생의 신분으로 도일(1905년)하여 외부적 세계를 경험했으며, 메이지 학원에서 야마자키 도시오(山崎俊夫)의 권유로 톨스토이에 심취하고, 홍명희의 영향으로 바이런의 작품을 읽으며 자연주의에 관심을 갖고 있었다. 이 글에서 이광수는 조선 청년이 교육자인 동시에 피교육자로서 자신을 교도하는 역할을 해야 하며, 이것이 교육과 수양의 과정을 통해 달성될 수 있다고 언급한다. 그리고 이것이 신대한 건설을 위한 요구조건으로 제시된다. 근대주체의 형성은 자기 수양을 통해 달성되며, 이러한 새로운 '인간'의 형성은 결과적으로 '사회'를 만들기 위한 1차적 요건이 되는 것이다. 교육의 중요성을 논의하고 있는 이 글에는 교육의 내용이나 방법 등은 제시되지 않는다.

1910년대 초반 이광수는 「금일 아한(我韓) 청년과 정육(情育)」(『대한흥학보』, 1910), 「일본에 재(在)한 아한(我韓) 유학생을 론함」(『대한흥학보』, 1910), 「천재」(『소년』, 1910), 「조선사람인 청년에게」(『소년』, 1910), 「문학의 가치」(『대한흥학보』, 1910) 등을 잡지에 수록했는데, 이 논설들에서는 "우리를 교도할만한 부노(父老)가 있겠느냐, 학교가 있겠느냐, 사회나 있겠느냐, 보지(報誌)나 있겠느냐"라는 언급을 통해 청년은 '자수자양(自修自養)'으로 스스로를 교도하는 방법밖에 없음을 피력한다. 그리고 그는 자수자양의 방법으로 여행의 필요성을 강조하면서, 여행의 목표를 "쇠망하려는 민족의 나라를 돌아보려는 것"과 "쇠망한 민족들의 정경도 보고 또 그들이 어떤 모양으로 독립을 도모"하는 것에 두고 있다. 이광수는 이러한 과정을 통해 "내가 나갈 길이 찾아질 것"이라는 논리를 주장한다.

이광수는 1913년 이후 본인 스스로 '방랑'이라고 일컫는 여행을 통해 서양 자본주의에 잠식되고 있는 상해의 식민화된 상황을 목도하게 되면서 문명에 대한 인식을 하게 된다. 이광수는 로버트 목사와 '진화론'에 대한 이견으로 1913년 오산학교를 나오게 되고, 국경 너머의 세계를 경험하기 위해 "흉중에는 혁혁한 웅심(雄心)과 공상적 낭만성"148을 품고 방랑의 길을 나선다. 그는 이 시기 60전의 여비만을 가지고 봉천에서 안남까지 섬라, 인도를 거쳐 아라비아를 지나 아프리카라는 미지의 공간을 상상했다고 언급한다. 그러나 이광수에게 있어 이러한 방랑은 제국의 위용을 확인하는 동시에 세계를 실감하는 여정이 된다. "아아 조선아, 조선에 있는 모든 사람아, 모든 물건아! 하나도 남지 않고 죄다 내 기억에서 스러지어 버려라!"149라고 외치며 시작된 이광수의 방랑은 상해에 도착하면서 제국의 식민지적 위계를 확인하게 된다.

『청춘』에 게재된 이광수의 두 편의 상해 여행기에서 제시하고 있는 것은 문명에 대한 식민지인의 자의식이다. 상해에 도착해 처음으로 목도하는 것은 차와 도로, 은행, 학교, 건물 등의 가시화된 문명의 풍경이다. 그러나 여기에서 춘원은 지나가 주인이 아니라 외국 자본의 하수인 노릇을 하고 있는 것을 지적한다. 중국의 땅이면서도 이미 중국의 주권이 미치지 못하는, 거대한 서구 제국주의 국가들에 의해 운용되는 지역으로 묘사150되고 있는 상해는 여기에서 조선과 다름없는 서양의 식민지 공간으로 평가된다. 식민지인의 자의식은 여기에서 '누가 이 문명의 주인이냐는 것이고, 이것을 어떻게 운용할 것인가'라는 언급으로 드러난다.

148 이광수, 「상해의 이일저일」, 『이광수 전집 13』, 삼중당, 1971, 327쪽.

149 이광수, 「있음의 나라로」, 『이광수 전집 13』, 삼중당, 1971, 322쪽.

150 정혜영, 「<오도답파여행>과 1910년대 조선의 풍경」, 『현대소설연구』 40호, 한국현대소설학회, 2009, 329쪽.

나는 불상한 그 동포를 위하야 매오 속이 불편하엿나이다. 그네가 웨 그리도 염치를 일헛나뇨, 그네가 堯舜과 孔孟을 가지고 4百餘主 故疆과 4億萬의 同族과 5千年의 문화를 지닌 국민이 아니뇨. 그네가 엇지하야 '꼬땜'을 천성보담 더 두렵어 하게 되고 내집에 寄留하는 자에게 도로혀 受侮를 달게 녀기게 되엇나뇨. 그네는 이제는 賤待가 닉도 또 닉어 맛당히 바들 것인 줄 알리만큼 닉엇도다. 또 그네는 優秀하고 풍요한 자연 속에서 생장한 이들이니 그네가 이러케 부패타락한 第 1原因은 농촌이라는 고향을 떠나 都會의 화려한 안일을 탐함이오. 둘재 원인은 그네가 現世에 양반의 표준되는 강국민이라는 문벌이 업슴이며 셋재는 그네가 도회생활- 문명생활의 자격이 문명의 교육을 바듬에서 나오는 줄을 모르고 아모든지 문명한 도회에만 나오면 문명인이 누리는 화려한 안일을 바들줄로 妄想함이로다.151

이광수가 목도한 상해는 "사오층 고루거각(高樓巨閣)"이 즐비한 "동양의 론돈"이기도 하지만 "미개한 동양"으로도 서술된다. 서양의 영향으로 인한 문명의 발달보다 이광수에게 먼저 확인된 상해는 서양인에게 굴욕을 당하는 중국인의 현실이었다. 이것은 중국의 사대주의적인 환영에 대한 각성이라기보다는 서양 제국주의가 갖는 패권의 위용을 객관화하여 인식한 것이라 할 수 있다. 돈을 벌기 위해 선객들의 짐을 운반하려고 달려드는 중국인 노동자들과 이들에게 욕을 하는 서양인들의 모습에서 이광수는 중국이 세계적 패권에서 몰락한 정황을 인식한다. 그리고 그는 서양의 제국권력이 문명에서 비롯되었다는 사실을 체험하게 된다. 이광수에게 중국인들은 상해의 자본주의적 화려함에 도취된 '망상'적 존재로 각인된다. 그리고 그는 상해의 중국인들이 주

151 이광수, 「상해에서(제 일신)」, 『청춘』 3호, 1914. 12, 104쪽.

체적인 문명을 건설하지 못하고, 서양 문명에 기생한 결과로써의 식민화 과정을 비판적으로 서술하고 있다.

> 전차, 마차, 자동차, 인력거 정신이 횡하게 왔다갔다하며 돌로 지은 會社銀行大宮室은 이곳이 제일이라는데 지나대국의 재정을 줌을럭거리는 滙豊은행은 더욱 유심하게 보이며 그 줄로 니억니억 나라는 적어도 돈 만키로 유명한 白耳義은행과 기타 어느 나라 은행이고 이곳에 지점 하나이라도 아니 둔 이가 업다 하니 지나의 금융중심이 이 猫額만한 황포탄두에 다함도 遠來한 客에게는 이상한 감상을 주더이다. 이 은행들의 주둥이가 4 白州 방방곡곡이 아니간데 없시 지나의 광산이니 철도이니 하는 끗을 물고 4 萬萬 못생긴 지나인의 골혈을 쪽쪽 빨아먹거니 할 때에 몸에 소름이 끼치오며 저 크다란 유치창 안 컴컴한 금궤 속에 지나 해관세 郵稅등 지나의 文券이 典當을 자피어서 기한이 다하기를 기다리는 양을 상상하며 파산멸망에 瀕하는 老大國의 정경에 과연 눈물이 지더이다.[152]

황포탄 거리는 서양 자본에 종속된 상해를 표상한다. 지나의 골혈을 빠는 서양의 자본주의적 속성을 이광수는 '은행'으로 제시하고 있으며, 이것은 서양에 의한 '지나'의 식민지 현상으로 요약된다. 여기에서 '지나'는 더 이상의 '大國'의 모습을 갖추지 못하고, 모든 권력을 이양하며 파산의 수순을 기다리는 것으로 형상화된다. 이광수가 인식하고 있는 서양은 더 이상 상해에서 긍정적인 것으로 인식되지 않는다. 여기에서 지나가 국가로서의 주권을 상실하고 서양의 자본과 문명에 종속되고 있는 현상은 동양의 몰락과도 비견된다. 지나는 더 이상 세계의 중심도, 동양의 대국도 아니며 동양의 '미개'를 표상하는 존재에 불과한

152 이광수, 「상해에서(제 일신)」, 『청춘』 3호, 1914. 12, 105쪽.

것이다. 서양의 '문명'과 동양의 '미개'는 상해에서 확연하게 구별되고 있는 것이고, 이것은 이광수에게 '문명'에 대한 인식론적 근거를 마련해 준다.

『소년』 4호에 실린 「상해에서(제 이신)」에서는 상해의 현장을 좀 더 세부적으로 서술한다. "수천년 춘몽에 취하였던 고문명"은 한 시대만에 몰락하고, 60년 전부터 상해가 서양의 조계지로 인해 "세계의 축도", "기형적 지나의 축도"로서 형성된 것을 서술한다. 서양의 문명에 함몰된 경향에 대해 비판하면서도 이광수는 문명 풍조의 적극적 수용으로 상해가 발전되고 있다는 사실을 직시한다. '상무인서관'으로 대표되는 서양 지식의 총체적 수집과 국민교육의 보급은 이광수에 의해 학문에 대한 독립을 고수하려는 지나인들의 의지로 해석된다.

> 지나인에 대하여 또 한가지 부럽은 것은 그네가 勤儉節約性이 만코 商業에 특별한 能力이 잇서 世界到處에 그네의 상점 업는데가 업다는 말은 들엇거니와 이레케 智力金力競爭이 치열한 상해시가 한 복판에 ᄉᆞᆯ이와 긴 소매로 雄壯한 商業을 경영하야 넉넉히 洋人과 拮抗함이니 과연 勇士의 風采가 잇스며 또 純洋式 市街 안에 純洋人을 顧客으로 보면서도 結構와 設備를 긔어코 지나식으로 하고 電燈은 켤 망정 초불도 바리지 아니하며 머리는 짝글망정 先王의 衣冠을 바리지 아니하며 설혹 洋裝을 하더라도 同族 끼리는 古來의 禮儀를 지킴이 이를 保守하든가 頑固라든가 낫비 말하자면 말할 수 업슴이 아니로되 제 本色을 일치아니하자는 美質임을 누라 反對 하오잇가 원숭이 나라에 생장한 나는 이에 羞恥한 생각을 禁치못하엿나이다.

「상해에서(제 일신)」이 식민화된 조선의 현실과 상해의 서양문명에 의한 식민화 과정이 동일화되어 서술되었다면, 「상해에서(제 이신)」은 조선과 상해의 차별화된 민족성을 언급한다. 서양의 식민화에도 불구하고 중국인의 주체성이 상업적인 측면으로 발휘되고 있음을 이광수는 부인하지 않는다. 이광수는 지나를 비문명적 측면에서 비판하고 있음에도 여전히 상업적인 측면에서는 지나의 성장 가능성을 확인하고 있다. 이것은 또한 중국인으로서의 명맥을 잇는 것으로 평가되고 있으며, '원숭이' 나라인 조선과 차별화되는 지점이다. 여기에서 이광수는 제국주의의 패권이 자본으로 상징화되고 있는 사실을 직시하고 있다.

이광수는 이 기행문들에서 서양 문명에 대한 환영을 서술하는 것에만 주력하지는 않는다. 이광수는 진화론에 입각한 문명론이 갖는 양가성을 상해를 통해 인식한다. 그는 "문명은 매독(civilzation = cifilization)"이라는 속담을 인용하면서 화류병이 신식민지의 새로운 현상임을 언급한다. 상해 시내에 골목마다 약 광고가 많은 것과 약 광고가 모두 매독, 치질 등의 화류병에 관련되어 있다는 것을 이광수는 문명이 갖는 역기능으로 보고 있다. 상해는 "고귀한 미채와 향기를 방사"하는 문명의 공간인 동시에 "향내 나는 곳에 독(毒)"을 방사하는 모순된 공간인 것이다. 또한 이광수는 상해의 중국인들이 영어를 배우는 현상에 대해 언급하면서 이러한 영어 습득이 신문명을 흡수하기 위한 목적이 아니라 서양인의 하수인 노릇을 하기 위한 도구로 사용되고 있음을 비판한다. 상해의 중국인들은 서양인이 구축해 놓은 문명 공간에 있지만, 여전히 문명인으로서는 인정되지 않는다. 여기에서 이광수는 물질문명과 정신문명을 구별하고 있으며, 정신문명의 해악으로써 상해의 매독을 예로 들고 있다.

이러한 이광수의 정신문명에 대한 사유는 1914년 동정이라는 글에서도 나타난다. 이광수는 "정신의 발달은 곧 인도(人道)의 발달이니,

인류의 근본적, 주적 문명이라. 물질적 문명도 정신적 문명에 대하면 지엽적, 종적이니 건전한 정신적 문명을 기초로 아니한 물질적 문명은 진(眞)되지 못하고 선(善)되지 못하여, 인류에게 복리를 줌보다 화해(禍害)줌이 많으니라."[153]라고 언급하며, 문명의 이원론에 대한 사유를 구체화한다. 문명화된 공간에 존재하고 있다고 하여 문명인이 되는 것이 아니라는 논리, 즉 '물질'보다는 '정신'의 문명화가 중요하다는 이러한 논리는 후쿠자와 유키치의 문명론과 맥을 같이 하는 것이기도 하다.

후쿠자와는 "문명에는 겉으로 드러나는 사물과 그 안에 있는 정신이라는 두 종류의 구별이 있다. 겉으로 드러난 문명을 취하기는 쉬우나 안에 있는 문명을 찾기란 어렵다. 국가의 문명을 도모하는 데는 그 어려움을 먼저 하고 쉬운 것을 나중에 하며, 어려운 것을 얻는 정도에 따라서 그 깊고 얕음을 잘 헤아려서, 다시 말해 거기에 쉬운 것을 시행해 그야말로 그 깊고 얕음의 정도에 맞게 하지 않으면 안된다.[154]" 라며, 그 순서가 잘못되면 그것이 오히려 해가 된다고 언급한 바 있다. 후쿠자와 유키치는 외형의 문명과 정신의 문명을 구별하면서 전자는 모방하기 쉽지만 후자는 그렇지 않다고 논의한다. 서양의 의식주가 문명의 징후나 개화로 인정되는 것이 아니라, 개개인의 의식풍조, 정신의 문명이 진정한 문명의 수용이라고 후쿠자와는 보고 있다. 정신에 의한 "인심의 개혁"이 문명적 사회의 기초가 되는 이러한 문명론은 후쿠자와에 의해 근대 일본의 문명론적 과제로 제시되었다.

식민지 시기 근대에 대한 인식은 당시 '문명론'에 대한 담론과 연결된다. 조선이 일본의 식민지로 종속되면서 국민국가 설립에 대한 의지

153 이광수, 「동정」, 『이광수 전집 1』, 삼중당, 1971, 580쪽.

154 후쿠자와 유키치, 정명환 옮김, 『문명론의 개략』, 광일문화사, 1989.

는 유지될 수 없었고, 이에 문명론은 국가론의 측면이 배제된 상태로 논의될 수밖에 없었다. 1910년대 전반기 이광수의 「상해에서」에서 제시되는 문명론이 후쿠자와의 문명론과 흡사하지만, 이광수의 문명론은 '국가'가 전제되지 않은 상태라는 점에서는 차별화된다. 상해에서 이광수는 서양의 문명에 잠식된 중국과 식민화된 조선을 동일화하였고, 개인의 문명화보다는 민족이나 공동체의 문명화의 측면을 서술하고 있다. 이 기행문에서 기표화되고 있는 '동양'과 '서양'의 이분법적인 도식은 문명에 의한 서양에 대한 동양의 식민화 과정의 비판으로 이해될 수 있다.

여행객이라는 타자의 시선에서 바라본 상해의 형상은 서양의 지배를 받고 있는 식민지와 다름없다. 여기에서 상해는 조선의 모습을 대리하면서 서양과 일본이라는 지배자와 중국과 조선이라는 피지배자의 표상을 확인하는 장소가 되고 있다. 이러한 인식의 과정에서 여행주체는 다시금 "노력을 아니하면 아모리 문명풍조가 휩쓰는 가운데 잇더라도 노력만 아니하면 그 사상은 여전히 야매(野昧)할 것"이라고 실력을 갖추는 것이 중요하다는 것을 언급한다. 이에 상무인서관의 외국서적과 잡지, 번역물들의 출판 상황을 보고 조선의 교육과 지식의 낙후성을 비판하면서 "원숭이의 나라에 생장한" 것에 대한 수치심을 서술한다. 이광수에게 상해는 새로운 문명을 직접적으로 관찰하고 체험하는 장이 되고 있으며 이것은 역으로 조선의 현실에 대한 각성과 이에 대한 준비의 필요성을 인식하는 계기가 되고 있다.

춘원의 제국과 식민의 인식은 「동경에서 경성까지」에서도 반복되어 나타난다. 이 기행문의 경우는 동경에서 출발한 기차를 타고 경성까지 오는 과정을 편지 형식으로 서술하고 있다.

모다 살앗고나 모다 生長하는고나 모다 繁昌하는 고나 모다 活動하는 고나 個人도 이러할 것이오 一民族도 맛당히 이러해야 할 것이란 생각이 굿세게 닐어난다. 同生아 부대 活力이 만코 希望이 만코 活動이 만허라 (중략) 벌서 굴업는 곳에 나왓다 우리가 四철 옷을 지어닙는 西洋木 玉洋木등 필육을 짜내는 富士紡績會社의 宏壯한 공장이 보인다. 어서 漢江가 에도 이러한 것이 섯스면 조켓다. 참 조흔 景致다. 네게 보여주고 십흔 景致다.(중략) 해가 쓰니 朝鮮의 쏠아군이가 分明히 눈에 씌운다. 져 빨가 버슨 산을 보아라 져 밧작 마른 개천을 보아라 풀이며 나무까지도 오랜 가뭄에 투습이 들어서 계모의 손에 자라나는 계집애 모냥으로 참아 볼수 가 업게 가엽게 되엇다.[155]

여기에서 여행주체는 기차 안의 승객들에 대해 설명하는가 하면, 기차 밖의 경치에 대해 서술하기도 한다. 인용문에서 보듯이 일본의 방직산업의 발달과 조선의 벌거벗은 산의 풍경은 비교되어 제시된다. 여행기에 서술되는 일본의 풍경은 '푸른산', '개구리의 합창', '장미(壯美)', '숭엄'한 것으로 '아름다움'과 '참 비길데업시 조타'는 '깃븜'으로 일관하고 있다. 그러나 조선에서의 기차 여정은 국토의 '초라함', '빨가 버슨 산', '가엾음'으로 표상된다. '계모의 손에 자라는 계집애'로 기표화되고 있는 조선은 어떠한 희망이나 활동도 볼 수 없는 곳으로 인식되고 있다. 이러한 이분법적인 풍경의 서술은 일본과 조선의 현실을 적나라하게 제시하는 역할을 한다. 풍경이란 실은 선행하여 존재하는 표현이 의식에 내화되고 반전하여 외부에 투영됨으로써 획득된 것, 말하자면 특수한 시각적 인상의 하나로서 역사적으로 구조화된 어떤 지각양태에 의해 산출된 것[156]이다. 여기에서 풍경의 서술은 식민본국과 식민

155 춘원, 「동경에서 경성까지」, 『청춘』 9호, 1917. 7, 74~80쪽.

지의 위계를 분명하게 보여주는 것으로서 식민지인의 자의식을 대리한다.

식민지인의 자각을 좀 더 선명하게 보여주기 위한 이러한 풍경 묘사는 조선의 현실을 전면화하는 장치로써 기능한다. 그리고 춘원은 "기름이 흐르는 삼림으로", "개천도 맑은 물이 남울남울 넘치"는 곳으로 조선을 상상하고 "새누리의 도안"을 설계할 것을 다짐한다. 11신으로 구성된 이 기행문에서 일본의 여정은 10신까지 제시되며, 11신만이 조선의 공간을 서술하고 있다. 기차 안에서 바라보는 일본 농가의 풍경은 '훌륭하다'는 언어로 표현되며, 도시 '京都'와 '그림같이 고운 별장'은 '快'한 감성을 불러오는 것으로 서술된다. 이러한 풍경묘사는 일본의 근대화된 문명의 실상과 조선의 균열된 현실을 전면화하는 장치로서 기능하면서 이광수의 (무)의식을 가시화하는 역할을 한다. 여기에서 상상으로 재구성된 국토는 미래에 대한 조선의 지향점을 제시하면서 균열된 영토의 표상을 봉합하는 역할을 한다. 식민 본국과 식민지의 영토를 횡단하는 이 여행은 여기에서 제국과 균질화된 공간으로 변모하기를 염원하는 식민지인의 자의식을 표면화하고 있다.

『청춘』에서 논의하고 있는 수양론은 정신적·육체적 단련으로 정의되며, 여행을 통한 현실의 인식과 새로운 지식의 확장을 시도하고 있다. 근대 주체에게 여행은 직체험적인 배움의 일환이었고, 상상으로 그려지는 세계가 아니라 사실적으로 경험되는 세계를 통해 현실의 난맥상과 민족의 정체성을 구상하는 계기가 된다. 다시 말해 여행은 식민화된 조선의 잃어버린 정체성 찾기의 일환이었고, 이에 대한 표상을 다시 창조하고자 하는 시도로서 진행되었다.

---

156 이효덕, 박성관 옮김, 『표상공간의 근대』, 소명출판, 2002, 87쪽.

1910년대 여행은 당시 제국주의의 확장과 이 과정에서 대두된 경험적 지평의 확대 필요성에서 비롯되었으며, 『청춘』의 여행의 기록들은 식민지 체계 안에서 세계를 조망하는 방식에 대한 대안이었고, 식민화된 조선의 국토를 현실적으로 표상하기 위한 노력의 일부였다. 지리적 상상력에 의한 영토의 재인식과 이것을 가능하게 하는 것으로서의 여행은 식민지인으로 전락한 현재의 상황을 보다 전면화하는 방식으로 작동되었고, 이것은 식민지와 식민본국의 공간적 변용이 어떻게 이루어지고 있는지에 대한 공간정치의 측면도 내재하고 있다. 즉, 『청춘』의 수양론으로서의 여행은 관찰력과 인내력, 진취력을 배양할 수 있는 기회였으며, 이것은 사적인 자기만족 보다는 공적인 효과를 유도하는 방식으로 진행되었다. 여행을 통해 국토의 이해를 배가시키는 것, 산업의 발달과 문명의 정도를 비교하면서 조선의 미래를 상상하는 것 등은 『청춘』에서 유도하는 수양론의 효과였으며, 이것은 또한 당대의 역사인식과 세계인식에 대한 새로운 사유를 가능하게 했다고 볼 수 있다.

제3부
여행의 공적 전유와 정치적 동원

제1장
문화민족주의와 조선 영토의 재구성

1. 1920년대 문화운동과 문화민족주의의 발흥

근대계몽기 이후 1910년대까지 지식인과 민중들의 화두가 '문명개화'였다면 1920년대 이광수의 「민족개조론」을 필두로 하여 정치사상계에 가장 많이 회자되었던 담론은 '개조론'과 '신문화건설'이었다. 1920년대 실력양성론의 이념 하에 조직된 청년단체, 문화운동 단체, 유학생 단체를 중심으로 강연회와 연설회가 성황리에 개최되었는데, 여기에서 논의되는 내용의 대부분은 '개조론', '신문화건설' 등과 관련된 것들이었다. 1920년 이돈화는 강계 천도교청년회 주최로 열린 강연회에서 「신문화건설과 인내천」의 주제로 연설하기도 했고, 1921년 안주청년회 주최 연합순회강연회에서는 윤자영이 「신문화건설과 인류의 자각」으로 연설하는 등 당시 '신문화건설'이라는 용어는 유행어처럼 사용되었다.

1910년대 여행이 수양론과 조선 문명화론의 자장안에서 기획되고 실행되었다면, 1920년대 여행은 실력양성론과 문화민족주의의 일환으로 전개되었고, 이것은 조선 영토의 모상을 구축하면서 전개되었다.

1920년대 민족주의자들은 구 사회를 자본주의사회로 개조하여 신사회·신문화를 수립하는 것이 조선의 급선무라고 하여 이를 위해 문화운동을 제창[157]하였고, 실업과 교육의 진흥을 목표로 한 실력양성론은 '신문화건설'을 표방한 문화운동으로 확장되었다. 1920년대 하나의 대중적인 현상으로 대두된 문화운동은 그동안의 암묵적으로 전개해오던 무장투쟁의 독립운동이 3·1운동의 실패로 인해 안창호의 실력양성론으로 회유되는 결과로 또는 사이토 마코토(齊藤實) 총독의 부임 후 실시된 일제의 문화정치에 대항하기 위한 현실적 대안으로 추구되었다. 즉 문화운동은 무장투쟁론과 실력양성론의 분열로 인한 민족주의 운동의 통일과 규합의 필요성에 의해 대두되었던 것이고, 1920년 『동아일보』와 『조선일보』의 창간과 함께 문화운동은 확산되었다.

문화운동은 1920년대 신문과 잡지의 새로운 출간의 매체적 영향하에 대중화되었다. 1920년에 창간된 『개벽』 또한 대중지를 표방하면서 민족·민중 계몽과 문명계도·세계주의 일환으로 문화담론을 생성하였다. 『개벽』은 1920년대 사회 조건 속에서 여론을 선도하고 지성사적 영향력을 발휘[158]하였고, "신건축이 이러나는 반도의 폐허상에 만인

157 이지원, 『한국 근대 문화사상사 연구』, 혜안, 2007, 188~189쪽.
이지원의 이 책에서는 『동아일보』 계열, 천도교 계열, 수양동우회, 청년회 연합회 등의 민족주의자들이 문화운동의 중심세력을 형성하며 문화민족주의를 선도하였다고 보고 있다. 그리고 『동아일보』에서는 창간 사설에서 우리 민족이 전개해야 할 의식적 사회운동을 '문화운동'이라고 칭하고 그 이론적 기초로서 '문화주의'를 제창하면서 미디어에 의해 주도되었다고 논의한다.

158 임경석·차혜영 외, 『'개벽'에 비친 식민지 조선의 얼굴』, 모시는 사람들, 2007, 7쪽.

이 승인하는 신문화건설의 사명을 독특히 지고 제일성의 사자후을 부르짓는 개벽"이라는 문구로 『독립신문』(1921. 4. 21)에 광고할 정도로 문화운동에 적극적이었다. 신식은 문화운동에 대해 "널리 말하면 신문명의 확립을 요구하는 부르지즘이오 좁게 말하면 사회일반의 교양기관을 조직함이다. 물론 그 중에는 학교 교육의 개선도 포함되며 일반의 사회교양도 포함되고 또는 도시의 개량, 농촌의 지도까지도 의미"[159]한다고 언급하였다. 그에 의하면 이 운동은 제2대의 인류와 사회를 위하여 문명의 소지를 배양하고 문화생활의 기초를 공고하게 하기 위한 새로운 '낙토(樂土)'건설에 필수불가결한 요소로 인정되었다.

우리는 무엇보다도 먼저 지식의 요구가 잇서야 하겟습니다. 지금 우리 朝鮮사회에 안저 지식을 어들려 하면 실로 難事의 하나일 것이나 그러나 지금 나의 지식 요구라 하는 것은 특히 전문적 지식을 이름이 안이오 보편적으로 누구던지 實地에 부합할 만한 보편 지식을 말하는 것입니다. 그리하야 그를 요구하는 방편으로 나는 우리 동포가 누구던지 爲先 신문잡지의 가치를 이해하고 그를 購讀함이 最先 急務라 할 것입니다. 우리 동포 가운대는 아즉도 신문이 무엇인지 잡지가 무엇인지 아지 못하는 사람이 얼마나 만흔가요. 彼 文明先進의 민족이 지식을 요구하는 熱은 처음 듯는 우리 朝鮮 사람은 한번 놀랄만 합니다. 歐洲는 고만두고 日本으로 말할지라도 但히 東京에서 발행하는 신문잡지 종류가 일백 삼십여 種에 過하고 그 부수가 삼백 삼십 구만 일천 삼백여 部에 달하며 기타 地方 大都會에 발행하는 者와 及 제 전문과학계, 실업 방면, 각종 학계 강의록, 諸團 會報 등을 합계하면 실로 可驚할 만 합니다. 이를 우리 朝鮮 현상에 비교하면 엇더타 말할 수 업시 차이가 잇습니다. 朝鮮에는 이즈음

159 신식, 「문화의 발전 급 기 운동의 신문명」, 『개벽』 제14호, 1921. 8, 27쪽.

겨우 34종의 신문과 56종의 잡지가 잇슬지라도 그나마 구독자가 적은 까닭에 스스로 폐지의 境에 이르게 됩니다. 엇지 恨心코 可痛치 안이 합닛가. 우리는 爲先 신문을 보고 잡지를 읽어야 하겟습니다. 안이 그 마음이라도 두어야 합니다. 될 수만 잇스면 강제일지라도 신문잡지를 배달케 하엿스면 하는 생각이 납니다. 그럼으로 나는 朝鮮文化 건설의 제 일보로 신문잡지 강독 熱을 고취합니다.[160]

이돈화는 『신문화건설에 대한 도안』에서 우승열패의 법칙에서 조선 사람은 부지불식간에 열자가 되었고, 지금의 상황에서 기사회생의 유일한 방법은 현실을 인식하고 '실지에 부합할 만한 보편 지식'으로 신문화 건설을 시도하는 방법밖에 없음을 언급한다. 그가 제시한 문화 건설에 필요한 급무는 첫째, 신문·잡지 강독을 통한 지식의 고취. 둘째, 서당의 원시적 교육에서 보통교육의 보급. 셋째, 농촌개량의 착수. 넷째, 도시와 촌락을 연결하여 문화의 활동을 민속히 하는 것. 다섯째, 의학, 과학 전문가의 배출. 여섯째, 공동이익을 위한 조화로운 사상의 통일 등이다. 여기에서 이돈화가 강조하는 것은 현실에서 유용하게 활용될 수 있는 현실적인 지식이다. 상업·공업·정치·법률·종교·문학의 다양한 방면에 지식을 갖추고 세계의 변화에 부응해 나가는 것이 신문화건설의 목표로 제시된다. 이에 이러한 지식은 신문과 잡지를 통해 획득되고 있으며, 실천 가능한 것으로써 그 방법론이 강조된다.

현철은 「문화사업의 급선무로 민중극을 제창하노라」라는 『개벽』의 논설을 통하여 구체적인 문화사업의 실천으로서 민중극의 부흥을 언급한다.

---

160 이돈화, 「조선 신문화 건설에 대한 도안」, 『개벽』 제4호, 1920. 9, 11쪽.

먼저 문화 되는 것과 문화 하는 것의 두 가지가 업지 아니치 못할 것이다. 즉 전자는 개개의 인격이요, 후자는 예술·과학·도덕·도덕·종교 등 모든 정식적 산물이니 이와 가티 객관문화를 器具로 하여 개성의 본질을 딸아서 인격을 조장하며 완성하는 것이 문화를 의미하는 것이라고 하였다. 그러면 문화는 개인과 사회를 참으로 발전시키는 것이다. 이 가튼 의미의 문화주의는 곳 인간생활이 될 수 있는 것이니 한층 더 나가서 인간생활의 究竟最高의 목적을 말하는 것이다. 그러면 우리들이 개인생활이나 또는 사회생활의 향상을 획책하는 때는 이러한 문화를 표방하여 진행하는 일이 당연한 일이다.[161]

현철은 '문화주의'를 인격적인 주체로 자유롭게 향상 발전하는 주의로 표현하고 있는데, 이는 바로 문화를 '자아의 자유로운 향상 발전'으로 이해하고 문화가 갖는 절대적 가치인 진선미는 자아가 자아답게 된 '인격'의 발현양식으로 '문화주의는 곧 인격주의'라고 주장한 쿠와키 켄요쿠의 문화철학을 그대로 수용한 것이었다.[162] 이에 현철이 실질적인 인격의 고양을 위하여 내세운 것이 민중극이다. 이것은 자아의 생활을 이해하고 자기의 생활단체, 인생의 이해를 위해 가장 단시간에 보편적으로 경험해야 하는 예술, '민중적으로 문화되는 것'으로 제시된다. 즉, 조선문화의 향상과 민족 문화계발을 위해 많은 시간을 투자할 여력이 없는 현실에서 가장 단시일에 많은 효과를 볼 수 있는 것이 민중과 밀접한 관계를 가진 민중극이었다. 그리고 민중극은 민중들의 종교적·도덕적 교화와 품성의 도야를 위해 도입되어야 하는 문화운동의 일종으로 인식되었던 것이다.

---

161 현철, 「문화사업의 급선무로 민중극을 제창하노라」, 『개벽』 제10호, 1921. 4, 109쪽.
162 박찬승, 『한국 근대정치사상사 연구』, 역사비평사, 1992, 210쪽.

민족주의를 집단이 아닌 국가의 자주 정부와 독립을 유지하거나 확보하기 위한 강령을 창출하여 민족적 주체성을 추구하거나 표현하는, 하나의 이데올로기 운동으로 정의[163]한다면, 문화민족주의(cultural nationalism)는 예술, 교육, 사회 등의 문화적 영향 아래 민족의 주체성과 정체성을 구성하고 실현하고자 하는 것으로 개념화할 수 있다. 1920년대 문화민족주의는 한편 부르주아 민족주의 진영의 체제 내적인 민족운동으로서 자본주의적 신문화건설과 문화주의적 민족문화론을 내포하며, 다른 한편으로는 일제의 동화주의를 비판하며 자치 운동의 논거로 사용되었다.[164] 비폭력을 표방하는 문화민족주의는 대학설립 운동과 주시경을 위시한 국어운동, 경제적 측면에서의 물산장려운동으로 구체화되었다. 그리고 문화적 민족주의자들은 민족 주체성을 확립하기 위해 민중에 대한 거시적 교육과정, 적당한 정치적 지도, 그리고 궁극적인 국가적 동질성의 확립 등이 필요하다고 보았다.[165] 이에 문학가들은 조선적인 것에 대한 관심을 환기하면서, 조선 사회의 내적 균열을 중화시켜줄 것들을 모색하기에 이른다.

문화민족주의는 1920년대 초반 이광수의 「민족개조론」에 대한 반응과 실천으로써 그리고 실력양성론에 의한 문화운동의 자장 안에서 전개되고 있었다는 점에서 민족과 문화의 결합에 있어 주요한 방법론으로 활용되었다. 장기적인 민족문화의 개별성과 개체성 실현이라는 민족주의 이념이 1920년대 조선의 식민지 상황과 만났을 때, 조선의 문학자들이 보여주는 조선 전통문화의 계승 및 창조는 이 문화적 민족주의

163 M. 로빈슨, 『일제하 문화적민족주의』, 나남, 1990, 28쪽.

164 천정환, 「1930년대 문화민족주의와 『삼천리』」, 『한국현대문학회』 2007년 동계학술발표회자료집, 50쪽.

165 M. 로빈슨, 앞의 책, 123쪽.

의 영역 속에서 이루어진다.[166] 비폭력과 조화, 그리고 계급투쟁이 없는 합법적인 점진주의적 방법이 문화민족주의였던 것이고, 이것은 민족의 주체성과 민중의 국민만들기의 일환으로 지식인층에서 의해 주도되었다. 그리고 이러한 문화민족주의는 1920년대 조선의 사상과 문화 운동을 선도하고 있던 『개벽』에 의해 지정학적인 관심 하에 기획된 국토답사와 여행을 통해 구체적으로 전개되었다.

2. 앎의 대상으로 포섭된 조선과 조선인

문화민족주의의 일환으로 『개벽』에서 기획한 문화운동 중의 하나는 '남북선 삼천리를 답파'하는 것이었다. "남북의 인사가 각기 장소와 단처를 반성하야 가지고 석일 지방적 차별 관념을 타파하고 남방의 남방인의 장소와 북방의 북방인의 장처를 일환타합하야 신성한 신문화적 민족이 되기를 바라는" 목적 하에서 『개벽』은 조선 남북지방 답사를 기획하였다. 이러한 기획을 기초로 하여 『개벽』 창간호부터 1926년 8월까지 총 72호가 발행되는 동안 수록된 지역의 답사기, 기행문의 수는 무려 120여 편에 이른다. 『개벽』 48호(1924. 6)호에는 경성 특집을 기획하면서 「경성의 미신굴 소식」, 「경성의 특산 소식」 「경성의 빈민 - 빈민의 경성」 「경성의 명승과 고적」 등의 제목으로 15개의 답사, 보고 기행문을 수록하기도 했다.

166 조윤정, 「시조부흥론에 나타난 문화적 민족주의」, 『관악어문연구』 제31집, 관악어문연구회, 2006, 428쪽.

『개벽』에 본격적으로 기행문이 게재되기 시작한 것은 1922에서부터 1925년 사이이며, 기행문의 저자들은 『개벽』의 편집자인 박달성·차상찬·김기진이었고, 노정일·박승철 등은 해외 유학 경험을 쓴 기행문을 게재하였다. 이외에도 비행사인 안창남이나 『개벽』의 지방 부원이었던 임원근·염상진 등도 필자로 참여하였다. 『개벽』에 게재된 기행문들은 낯선 풍경을 감상하고 소요하는 일반의 기행문들과는 차별화된 방식으로 '문화운동', '신문화건설'이라는 문화민족주의의 기획 하에 식민화된 영토를 재구성하여 보여주고 있다. 이러한 기행문의 수록은 조선의 국토를 재구성하려는 의도와 식민화된 조선의 각 지역에 대한 다양한 정보의 축적에 그 목적이 있다. 즉 이러한 기행문에는 조선의 국토, 풍습, 조선인의 삶 자체가 하나의 앎의 대상, 지식의 대상으로 포섭되고 있다.

1921년 1월 『개벽』(7호)에 창해거사가 쓴 「근화삼천리를 답파하고서, 남북선의 현재 문화정도를 비교함」[167]에서는 "지구전체의 남북을 한하야 관할진대 한 대와 온대, 온대와 열대인의 성질 급 습성 풍속이 자연히 그 풍토의 수이(殊異)로부터 생(生)하는 별(別)은 지리학이 엄정한 사실을 가지고 잇는 것"(62쪽)이라고 하여 지리학에 대한 관심을 표명하였다. 그리고 조선의 남쪽과 북쪽지방을 '산천풍토'로 비교하기도 하고 역사와 관련된 왕조를 남과 북으로 대조하기도 하면서, 이것에 기인한 현재의 교육·종교·미신·인습·위생·음식·가옥·의복 등을 비교 설명하고 있다.

167 창해거사, 「근화삼천리를 답파하고서, 남북선의 현재문화정도를 비교함」, 『개벽』 7호, 1921. 1, 61~69쪽.

山川風土로 觀한 南北人民의 特質은 先天的 關係로 生한 自然한 일이지마는 人爲的 敎化에 由하야 加味한 歷史的 關係는 實로 文化에 著大한 原動力이 되는 것인데 朝鮮古代의 三國風化가 스스로 南北山川風土의 天然的 影響을 바다가지고 各其特長의 長處를 가지어젓다. 北을 代表한 高句麗는 武勇으로써 一世에 著名하엿스며 中을 代表한 百濟와 南을 代表한 新羅는 文學藝術로써 天下에 自矜케 되엇다. 그리하야 麗朝의 天下는 佛敎로써 敎化의 中心을 삼아왓는 故로 南北이 거의 同樣의 文化普及을 被하엿다 하겟스나 然이나 本來부터 武勇과 忍耐와 正直에 長한 北方人은 智巧와 才藝에 長한 南方人에 比하야 政治的 活用의 上에서 多少의 遜色을 가진 形便이 업지아니하엿고 近世에 至하야는 李朝太祖가 北方의 人으로써 그 天産的 武勇과 雄威를 가지고 천하를 취함에미쳐 於是乎 - 北方人의 武勇한 氣像을 사갈과 如히 視하고 南方人의 온순유아한 性情을 利用하야 국가만년의 大計를 確立코저 하엿나니 是가 當時 鎖國時代에 在하야는 大槪 - 外患보다도 內憂가 自家의 기초를 危殆케 함이 多하엿슴으로써라[168]

이 논설에 의하면 남북의 지리적 차이에 의해 팔도 인민의 기질이 각기 다른 특성을 가진다고 설명한다. 신라・백제의 남방지역과 이태조에 의해 건설된 조선의 북방기질이 다르다는 이와 같은 고찰은 인간의 성격과 기질이 지리적 특성에 의해 결정된다는 인문지리적 지식의 일부라 할 수 있다. 이러한 인문지리에 대한 관심은 지리적 특성에 따라 문화가 구별될 수 있다는 논의를 이끌어내면서 한반도 영토를 전체적으로 조망하고 있다. "북은 백두산의 숭맥으로부터 장백산이 되어 함북준령의 웅위가 마천령에 지(至)하는 간(間)과 남은 태백・소

168 창해거사, 위의 글, 63쪽.

백으로 지리산에 지(至)하는 산천"으로 한반도가 조선 민중의 본원지로서 소개되면서 식민지로써 조선은 다른 형상으로 치환된다. 조선 영토가 북쪽 끝의 백두산으로부터 시작되어 장백산과 마천령·태백·소백으로 이어지고 남쪽의 끝이 지리산으로 구획됨으로써 한반도의 지형은 새롭게 그려진다. 상상된 한반도의 지도는 여기에서 분할되어 있지 않고 통합되어 제시된다.

> 나는 朝鮮의 地理를 자랑할 때에 몬저 세계에 유명한 몃개 외국의 地理를 대강 말하고 다음에 우리 朝鮮의 地理가 엇더한 것을 비교하야 자랑하고 십다.(중략) 우리 朝鮮은 6洲 중 최대한 亞細亞洲 大陸의 동부에 在하니 滿洲로부터 남방에 돌출한 일대 반도와 그 주변에 星羅棊布한 數多의 島嶼로 성하얏다. 東은 碧海滿控하야 日本과 상대하고 西는 황해에 임하야 遙히 中國의 山東江蘇兩省을 應하고 西北은 鴨綠江을 隔하야 滿洲의 대륙과 접하고 東北은 豆滿江을 劃하야 中國과 赤露를 隣하얏스니 동양의 關門이오, 咽喉다. 面積은 약 1만4천123방리에 달하야 전 세계 총면적의 만 分之16을 占하고(중략) 해안선은 굴곡이 多하야 其延長이 1만7천여리에 달하니 전 면적에 비하면 4천70방리에 평균 1리의 해안을 有한 바 處處에 良灣巨港이 多하야 東에 元山, 城津, 淸津, 南에 釜山, 馬山, 西에 木浦, 群山, 仁川, 鎭南浦 등의 저명한 開港場이 잇고 且永興, 慶興, 鎭海의 大灣이 有하야 軍用의 중요지가 되엿스니 其中 진해만은 세계의 軍艦을 一時에 可泊할 만한 大灣이다.[169]

청오가 쓴 「천혜가 특다한 조선의 지리」에서 한반도는 세계지도 위에 그려진다. 조선은 6대륙의 아세아주 동부에 반도의 형상으로 일

---

169 청오, 「천혜가 특다한 조선의 지리」, 『개벽』 제61호, 1925. 7, 11쪽.

본을 동쪽으로 하고 중국을 서쪽으로 하여 만주의 대륙과 접하고 있다. 이 논설에는 세계 총 면적에 대한 조선의 면적의 수치들이 계산되어 있고, 해안선에 인접한 지방의 이름, 개항장과 군사 항만의 지명들이 열거되어 있다. 여기에는 식민지로서의 조선이 아니라 독자적인 국가의 모습으로 조선이 기표된다. 이 논설은 '동양의 관문'으로써의 역할, 군용의 중요지로서 조선을 평가함으로써 지정학에 대한 관심을 보여주고 있는 동시에 조선의 고유성과 독립성을 전제함으로써 세계 속의 조선이라는 표상을 만들어내고 있다.

『개벽』의 이러한 지리와 지정학에 대한 관심은 다양한 지역을 답사한 기행문을 통해 드러난다. 120여 편에 이르는 『개벽』에 게재된 기행문들은 전국 13도는 물론, 국경 인근의 지방을 답사하고 그 지방 특성들을 기록한 기행문, 옛 왕조의 도읍지를 찾아 유적들을 조사하고 재평가하는 과정을 기록한 기행문들, 외국 유학생들의 서양 문명체험과 유학의 경로를 소개하고 있다. 만주, 일본과 중국, 독일 등의 국외 기행문에는 「남만주행」(이돈화), 「나의 본 일본 서울」(성관호), 「상해로부터 금릉까지」(강남매화랑), 「세계일주 산 넘고 물 건너」(노정일), 「독일가는 길에」(박승철), 「북행삼일간」(박달성) 등 20여 편에 이른다.

그리고 중국과 만주의 접경지역에 대한 국경기행문으로는 「일천리 국경으로 다시 묘향산까지」(춘파), 「내가 본 국경의 1부 7군」(달성), 「묘향산으로부터 다시 국경천리에」(춘파), 「국경편편」(재국경 일기자) 등 4편이며, 옛 고도를 기행하고 쓴 기행문은 「궁예왕의 옛 서울을 밟고」(소춘), 「경주행」(권덕규), 「반월성을 떠나면서」(박영희) 등 6편이다.

각 지방의 풍속이나 풍경에 대한 기행문은 「겨울의 농촌생활을 들어써」(춘파), 「공중에서 본 경성과 인천」(김창남), 「청추의 소요산」(춘파) 등 20여 편에 이른다. 『개벽』에서 가장 많은 분량을 할애하고 있는 답사, 기행문은 「조선문화의 기본조사」로 「충북답사기」(차상찬), 「황해도답사기」(차상찬, 박달성), 「내가 본 평북의 각 군, 룡천-철산-선천-정주-구성-운산-녕변-박천」(소춘) 등으로 60여 편에 이른다.

신문화건설을 위한 작업의 일환으로 새로운 조선의 형상을 구축하고자 하는 의지는 기행문 저자들의 정교한 시각을 통해 재현되었다. 답사와 순례, 여행을 통해 전달되는 경험을 공유하고 그것을 통해 새로운 지리적 지식의 체계를 형성하고자 했던 것이 『개벽』에서 의도하고자 했던 문화민족주의의 실천으로써 기행문의 수록이었다. 이것은 식민지화된 조선의 일그러진 모습을 확인하며 새로운 조선의 형상을 구축하는데 기여했다. 즉, 『개벽』은 상실된 국토의 이미지를 대신하여 통합된 민족의 형상으로써 새롭게 규정된 영토의 표상을 제시하고자 했던 것이고, 다양한 지역과 장소를 경험하고 체험하는 기행문을 통해 공간의 분할과 통합이 이루어지면서 조선의 지도는 1920년대 『개벽』에 의해 다시 그려졌다.

『개벽』의 답사기, 기행문은 동시대의 잡지와 후대의 기행문들과 차별화된다는 점에 주목할 필요가 있다. 이 잡지는 '체험의 기술'에 바탕을 둔 다양한 양식 실험(기록서사 등)을 통해 근대문학의 '리얼리티'를 제고시켰다.[170] 기행문을 '물리적인 지역(공간)을, 기명의 특정 개인이 실제로 체험한 것을 기초로 쓴 것'이라고 정의한다면, 기행문이라는 명칭 자체가 '경험'과 '글쓰기'라는 내용과 형식 및 그것의 조건(실증적 사실성)을 동시에 전제[171]하고 있다고 할 수 있다. 『개벽』에 수록된 답사기, 기행문들은 각 지역의 면적과 크기 등의 구체적인 정보에서부터

---

170 최수일, 『개벽연구』, 소명출판, 2008, 17쪽.

171 차혜영, 「동아시아 지역표상의 시간·지리학」, 『한국근대문학연구』 제20호, 한국근대문학회, 2009, 125쪽.

학교와 청년회의 상황, 유적지 등에 대한 자료들이 제시되어 있어 인문 지리에 대한 정보를 우선시 하고 있다는 특징을 갖는다.[172] 여기에는 조사와 보고, 답사, 여행이라는 다양한 글쓰기의 장르를 포함하고 있다. 다시 말해 이 기행문들에는 서술자가 등장하여 여정 · 감상을 재현하는 기행문의 형식과 각 지역의 면적과 인구 · 지세 · 역사 · 연혁 · 학교의 수 · 산업 등에 대한 정보들이 다양하게 제시되어 있다.

『개벽』의 기행문들은 1925년 이후 최남선 · 이광수 · 이은상 등이 쓴 기행문과 1930년대 감상적 기행문들과는 달리 문학적 형식과 보고의 형식이 같이 나타나는 경우가 많다. 이 보고적 기행문은 근대 기행문이 문학 장으로 흡수되기 이전의 형태로서 과도기적인 일면을 가지고 있는 것이 사실이다. 1920년대 후반과 30년대에 들어 기행문이 하나의 수필장르로서 문학영역으로 인정되었던 반면에, 1920년대의 『개벽』의 기행문은 당대의 시대적 요청에 의해 다양한 정보를 포함하면서 장르의 형식적 실험 단계로서 쓰였다. 그리고 이러한 과도기적인 보고적 기행문은 1920년대 후반 기행문에서 정치성이 탈각되고 정보로서의 기능이 삭제됨으로써 자취를 감추게 되었고, 이를 대신하여 식민지인의 망탈리테의 감성과 감수성이 등장함으로써 본격적인 문학적 기행문이 형성되었다. 『개벽』의 정보를 중심으로 하는 기행문, 답사기는 식민화에 대한 초기적 대응과 대안으로 서술되었던 셈이고, 이것은 필수불가결한 이 시대적 요청에 대한 부응이었다고 볼 수 있다.

172 근대 기행문이 1920년대 후반부터 문인들에 의해 쓰여 지면서 문학의 산문적 장르로써 인정되었다는 점에서 1920년대 초반의 기행문은 정보제공의 보고적인 측면과 산문의 수필적 측면이 다양하게 혼합되어 있었다고 볼 수 있다.

3. 13도 답사와 한반도의 지정학

1920년 6월 종합지를 표방하고 발행된 『개벽』은 「조선문화의 기본조사」와 관련하여 기행문과 답사기를 통해 조선의 13도의 지형이나 산물, 교육, 유적 등을 조사하여 발표하였다. 여기에는 구체적인 조선의 면적과 산물, 풍습, 학교의 수, 지방의 인물 등을 구체적으로 제시하면서 수치와 통계치 등을 동원하여 조선의 국토와 인문지리적 정보들을 축적하고 있다. 이 절에서는 『개벽』에서 문화민족주의의 일환으로 기획하고 있는 「조선문화의 기본조사」에 대해 살펴보도록 하자.

「조선문화의 기본조사」는 『개벽』 34호(1923. 4)에 경상남도를 시작으로 하여 처음 게재되었고, 1925년 12월 64호를 끝으로 3년 동안 진행되었다. 평안남북도, 함경남북도, 황해도, 경기도, 강원도, 충청남북도, 전라남북도, 경상남북도 등 전국 13도의 답사기는 『개벽』 한 호에 한 개의 도를 소개하는 방식으로 게재되었고, 이와는 별도로 1924년 6월 48호에는 '경성 특집'을 기획하여 경성의 명승과 고적, 인물, 언론계 등을 조명하였다. 답사기는 각 도에 해당하는 모든 군을 답사하는 것을 원칙으로 하였고 사정상 답사하지 못한 지역은 다음 호에 부가하는 형식으로 게재되었다. 답사 기간은 짧게는 15일에서 길게는 50여일 정도 소요되었고, 교통수단은 기차와 자동차, 배 등 다양하였다. 답사자는 『개벽』의 당시 편집인이었던 차상찬 · 박달성 · 김기진[173] 등이

173 『개벽』에 실린 기행문의 많은 부분이 차상찬과 박달성에 의해 쓰여 졌고, 김기진이 쓴 기행문은 이들이 쓴 것보다 적다. 차상찬(1887. 2. 12~1946. 3. 24)은 청오, 노암 등의 필명으로 활동하였고, 천도교 청년회 주도인물로서 『개벽』의 편집을 맡았다. 그리고 그는 『신여성』을 1931년 7월호부터 주간하여 발행하였다. 박달성(春坡) 또한 천도교 청년회의 주도 인물로서 『개벽』의 창간에 참여하였고, 1923년 9월에 창간한 『신여성』의 발행인과 편집인을 맡았다. 그는 방정환에 이어 『어린이』 잡지의 편집인으로도 활동하

맡았고, 이들이 기행문과 답사기를 서술하였다. 그리고 각 지역의 『개벽』 지부원들이 동행하거나 안내하면서 각 지역에 대한 정보를 제공하기도 했다. 『개벽』 60호 「황해도 답사기」의 경우 황해도의 위치 · 인구 · 교육상황 · 종교 · 산업(농업, 광업, 임업, 수산업, 상공업) 등을 전체적으로 기술하고 각각의 17군의 특성들을 소개하면서 무려 38페이지의 지면을 할애하고 있다. 이렇게 적지 않은 분량의 원고를 실었다는 것은 '신문화건설'에 대한 개벽사의 의지를 반영한 것이라 할 수 있고, 그만큼 많은 노력과 그에 대한 결과를 기대한 중요한 기획이었음을 알 수 있다.

> 천하의 무식이 남의 일은 알되 자기의 일을 모르는 것만치 무식한 일이 업고 그보다 더 무식한 것은 자기네의 살림살이 내용이 엇지 되어가는 것을 모르고 사는 사람 가티 무식한 일이 업다. 보라 우리 조선사람이 조선형편이라 하는 자기네의 살림살이의 내용을 아는 사람이 얼마나 되는가? 우리는 남의 일은 잘 알되 자기의 일은 비교적 모르는 사람이 만흐며 남의 살림살이는 잘 비평하되 자기의 살림살이는 어찌 되어가는지 모르는 사람이 만흐다. 우리는 이 점을 심히 개탄하게 보아 금년의 신사업으로 조선문화의 기본조사에 착수하며 니여써 各道 道號를 간행하기로 하얏나니 이는 순전히 조선사람으로 조선을 잘 이해하자는데 잇스며 조선사람으로 자기네의 살림살이의 내용을 잘 알아가지고 그를 자기네의 손으로 處辦 하고 정리하는 총명을 가지라 하는 데 잇는 것뿐이다. (중략) 적어도 삼천리라 하는 강토와 이천만이라 하는 식구의 살림살이를 잘 알고저 하면 1년 내지 2년의 長歲月을 가지지 아니하면 안될 것이다. 그래서 우리는 조선을 13도로 논하가지고 13개월에 13도의 내용을 조사

였다.

하기로 하얏다.[174]

이 기획은 조선 13도에 대한 '조선의 형편'을 제대로 알고자 하는 취지에서 시행된다. 조선 사람이 조선의 정체를 깨닫는 것이 다른 어떤 지식보다 우선시 되어야 한다는 것을 여기에서 표명하고 있다. 이것은 답사와 여행을 통해 습득되는 경험과 체험을 기록함으로써 각 지방의 문화적 척도를 가늠하고 이로써 실질적인 조선의 형상을 구축하는데 목적이 있다. 식민지화된 조선을 다시 조망함으로써 물리적인 지리뿐만 아니라 문화적인 상태를 조사하여 인문지리의 지식체계로 구성한 것이 「조선문화의 기본조사」인 것이다. 「조선문화의 기본조사」의 답사, 기행문의 수록 순서는 다음과 같다.

호수	게재일	기사 제목	필자
제34호	1923년 04월 01일	우리의 足跡一 京城에서 咸陽까지	차상찬
		釜山의 貧民窟과 富民窟-南海一帶를 어름 지내든 追憶	소춘
제39호	1923년 09월 01일	내가 본 平北의 各郡, 龍川-鐵山-宣川-定州-龜城-雲山-寧邊-博川	일기자
제42호	1923년 12월 01일	朝鮮의 處女地인 關東地域	필자
제43호	1924년 01월 01일	咸北縱橫四十有七日	박달성
제46호	1924년 04월 01일	湖西雜感	청오
제48호	1924년 06월 01일	團體方面으로 본 京城	일기자
		京城의 名勝과 古蹟	필자
		團體方面으로 본 京城	일기자
		文壇으로 본 京城	도향
		言論界로 본 京城	달성

174 「조선문화의 기본조사」, 『개벽』 제34호, 1923. 4.

		書畵界로 觀한 京城	급우생
		出版界로 觀한 京城	춘파
		朝鮮의 劇界 京城의 劇壇	현철
		京城의 花柳界	일기자
		開闢北靑支社	
		京城의 迷信窟	
		京城의 特産	
		京城의 貧民-貧民의 京城	기진
		京城의 名勝과 古蹟	
		京城의 人物百態	관상자
		各道各人	
		醜로 본 京城·美로 본 京城	네눈이
제50호	1924년 08월 01일	仁川아 너는 엇더한 都市?	필자
		江都踏査記	을인
		新局面을 展開하는 金浦郡	
		배주고 배속 빌어먹는 始興郡	
		京城의 藩屛인 高陽郡	
제51호	1924년 09월 01일	不知老之將至堂에서 (평남)	춘파
		朝鮮文化基本調査(其八)-平南道號/	김기전 차상찬
		西鮮과 南鮮의 思想上 分野, 政治運動에 압장 서고	
		社會運動에 뒤떠러진 西鮮	
		듯던 바와 다른 西道의 貧富懸隔, 資本閥의 橫行, 地主級의 無廉!	
		滿洲粟에 목을 매는 細民의 生活苦, 쓸 것은 만하 가고 벌이는 줄고 人心은 薄해 가고	
		平南의 二大民弊, 蠶繭共同販賣와 道路競進會	
제53호	1924년 11월 01일	慶尙道行, 나의 秋收	석계
		咸南에서 본 이꼴 저꼴	필자
제54호	1924년 12월 01일	咸南列邑大觀, 咸南 首府인 咸興郡	필자
		咸南列邑大觀, 日新日興의 新興郡	

		咸南列邑大觀, 山長水長한 長津郡	
		咸南列邑大觀, 間於兩興定平郡	
		咸南列邑大觀, 明紬名産地인 永興郡	
		咸南列邑大觀, 鏈魚名産地인 高原郡	
		咸南列邑大觀, 咸南의 木炭庫인 文川郡	
		咸南列邑大觀, 元山의 울타리 德源郡	
		咸南列邑大觀, 明太王國인 元山府	
		咸南列邑大觀, 大豆特産地 安邊郡	
		北國千里行 (함남)	청오
제57호	1925년 03월 01일	東拓 其他 日本人이 가진 朝鮮의 土地	
제58호	1925년 04월 01일	忠北踏査記	차상찬
		南國行(영남)	상진
제60호	1925년 06월 01일	黃海道踏査記	車相瓚, 朴達成
		可驚할 黃海道內의 日本人勢力, 農業·林業·鑛業·漁業·商業·金融業·기타에 대하야	
		黃海道에서 어든 雜同散異	朴達成
		郡守를 歷訪하고 郡守諸君에게, 爲先 郡守들의 觀相부터	朴達成
제63호	1925년 11월 01일	全羅南道踏査記	차상찬
제64호	1925년 12월 01일	嶺南地方 巡廻片感	임원근
		兩西 五十日 中에서	춘파
		全羅北道踏査記	車相瓚
		十三道의 踏査를 맛치고서	필자

「조선문화의 기본조사」에서 원칙으로 하고 있는 답사 표준은 첫째, 제 사회 문제의 원인 급 추향. 둘째, 중심인물 급 주요사업기관의 소개 급 비평. 셋째, 인정 풍속의 실제 여하 넷째, 산업 교육 급 종교의 상황. 다섯째, 명승고적 급 전설의 탐사. 여섯째, 기타 일반 장세에 관한 관찰과 비평이었다. 이 기획은 각 도의 면적과 위치, 산맥 등에 해당하는

지리적 자료들과 그 지역의 학교, 산업, 특산물, 명승과 고적, 청년운동과 노동운동 등에 대한 다양한 사항을 위주로 하여 답사표준으로 설정하고 있다.

경상북도 답사기에서는 사회적 문제로 울산의 '대운산 사건'[175] 등을 언급하면서 일제가 조선의 산림을 무단으로 훼손하고 있는 상황과 이와 관련하여 일제의 수탈과 이에 대한 주민들이 받는 핍박의 정도를 서술하고 있다. 평안북도 답사기에서는 중심인물로 용천의 김경회를 소개하면서 수리조합을 성공적으로 운영하여 조합원들과 민립의원을 설립한 것을 서술하고 있다. 그리고 이것을 이 지역의 '모범사업'[176]으로 들고 있다. 경기도 답사기의 경우 산업표준으로 인천의 취인소와 미두거래소 등을 소개하기도 하고 인천 주민들의 생계의 어려움을 호소[177]하기도 한다. 이 사업이 '문화'의 조사를 위해 기획되었지만 사실 포괄적인 답사표준을 제시하고 있는 것으로 보아 전반적인 조선의 정치, 경제, 사회, 문화적인 상황을 파악하기 위한 의도가 전제되었음을 알 수 있다.

> 이제부터는 咸鏡北道엿다. 듯든 말과 갓튼가 어디좀 - 자세히 볼 필요가 잇다. 爲先 言語 風俗부터 주목해야 겟고 衣食住에 대한 제도부터

175 울산의 대운산 사건은 1910년 초반 早川長計라는 일본인이 조림을 목적으로 일본당국의 허가를 받아 산림을 훼손하여 인근 주민들의 원성을 사게 되었고 3·1 운동 이후 허가취소를 받게 되었다. 그러나 다음해 다른 일본인이 울산군청 주임과 결탁하여 12년간을 산림을 무단사용권을 부하 받고 주민들의 접근을 막기 위해 산림보호 경관까지 배치하였다. 주민들의 진정과 탄원으로 보호 순사는 철폐하기로 하였으나 대부지 외에 잔여 부분 또한 허가하여 논란이 되었다(필자, 「蔚山漫草」, 『개벽』 제38호, 1923. 8).

176 일기자, 「내가 본 평북의 각 군, 용천-철산-선천-정주-귀성-운산-영변-박천」, 『개벽』 39호, 1923. 9, 77~90쪽.

177 필자, 「인천아 너는 엇더한 도시?」, 『개벽』 제50호, 1924. 8, 56~63쪽.

검사해야겟다. 음식은 이제 져녁 床에서 참고할 셈 잡고 爲先 부엌부터 좀 - 보아스면 조켓는데 - 하고 방안을 이리져리 살피니 방안은 彼此가 一樣이다. 그런데 겹집이다. 말(斗)마콤한 방이 전에도 上下 2間 後에도 上下 2間이다. 겹집! 야. 그게 그럴 듯 하다. 爲先 - 거처에 편리하고 防寒에 편리하겟다. 「여보시오. 주인. 咸鏡道집은 다 - 이러케 겹집이요?」하고 무럿다. 「네 - 대개다 - 겹집이지요」한다. 부엌이 보고십다. 드자마자 부엌 구경부터 하자기는 안되얏고 보고는 십고 - 그래서 주인나간 틈을 타서 문틈으로 부엌을 내다보앗다. 안인게 안이라 듯든 말과 갓다. 부엌兼 방兼 식당兼 침실兼으로 한구석에는 식기가 느러잇고 한구석에는 寢具가 노여잇고 아궁뒤에는 가마솟이 걸녀잇고 솟뒤에는 삿자리를 깔고 그 - 삿자리우에서는 婦女들이 안저 음식을 맨든다.[178]

서술자는 함경북도의 특이한 문화로 의 · 식 · 주에 대한 것을 소개하면서 이 지방의 집 구조가 겹집이며 그래서 방한이 잘 되어 생활하기에 편리하다고 언급한다. 그리고 부엌, 방, 식당이 합쳐져서 침식을 함께 할 수 있는 장점을 설명하기도 한다. 이 기행문은 일반 기행문과는 달리 '조사'라는 목적이 전제되어 있기 때문에 그 지역의 문화적 특이성과 차이점들을 면밀하게 서술하고 있다. 실질적인 인문 지리적 지식의 일단으로 수집되는 이러한 정보들은 조선 문화의 개별성과 독립성을 전제하면서 조선 문화의 다양성을 보여주는 동시에 한반도 지형학에 대한 지식의 일부로 축적되었다.

지역의 정치적 위상에 대한 내용은 함경북도의 청진 지역이 하나의 예가 되고 있다. 청진의 경우는 "함경북도의 중앙 동해안에 위한 (동경 129도 42, 북위41도 43) 북선유일의 개항장"이라고 소개하며 구체적인

178 박달성, 「함북종횡 사십유칠일」, 『개벽』 제43호, 1924. 1, 146쪽.

지리적인 위치와 역사적인 사실까지 언급한다.

淸津은 엇던 곳인가. 爲先 위치 及 地勢로 보고 다음 과거 及 현재로 보고 교통 及 物貨로 볼 수 밧게 업다. 淸津은 咸鏡北道의 중앙 東海岸에 位한 (東經129度 42, 北緯41度 43) 北鮮唯一의 開港場이다. 雙燕及天馬山脈이 해안을 둘너섯고 북으로 輸城平野를 連하야 海陸 共히 발달의 餘望이 만흔 곳이다. 그런데 과거로 보면 즉 日露役 당시까지도 100戶에 不及하든 一漁村이엿다. (중략) 港灣은 灣口가 넓지 못해 그럿치 水深은 10尋 이상은 잘되야 日露戰役時는 6,000噸 이상되는 배가 36隻이나 一時에 淀泊되얏다 한다. 그리고 不凍港이고 또 아직 완성은 못되야스나 工費250萬圓이나 드려서 方在築港中이닛가 竣工의 日은 毋論 新面目을 띄일 것이다. 그리고 交通으로 말하면 海路로 城津 元山 釜山등 諸要港을 것처 日本諸海岸과 연락되고 雄基를 것처 浦鹽港과 연락을 하니 海運의 便은 말도말고 육상으로 말하면 淸會線이 잇고 이제 咸鏡線(大正16년 개통)이 개통될 터이고 또 북으로 茂山과 통하는 兩江拓林鐵道(未久開通)가 연락될 터이고 더 북으로 圖們鐵道 豆滿江을 건너서 天圖鐵道와 연락하야 龍井 局子街天寶山等 間島諸都市와 통하고 아직 문제이지만 吉會線이 개통되면 南滿一幅을 一日之內에 통할 터이니 교통은 더 말할 수 업는 즉 四通五達의 要塞이다. 여긔 따라 運輸의 便宜 商工業등 산업의 발달은 不言司想이 되고 만다. 간단히 말하면 海陸物 內外國物을 一時에 먹엇다 배텃다 하는 곳이다. 더구나 海에는 明太 鱈 鯨 鯖 鰕 海參 昆布등이 무진장으로 産出되고 陸에는 大豆 白太등 곡물이 多産되고 또 材木石炭이 多産되니 可謂商工業地의 首位라 하겟다. 그래 그런지 淸津貿易의 高가 元山을 능가한다 하니 그 통계가 大正11년만 輸移出이 4,058,000餘圓이고 輸移入이 7,604,000餘圓이라 한다.

동경과 북위는 세계지도의 축도에서 조망됐다는 것을 보여주는 것으로 이 지역이 정치적·상업적으로 중요한 공간이 되고 있음을 말해준다. 그리고 기행문에서는 청진이 갖는 지정학적 위치에 대해 우려를 표명하는데, 부동항으로써의 청진의 입지는 일제에 의한 군항의 요지로 개발되고 있고, 이것은 식민지 체제를 더욱 공고하게 만드는 원인이 되고 있다는 것을 언급한다. 소읍에 불과하던 지역이 제국의 수출입의 요지로 발전되면서 이 지역의 조선민중들이 오히려 핍박을 받게 되는 과정을 보여줌으로써 이 기행문은 일제의 식민화 방식을 간접적으로 비판하고 있다. "일본인 시가를 볼 때에는 맥이 풀니며 장태식이 나올 뿐이고 조선의 시가를 볼 때에는 하염업는 눈물만 수루루 나올 뿐이다"(148쪽)라는 언급을 통해 서술자는 조선의 강토가 일제에 의해 점령당하고 착취당하는 것을 눈물로 호소하고 있다. 이러한 감정적인 반응은 식민지인의 처지를 반영하는 동시에 아무런 행동도 취할 수 없는 식민지 조선의 현실적 단면을 사실적으로 보여준다. 이과 같은 착취당하는 조선인에 대한 표상은 전국 13도의 답사기에 공통적으로 제시됨으로써 식민지 조선의 위기적 상황은 적나라하게 재현되고 있다. 그리고 이것은 신문화건설의 필요성을 간접적으로 암시하며 정신적 개조의 효과를 의도하고 있다.

충청남도의 답사기의 경우는 교통의 불편, 산물의 빈약, 문화의 낙오 등을 열거하면서 답사하고 싶은 '용기'도 나지 않는다고 언급한다. "정신상으로나 물질상으로나 아모 소득이 업다. 충남보다도 더 허무하다. 충북은 참 백판(白板)의 세계다. 산야는 전일 소위 양반의 해충이 다글거리어서 적지가 되고 사회는 유생의 부균이 아즉까지 잔존하야 신기맥이 돌지 못하며 도회와 옥지는 박래의 기생충이 모다 침식하야 일반민중은 다만 적신(赤身)으로 아모 정신과 활기가 업시 기아에 비읍하고 황야에 방황할 뿐이다."라고 언급하며 악평에 가까운 평가를 내린다. 직접적인 민중운동이나 정치운동이 불가능한 상황, 민족자본이 없는 식민지의 암울함은 충청남도의 가난과 문화의 낙오로 확인되고 있고, 이로써 식민지 현실의 난맥상은 가감 없이 전달된다. 이러한 내용은 무지한 민중에게 현실을 직시할 수 있는 시각을 제공함으로써 신문화 건설을 위한 농촌개량의 필요성을 제시하고 있다.

> 이것은 前日에 관찰사로 別般 惡政을 다하고 인민의 재산을 橫奪하야 晋州의 흙을 세 치까지 먹엇다는 동요를 읏던 皇族의 리재현이다. 그가 觀察使로 한참 잘 호강할 때에는 晋州邑에서 東으로 20여리 되는 靑谷寺를 날마다 가서 妓樂으로 질탕이 놀다가 밤중에 돌아올 때면 沿路人民으로 炬火(밤바라기)를 들게 하야 20여리가 每夜 不夜城을 이르럿고 南江에 船遊를 하면 수백의 선쌍을 幾日式 執留하야 全江을 連環함으로 江水가 흐르지 못한 때가 잇섯다. 그뿐 안이라 各郡의 名妓를 선택하야 觀察府에 직속케 하고 京鄕의 탕자랑배를 모도 모와 주야유일함으로 수풀에 독갑이 끌틋시 각지 기생들이 작구 모와들어 본래 20여명에 불과하던 妓가 1년내에 700여명에 달하얏섯다. 지금까지 晋州에 기생이 만은 것은 全혀 그 李씨의 遺德이라 한다. 과연 그는 무죄한 농민의 고혈을 얼마나 짜먹엇스며 국가에 죄악은 얼마나 지엇는가.[179]

> 全州에 갓슬 때이다. 엇던 여관에서 자는 데 그 때는 마침 林産物品評會가 열인 때이라. 各郡의 군수 나부랭이, 面長 부스럭이, 날탕패, 부랑자 等屬이 다 모혀드러 全州의 여관집, 술집, 요리집, 妓生집은 경기가 꽤 조흔 모양이엿다. 나 잇는 여관에도 엇던 사람이 술이 잔득 취해서 속옷

179 차상찬, 「우리의 足跡― 京城에서 咸陽까지」, 『개벽』 제34호, 1923. 4, 58쪽.

바람으로 도라다니며 밤새도록 소리를 치며 이 사람을 보고도 山玉아! 저사람을 보고도 山玉아 한다. 그런데 알고 보니 南原군수영감이란다. 아마 李道令 죽은 귀신이 덥치지나 안엇는지 의문이다.[180]

위 인용문은 진주와 전주지방의 관리에 대한 부패상을 제시한 것으로 황족인 이재현과 남원군수의 예를 보여준다. 이재현은 진주관찰사로 탐관오리의 전형으로 소개되며, 그는 각처의 기생을 관찰부에 직속시켜 밤낮을 가리지 않고 유희를 즐기며 민중들의 고혈을 짜먹고 국가에 죄악을 짓는 대상으로 비판된다. 또한 남원군수의 경우는 임업물품평회에서 술에 취해 기생의 이름을 부르고 다녔다는 것을 언급하면서 관리들의 행태에 대해 비판한다. 여기에서 관리들의 부패와 무능력은 비판대상이 되고 있고, 이들은 복고적인 것과 낡은 것의 전형으로 제시되고 있다. 이들은 신문화건설에 있어서 제거되어야할 대상인 것이고, 개혁되어야 할 대상으로 소개된다. 또한 여기에서는 악습과 인습, 개량되어야 할 사항에 대해서도 적극적으로 서술하고 있다. 조선의 정체성을 재구성하고자 하는 「조선문화의 기본조사」의 의도와는 다른 이러한 비도덕적인 행위와 민중을 균열시키는 행위 등은 신문화건설이라는 정신적 가치체계에서 허용되지 않았던 것이다.

「조선문화의 기본조사」에서 조선농촌의 긍정적인 사례로 소개하고 있는 것 중의 하나는 강화도이다. 여기에서는 조선에서 유일하게 자급자족을 하는 '농공립국'의 복리를 누리는 지역으로 강화도를 소개하면서 농촌개량의 모범사례를 제시한다.

180 차상찬, 「全羅北道踏査記」, 『개벽』 제64호, 1925. 12, 110쪽.

米 90,900餘石, 麥 24,600餘石, 豆類 16,000餘石 이밧게 江華명물로 년 100,000원을 초과하는 무핵시의 産額은 이것으로써 종래 전군의 납세금, 飢民 구제금의 전부를 충당하고도 오히려 잉여하얏다 한다. 그러면 이것만으로도 이 지방의 농산이 얼마나 풍답한 줄을 알 수 잇스며 더구나 800,000원에 갓가은 대금을 만드러 내는 工産額은 주민의 富力을 가일층 증진케 한다. (중략) 이것은 주민호상간에 외자의 유입을 요치 안코 다만 안으로부터 각자의 실력을 다하야 공사경제의 圓滑을 鬪得하고 따라서 地元民 對 外人間의 토지소유권 매매에는 남의 것은 고가로라도 매입할지언정 자기의 것은 價金의 高下를 불구하고 賣却키를 기피하는 특수적 지방성이 잇다고 한다. 이로써 보면 江都人의 鄕土에 대한 애착심이 엇더케 절실하며 또한 고정적이요. 자족적인 생활의 근거가 얼마나 견고한가?[181]

강화는 1년을 벌어 3년을 사는 별천지로 농산물이 풍부하고 화문석으로 일대 공업지대를 형성하고 있다고 소개된다. 이 지역은 주민 상호간에 외자 유입을 하지 않고 스스로 충당함으로써 부촌으로 거듭 날 수 있었고, 특산물의 개발로 인해 산업을 확장할 수 있었다고 언급한다. 서술자는 일본인이 비교적 다른 지역에 비해 적은 것이 강화를 부촌으로 만든 요인이었다고 설명하면서 일제의 착취의 정도가 조선 민중의 생활에 밀접하게 관계되고 있음을 암시한다. 또한 강화도가 외자 유입이 없이 자급자족의 경제체제를 이룬 것은 군민들의 협력에 의한 것임을 강조하면서 결속의 중요성을 강조하고 있다. 이 답사기는 농업과 산업의 부흥에 대한 민족의 융합과 민족자본의 가능성을 보여줌으로써 농업과 공업발전의 방향과 그 방법론을 제시하고 있다.

181 을인, 「江都踏査記」, 『개벽』 제50호, 1924. 8, 65~66쪽.

문화민족주의자들이 실력양성론에 의한 문화운동의 하나로 제시한 것 중의 하나는 교육의 진흥이다. 『개벽』은 기본조사의 답사표준에 이것을 포함시켜 각 지역의 학교와 학생, 선생 인원을 명시하여 교육의 정도를 평가하였다. 그리고 이 기행문에서는 교육기관으로 공립보통학교와 사립학교, 유치원, 서당 등이 다수의 청년들을 교육시키고 있다고 언급한다.[182] 황해도 답사기의 경우는 교육에 대한 사항을 자세하게 서술하고 있다.

> 本道의 教育狀況은 他道와 별로 다를 것이 업스니 즉 朝鮮人 교육기관으로는 예의 공립보통학교 85, 공립보통학교 부설학교 25, 공립농업학교 1, 공업보습학교 1, 농업보습학교 1, 사립보통학교 3, 사립각종학교 49, 사립유치원 4, 서당 2,601, 사립학예강습회 30개소 외에 근래 신설된 海州 공립고등보통학교와 공립사범학교가 有하고 日本人 교육기관으로는 공립소학교 25와 고등여학교 1(元 實科고등여학교로서 금년도에 고등여학교로 변경) 개소가 有한데 朝鮮人 공립보통학교는 학급 수 422, 生徒 수 23,196(남자 19,407, 여자 3,789人, 교원 수 440(內 日本人 남녀 並 130人) 총경비 839,238원이오. 공립농업학교는 학급 수 3, 교원 7人(朝鮮人 1인뿐)

182 평안북도의 경우는 넓이와 인구수, 교육기관의 수 등을 상세하게 소개하고 있다.
"本郡은 平安北道 西南端에 잇는 골이라. 東예는 鐵山 北에는 義州을 린하엿고 西는 鴨綠江을 距하야 中國에 對하엿고 南은 서조선만에 빈하엿다. 本郡 廣O는 약 36방리나 되고 山岳이 少하며 丘陵의 起伏은 잇스나 대개는 토지가 平坦하고 地味가 肥沃하야 灌漑의 利와 水陸의 便宜가 만흐며 海産이 적지 안이하다. 戶口는 朝鮮人 15,504. 日本人 203. 支那人 109. 計 15,816戶오 인구는 朝鮮人이 90,769. 日本人이 653. 中國人이 514. 計 91,936인이다. 本郡의 面數는 12이오 洞數는 155이다. 교육기관으로는 일반 사립학교가 3개소, 宗敎사립학교가 5개소, 公普校가 4개소, 私立普校가 1개소, 日本人의 공립소학교가 1개소 計 14개소이다."
「내가 본 平北의 各郡, 龍川-鐵山-宣川-定州-龜城-雲山-寧邊-博川」, 『개벽』 제39호, 1923. 9, 77쪽.

生徒 140, 총경비 20,687원, 사범학교는 학급 3, 교원 5(朝鮮人 1人), 경비 23,799원, 兩 보습학교는 학급 수 6, 교원 8人, 生徒 96人, 경비 12,332원, 사립보통학교는 학급 수 16, 교원 수 14(日本人 및 외국인 2人) 生徒 852(內 여자 36), 총경비 16,933원이오. 사립 각종 학교는 종교 측의 三三校 중에 교원 83, 生徒 5,080을 有하고 (경비 및 학급 미상) 일반학교 측이 16校 중에 교원 38, 生徒 1,833人을 有하며 서당은 생도 34,300과 교원 2,663인을 有하고 유치원은 학급수 8에 교원 7인과 생도 230人을 有하얏다.(강습회는 미상) 尙又日本人공립소학교는 학급 수 65, 교원 수 71, 生徒 수 1,933 총경비 148,393원이오 고등여학교는 신설 중인 고로 아즉 미상하다. 또 유학생은 내외국을 幷하야 1,350 여명에 달하는데 朝鮮內地로는 開城 및 京城이 最多하고 日本에 111人이 제 1위를 占하며 其次는 中國 및 米洲 等地이다. 總히 言之하면 本道의 교육 狀況은 아즉 발전되얏다. 云키는 難하나 現下 제도로 보면 他道에 비하야 과히 낙오치는 안엇다.[183]

황해도 답사기의 경우는 장로교회에서 설립한 명신학교가 창립 20여 년 동안 다수의 청년을 양성하였고, 현재는 고등과 보통과가 병설되어 남녀학생 150명이 공부를 하고 있으며, 지역주민의 수천원의 기부로 더욱 교세를 떨치고 있다고 소개하기도 한다. 교육의 정도는 모든 지역의 답사기에 공통적으로 제시되고 있는 항목으로 그 지역의 문화의 정도는 학교와 청년회의 규모에 의해 판단되는 경향을 보인다. 이돈화가 '신문화건설'의 기본요건으로 지식열, 교육의 보급, 전문가의 배출 등을 제시하면서 교육의 급무를 강조하고 있는 것처럼 『개벽』 또한 이것에 초점을 맞추고 있다. 그 이유는 교육을 통한 개인의 각성과 이들에 의한 단체의 결성이 효율적인 문화운동, 실력양성운동을 이끌

183 차상찬·박달성, 「황해도답사기」, 『개벽』 제60호, 1925. 6, 45쪽.

수 있으리라는 믿음 때문이었다. 「조선문화의 기본조사」는 이러한 교육의 중요성을 13도에 설치된 학교와 학생들을 통해 확인함으로써 이것이 조선의 미래를 담보할 수는 방법론임을 인정하고 있다.

「조선문화의 기본조사」는 전국 13도 답사를 통해 조선인의 정체성을 밝히고자 하는 기획에 의해 조선 문화의 긍정성과 부정성을 적나라하게 드러내며 '신성한 신문화적 민족'에 대한 열망과 그 방법론에 대한 사례를 보여주었다. 답사면적으로는 13,312방리, 행정구역으로는 12부 218군 2도 2,507면인 조선의 13도를 답사한 결과에 대해 『개벽』은 "포연탄량리(砲烟彈兩裏)에 생활안정을 불득하는 국경동포와 대지주, 대자본가 횡포하에 비호노명하는 남선농민의 동정심도 솟사나고 지방청년이 주소로 고심노력하는데 또한 만흔 경의를 표하고도 십다."고 언급한다. 민중들의 가난과 무지, 퇴폐의 문화는 일소해야 하는 것으로, 그리고 실력양성에 의한 교육의 신장과 경제적 자립은 식민지 조선이 이루어야할 신문화건설의 이슈라는 것을 『개벽』은 이 사업을 통해 직접적으로 표명하고 있다고 하겠다.

조선의 13도 답사를 통해 조국의 강토를 재현하고 있는 「조선문화의 기본조사」는 개인의 사적인 공간의 차원을 넘어 공동체의 거대 공간을 보여줌으로써 민족의 지리적 표상을 제공하고 있다. 새로운 공동체에 대한 염원은 '지금', '여기'의 일상의 지리학과 정보로서의 지리학이 하나의 기행문을 통해 '민족'이 거주하는 영토를 재현함으로써 가능했던 것이다. 민족이 문화를 통해 표현되는 것이 아니라, 오히려 '민족'을 생산하는 것이 바로 문화[184]라는 점을 1920년대 문화민족주의자들은 간파하고 있던 셈이고, 이러한 지리와 민족, 문화의 통합된 인식은 신

---

184 질 발렌타인, 박경환 역, 『사회지리학』, 논형, 2009, 377쪽.

문화건설을 추동하는 동력으로 작용했다고 할 수 있다. 또한 조선 13도 답사는 상상된 강토와 민족의 개념을 대신하여 집합표상으로써 지리라는 실질 영역에 위치한 민족의 형상을 제시함으로 통합된 하나의 공동체를 구축하는 역할을 대리하고 있었다고 할 수 있다.

4. 제국 권력의 아이러니와 국민국가의 내면적 전유

『개벽』이 「조선문화의 기본조사」에서 신문화건설의 일환으로 13도의 답사를 통해 각 지방의 문화적 차별성을 보여주었다면, 국경 기행문은 식민지 영토에 대한 또 다른 시각을 제시하였다. 본 장에서는 압록강과 두만강을 경계로 하는 지역의 답사와 여행이 국경에 대한 다양한 사유를 보여주고 있다는 점에 중점을 두어 논의하고자 한다. 사실 식민지로 전락한 상황에서 국경은 제국의 영역을 표시하는 경계선에 불과하였지만, 1920년대 『개벽』의 필자들은 국경지역에 주목하여 기행문을 작성하였다. 『개벽』에는 '국경'을 표제로 하여 「일천리 국경으로 다시 묘향산까지」(38호, 1923.8), 「내가 본 국경의 1부 7군」(38호, 1923.8), 「묘향산으로부터 다시 국경천리에」(39호, 1923.9), 「국경편편」(44호, 1924.2) 등이 게재 되었다.

국경은 대개 지도를 통해 가시화됨으로써 국가권력의 영역을 표현하는 한편 국경선 너머의 한계를 상상하게 한다. 지도에 대한 상상력의 일단에 국경에 대한 구획이 있고, 이것은 단순한 영역 나누기에서 벗어나 권력의 영역을 주장할 수 있다는 점에서 중요한 공간적 의미를 가진다. 1920년대 국경에 대한 인식은 식민지 영토를 결정짓는 구분선인 동시에 또 다른 영역의 존재 가능성을 확인시키는 것으로도 인식되었다. 함경남도와 함경북도의 지리적 위치가 중국과 러시아를 국경으로 하고 있음으로 해서 이 지역에 대한 기행문은 다른 지역의 기행문에 비해 정치적인 긴장감이나 일제에 대한 반감이 심화되고 있다. 그래서 국경지역의 기행문은 일제의 검열에 의해 내용의 일부가 삭제되어 게재되기도 하였다.

국경기행문 중에 가장 빈번하게 등장하는 것은 국경으로 확인되는 국가영토의 상실이다. 국가의 경계를 구분 짓는 공간적 위치는 타자의 영토와 비교되는 자국의 영토의 이미지를 환기시키면서 비로소 식민지 현실을 자각하게 만든다.

> 아서라 鴨綠江아 네가 分明히 朝鮮의 江이여늘 왜 朝鮮人의 눈물과 怨恨만 밧어드리느냐. 鴨江의 파를 누가 쾌하다 안이하랴만은 너를 둔 朝鮮人은 悲한다. 綠江의 風을 누가 시원타 안이하랴만은 너를 둔 朝鮮人은 늣기는구나. 아서라 綠江아 綠江의 月을 讚美하는 者 누구며 綠江의 日을 완상하는 者 - 누구냐. 綠上의 春波 綠江의 하도 록강의 秋月 綠江의 冬雪 그것이다 - 朝鮮人에게는 一點의 위안이 못 되는구나. 國內로 드러오는 兄弟 - 반듯이 한숨 지우며 머리 숙이고 드러오고 國外로 나아가는 동포 - 의례로 눈물 뿌리며 얼굴 가리우고 나아가니 웬일이냐 탓이 누탓이냐? 아무래도 네 탓이지 안이다. 너야 무슨 罪랴 分明히 녜 罪가 안일 줄 알면서도 하도 억울하야 너에게 뭇는다.
>
> 鐵橋 中央에 벗치고 서서 상하좌우를 내미러 보고 올녀미러 보면서 두루 엉크러진 억원을 풀자 하니 限이 업고 끗이 업다. 압선 자 - 어서 오라 뒤선 者 - 어서 가자 하니 不得已 밀니여 鐵橋 종점을 발게 되얏다. 수병세관이 비록 총뿌리를 두르고 눈이 빠지게 注目을 한들 어아에 하관고 탄탄연 국경을 넘어섯다. 여기부터 外國땅이로구나 外國? 何必 外國이랄

것 무엇이냐. 그저 - 사람 사는 世界이지 國境? 國境이 다 - 무엇이냐.[185]

이 기행문은 1923년 5월 19일부터 6월 19일까지 일천리 국경을 답사하는 것으로 신의주에서부터 시작하여 국경을 넘어 만주의 안동현과 원보산을 둘러보고 다시 국경을 넘어 신의주, 청천강, 묘향산, 희천, 강계, 중강진, 의주까지 여행한 것을 기록하고 있다. 여기에서 서술자는 중국과 조선의 압록강 국경선 철교에서 회한의 눈물을 흘리고 있다. 압록강은 '너'로 의인화 되면서 조선인의 원한을 상기하는 대상물로 표현되고 있고, 자연물이 아닌 이데올로기에 의한 식민지 공간으로 각인되고 있다.

또한 국가의 영역을 분할하는 것에 대해 '국경이 다 무엇이냐'라고 언급하며 국경의 무의미함을 지적한다. 국내로 들어오는 형제들은 머리를 숙이고 들어오고 국외로 나가는 동포들 또한 눈물을 뿌리는 상황에서 국경은 식민지인의 처지를 반영하는 하나의 영역으로 존재한다. 신의주에서 압록강과 철교를 건너오는 조선인들에 대한 소회를 적고 있는 이 부분은 국경을 통해 다시 각인되는 식민지의 현실을 감정적으로 대응하는 서술자의 모습을 볼 수 있다. 식민지인으로서 국경을 넘는다는 것은 경계선의 안과 밖의 차이를 감각하는 동시에 여행자와 국민으로 신분이 변경되는 것을 의미한다. 국경은 식민지인이라는 정체성과 여행자의 정체성이 교환되는 지점이기에 여행자는 식민지 현실을 좀 더 객관적이고 사실적으로 체감하고 있는 것이다.

통군정! 國境의 一名物 義州의 자랑거리 서도팔경의 一. 多情하고 多恨

185 춘파, 「일천리 국경으로 다시 묘향산까지」, 『개벽』 제38호, 1923. 8, 54~55쪽.

하고 亦 多事한 統軍亭! 내 너를 그리운지 오래엿다. 본도내에서 이제야 보게 됨은 나의 수치이다. 일홈만 듯고 보지 못하야 궁금하드니 이제는 슬컷 보리라. 統軍亭아 반가히 마져다고. 생긴지 몟 百年에 얼마나 多事하야스며 얼마나 多煩하얏는가. 多事한 國境 풍파 만흔 압강변에 올연히 놉피 안자 가는 사람 오는 사람 미운 사람 고은 사람 실은 일 조흔 일 險한 일 쉬운 일을 몟 百 番이나 츠려스며 몟 千 番이나 격것는가. 彼 - 소위 사신 행차 칙사 행차 얼마나 식그러윗는가. 오는 자 가는 자 반듯이 네 품에 드러 쉬고 가섯지. 彼 - 所謂 사도령감 군수나으리 오는 자 가는 자 반듯이 너를 차자 식그럽게 귀엿지. 所謂 시인묵객 所謂 재자미인 所謂 협잡란류 장장세월 다다일시에 하루에 몟 번 式이나 츠렷는가. 너의 품에서 눈물 뿌린 者도 불지기 천명(不知幾 千名)이고 너의 품에서 우슴우슨 者도 不知幾 千名이고 너를 껴안고 죽은 者도 不知幾 千名이고 너로 하야 病든 者도 不知幾 千名이겟지. 아 - 多情코 多恨코 多事한 통군정아. 鴨江은 여전히 흘너잇고 金剛은 如前히 푸르러 잇고 너조차 如前히 올연히 놉하 잇는데 그때의 그 사람들은 어대로 갓드란 말가. 나조차 그 - 뒤를 밟을 터이지 아 - 다감처로다. 아 - 상심처로다.[186]

국경을 통해 민족의 운명을 확인하는 과정에는 국경 인근의 고적들을 답사하는 경우도 포함된다. 의주의 자랑거리인 '통군정'은 중국 영토가 조망되는 장소로 고려시대부터 중국의 사신들이 오가면서 쉬던 곳이지만 지금은 과거의 영광과는 달리 쓸쓸하게 비어 있다는 것을 서술자는 안타깝게 묘사하고 있다. 임진왜란과 병자호란, 청일전쟁과 러일전쟁의 상흔은 통군정에 새겨져 있는 것이고, 이곳의 총알자국과 대폿자국은 이러한 전쟁의 참혹함을 기억하게 하는 것으로 서술된다.

186 춘파, 위의 글, 58쪽.

여기에서 통군정은 민족의 운명을 함께 겪은 인물로 의인화되고 있고, 전쟁의 상흔과 처참함이 그대로 드러난 모습은 식민지 조선의 역사를 대리한다.

민족의 성산이며 민족의 시조인 단군의 유적이 있는 묘향산의 '단군굴'에서 서술자는 불유쾌한 감정을 토로한다. "반듯이 우리의 손을 잇그러 주시리라"는 기대로 찾은 단군굴은 독립당의 휴식처라 하여 일본 순사들에 의해 난도질을 당한 흔적만을 확인할 수 있을 뿐이다. 서술자는 단군굴을 보고 어떠한 감격이나 갈망 대신 상심과 회한만을 묘사하고 있다. 단군대와 단군암이 환기하는 민족 감정은 우리 민족과 저들 일본순사들 사이에 강한 경계선을 형성한다.[187] 단군의 유적을 통해 민족의 구원과 갱생을 위한 새로운 각오를 다지려는 기대는 유적의 훼손으로 인해 민족의 비참함을 확인하는 것으로 종료된다. 1920년대 국경지역의 유적답사는 결국 민족적 절멸의 위기감을 반영하는 것으로 묘사함으로써 식민 당국의 조선에 대한 역사와 민족 말살의 과정을 인식하는 글쓰기가 되고 있다.

국가권력의 영역을 가시화하는 것으로써 국경은 제국의 권력이 가장 공고한 형태로 작동하는 공간으로 기능한다. 다시 말해 국경은 다른 지역에 비해 수비대의 경계나 군사력이 전진 배치될 수밖에 없는 특성으로 인해 제국의 군사적 권력이 가장 가시적으로 드러나는 장소가 되는 것이다. 『개벽』의 논설에서는 국경 수비를 강화하고 있는 일제의 행태에 대해 "대륙국경으로부터 침입하는 과격 사상을 방어키 위하야 장백산연류국경 삼천리 변에 다수의 경관을 파송하야 일리 혹은 반리

187 우미영, 「근대여행의 의미 변이와 식민지/제국의 자기 구성논리 - 묘향산 기행문을 중심으로」, 『동방학지』 133호, 연세대학교 국학연구원, 2006, 323쪽.

를 간격하야 다수의 무장관을 배치하엿다."라고 언급하며 "일본인이 채용하는 문화정치의 의미, 조선사람이 말하는 문화정치, 일본 사람이 말하는 문화정치는 각기 의미가 동일치 아니한 듯하다."[188]라고 언급한다. 문화정치를 표명하고 있으면서도 군사적 동원을 감행하고 있는 일제의 행동에 대해 비판하는 이 논설은 당시의 국경의 긴장감을 보여준다.

> 歷史上 아로 보잘 것이 업고 現在의 발달도 또한 볼 것이 업다. 다만 世人의 耳目을 놀내이는 것은 朝鮮獨立軍들의 활동 그것이 近日의 최대 현상이고 所謂 국경 경비이니 불령선인방어이니 하야 국고의 力을 경하야 시설한 경찰의 확장 그것이다(巡査가 2,300餘 名 경찰비가 年 260萬圓 以上). 5里에 경찰서 1里에 주재소 수정에 파출소하야 足을 入하는 도처에 경관의 칼소리요 目을 거하는 도처에 순사의 銃날뿐이다. 大槪가 如此하고 보니 모든 文化란 교통불편 토지불리로 발달의 여망이 아직 업고 人民들은 警官 독립군 左右의 間에서 공포, 전률, 황겁에 싸이여 두를 대치 못하고 足을 伸치 못하고서 그날 그날을 지내이며 엇던 境遇에는 生命 재산 전 가족까지 희생을 當하고 마는 일이 만타 한다.[189]

188 JSU生, 「小言一束」, 『개벽』 제29호, 1922. 11, 116쪽.

189 박달성, 「내가 본 국경의 1부 7군」, 『개벽』 제38호, 1923. 8, 79~80쪽.
국경의 삼엄함에 대해 이 기행문에서는 "하기 불과 千年이고 地를 開하기 불과 기백년이 外라 하니 무엇이 볼 것이 이스랴. 그러닛가 歷史上 아로 보잘 것이 업고 現在의 발달도 또한 볼 것이 업다. 다만 世人의 耳目을 놀내이는 것은 朝鮮獨立軍들의 활동 그것이 近日의 최대 현상이고 所謂 국경 경비이니 불령선인방어이니 하야 국고의 力을 경하야 시설한 경찰의 확장 그것이다(巡査가 2,300餘 名 경찰비가 年 260萬圓 以上). 5里에 경찰서 1里에 주재소 수정에 파출소하야 足을 入하는 도처에 경관의 칼소리요 目을 거하는 도처에 순사의 銃날뿐이다."(79쪽)라고 서술하고 있다. 1923년 당시 함경북도의 경우 1부 11군에 경찰서 19개소, 주재소 111개, 파출소 5개소, 경관 1,367명에 달했다. (필자, 「함북의 대체가 엇더한가」, 『개벽』 제43호, 1924.)

의주의 국경 상황을 서술하고 있는 이 부분은 독립군과 일본 경관들의 대치된 상황에서 주민들이 희생적 삶을 살 수밖에 없는 처지를 설명함으로써 국경지역의 정치적 긴장감을 강조하고 있다. 국경 일대가 산악으로 되어 있어 교통이 불편하고 토지의 경작 또한 여의치 않아 경제, 문화의 발전의 여지가 없는 상황에서 일제의 국경수비대와의 공존은 더욱 조선민중의 삶을 피폐하게 만드는 원인이 되고 있는 것이다. 원한과 통한으로 일관되는 국경 기행은 "소름 끼치고 가슴이 서늘"하다는 감정적인 표현을 많이 쓰고 있고, 이러한 국경 지대의 조선민중의 고통은 국경 인근의 모든 마을의 공통된 상황으로 서술되고 있다.

국경이라는 공간은 기행문에서 식민지 조선의 현실을 보다 첨예하게 보여주는 반면에 민족의 정체성을 발견하는 장소, 국민국가의 열망이 내면화되는 장소로써 기능한다. 기행문은 함경남북도의 국경지역이 신문화건설의 문화운동의 자장 안에서 교육과 청년회 활동들을 전개하고 있다는 것을 소개한다.

> 江界邑內에서 가장 조흔 인상을 엇은 것은 문화사업에 집중한 청년들의 활동이다. 根氣의 深淺 활동의 長短如何는 臨時 過客이 알 배 안이지

중강진에서 의주의 압록강 국경의 풍경에 대해서는 다음과 같이 서술하고 있다.
"무수한 벌목은 무시로 流下하고 中人의 상선은 포구포구에 떠 잇는데 오직 朝鮮人은 벌목도 상선도 볼 수가 업고 간혹 잇든 나무궤통 목선 그것조차 독립당 왕래물이라 하야 경관이 몰수하야 소진하고 마럿다 한다. 독립당 말이 낫스니 말이지 압록강은 朝鮮의 강이나 그러나 朝鮮人의 원수의 강이다. 강변 인사에게 드르니 무죄유죄간 조선인의 생명을 수업시 탈취하얏다 한다. 전승진 시체 수족 부러진 시체 옷 입은 시체 빨가버슨 시체 무시로 떠나려 간다하니 아 - 얼마나 참혹한 일인가. 해빙기는 5, 6명 10여명 시체가 포구마다 밀려들어온다 하니 인간에 如此한 지독한 慘狀이 어대 또 잇슬가. 말을 안이 한다마는... 우안의 중국인의 사는 꼴이나 좌안의 조선인의 사는 꼴은 무형으로 보아 비슷비슷하다."
춘파, 「妙香山으로부터 다시 國境千里에」, 『개벽』 제39호, 1923. 9, 71쪽.

만 여하간 會로만 해도 수양회 체육회 물산회 금주단연회 로동회 교육회 토요회등 30단체가 잇고(會 만흔 것이 엇던 점에서 혹 - 불리도 하지만) 청년들이 모다 활기가 잇고 實力을 만히 주장함은 무엇보다 됴흔 감념이 생겻다. 그런 중에 가장 억울하고 恨 만흔 것은 무죄의 농촌형제들이다. 邑內 某氏는 지방상황 안이 警察對 독립당 독립당대 촌민 촌민대 경관의 상황을 본 대로 드른 대로 말을 하다가 제 말을 제가 押收하고 입을 막고 長歎과 가티 눈물을 흘니고 만다. 더욱히 昨年 初冬 OO面에서 전사한 독립당 OOO의 최후 사실을 말하다가는 그만 땅을 치며 천정만 처다본다. 수문 사실 낫타난 사실 큰 사실 적은 사실 말할 것도 만코 호소할 것도 만치만 都 트러 꿀걱 생키고 만다는 말에는 나도 시인을 하고 더 - 알자고도 안이 하얏다.[190]

여기에서 30개 단체가 활기차게 활동하고 실력을 양성하고 있는 모습은 국경지역의 새로운 일면으로 제시된다. 서술자는 청년회의 활동이 국경지역의 민중들에게 새로운 의지와 원기를 심어주는 선구가 됨으로써 문화운동이 전파되고 있음을 확인한다. 그리고 기생들이 '토요회'를 조직하여 일제히 물산장려운동을 한다고 소개하면서 가상한 일이라고 언급한다. 어대진의 경우는 주민들이 만 오천 원을 기부하여 사립 보통학교를 신축하고 어린 자제들의 교육기관을 새롭게 만든 문화운동을 소개하고 있다. 당시 함북도지사는 "조선은 농산국이다. 빈한한 나라다. 그러면 청년, 청년 너희들은 정치문제니 사회운동이니 무엇, 무엇 할 것 업시, 땅이나 파먹어 가면서, 숨도 크게 쉴 것이 없다"고 조선민중을 비하하여 청년회의 비판을 받았다. 각 지방 청년회에서는 도지사의 발언에 대해 준칙 비평을 하기 시작하여 중대한 문제로

190 춘파, 「묘향산으로부터 다시 국경천리에」, 『개벽』 제39호, 1923. 9, 70쪽.

거론하였다. 결국 이 사건은 국경 인근 지방의 청년회를 더욱 활발하게 하는 기폭제로 작용하여 민족적 단합의 계기가 되고 있다.

『개벽』에 실린 국경기행문은 국가의 영토가 어떻게 구획되고, 존속되고 있는지를 함경북도와 함경남도 인근의 지역들을 보여줌으로써 식민지 현실의 실체를 제시한다. 국경으로 인해 상상된 조선 표상은 국경수비대의 총칼로 대리되고 그럼에도 불구하고 실력양성을 위한 신문화건설의 의지는 학교의 건립과 청년회의 활동으로 진행되고 있음을 확인하고 있다. 국가 권력의 추이가 현실적으로 도상화 된 국경의 공간은 조선의 강토가 산과 강이라는 자연물에서 이데올로기로서의 식민지로 대체되고 있다는 것을 고지하고 있다. 무장 세력화된 독립운동 단체들과 일제의 경비대가 대치하고 있는 국경의 긴장감은 때로는 울분으로, 때로는 회한으로 서술됨으로써 식민지로 인한 영토 상실의 알레고리는 국경기행문을 통해 전달되고 있다.

국경은 '안'의 영역에 대한 동질성을 확인하게 하고 '밖'의 공간에 대한 이질성과 차별성을 인식하게 한다. 영역을 통해 국민을 확정하는 것이 국경이고, 이것은 더 나아가 스스로 민족의 동일성을 받아들이게끔 작용한다. 제국의 국경은 식민지의 경계를 방어하기 위해 다양한 장치로 존속된다. 또한 이 국경은 제국의 '안'과 '밖'이라는 이분법적인 구획으로 첨예한 정치적 긴장감을 유발시키기도 한다. 그러나 이러한 긴장감은 오히려 민족의 결속과 융합의 계기가 되고 식민지인들 간의 협력을 강화시키는 아이러니를 발생시킨다.

종이 위에 도시된 국경이 아닌 구체적 현장에서 접촉되는 국경은 국가를 확정하는 영토, 국가, 주권의 요소에 대한 인식을 심화시키는 역할을 한다. 국민국가 형성에 있어 영토는 필수불가결의 요소라는 사실이 국경을 통해 재인식되는 셈이고, 이것은 국가의 실정성을 담보하는 것으로 국민국가라는 상상적 공동체를 준거하게 하는 표식으로 연상된다. 『개벽』의 국경기행문은 국경의 특수성으로 인해 국가 존립의 필요성과 국민국가에 대한 열망을 내면화하여 전유함으로써 해체된 민족의 형상을 통합된 민족공동체로 재호명하고 있다. 지도위에 도시된 제국의 권력이 식민지의 영역 안에서 어떠한 위치에 존재하고 있는지, 국경에서는 그 권력이 어떻게 공고하게 작용하는지 보여주는 것이 '국경기행문'인 것이다.

『개벽』이 기행문을 통해 보여주고자 했던 것은 권력과 지식의 관계이다. '조선문화의 기본조사'의 13도 답사와 국경기행문들은 통합된 조선의 지도를 도시하면서 일상에 고정되어 있는 미시적 지리 영역을 한반도라는 거시적 영역으로 대체하여 보여주었다. 문화와 역사, 산업, 경제의 총체들이 하나의 지도 안에 들어옴으로 해서 분할되고 분리되었던 한반도의 형상은 국경을 중심으로 하나의 지도를 완성하게 되는 것이다. 답사를 통해 한반도의 지정학과 인문지리의 정보들이 축적되고 이것은 제국의 식민이데올로기에 대항할 수 있는 지식체계로 기능함으로써 한반도 국토는 재구성될 수 있었고, 이에 국민국가에 대한 열망이 새롭게 내면화되는 계기가 되었다고 하겠다. 또한 이러한 기행문들은 조선과 조선인 자체가 하나의 앎의 대상, 지식의 대상으로 포섭되고 있고, 이러한 인식은 '나', '우리', '조선'이라는 개념을 생성하며 '조선적인 것'에 대한 정체성의 문제를 환기시켰다는데 의미가 있다. 그리고 이러한 결과는 1920년대 실력양성론에 입각한 문화민족주의의 일환으로 주도되고 실행됨으로써 가능했다고 볼 수 있다.

제2장
조선적인 것의 탐색과 한글운동의 자장

1. 한글운동과 조선학 운동의 논리

1920년대 체계적인 근대지식의 구축과 조선의 정체성을 새롭게 구성하려는 움직임이 신문과 잡지 등을 통해 확산되었다는 것은 주지의 사실이다. 그 중에서도 앞 장에서 살펴보았듯이 대중 종합잡지를 표방한 『개벽』의 경우는 '개조론', '신문화건설' 등의 주제와 관련하여 문화민족주의 운동을 선도하면서, 조선의 문화·역사·경제와 관련된 다양한 지식들을 전달하였다. 이 외에도 이 시기에는 근대문학의 형성에 기여한 동인지들을 비롯하여 경제 잡지, 과학 잡지 또는 사회주의 잡지 등이 활발하게 발간되면서 조선의 담론적 지형이 다양화되었다. 본 장에서 논의할 『신생』은 한글운동과 연계된 기행문을 통해 조선적인 것의 실체를 규명하며, 조선의 실감을 전달하였다는 점에서 주목을 요한다.

『신생』은 1928년 10월 1일 창간된 기독교계의 잡지로 미국인 J. F. 젠슨과 유형기에 의해 1934년 통권 60호까지 발행되었다. 『신생』의 편집 겸 발행인은 김소(미국인 J. H. Genso)였고, 2호부터는 편집 겸 발행인이 유형기로 변경되었다. 이 잡지는 기독교계의 잡지임에도 종교적인 내용을 많이 다루고 있지는 않다. 여기에는 조선의 풍속과 역사 등에 대한 글이 게재되었고, 이병기의 시조, 이광수의 문학론, 최서해의 소설 등을 비롯하여 기행문이 다수 수록되었다. 이 잡지의 주요 필진은 조윤제, 윤구수, 이병기, 신명균, 신흥우, 전영택, 문일평, 이태준, 변영로, 안재홍 등이었다. '조선학연구회'의 필진들로 구성된 『신생』은 '조선혼', '문화혼'에 관심을 표명하며 제국의 언어로 조선을 표상하는 것에 대한 이질감과 거부감을 '한글운동'과 '시조 신운동'을 통해 극복하고자 했다. 식민주의 동화정책의 핵심이 '말'인 것처럼, 조선적인 것의 근저를 이루는 것도 '말'에 있다는 이 시기 언어학자들의 논리는 민족어의 구축과 문화적인 동질성의 획득이라는 필연성 속에서 '한글운동'으로 지속되었고, 그것의 일부로 기행문이 쓰였다.

『신생』은 『한글』이 1차 폐간된 직후 창간된 잡지로 『한글』의 필진들이 대거 참여하였다는 특징이 있다.[191] 『한글』의 후속적 성격이 짙은 『신생』은 '훈민정음'의 의의를 재평가하고 있고, 여기에는 주시경의 제자로 구성된 '조선어연구회'의 회원들이 다수 참여하였다. 이들은

---

191 『한글』은 1927년 2월 8일 창간되어 조선어문을 연구하는 학술잡지로서 동인지의 성격을 지녔고, 1928년 10월 통권 9호를 내고 종간되었다. 문장은 국한 혼용이며, 전면 5호 활자로 1단 세로짜기를 했다. 창간호에는 66면으로 발행되었고 제2호부터는 면수가 16면으로 줄었다. 창간 때의 동인은 권덕규, 이병기, 최현배, 정열모, 신명균 등이었고 이들은 주시경의 제자들이었다. 이후 『한글』은 1932년 5월 신명균에 의해 조선어연구회에서 명칭을 바꾼 조선어학회의 기관지로 재 창간되었다. 1942년 5월 1일 통권 93호를 내고 그 해 '조선어학회 사건'으로 중단되었다.
최덕교 편저, 『한국잡지백년 3』, 현암사, 2004, 380쪽 참고.

「조선어연구 여혁(餘革)」(권덕규, 창간호), 「조선어연구초」(양덕규, 2권 2호), 「조선문학과 조선어」(최현배, 2권 4호), 「한글강의」(이윤재, 2권 10호~3권 1호) 등의 글들을 집필하였다.

『신생』 2권 9호(1929년 9월)에서는 주시경 서거 15주기를 기념하여 "주시경선생 15주기 기념특집"을 발간하여 '국문연구회'의 설립과정과 당대의 한글운동을 조명했다. 이 특집에는 권덕규 「주시경선생전」, 이병기 「주시경선생 인상기」, 최현배 「한힌샘 스승님을 생각함」, 백남규 「주시경선생을 추억함」, 정열모 「주선생과 그 주위의 사람들」 등의 글을 게재하였다. 이 글들은 주시경으로 인해 과학적인 조선어 어법, 성음의 연구가 시도되었고, 조선어의 지위와 가치가 향상되었다고 언급하였다. 또한 여기에서는 한글 연구의 필요성을 언급하면서 조선어 연구가 민족어의 위상에 맞는 통일된 표준어의 수립에 기여해야 한다고 강조하고 있다. 이렇게 『신생』에서는 1920년대 후반 국어(일본어)의 보급정책으로 인한 조선어의 언어상실의 위기감을 재현하면서 적극적으로 '한글운동'을 전개하였다.

『신생』은 한글의 표기법, 훈민정음의 창제원리 등과 같은 내용들을 다루면서 조선어, 조선역사, 문학 분야의 '조선적인 것'에 집중하고 있다.[192] 『신생』의 창간사에서 유형기는 "우리의 정성과 노력 여하에 딿아

192 『신생』에 게재된 역사, 풍속, 조선 문학, 조선 시사(詩史), 교육에 대한 논의는 다음과 같다.

* 역사에 대한 논의 : 최남선 「개천절」(1권 2호), 양세환 「조선역사강좌」(2권 1호), 사산 「조선인의 위범이 충무공의 일생」 등
* 풍속에 대한 논의 : 이은상 「명일 예찬 팔월 가위」(2권 9호), 손진태 「조선온돌의 사적 간고」, 「단오와 조선 민수(民粹)」 등
* 조선 문학에 대한 논의: 이광수 「조선문학의 개념」(2권 1호), 이병기 「시조원류론」(2권 5호), 윤두수 「조선고민요」(2권 9호), 조윤제 「조선 소설발달 개관」(2권 9호), 이병기 「낙화암을 찾아」(2권 6호), 「경주의 달밤」(3권 12호), 이벽향 「폐탑 앞에서」 등

서만 전개될 미지역이기 까닭에 이 성역의 신생을 누리려면 우리는 먼저 우리에 밟아온 과거를 반성하며 우리의 장래를 개척할 것이니 이 반성과 이 감격이야말로 인류향상과 문화발전의 잠세력이올시다."라고 언급하고 있다. 유형기는 과거를 연구하고 반성함으로써 더 나은 미래, '신생'이 가능하다고 보고 있으며, 그러기 위해서는 전통적인 제도라 하여 무조건적으로 배격하는 경향을 수정해야 한다고 역설한다. 유형기의 이 언급은 식민지 시기 조선적인 것에 대한 정체성 수립의 필요성을 강조하고 있는 것으로, 이것은 『신생』의 창간 동기가 되고 있다.

『신생』은 조선어의 보급과 교육에 관심을 보이며 조선적인 것의 탐구를 기행문을 통해 실체적으로 보여주고 있다. 『신생』의 기행문은 『개벽』과는 달리 조선의 전통과 관련된 조선인의 삶에 집중하고 있다. 그 중 이은상은 조선의 전통 명절에 대한 논의를 「명일 예찬 팔월 가위」(2권 9호)를 통해 보여주었고, 손진태는 「조선온돌의 사적 간고」와 「단오와 조선 민수(民粹)」 등을 통해 조선적인 삶의 고유성을 언급하였다. 이병기는 「낙화암을 찾는 길에」(2권 6호)과 「경주의 달밤」(3권 12호) 등의 기행문을 통해 옛 도읍지의 현재적 모습을 서술하고 있다. 유도순의 「여름의 낙산동대」(2권 6호)와 김영진의 「패강유기」(2권 7, 8호) 등은 조선의 절경들을 묘사하는 기행문들로 조선의 일상적 풍경을 재현하였다.

---

* 조선의 시사에 대한 논의 : 「통속조선시사」(3권 2호), 「조선시사-고구려」(2권 7, 9, 10호), 「고려의 시인」(3권 11, 12, 4권 2호), 「조선시사」(4권 11호부터 6권 12호까지) 총 35회 게재 등
* 교육에 대한 논의 : 3권 4호(1930년 4월)의 경 '교육호' 특별호 「세계적 교육가」, 「조선 고대교육」, 「신라의 설총과 고려의 최충」, 「삼국의 국학」, 「신라인재등용」, 「고려의 국자감」, 「이조의 성균관과 서원」 등.

조선문화에 대한 인식과 이것을 탐구하는 지적인 움직임이 활발하게 진행되면서 '조선학 운동'이 본격적으로 논의되기 시작한 것은 1930년대 중반이다. 안재홍·정인보 등이 주축이 되어 개최한 '다산서거 구십 구주년 기념행사'(1934년 9월)를 계기로 본격화된 조선학 운동은 조선의 고유한 전통을 학문적으로 체계화함으로써 문화 및 사상 전반에 걸쳐 조선적이면서 동시에 세계적인 새로운 민족적 주체의 형성을 궁극적인 목표[193]로 내걸었다. 신남철은 「최근 조선연구의 업적과 그 재출발 - 조선학은 어떻게 수립할 것인가」에서 "조선학은 결코 과거를 연구대상으로 하는 것도 아니고 초월적 존재를 신앙대상으로 하는 시도도 아니다. 그러하고 문학 내지 조선 어학의 이론적 내지 역사적 내용만을 목적으로 하는 것도 아니다. 사학적 연구만도 아니고 문학적 연구만도 아니다. 그것은 이것들을 모두 포괄한다."라고 언급하며 조선학의 연구범위를 확장하고 있다.

김태준은 「조선학의 국학적 연구와 사회학적 연구」에서 조선학을 "조선의 역사학·민속학·종교학·미술학·조선어학·조선문학류" 등을 포함하는 것으로 정의하였다. 이러한 조선학 운동은 역사학에서는 삼국시대와 고려사에 대한 재서술과 유적과 유물의 보존문제에 대한 관심을 촉구하였고, 문학에서는 '고전부흥운동'이 기획되어 고전소설과 시조, 민요에 대한 연구들이 이루어졌다. 1930년대 중반 이러한 조선학에 대한 개념규정과 조선학의 한계에 대한 논의가 활발하게 이루어지는 가운데, '조선적인 것'을 재현하는 글들은 국토순례와 고적답사 기행문의 형식으로 신문과 잡지에 다수 게재되었다.

---

193 김병구, 「고전부흥의 기획과 '조선적인 것의 형성'」, 『'조선적인 것'의 형성과 근대문화담론』, 소명출판, 2007, 17쪽.

조선학에 대한 논의는 1930년대에 본격화되었지만 '조선적인 것'에 대한 관심과 재현은 문화민족주의의 측면에서 1920년대 『개벽』, 『신생』 등에서부터 시작되었다고도 볼 수 있다. 1920년대 중후반 '훈민정음'의 가치에 대한 재평가가 이루어지고, 조선의 역사에 대한 재서술이 이루어지는데, 이러한 작업은 『신생』을 통해서도 전개되었다. 1907년 주시경은 정음철자법 일정과 사전편찬에 대한 의견을 서면으로 학무당국에 제출하였고, 이것이 동기가 되어 같은 해 겨울에 학부 내에 '국문연구회'를 설치하고 각 방면의 정음학자를 망라하여 위원으로 선정하였다.[194] 이렇게 시작된 조선어 연구는 '국문연구회'에서 1920년대 '조선어연구회'로 확대 결성되면서 조선어 연구가 본격적으로 진행되었다. 이들은 한글보급운동을 전개하는 한편, 문화 창조의 기본적 도구로서 조선어의 역할을 강조하였고, '가갸날'을 선포하여 조선어의 중요성을 대중에게 인식시켰다. 그리고 이들이 주요 필진으로 참가하였던 『신생』을 통해 조선어와 조선문학, 조선역사에 대한 기초적인 지식들을 전달하였다. 그리고 이것의 총체적인 결합으로서 고적을 답사하고 여행하는 기행문이 작가와 한글학자들에 의해 서술되었다. 『신생』은 1920년대 일본어가 '국어'가 된 상황에 대한 당대 지식인들의 문제의식과 조선적인 것을 구성하고자 했던 노력들을 기행문을 통해 보여주고 있다.

『신생』에 수록된 기행문은 조선적인 것을 계몽의 합리성과 숭고의 차원이 아닌 민중의 일상과 풍속, 정서에 밀착하여 조선을 재현함으로써 조선 문화의 보편성을 구축한다. 이러한 움직임을 통해 조선적인 것의 고유성이 단지 과거의 향수에 경도되는 것이 아닌 생활의 변격에

194 이능화, 「구한국시대의 국문연구회를 회고하면서」, 『신생』 2권 9호, 1929, 12쪽.

의해 수용되어야 한다는 것을 강조하였고, 조선 문화에 대한 관심과 그것의 실천으로써의 기행문은 '상상의 공동체'로서 민족의 감정적 동일성을 확인하려는 움직임을 보인다. 1920년대 후반 『신생』을 통해 전개된 조선적인 것의 재현은 자기 정체성에 대한 인식의 시작이었고, 그것을 표상하려는 노력의 일부였다.

2. 언어 이데올로기와 '조선어' 사상

1920년대 정치사상계에 가장 큰 이슈가 되었던 것은 '개조론'과 '신문화건설'에 대한 내용이었고, 당대의 잡지들과 신문들은 민족, 민중을 계도하기 위해 다양한 문화담론을 생산하였다. 그리고 1920년대 후반 이후 조선의 사상계, 지식계는 부르주아 민족주의 계열과 마르크스 계열로 분화되는 가운데, 일제의 민족전통, 민족인식 왜곡에 대응하여 민족 주체성의 기반이 되는 '조선 인식'의 중요성이 강조되면서 전체적인 연구 분위기가 고양되었다.[195] 조선적인 것에 대한 관심이 신문과 잡지를 통해 이루어졌고, 『신생』의 경우에는 조선어의 보급과 교육에 주력하는 측면을 보인다. M. 로빈슨은 1920년대 부르주아 민족주의의 '점진적' 운동으로서의 '문화적민족주의' 운동을 특징짓는 세 가지 운동을 물산장려운동, 민립대학 설립운동, 국어운동이라고 규정[196]한 바 있다. 여기에서 국어운동이라는 것은 민족어를 수호하기 위한 운동,

195 백승철, 「1930년대 '조선학 운동'의 전개와 민족인식, 근대관」, 『역사와 실학』 39호, 역사실학회, 2008, 119쪽.

196 천정환, 이경돈, 손유경, 박숙자 편저, 『식민지 근대의 뜨거운 만화경』, 성균관대학교출판부, 2010, 21쪽.

한글연구와 한글 보급을 위한 운동이라고 할 수 있다. 이 절에서는 문화민족주의의 움직임이 한글운동으로 전개되는 양상과 이것이 기행문과 연계되는 지점을 살펴보도록 하겠다.

1920년대 한글운동을 주도한 것은 조선어연구회로, 이들은 한글에 대한 표기법의 연구와 더불어 야학개설, 일요 한글 강습회 등을 통해 한글 보급에 주력하였다. 조선어연구회는 주시경의 제자들로 구성되었고, 주시경의 국문연구회의 후신으로 이 시기 한글운동의 중심적 역할을 담당하였다. 조선어연구회가 한글운동을 시작한 것은 1921년 12월 권덕규, 장지영 등에 의해서였고, 대중적으로 한글운동이 전개된 것은[197]은 1926년 한글날을 선포하고부터이다. 조선어연구회에서는 1926년 11월 4일(음력 9월 29일) '訓民正音 第 八甲', 즉 훈민정음 창조(세종29년) 480주년을 기념하여 "종래 언문이라고 까지 멸시를 밧고 학대를 밧든 조선어에 대한 옹호사상을 고취 식히는 동시에 농촌의 문맹타파"[198]를 목적으로 '가갸날'을 제정하여 선포하였다.[199] 그리고 조선어연구회에서는 이것에 대한 실천으로 강연회와 강습회를 개최하는 등 한글운동을 적극적으로 진행하였다.

訓民正音 頒布 第 四百八拾一 週 紀念 會席上에서 討議된 한글運動에

---

197 최용기, 「일제 강점기 국어 정책」, 『한국어문연구』 제46집, 한국어문학연구학회, 2006, 24쪽.

198 「「한글」의 새로운 빗 오늘이 『가갸날』」, 『동아일보』, 1926. 11. 4.

199 1927년 '가갸날' 2회 때에는 각 매체에서 많은 지면을 할애하여 기념식의 상황을 보도하였는데, 『조선일보』'학예면'(10월 24일)에는 「한글탄생기념 482년 - 우리 곁에의 기념할 날」이라는 표제로 "우리 문화의 발전을 굳게 맹서하는 날"이라고 언급하였고, 최현배의 「한글 문제를 어떻게 해결하여 갈 것인가(1)」, 이상춘의 「한글의 통일을 목표로」, 장지영의 「가나달 그렴에 대하야」라는 글을 게재하였다. 또한 이 날 신문의 하단 광고란에는 한글강습회의 장소와 시간 등이 소개되었었다.

對한 問題는 이를 三大別 할 수 잇스니 즉 (一) 그의 政治的 意義 (二) 民衆敎養 또는 文盲打破의 器具로서의 한글 (三) 朝鮮文化의 一部分으로 본 朝鮮文의 發達이 그것이다. (중략) 한글運動은 과거의 學究的 討論에서 뛰어 나와 民衆化하고 實現化하는 段階에 이르는 것이라고 볼 것이다. (중략) 多幸으로 朝鮮全體의 更生運動의 一部로서 民衆의 손으로 차저 내게된 金玉이다. 일본어라는 敵手를 맛나게 되엇스니 그 前過에 대한 悲觀을 禁키 어렵게 되엇다. (중략) 한글運動은 朝鮮民族運動의 一部로서 중대한 役割을 가지게 된 것이다. 비단 日本語에 대한 朝鮮語의 生存競爭으로만 아니라 한글의 整理 及 改良 등이 國家에 의하지 아니면 아니 될 것이 大部分임을 생각할 쌔에 그 政治的 意味는 더욱 濃厚하여지는 것이다.[200]

『동아일보』에서는 1920년대 한글운동을 민족운동의 차원으로 확대하여 정의하고 있다. 이 글에서 조선어는 조선 문화의 일부분으로 규정되고 있고, 문맹퇴치를 위해 보급해야 하는 것으로 인식된다. 그리고 조선어가 국어(일본어)와의 경쟁에서 살아남기 위해서는 먼저 한글 개량이 이루어져야 하며, 한글 사용이 보편화되어야 한다는 것을 언급하고 있다. 이 글에서는 학교 제도보다 조선 민중에게 필요한 것이 한글 사용이라고 논의하고 있다. 한글사용과 보급은 여기에서 조선의 언어로서 일본어의 적수라는 논리를 내세워 정치적인 문제로 인식되고 있다. 즉 한글운동은 조선인의 정체성의 문제와 연결되어 조선 민족의 고유성이 언어에서 기원하고 있음을 강조하였다.

『신생』은 이러한 한글운동에서 우선적으로 해결해야하는 문제로 조선어의 통일을 제시한다.

---

200 「한글운동의 의의와 사명 - 정치, 교육, 문화상으로」, 『동아일보』, 1927. 10. 27.

우리 朝鮮은 過去 數千年을 두고 政治, 教育, 宗教에는 물론이고, 日常生活 또는 自己를 代表하는 姓名까지에도 全部 漢文으로 使用하야 왔기 때문으로 朝鮮語는 다만 低級意識과 低級感情을 表示하는 以外에는 아무 用途가 없었기 때문에 朝鮮語는 語學的으로 거의 地位와 價値가 極度로 墮落된 것이었다. 그뿐아니라 朝鮮은 言語가 漢文化한 까닭으로 所謂 有識階級과 無識階級과는 거의 생각이 서로 통할 도리가 없었고 또는 朝鮮의 所謂 文化的 惠澤이라는 것도 어느 階級에만 치우치게 된 때문에 朝鮮은 文化的으로 오늘날과 같은 荒廢를 이루게 된 것이다. 朝鮮語는 그의 地位와 價値가 墮落됨을 딸아서 言語의 質로도 發音과 語法 같은 것은 그 墮落의 正比例로 紊亂하야진 까닭에 한사람에 있어서도 時間과 處所를 딸아서는 發音과 語法을 달리하는 것이 常事가 되어 있고, 量으로도 그 수효가 漸漸 줄어서 言語로 危機를 당하였는 것이 事實이었다. 그러하나 朝鮮사람의 生活은 언제까지든지 朝鮮語를 이처럼 賤待하고 漢文에만 억매일수는 도저히 없는 일이었다. 웨그러냐 하면 朝鮮도 말과 글을 全的으로 統一하야서 簡易化하고, 合理化하는 것이 朝鮮 사람 生活에 有利하기 때문이다[201]

조선어의 지위에 대해 언급하고 있는 위의 글은 조선어가 한문으로 인해 국어로서의 위치를 점유할 수 없었던 상황을 역사적으로 조명하고 있다. 이 글은 한문이 유식계급에 의해 사용됨으로써 한글은 저급의 언어로 취급되었다는 것을 비판하고 있다. 여기에서 논의하고 있는 조선어의 표준어 수립 문제는 당시 조선어의 대부분이 한문으로 되어 있다는 것과 관련된다. 당시 조선어는 한문으로 표기되고 발음됨으로써 계층 간에 소통이 되지 못하는 원인이 되었고, 이것은 조선어 체계

201 신명균, 「조선어의 학적체계와 주시경선생의 지위」, 『신생』 2권 9호, 1929, 11~12쪽.

에 대한 수정이 불가피하다는 논리로 연결되었다. 또한 한자의 과도한 사용이 한글 보급을 저해하고 있었으며, 이것은 당대 한글운동에서 중요한 문제로 제시되었다. 당대 어학자들은 조선인들 간의 문화적 단절을 유발하는 요인이 한글, 언어에 있음을 간파하였고, 민족어로서의 한글의 위상을 높이기 위해서는 표준어에 대한 논의와 표준어 규범을 설정하는 것이 중요하다는 것을 강조하였다.

1920년대 『신생』에서 논의하고 있는 한글운동은 한글의 규범화를 통한 민족어로서의 위치를 공고히 하기 위한 것으로 수렴되고 있고, 이것은 조선의 정체성을 규정하기 위해 제시된다. 1920년대 한글운동은 당시의 제국의 식민지 동화정책인 '조선어 말살정책'과 관계된다. 식민주의가 피지배자로부터 모든 자기표상과 자기인식의 자립적 회로를 빼앗아 버리는 지배형태[202]이듯이, 제국의 식민정책의 일단에는 언어(국어)가 문제시 될 수밖에 없다. 제국이 식민지를 통제할 수 있는 방법 중 가장 수월한 것은 '말 못하는 존재'로 식민지인을 만드는 것이다. 타자의 언어를 사용한다는 것은 자기 정체성의 훼손과 그로 인한 새로운 정체성을 부여받는 일련의 과정과 흡사하다. 제국주의 교육시스템은 식민지 본국의 표준어를 규범으로 삼는 반면 나머지 변종들은 모두 비제도적인 것으로 간주된다.[203] 조선어는 1911년 조선교육령에 의해 「조선어 및 한문」이 통합되어, 식민지인의 이수할 교양 교과목으로 추락하였고, 1922년 제2차 조선교육령에서는 '조선어'가 독립된 과목으로 등장하였지만, "조선어를 가르치는 데는 항상 국어와 연락을 유지하고 때로는 국어로 말하게 해야 한다"[204]는 규정을 따로 부기하

202 이연숙, 「일본어에의 절망」, 『창작과 비평』 105호, 창작과비평사, 1999, 106쪽.
203 빌 에슈 크로프트외, 이석호 역, 『포스트 콜로니얼 문학이론』, 민음사, 1996, 21쪽.
204 이연숙, 고영진·임경화 옮김, 『국어라는 사상 - 근대 일본의 언어 인식』, 소명출판, 2006,

여, 사실상 국어(일본어)의 상용을 위한 조선어의 보조적 역할을 강조하였다. 이러한 정책의 일단에는 '국어'(일본어)교육의 효과적인 역할을 하기 위한 조건으로서 조선어가 추가되는 것이며, 이것은 법적으로 내지인과 조선인을 구별하는 기준이 되었다.

'조선인의 언어'로 '조선인의 사상'을 연구해야 한다는 이러한 일련의 한글운동은 식민지인의 자기 표상의 문제와 밀접하게 관계된다. 식민주의라는 현실적 권력관계 안에서 식민지인의 정체성은 제국의 언어 속에 포섭된다. 제국의 언어라는 프리즘을 통해 재현되는 조선은 국어(일본어)의 이데올로기에 의해 재규정되며, 이때 조선은 명백한 타자로서 상정된다. 조선의 표상은 제국이 자기동일성을 확인하기 위한 과정에서 필연적으로 요청되는 것이기에 제국의 식민주의 담론에서 자유로울 수 없다. 이렇게 제국의 언어로 조선을 표상하고 조선의 정체성을 서술하는 것에 대한 이질감과 거부감은 조선어의 표준화와 한글운동을 견인하는 요인으로 기능하였다. 식민주의 동화정책의 핵심이 '말'인 것처럼, 조선적인 것의 근저를 이루는 것도 '말'에 있다는 이 시기 언어학자들의 논리는 민족어의 구축과 문화적인 동질성의 획득이라는 필연성 속에서 논의되었다.

이러한 한글운동에 의해 촉발된 조선적인 것에 대한 관심은 역사, 문화로 확산되었는데, 『신생』 2권 1호에서 문일평은 조선의 '문화혼'을 파악하는 것이 중요하다는 논리를 편다.

> 領域封建으로 말미암아 文明에 退落된 處地를 當하고 있는 우리인지라 外來의 思潮나 文明에 憧憬안이 할 수 없는 것도 사실입니다. 그렇다

295~296쪽.

고 自己의 것을 버리고 남의 것만 取하는 일도 結局 가서는 自我沒落을 招致하는데 끝막는 것입니다. 그럼으로 나는 外地의 훌륭한 文物을 輸入하는 것도 좋은 일이라고 생각하나 自國의 固有한 文化魂을 把握하는 일도 等閑視할 수 없다고 생각합니다. 過去가 흘어와 今日을 일우었고 今日이 흘어 또한 未來를 일울것이니 今日에 살고 明日에 살을 우리로써 어찌 過去의 燦爛한 文化魂을 忘却할 수 있겠습니까. 우리의 新文化는 過去의 文化魂을 土臺로 하여 새로운 꽃을 피우는 文化라야 할 것이니 적은 일에나 큰일에나 이 精神을 가지어야 할 것을 懇切히 부탁합니다.[205]

문일평은 1920년대부터 조선역사와 조선문화에 대한 관심을 지속적으로 보였는데, 그는 중등 수준의 민족사와 문화사 서술을 통해 '조선적인 정체성'을 대중에게 전달하고자 했다.[206] 그는 외래사조의 동경보다는 자국의 '문화혼'을 파악하고 그것을 토대로 새로운 신문화를 건설할 것을 강조하였다. 즉 자기의 것을 버리고 타자의 문화를 수입하는 것은 결국 자기 몰락의 길로 들어서는 것이며, 조선이 신문화를 건설하기 위해서는 조선의 것을 찾아야 하는 것이다. 문일평은 1920~30년대 지속적으로 조선 역사의 '정신적인 요소'를 강조[207]하였는데, 그것의 핵심은 '문화혼', '조선혼'으로 집약된다. 그가 여기에서 강조하는 것은

205 문일평, 「과학적 두뇌와 문화혼을 찾자」, 『신생』 2권 1호, 1930. 2, 22쪽.

206 류시현, 「1920~30년대 문일평의 민족사와 문화사의 서술」, 『민족문화연구』, 고려대학교 민족문화연구원, 2010, 61쪽.

207 류시현, 위의 논문, 58쪽.
이러한 문일평의 '조선학'에 대한 개념은 1920년 전반기 최남선의 '조선학 개념을 염두에 둔 것으로 학적인 체계로 조선을 연구하자는 논의라고 볼 수 있다. 최남선은 '조선학'이라는 명칭을 처음 쓰면서 서양이 중국을 연구한 학문을 '지나학'으로, 일본을 연구한 것을 '일본학'으로 지칭한 것을 그대로 수용하여 조선을 타자화하여 지역적 연구인 학문체계로 '조선학'을 정의하였는데, 문일평 또한 지역적 연구로서의 조선학을 정의하고 있다.

'문화혼'을 구성하는 토대로서의 '과거'이다. 이것은 과거의 문화혼을 망각하고서는 현재의 신문화가 구성될 수 없다는 논리이다. 과거와 현재를 분절적으로 인식하는 것이 아닌 연속성의 입장에서 논의하는 이러한 관점은 조선을 통시적으로 조망하고자 하는 의도로 보인다.

이러한 '문화혼', '조선혼'에 대해 이병기는 전통의 문학 장르를 통해 그것의 실체를 제시하였는데, 그는 「시조원류론」(2권 2호, 3호, 5호)과 「시조의 현재와 장래」(2권 4호, 6호) 등 총 5회에 걸쳐 시조론을 게재하였다.

> 나는 時調復興을 하자는 것 보다도 時調 新運動을 하자고 한다. 從來의 時調를 그대로 因襲한대야 암만해도 現在及 將來 사람에게는 맞지 아니할 것이다. 어떤 이는 時調의 內用만 아니라 時調의 形式까지 사뭇고치어라 하기도 하나 이는 一朝一夕에 아니될 것이며 잘못하다가는 時調 그것만 打殺시키고 말것이다. 그러나 그것만으는 맛득지 못하며 어떻게 하였으면 좀 더 새롭게될가 아름다운 時調가 될가한다.(중략) 오늘날과 같이 變化많은 우리의 生活에 思想感情도 激烈한 變化를 하고 있는 이때 言語와 音調인들 얼마나 變化가 없으랴. 「닷드자 배떠나니 이제가면 언제올가」, 「靑山裏 碧溪水야 수히감을 자랑마라」라는 것과 같은 三四調 四四調보다도 「봄마다 봄마다 불어내리는 락동강물 귀포에 이를어 넘쳐넘쳐 흐르네」라는 三三調 五四調 四三調와 같은 따위가 오히려 새롭고 안기는 늣김을 주지안나. 다시말하면 從來 一般的으로 쓰든 音律도 쓰며 자기의 獨特한 「리듬」을 表現하자는 것이 곧 셋재의 신율격을 지어내자는 의미이다.[208]

208 이병기, 「시조의 현재와 장래」, 『신생』, 2권 6호, 1929, 33쪽.

이병기는 「시조의 현재와 장래」라는 글에서 시조가 외래사상의 영향을 받아 전날의 구투를 벗어나지 못하고 있다는 것을 지적하며 조선의 미를 찾아야 한다고 언급한다. 그리고 그것의 방법으로 제시한 것은 주밀한 관찰을 통한 '사생법'이다. 그는 시대적 변화에 따라 정서적 감흥이 달라지기 때문에 신율격과 새로운 창법이 시조에 도입되어야 한다는 것을 강조한다. 시조의 이러한 변화는 궁극적으로 조선인의 삶과 정서를 좀 더 세부적으로 재현하기 위해 필요한 것이다. 그는 이러한 시조의 변화를 '시조 부흥'이 아니라 '시조 신운동'으로 논의되어야 한다고 주장한다. 이것은 옛 것에 대한 연장이라는 '부흥'의 의미보다는 현재의 새로운 것에 대한 수용을 강조하고 있다고 할 수 있다. 이병기의 '시조 신운동'은 과거의 것을 그대로 답습하는 것이 아니라 현재의 상황에 따라 변화되고 조율될 수 있어야만 한다는 것을 강조하고 있다. 이것은 당시 조선적인 것에 대한 관심이 '과거'에 편향되어 있고, '과거'와 관련된 것들이 무비판적으로 수용되고 있는 현재적 상황을 비판하고 있는 것으로도 볼 수 있다. 즉 이병기가 인식하는 '조선혼'은 단지 과거에만 고착되어 있는 것이 아니라 현재에도 연속성을 가지며, 조선인의 현재적 삶에 영향력을 행사하는 것으로 인식된다.

1920년대 한글운동은 표준어의 통일과 한글 교육을 통해 조선적인 것을 '언어'로써 실천하고자 했고, 조선인의 생각과 사유를 '타자의 언어'가 아닌 민족어로써 재현해야 한다는 필연성에서 시작되었다. 『신생』에서 논의되고 있는 조선적인 것은 한글운동에서부터 발아되어 역사, 풍습, 문학론으로까지 확산되면서 조선의 정체성을 구성한다. 여기에서 조선적인 것은 조선 사람에 의해 조선어로 표현된 것이며, 동시에 조선인의 삶을 재현하고 있는 것으로 규정된다. 그리고 조선적인 것은 과거에 속하면서도 현재에도 존속하는, 즉 과거를 토대로 삼으면서 현재와 미래를 담보할 수 있는 대상들로 한정된다. 이러한 한글운동과 문화운동은 국어의 보편화에 따른 조선어의 위기의식, 혼성화 되어가는 문화에 대한 조선의 정체성을 구성하려는 일련의 노력이었다고 할 수 있다.

3. 국어(일본어)와의 경쟁과 조선적인 것의 구성

앞 절에서 『신생』의 조선적인 것의 탐구가 한글운동에서 시작된 것을 논의하였다면, 이 절에서는 구체적인 탐색작업의 결과물로서의 기행문을 살펴보고자 한다. 기행문을 통해 재현되는 공간표상image은 시선주체의 내면적 투사 결과물이며, 이것은 시선주체의 인식에 따라 차별적으로 재현된다. 다시 말하자면 하나의 공간이 시간과 여행 주체의 인식에 따라 개별적인 특성을 띠고 서술된다는 것이다. 기행문은 풍경을 있는 그대로 보는 것이 아니라 시선 주체의 심리를 투영하여 공간으로 재현하고, 이것은 내면의 발견과 동일시됨으로서 당대의 인식 체계를 적나라하게 드러낸다. 그리고 이것은 어떤 사실을 과학적 체계로 구성하는 것이 아니라, 감정과 정서의 언어로 서술된다.

『신생』에 수록된 기행문을 논의하기 전에 당시 '조선어급 한문' 교과서에 실린 독본의 유형을 살펴보자. 1910년 교과서 『고등독본』에서 조선어가 일본어와 한문을 보조하는 것으로 당대의 언어적 수요를 거의 반영하지 않았다면, 1920년대의 『신편독본』에서 조선어는 주로 일본어에 대한 번역의 수단이기는 하지만 조선의 문화와 역사를 제한적으로나마 담을 수 있는 위치로 변화된다. 그리고 1930년대의 『중등독본』에서는 제한적이나마 창작과 저술의 매체로 한 단계 더 올라선 다.[209] 여기에서 주목할 것은 『중등독본』(1932) 인데, 이 책의 조선어부에 실린 조선 작가의 글은 136과 중 12과에서 15편이다. 이 글들은 일종의 생활문 수준의 수필과 운문으로 된 잡언이 대부분이다. 그 중에서 현진건의 「석굴암」, 「불국사에서」 등의 기행문은 6편이며, 이 기행문들은 조선의 유적과 명승지를 중심으로 서술되었다.[210]

> 좌우석벽의 허리는 열다섯간으로 구분되엇고 각간마다 보살피라한의 立像을 병풍처럼 새겻는데 그 모양은 다각기 달라 혹은 어여쁘고 혹은 엉설궂고 름름한 긔상과 온화한 자태는 참으로 성격까지 빈틈업시 표현하얏스니 神品이란말은 이런 예술을 두고 이름이리라. 더구나 뒤벽중앙에 새긴 십일면관음보살은 더할 나위업는 女性美와 肉體美까지 나타내엇다. 어대까지 아름답고 의젓할 얼굴찌는 고만두드라도, 곱고도 부들어운곡선을 그리며 들이운 왼편팔, 엄지와 장지 사이로 사붓이 구실줄을 들엇는데 그 어여쁜 손가락은 곰실곰실 움즉이는 듯, 병을 치켜쥔 포동포동한 오른팔둑! 종교예술품으로 이러케 곡선미와 녀성미를 령절스럽게도 나타내엇다. 그나그뿐인가 수업시 늘인 구실미테 하늘하늘하는 옷자락은 서양녀자의 夜會服을 생각나게한다. 그 아른아른한 옷자락 미트로 알맛게 불룩한 젓가슴, 좁읏하면서도 술밋한 허리를 대여 동그스름하게 떠오른 허북지, 토실토실한 종아리가 뚜렷이 들어낫다. 그는 살아 움즉인 그의 몸엔 분명히 맥이 뛰고 피가 흐른다.[211]

209 임상석, 「조선총독부 중등교육용 조선어급 한문독본의 조선어 인식」, 『한국어문학연구』 57호, 한국어문학연구학회, 2011, 205쪽.

210 『중등독본』(1932) 에실린 기행문은 다음의 6권이다. 권1 11과 이병기 「부여를 찾는 길에」, 권1 12과 현진건 「불국사에서」, 권2 7과 「박연」, 권2 10과 현진건 「석굴암」, 권3 14과 「華溪에서」, 권4 8과 서명응 「백두산 등척」.

현진건은 신라의 대표적인 유물 중에 하나인 석굴암을 견학하면서, 중앙에 위치하고 있는 석가와 석벽의 나한을 세세하게 묘사하고 있다. 이러한 묘사는 풍부한 상상력으로 재현되고 있으며, 수사학적인 표현으로 일관되고 있다. 그리고 관음보살상의 여성미와 그것을 조각한 석공의 예술성에 대해 찬탄한다. 여기에서 석굴암은 예술적 찬미의 대상으로 재현되고 있고, 법열과 숭고의 감정이 충만한 상태로 서술된다. 현진건은 보살을 '고운님'으로 제시하는가 하면 '맥이 뛰고 피가 흐른다'는 과장된 표현을 쓰고 있다. 과도한 수사를 동원하여 석굴암을 묘사하는 것은 그만큼 조선의 예술품을 포장하기 위한 것이기도 하고, 옛 고도의 향수를 자극하는 것이기도 하다. 이러한 묘사와 서술태도는 현재가 아닌 과거의 시간에 고착되어 있는 듯한 느낌을 준다. 과거의 유산에 대한 찬탄은 역으로 현재가 그만큼 만족스럽지 않다는 것에 대한 이중적 표현이기도 하다. 다시 말해 조선어가 현재의 조선의 상황이 아닌 식민지 과거를 재현하는 언어로 사용되고 있다는 것이다. 현재의 언어는 국어(일본어)로 규정되고 있고 과거의 언어는 조선어인 것이다. 조선어는 식민지의 빛바랜 역사를 조명하는 기능만을 담당하고 있었던 것이고, 그 언어는 회한과 우울한 정서로 일관하며 국어와 경쟁하고 있었다고 할 수 있다.

1920년대 『신생』에 실린 기행문[212]은 『중등독본』과는 다른 차원으

211 현진건, 「古都 巡禮 慶州 - 石窟庵(其十二)」, 『동아일보』, 1929. 8. 18.
현진건의 이 기행문은 <古都 巡禮 慶州>의 일부분으로, 1929년 현진건이 『동아일보』 기자로 근무할 당시 썼으며, 1929년 7월 18일부터 8월 19일까지 연재되었다. 현진건은 이 기행문에서 석굴암과 불국사를 견학하고 조선적인 미에 대해 자세히 적고 있다. 현진건은 석굴암 입구의 사천왕상의 조각에서 "힘의 예술의 표본을 봤다."고 서술한다.

212 『신생』은 통권 60호가 나오는 동안 다음과 같은 26편의 기행문을 게재하였다.
박노철, 「산성순례기」(2권 4호)/ 염상섭, 「산으로 물로 - 湏城의 봄 」(2권 6호)/최독견,

로 조선을 표상하고 있다. 『중등독본』의 기행문이 조선의 과거를 재현하고 있다면 『신생』의 기행문은 현재와 관련된 조선인의 삶과 연관하여 조선을 표상하고 있다. 『신생』에서는 인격수양의 방식으로 여행을 제시하고 있으며, 이것은 조선청년의 정신과 육체를 단련하는 실천적 행위로 인식된다.

> 나는 이 休暇를 이용하여 靑年學生에게 向하여 힘써 旅行하자는 말을 傳하고저함에 際하여 이도 또한 그 眞意義를 앞에 말한 그들의 生命의 發揮, 發展을 위한 것에 두는 것입니다. 모르는 산과 물 · 못듯든 傳說과 民謠 · 못보는 風俗과 慣習 · 전에 못느끼었든 民情과 世態... 이 모든 것은 그대로 그들에게 새 天地의 發見일 것입니다. 모르는 곧에 자기의 眼光을 번쩍여보고 발자취를 내어본다는 것은 다만 한때의 趣味라는 그것만에 그 價値가 다되고 마는 것이 아니라 보고 듯고 느끼는 그 모든 것이 그대로 神秘며 驚異며 學問이며 藝術인만큼 거긔에서 그들은 自己를 볼 수 있고 거긔에서 그들은 人生을 알 수 있을 것입니다. (중략) 산악으로 湖海로 사적지로 전설지로 그리하여 수양을 위하여서나 학문을 위하여서나 박물채집, 민요수집을 위하여서나 다 좋고 다 맛있는 거이라고

「해운대상의 호우 - 묵은 기행문의 일절」(2권 6호)/양백화, 「구룡연에서」(2권 6호)/이병기, 「낙화암을 찾는 길에」(2권 6호)/유도순, 「여름의 樂山東臺」(2권 6호)/김영진, 「패강유기」(2권 7, 8회)/이승규, 「북릉의 녹음」(2권 7, 8호)/이병기, 「내장산의 단풍」(2권 10호)/고영한, 「평양의 가을」(2권 10호)/이윤재, 「양구기행(2)」(2권 11호)/이은상, 「금강경」(3권 9호)/팔대수, 「금강산과 조선민족」(3권 9호)/변영로, 「백두산 등척」(3권 9호)/이상법, 「백양사 閑日」(3권 9호)/안기영 「금강산순례」(3권 9호)/이병기, 「경주의 달밤」(3권 12호)/이태준, 「산의 추억」(4권 6호)/지산학인, 「산악순례자 정희량」(4권 6호)/「古文抄 - 서명응의 <백두산기>」(4권 6호)/「고문초 - 김삼연의 <오대산기>」(4권 6호)/조규선 「함흥풍경」(4권 6호)/박인덕 「세계일주기 - 희랍에서」(4권 6호)/자혜 「등산」(4권 6호)/박인덕, 「세계일주기 - 칸스탄노플(이스탐불)」(5권 7호)/이은상, 「제3회 하기 종교교육대회가 열릴 금강산 표훈사는 어떤 곧인가」(6권 7호).

봅니다. 진리를 욕구하는 마음 · 자연과 친교하는 기회 · 건강을 증진시킬때는 왔습니다. 이 뜨거운 여름에 태양 빝을 쬐이며 새 세계의 발견을 위하여 여행하는 것만큼 좋은 일은 없을 것입니다.[213]

유형기는 조선의 학생, 청년들이 세계인의 한 사람으로 그리고 조선의 한 사람으로서 세력을 넓히고 기품을 높여야 한다고 언급하며 그 방법으로 여행을 권유한다. 그는 여행이 새로운 사실에 대한 발견을 가능하게 하기 때문에 지식의 습득과 인격수양을 위해 청년들에게 필요하다는 것이다. 수양의 장소로써 제시되는 것은 산과 바다, 사적지와 명승지이며, 박물채집과 민요수집, 자연과의 친교, 건강의 증진이 여행의 목적이 된다. 이러한 수양론에 입각한 여행의 필요성은 1910년대 최남선에 의해 『소년』, 『청춘』을 통해 제시되었었다. 『소년』의 기행문들은 개인의 사적인 기록을 넘어 국가의 담론 안에서 영토에 대한 지리적 상상력과 영토귀속성을 강화하는 방식으로 생산되었다.[214] 즉 1910년대의 기행문은 국토에 대한 실정성을 강화하기 위한 논리로, 또는 지정학적인 측면에서 국토를 전유하기 위한 전략으로써 서술되었다.

그러나 『신생』에서 제시하고 있는 여행은 1910년대에 비해 지정학적인 측면이 약화되어 나타난다. 그 이유는 1930년대 전후라는 시기, 즉 식민화의 과정이 고착되면서 국민국가 설립에 대한 희망이 거세됐기 때문이기도 하고, 3 · 1운동의 실패로 인한 민족주의 담론이 문화주의로 이행되었기 때문이기도 하다. 이에 1920년대 후반 수양론은 주로 개인적 측면에서의 지식 축적과 육체적 단련을 위한 방법으로 논의된

213 유형기, 「새 세계의 발견 - 휴가와 여행」, 『신생』 2권 7, 8호 합권, 1929, 8쪽.

214 홍순애, 「근대초기 지리학의 수용과 국토여행의 논리」, 『한중인문학연구』 제34집, 한중인문학회, 2011, 49쪽.

다. 『신생』의 '수양론'에 대한 논의는 최상현 「수양론」(2권 5호)을 비롯하여 특집으로 기획된 5권 5호의 「인격수양론」, 「인격수양방법」, 「인격수양의 표어」, 「인격은 어떻게 수양할 것인가」, 「인격수양에 대하야」 등으로 나타난다. 여기에서는 "우리의 인격도 산과 같은 굳은 의지에 바다 같은 지정을 갖어야 할 것"이며 "금강산 비로봉에 올라보면 울지 않는 이가 없다한다."[215]라고 언급하며 '신생명의 진리'를 깨닫기 위해 산과 바다로 여행을 해야 한다고 그 방법을 제시하고 있다. 현재 학교 교육이 "비자연적, 비합리적"이기 때문에 "두뇌를 억세게 하고 철저하게 하고 용기 있게 하고 묵중하게 하는 덕"을 갖추기 위해 등산을 해야 한다는 것이다. 학교 교육에 대한 대안으로서 제시되고 있는 것이 1920년대의 수양론의 논리이며, 이것은 조선의 산하가 정신수양의 대상이 되고, 청년의 신체를 단련하는 장으로서 활용되어야 한다는 개념으로 확장된다.

『신생』은 5권 6호에 「녹음 · 산수」 특집을 기획하여 설문의 방식으로 조선의 산과 바다를 재조명한다. 여기에서는 사회 각 층 인사들에게 의견을 묻고 그에 대한 답을 그대로 게재하였는데, "일문(一問), 어느 산과 바다를 좋아하십니까?"라는 질문에 이병기는 다도해를, 김상용과 안기영은 금강산을, 최봉즉은 백두산을 꼽고 있고, "가장 인상 깊은 농촌경관의 일절"의 질문에 대해서는 고향의 풍경, 가을의 곡식이 익은 풍경, 함남의 농촌 등이라고 답하고 있다. 식민지 영토에 대한 관심을 촉구하고, 조선인의 생활터전이 되는 '농촌'에 대한 의견을 묻는 이러한 기획은 조선의 과거가 아닌 현재적 모습을 구축하려는 시도로 보인다. 그리고 이것은 한 개인에 국한하지 않고 다수의 의견을 묻는

215 김영제, 「자연과 인생」, 『신생』 5권 6호, 1929, 7쪽.

방식을 통해 좀 더 포괄적으로 조선적인 것을 표상하고자 한 것을 알 수 있다. 즉 이러한 설문의 방식은 조선적인 것에 대한 관심을 촉발하기 위한 하나의 방식이었던 셈이다.

> 그럼으로 外人이 보는 金剛과 우리가 보는 金剛이 다르지 않을수가 없으려니와 과연 금강은 볼뿐이나 들을뿐만도 아니며 느낄뿐이나 배울뿐만도 아니라 행하여 내 자신을 삼는 곳에까지 이를어야 할 것입니다. (중략)멀리서 金剛山을 雲表에 띄어놓고 볼 때에 혹은 그것을 老釋에 比하고 혹은 그것을 癯山에 比하며 더러는 玉字라 더러는 玉京이라함이 다 한가지 그 神秘함을 그리고저 한 것이니와 나는 오히려 그리운 엣 故鄕인듯이 그리고 慈愛 깊은 父母인 듯 이만 생각되엇습니다. 그러나 그 畵意와 詩趣를 마음 시원히 表할 길은 없고다만 겨우 口號一頌하여 그 때의 心境을 萬一이나마 記憶에 머물러두되[216]

『신생』 3권 9호(1930)에는 이은상의 「금강경」(기행문)과 춘원의 「석왕사에서」(시)가 실렸고, 「여름의 회상」이라는 기획 기사에 변영로의 「백두산 등척」, 안기영의 「금강산순례」, 「백양사 한일(閑日)」의 짧은 기행 소감이 실렸다. 이은상의 기행문에는 금강산을 여행한 감회를 시를 첨부하여 서술하고 있다. 이은상이 기록하고 있는 금강산은 철저하게 현재적 시점에 의해 서술되고, 민족과 국가로 확장되지 않는다. 여기에서 금강산은 숭고와 장엄의 표상이 아닌 고향, 자애 깊은 부모로 전치되고 있다.

이것은 당대 이광수의 『금강산유기』(1922)와도 다른 시점이며, 최남

216 이은상, 「金剛影」, 『신생』 3권 9호, 1930, 6쪽.

선의 『풍악기유』(1924), 『금강예찬』(1928)과도 차별화된다.

새로 흐르니 문득 瀑布가 되고, 瀑布가 되었다가 마침내 흩어지니 한 무리 綿羊이 되고, 스러져 하늘로 오르니 神仙이 茶를 달이는 煙氣가 됩니다. 이윽고 峯들이 夢幻中에 점점 淡하게, 朦朧하게 되니 山雨가 지나감이요, 萬二千峰이 一時에 쑥쑥 나서니 구름 터진 틈으로 日光이 내려 쏨이외다. 日光과 구름과 안개와 비는 一瞬로 쉼없이 금강산의 모양과 色彩를 變化합니다. 아침부터 저녁까지만이 달이 있거든, 밤까지 지키고 있을 진대 이 金剛山이 몇 千萬의 變化를 할는지 알 수 없는 것이외다. 과연 自然의 造化는 無窮하외다.[217]

금강산은 조선인에게 대하여 단지 일산수풍경이 아닙니다. 우리 모든 心意의 물적 표상으로, 久遠한 빛과 힘으로써 우리를 인도하며 경책하는 정신적 최고 전당인 것입니다. 중간에 와서는 잠시 晦蔽하였었습니다마는, 조선인은 고래로 이 신비한 의취를 가장 현명하게 領會하여, 진작부터 금강산을 신앙의 목표로 하여 가장 경건한 귀의를 바쳤습니다. 금강적이라 할 지도원리하에서 朝鮮身급 朝鮮心을 久遠으로 바련하라 함은, 실상 우리 부모 미생전부터의 약속입니다.[218]

이광수의 기행문에서 금강산은 도시적 일상에서 벗어나 자연을 체험하는 공간이며, 모던한 삶에 대한 상호적 개념으로 자연의 개념을 생성하는 공간으로 재현된다. 그러나 최남선의 기행문에서는 금강산은 민족적 성산(聖山)의 이미지와 '조선심'의 기원으로써 의미화 되며,

217 이광수, 「금강예찬」, 『이광수 전집』 18, 삼중당, 1966, 38쪽.

218 최남선, 「금강예찬」, 『최남선 전집』 6, 현암사, 154쪽.

종교적 초월의 공간으로 서술된다. 금강산의 재현에 있어 최남선과 이광수의 차이는 '금강산을 통해 민족의 신화를 읽어내고자 했던 역사가 최남선과 '금강산의 자연미를 묘사하고자'했던 문학자이자 예술가인 이광수만큼 이었다.[219] 역사가인 최남선과 문학가인 이광수가 인식하는 금강산은 그 의미화의 과정이 매우 극명하게 구별된다.

이은상의 「금강경」의 경우는 최남선과 이광수와는 또 다른 차이를 전제하고 있다. 여기에서는 자연의 신비를 이야기하고 있지만 이광수만큼의 찬탄도 아니고 최남선이 언급하고 있는 민족의 기원으로서의 성산의 이미지도 배제되어 있다. 여기에서는 자연이라는 거대한 개념보다는 일상이 연계된 시각 즉 부모, 고향과 같은 친밀한 공간으로 제시된다. 다시 말해 금강산은 현재와 미래를 담보할 수 있는 조선의 보편적 정서, 즉 조선의 대중들에 의해 향유되는 것으로서 의미화된다. 금강산은 조선인의 식민지적 현실 안에서 보편성을 띠고 자연스럽게 체험되는 공간으로 제시된다.

1920년대 『신생』에서 전개되었던 '조선적인 것'의 관심은 전통이라는 과거적 회귀보다는 조선인의 보편성을 구성하기 위해 문화를 재발견하고 있다는 점에서 1930년대와는 차별화된다. 또한 이러한 특성은 『신생』과 1930년대의 조선학 운동의 변별점이 되기도 한다. 1930년대 고전부흥의 기획은 서구의 보편성을 맹목적으로 추종함으로써 '조선적인 것'을 스스로 타자해온 흐름을 자성하는 토대 위에서 출발한 것[220]이었지만, 이것은 조선적 고유성의 과도한 집착으로 과거지향적인 담론을 배태했던 것이 사실이다. 그리고 이러한 '조선적인 것'에

---

219 문성환, 『최남선의 에크리튀르와 근대·언어·민족』, 한국학술정보, 2009, 198쪽.

220 김병구, 「'조선적인 것'의 형성과 근대문화담론」, 『민족문학사연구』 31집, 민족문학사학회, 2006, 25쪽.

대한 향수는 현재의 식민지 상황에 대한 회피와 도피의 일환으로 인식되기도 하면서 박영희나 임화 등에 의해 비판의 대상이 되기도 했다.

『신생』의 조선적인 것의 구축은 '새로운 세계의 발견'이라는 교육적 목적을 동반하였고, 이것을 재현하는 것으로써의 기행문은 도시와 유적지, 승경 등을 중심으로 민중의 현재와 관련되어 서술되고 있으며, 이것은 조선의 보편성으로 집약되고 있다. 『신생』의 기행문은 1922년 이광수가 『금강산유기』에서 자연 속에서 인간과 문명의 미덕을 읽어내고 그것을 자신의 내적 성찰의 계기로 삼았던 것, 그리고 1924년 최남선이 『풍악기유』와 1928년 『금강예찬』에서 금강산의 자연미를 숭고의 차원으로 고양시키고 그 속에서 신화적 민족사라는 장대한 환상을 본 것[221]과는 차별화된다. 『신생』의 기행문들은 1920년대의 계몽의 합리성도 숭고의 차원도 아닌 민중의 일상과 풍속, 정서에 밀착하여 조선적인 것을 구축함으로써 조선의 정체성을 구성하고 있다고 할 수 있다. 그리고 이것은 조선어로써 보다 내밀한 조선의 정서를 표현하고자 했던 의도로 보인다.

4. 조선적 보편성의 인식과 통찰

조선의 산하를 통해 조선의 정체성을 구성하려는 이러한 노력들은 이병기와 염상섭의 기행문들을 통해 좀 더 세부적으로 논의된다. 이병기는 『신생』의 주요 필진으로서 시조와 시조론, 기행문 등을 정기적으

221 서영채, 「최남선과 이광수의 금강산 기행문에 대하여」, 『민족문학사연구』 24권, 민족문학사학회, 2004, 242쪽.

로 게재하였는데, 여기에 실린 이병기의 기행문은 「낙화암을 찾는 길에」(2권 6호), 「내장산의 단풍」(2권 10호), 「경주의 달밤」(3권 12호) 등 3편이다. 그러나 이 기행문들은 기존의 국토답사 기행문들과는 달리 과거에 대한 회환과 상심, 유적에 대한 심미화의 과정이 기록되어 있지 않다.

> 생각하면 六部의 女子가 한가위놀이를 하는 달도 저달이요 太宗武烈大王과 文明王后와의 사랑의 열매를 맺게하든 달도 저달이요 千三百六十坊 十八萬戶에 빛이든 달도 저달이요 臨海殿놀음에 밤가는줄을 모르게하든달도 저달이요 <東京밝은달에…>하고 處容이로하여 놀애를 부르게하든 달도 또한 저달이 아닌가 과연 저달을 어대나 比할가 潯陽江上상에나 淮水東邊에 빛이든 달로도 比할수 없는 저달이다. 過去의 慶州에 빛인 달도 그러하고 將來의 慶州에 빛일 달도 이러하다면 지금 나를 中心으로 한 저달이 그 얼마나 무한한가 (중략) 씨름법도 여러 가지가 잇다하나 보기에는 퍽 단순하다. 原始的遊戲라 鄕村의 農民들이 五月端午八月秋 같은 名節을 당하여 一般的으로하든 遊戲라 아무 設備도 없이 간단히 되는 遊戲라 이 遊戲야말로 農民에게는 가장 合理的으로 된것아닌가 나는 이 씨름을 檀園의 風俗畵에서 보았고 그 實物은 지금 여긔서야 보게된다.[222]

여기에는 옛 도읍지가 갖는 역사적 비애, 슬픔이라든지 유적의 황홀경에 대한 감흥은 배제되어 있다. 이 기행문에는 경주라는 옛 도시를 비추는 달빛의 아름다움과 농민들의 '원시적 유희'에 대해 서술하고 있다. 경주라는 지정학적 공간은 일제의 의도대로 타율성을 강조하기 위한 단순한 장소가 아니라 이병기에 의해 새로운 심상지리로서 위치

---

222 이병기, 「경주의 달밤」, 『신생』, 3권 12호, 1930, 18~19쪽.

를 획득한 장소[223]가 된다. 여기에서 심상지리의 중심을 차지하고 있는 것은 조선인의 삶에 내재된 정서이다. 이병기는 경주의 고적이나 유물에 대한 자세한 서술없이 빈 들판에 뜬 달을 감상하고 있다. 그리고 달을 매개로 하여 한가위의 풍습, 태종무열왕과 문명왕후의 사랑이야기, 처용가의 배경 등을 나열한다. 이후 농민들이 씨름하는 것을 지켜보면서, 이것을 향촌의 고유한 유희로 평가한다. 조선인의 명절을 대표하는 놀이로서 씨름을 조명하고 있는 이 기행문은 일상적인 조선인의 삶, 조선인이면 누구나 체험하고 경험하는 풍습을 제시하고 있다. 일부의 특수계층에 한정된 문화가 아니라 향촌의 일상에서 경험되는 풍습으로서의 놀이가 여기에서 조명되고 있는 것이다. 옛 고도의 여행지에서 이병기가 체득하고 있는 것은 보편성을 담보한 것으로서의 조선인의 현실적인 삶에 투사된 풍습과 정서, 감흥이다.

이러한 서술적 특성은 「낙화암을 찾는 길에」에서도 반복적으로 서술된다. 여기에서는 송월대의 자연적 풍광이 소박하고 멋스럽다고 묘사하며, 낙화암에 대해서는 "자개삼 그 비녀는 나려지고 머리채는 흩어지고 치맛자락은 소소리치며 펄렁거린다. 옥풍는 맞우쳐 땡그랑거리고 풍덩실 풍덩실 물소리는 난다"라고 하며 그 당시의 상황을 상상하여 재현한다. 그리고 홍춘경의 시를 인용하며 고란사의 풍광을 묘사하고 있다.

「내장산의 단풍」의 경우에는 「정읍사」를 인용하며 글을 시작하면서 내장산의 아름다움을 서술한다.

223 박진숙, 「식민지 근대의 심상지리 『문장』파 기행문학의 조선표상」, 『민족문학사연구』 31집, 민족문학사학회, 2006, 78쪽.

달아 높이곰 돋으사/ 멀이곰 빛위오시라/ 저재 너러신고요/ 주대를 드디욜세라/ 어느이다 노코시라/ 내가논대 점그를세라

이 유명한 井邑詞만 읽어보아도 정읍은 잊을 수 없는 곧이지마는 또한 잊을 수 없는 것은 內藏山을 지닌 井邑이다. 내가 어렸을 때부터 井邑이란 이름을 알게 된 것이든지 井邑땅에 발을 들여놓게된 것이든지 지금에 이 井邑을 들어 말하게 되는 것이 모다 內藏山으로 말미암은 것이다.(중략) 바야흐로 아름답게 물드는 丹楓은 間或 松柏과 여러 雜木과 섞여 있어 혹은 누른놈과 푸른놈 혹은 푸른놈과 붉은 놈 혹은 붉은놈과 푸른놈 - 이 모양으로 곳잘 조화된 색채들이 고요히 나려빛이는 가을볕알에서 알옹달옹 울긋불긋하게 반작이며 그위로서는 깨끗한 세空氣와 산듯한 향내가 은은히 흐르고 흐른다.[224]

「정읍사」는 백제의 가요로서 정읍의 공간을 상징하는 시로 제시된다. 여기에서 「정읍사」는 내장산이 위치해 있는 장소를 구체화하기 위해 동원되고 있고, 이 공간의 정서적 감흥의 고양을 위해 인용되고 있다. 하나의 공간을 재현하기 위해 관련 시가를 같이 보여주고 있는 이러한 방식에는 이 공간이 인간의 삶, 부여인의 삶과 현재가 여전히 관계를 맺고 있다는 것을 보여준다. 하나의 장소가 연속성을 띠며 존재하고 있었다는 사실은 낯선 공간을 친근한 공간, 특별한 공간으로 인식하게 하는 것이다. 이 글에 등장하는 내장산은 기존의 기행문에서 자주 등장하지 않는 장소이다. 여기에서 이병기는 내장산을 조선적인 것의 '색채'를 대표하는 것으로 제시한다. 그리고 '알옹달옹', '울긋불긋', '산듯한 맑은 향내', '고요히 나려빛이는 가을볕알' 등의 언어를 동원하여 가을 단풍의 화려함을 서술한다. 여행객의 사적인 감정을 여실히

224 이병기, 「내장산의 단풍」, 『신생』 2권 9호, 1929, 33쪽.

보여주고 있는 이 기행문에서 이병기는 신율격으로 조선인의 삶을 충실히 재현해야 한다는 자신의 문학론을 실천하고 있다.

염상섭은 「패성의 봄」에서 평양 여행을 기록하고 있는데, 여기에서 평양은 과거가 아닌 현재의 모습으로 서술된다.

> 평양의 첫 印象은 안악네의 手巾쓴 머리와 손벽 같은 紫朱당기와 검정 가죽신이다. 끼끗하고 길음한 얼굴이나, 조촐하고 아담스러운 少婦의 姿態는 그 手巾, 그 당기에 한층 더 돋보인다. (중략) 이러한 特長은 女子의 머리 治裝과 그 顔貌에도 나타났다 하겠지만 그말소리 - 말의 <리듬>에서도 찾아낼 수 있을 것같다. 平壤女子의 말소리는 서울이나 其他어느 地方에서도 들을수없을 뿐 아니라, 같은 西道에서도 獨特한 聲色을 가진 것 같이 들린다. 平北地方에 比하여보드라도 그 旋律은 대동소이하지만 얼마쯤 明朗하고 輕快한 맛이 있다. 또한 그 <로-캘 컬러->의 明快한 點에 있어서도 나의 본 바 다른 地方보다 낳다고 할 수 있다.[225]

이 기행문에서 평양은 '현대적 도회'로 규정되어 역사적 의의나 고적보다 현재의 인정풍속에 치중하여 서술되고 있다. 염상섭은 아낙네의 옷차림과 말의 어조, 리듬이 평양의 첫인상이라고 언급하며 이것이 다른 지방과 차별화된다고 적고 있다. 평양의 '로컬컬러'라고 지칭하는 이와 같은 요소들은 지방의 차별성을 강조하기 위해 서술되고 있다. 염상섭은 평양을 여행하면서 과거에 대한 회환이나 우수에 젖지 않는다. 여기에서는 여행을 통해 발견하는 조선을 묘사하고 있고, 과거의 역사 속에 잔존하고 있는 옛 도읍으로서의 평양보다는 현재적 시간에

225 염상섭, 「浿城의 봄」, 『신생』, 2권 6호, 1929, 16쪽.

존재하고 있는 평양을 서술하고 있다. 평양은 현재의 수평적 시간 속에서 민중의 삶을 보여주기 위한 장소로 서술되고 있는 것이다.

『신생』의 기행문들은 지정학적으로 공간을 전유하기 보다는 일상적인 조선인의 공간에 초점을 맞추고 있다. 조선적인 것을 구성하는데 있어 향수로써의 전통이 아닌 현재의 풍습이 중요한 논의 대상이 된다. 이 글에는 식민지 공간을 재영토화 하려는 시도들과 민족주의자들의 이데올로기적인 측면이 드러나 있지 않고, 다만 여행을 통해 장소적 실감을 전달하는데 주력한다. 다시 말해 이 공간들은 조선적인 풍습, 풍속으로 재현되며, 물질적인 것보다는 정신적인 것에 집중되어 있다. 이 기행문들은 잔존하는 과거의 흔적을 찾기보다는 현재에 계속적으로 유효하게 기능하고 있는 조선적인 것을 조명하고 있다고 할 수 있다. 이것은 조선총독부의 '고적조사보존사업'을 통해 관광지화 하는 정책과도 무관한 것이었고, 민족주의자들의 지정학적인 이데올로기의 차원과도 거리를 갖는다. 이 기행문들은 '민족의 얼・혼・정신의 육화로서의 산하(山河)'란 국가의 상실을 보상받으려는 낭만적 아이러니[226]로 서술되지도 않는다. 사라진 것을 억지로 끄집어내어 다시 감상하게 하는 것이 아니라 여전히 과거와 현재를 관통하며 조선인의 삶에 영향력을 미치는 공간과 장소, 풍습에 대해 서술하고 있는 것이다. 즉 이것은 역사와 현실을 외면하고 자연의 심미화만을 추구하기보다는 철저히 현재적 관점에서 시대의 보편성을 구축하고자 한 노력이라고 볼 수 있다.

1920년대 『신생』을 통해 전개된 조선적인 것의 통찰은 한글운동을 시작으로 역사와 문화, 문학으로까지 확산되어 1930년대 조선학운동

226 김윤식 「역사·철학·시로서의 산하 - 낭만적 이로니의 문제점」, 『수필문학』, 1977.

의 토대가 되었다. '조선학연구회'의 필진들로 구성된 『신생』은 한글 운동을 통해 조선어의 위상에 대한 재고와 민족어로서의 표준문법의 통일을 촉구하면서 한글연구의 필요성을 강조하였다. '조선적인 것'의 가장 핵심으로 인식되고 있는 '조선어'는 국어(일본어)와의 경쟁관계 속에서 민족어의 수호적인 측면에서 논의되었고, 이것은 조선인의 정체성을 대표하는 것으로써 인식되었다.

또한 자기 표상의 문제와 관련하여 『신생』의 기행문들은 보편적인 조선의 풍습과 감성을 중심으로 서술되었고, 숭고와 민족적 상징의 공간들을 개인적이고 일상적인 공간으로 전유하는 과정을 보여주고 있다. 조선적인 것의 실감을 재현하고 있는 이 기행문들은 조선인들의 일상화된 삶의 풍경들을 묘사하며, 그 장소에 내재된 조선의 보편적인 정서를 재현하고 있다. 기행문은 현장에서 체험되는 감정과 정서를 표현하는 장르로서, 공상이나 유희가 아니라 자연과학과 같은 실체하는 대상에 대해 서술한다. 즉, 기행문은 조선을 하나의 표상으로 제시함으로써 조선의 실체를 부여하는 역할을 담당하고 있다고 하겠다.

그러나 이러한 조선적인 표상을 구축하려는 노력들은 식민제국의 욕망과 겹쳐지기도 했던 것이 사실이다. 『신생』과 같은 시기에 발행되었던 『신민』은 '신문지법'에 의해 허가를 얻어 발행된 잡지로 친일적 논리로 일관하였는데, 여기에 실린 논의들은 『신생』에서 주제화하고 있는 내용들과 일치하고 있다. 『신민』의 경우는 최남선의 「경성제국대학 각면각관 - 동양문화의 정체를 알자」(1926년 5월호)를 비롯하여 손진태 「조선상고문화연구」, 민태원 「우리 문자의 보급책 - 반만년 문화사상으로 보아」, 최상덕 「철이되는 광화문」(이상 1926년 11월호)[227]의 글들

227 1926년 5월 1일자 『신민』에서는 훈민정음 팔회갑을 주제로 다음과 같은 글을 게재하였다.

을 게재하였다. 그러나 『신민』은 1920년대 후반과 1932년 폐간 될 때까지 총독부의 식민지정책에 우호적으로 반응하면서 친일로 전향하였고, 여기에 게재된 글들은 식민지 지배를 위해 자료화 되었다. 사실 『신민』에 실렸던 「훈민정음 제팔회갑기념」 기사들은 『조선일보』, 『동아일보』에서도 동일하게 다루었던 주제였다. 문제는 『신민』에서 기사화 했던 이러한 주제들이 한글운동을 하나의 문맹 타파의 일차원적인 목적뿐만 아니라, 동양문화의 정체성, 상고문화에 대한 것으로 수렴됨으로써 식민지 통치의 기본적인 자료로 활용되었다는 것이다.

식민과 제국이라는 양가적인 입장에서 동시에 욕망하고 있던 '조선적인 것'의 정체성은 지배자라는 타자의 관점과 자기의 것의 발견이라는 것 사이에서 진동하고 있었던 것이 사실이다. 조선학 개념의 기원에서 확인할 수 있는 것은 민족주의와 식민주의, 민족적 동일성의 욕망과 식민제국의 욕망이 서로 공모관계에 있다는 점이다.[228] 그리고 이러한 조선적인 것의 발견과 구축에 있어서 제국과 식민지인들이 갖는 상반된 효용적 가치는 『신생』에 있어서도 예외가 아니었다고 할 수 있다.

정열모 「訓民正音 第八回甲記念 - 正音頒布 八回甲을 當하야」, 이병도 「世宗大王의 偉業一斑」, 이윤재 「조선글은 조선적으로」, 권덕규 「正音頒布 以後의 概歷」, 사공환 「조선文의 史的 硏究」, 안자산 「諺文發生 前後의 記錄法」, 이병기 「漢文 人字音」, 이능화 「崔明谷의 學說 紹介」, 육당 「周時經先生傳」, 諸應募家 「記念投稿欄」, 손진태 「土俗硏究 旅行記」.

또한 이 잡지에서는 11월호에 '우리문자의 보급책'이라는 주제로 당대의 문사들의 글을 다음과 같이 실었다. 김영진 「正音頒布紀念日을 當하야」, 권덕규 「大名節로써 가갸날을 定하자 」, 안재홍 「教育用語와 農村普及이 必要」, 이윤재 「조선文과 語의 講習을 實行하자」, 이병기 「正音使用으로 活字改良에까지」, 이병도 「意味깊은 紀念日을 永遠히 지키자」, 송진우 「最善의 努力과 方法을 講究하자」, 민태원 「半萬年 文化史上으로 보아」, 이광수 「조선文獻의 蒐集 刊行도 亦 一方法」, 이서구 「教育的으로 大衆的으로」, 정렬모 「우리글 普及은 教育으로부터」, 양주동 「文壇雜說(2) - 新文學과 프로文學」.

228 김병구, 「고전부흥의 기획과 '조선적인 것'의 형성」, 『'조선적인 것'의 형성과 근대문화 담론』, 소명출판, 2007, 25쪽.

다시 말해『신생』에서 조선적인 것의 탐구는 조선인의 정체성을 규정하기 위한 목적으로 기획되었지만, 이러한 기획들은 식민지라는 공간 안에서 식민지 정책의 일환으로 자료화되는 역설 또한 존재했었다고 할 수 있다.

제3장
만주기행과 제국주의 이데올로기의 간극

1. 간도, 만주 지역의 양가성

근대계몽기 지리학에 대한 관심은 지리교과서의 편찬과 국토, 영토에 대한 인식을 새롭게 하면서 근대 국가의 개념을 정초했다. 『대한매일신보』에서는 간도와 만주를 둘러싸고 제국열강의 쟁투 과정을 전달하는 한편 간도 동포의 거취문제와 주권문제 등을 자세하게 보도하였다. 『대한매일신보』가 폐간되기 직전에 게재된 「만쥬문뎨를 인ᄒᆞ여 다시 의론 ᄒᆞᆷ」(논설, 1910. 1. 19~22)에서는 "만쥬ᄂᆞᆫ 력륙ᄒᆞᆫ 자쳑의 ᄯᅡ이라 비록 통감부의 려ᄒᆡᆼ법이 엄밀ᄒᆞ고 쳥국에셔 한국 사ᄅᆞᆷ의 이쥬ᄒᆞᆷ을 제한ᄒᆞᆷ이 심ᄒᆞᆯ지라도 이 남부녀ᄃᆡᄒᆞ고 날마다 밤마다 건너가ᄂᆞᆫ 사ᄅᆞᆷ을 엇지 일일이 막으리오, 그런즉 만쥬ᄂᆞᆫ 쟝ᄅᆡ에 한국 사ᄅᆞᆷ들의 집합ᄒᆞᆯ ᄯᅡ이 될거슨 가히 미리 츄측ᄒᆞᆯ 바ㅣ 로다"라며 만주로 이주하는 조선인들의 상황을 언급하고 있다. 신채호는 이 논설에서 만주의 영유권 분쟁을 지켜볼 수밖에 없는 좌절감을 서술하고 있으면서도, 이 만주가 민족의 새로운 영토로서의 역할을 수행할 것을 예측하고 있다. 한일병합 이전 만주는 국토상실에 대한 대안적 영토로서 또는 역사적 전망을 공유하는 공간으로서 전유되었다. 신채호에게 만주는 강력한 내셔널 히스토리를 구성하기 위한 핵심적 동력[229]이었다. 만주는 민족의 역사적 흥망과 연계된 공간으로, 또한 북방에 대한 잠재적 가능성을 실험하는 장[230]으로서 신채호에게 인식되었다고 볼 수 있다.

근대계몽기 동아시아의 영토전쟁에 있어 만주는 지정학적으로 중요한 요충지로서 제국의 권력관계가 직접적으로 충돌하는 지점이었다.[231] 이 시기 간도를 둘러싼 일본과 중국의 영유권 분쟁은 간도협약(1909. 9. 4)으로 인해 시작되었고, 간도가 두만강을 경계로 중국 영토로 인정되면서 일본은 남만주철도 부설권을 쟁취하면서 만주개척을 시작 이후 러시아와 일본은 제2차 러일협약(1910. 7. 4)을 통해 미국의 만주 침투에 대항하여 공동전선을 구축하면서 러시아는 일본의 조선 병합을 반대하지 않는 조건으로 몽골을 확보하였다.[232] 이렇게 만주는 근대계몽기 일본, 중국, 러시아 등이 영토 확보와 이권쟁탈을 위한 이해관계가 상충되는 지점이었고, 제국의 권력이 표면화되는 공간이었다. 근

---

229 앙드레 슈미드, 정여울 옮김, 『제국 그사이의 한국』, 휴머니스트, 2007, 520쪽.

230 근대계몽기 신채호와 박은식의 역사전기소설은 상실된 역사적 상징으로서 간도와 만주의 공간을 재현하고 있다. 간도는 박은식의 경우 한일병합 이후 거취의 문제와도 연관된다. 고구려 영웅, 발해 영웅들을 중심으로 재현하고 있는 역사전기소설들은 이 시기 만주의 영토와 관련된 역사적 연계성을 강조하고 있으면서 동북아의 지정학적 특수성을 서사화 하고 있다고 할 수 있다. 이에 대한 자세한 내용은 홍순애, 『근대계몽기 지리학 담론과 영웅서사의 리얼리티 - 박은식의 역사전기소설을 중심으로』, 숭실대학교 한국문예연구소 국제학술대회 발표집, 2012.에서 논의하고 있다.

231 홍순애, 『근대계몽기 지리학 담론과 영웅서사의 리얼리티 - 박은식의 역사전기소설을 중심으로』, 숭실대학교 한국문예연구소 국제학술대회 발표집, 2012, 60쪽.

232 최덕규, 「제국주의 열강의 만주정책과 간도협약(1905~1910)」, 『역사문화연구』 제31집, 한국외국어대학교 역사문화연구소, 2008, 232~233쪽 참고.

대계몽기 만주는 신채호가 이해하고 있었던 것처럼 역사적 연속성으로서의 민족의 상징공간이면서, 제국 열강들에 의한 국제적 분쟁의 핵심지역이라는 양가적인 의미를 갖고 있었다.

신채호와 박은식 등은 만주를 동양의 발칸이라는 발언을 통해 그 공간에 대한 가능성과 위험성을 동시에 인지했었고, 이러한 만주에 대한 인식은 식민지 전 시기에 걸쳐 조선인들의 의식과 무의식을 통해 다양한 형태로 재현되었다. 1920년대 만주에 대한 논의는 민족의 디아스포라의 공간으로, 조선 이주민들의 궁핍상을 전달하면서 유랑하는 동포의 비참함으로 묘사되었다. 이 시기 만주는 3·1 운동 이후 독립운동의 새로운 근거지로서 민족의 존립의 문제와 연결되어 담론화 되었고, 조선인들은 개인적인 자격으로 또는 시찰을 목적으로 만주를 여행하면서 만주를 재현했다. 조선인들의 만주여행은 단순한 타국 체험을 넘어 민족 공동체의 생존과 결부[233]되어 경험되고 체험되었다.

1930년대 말 만주 기행문들은 대동아공영권에 대한 제국주의의 정당성을 선전하는 것으로, 이국적 정취에 대한 낭만성을 전달하면서 서술되었다. 그리고 이 기행문들은 만주가 보여주는 문화공존의 양상, 제국주의적 정치논리나 문화적 계급의식으로 조직·포장된 이념의 모습을 포착하여 보여준다.[234] 1920~30년대 『개벽』, 『별건곤』, 『삼천리』, 『동광』 등의 잡지에서는 간도와 동만주, 남만주, 북만주, 하얼빈을 여행하거나 시찰한 기행문들을 게재하면서 당시 만주의 정치·경제·문화에 대한 전반적인 정보를 제공하였다. 이 기행문들은 식민지인으로서의 조선인의 위치와 일본 제국의 2등 국민이라는 양가성에서 오는

233 허경진, 강혜종, 「근대 조선인의 만주 기행문 생성공간」, 『한국문학논총』 57집, 한국문학회, 2011, 241쪽.

234 허경진, 강혜종, 앞의 논문, 240쪽.

분열의 양상들을 서술하고 있다.[235]

사실 1919년 관동청의 설치로 관동군의 임무가 포츠머스 조약으로 양도된 장춘과 뤼순간 철도를 경비하는데 한정되었지만, 일본은 재만 권익을 보호한다는 명목과 만몽의 치안유지를 내세워 이들을 만주에 주둔시켰다.[236] 중국의 영토적 주권과 배치되는 이러한 관동군의 주둔은 일본의 제국주의 이데올로기를 은폐하기 위한 하나의 논리로 사용되었다. 또한 이것은 식민지 조선과 관련하여 재만 조선인에 대한 '불량선인'을 검열하기 위한 하나의 방책으로, 또는 재만 조선인을 일본제국의 신민으로 관리한다는 동화정책을 표방하며 존속했다. 그러나 이러한 동화정책의 일단에는 만주를 제국주의 이데올로기로 포섭하려는 시도들이 잠재되어 있었고, 이 시기 기행문들은 이러한 제국의 식민주의적 허상을 드러내는 방식으로 만주를 재현하고 있다. 특히 만주사변 전후 일본의 제국주의 이데올로기는 만주국 설립과 동시에 '오족협화'와 '왕도낙토'라는 구호 속에서 그 본질을 드러냄으로써 이 시기 기행문들은 만주에 대한 새로운 담론을 생산하였다. 이 기행문들은 만주국 설립과 관련하여 내지의 만주열풍이 조선인 사회에 미친 영향을 서술하기도 했고, 한편으로는 간도청의 설치운동으로 촉발된 간도 자치구에 대한 가능성을 전달하기도 했다. 1920년대와 1930년대 초반 만주국 설립 후의 만주 공간은 여전히 만몽영유권 쟁탈에 의한 불안감이 존속

---

235 만주기행문과 소설에 대한 최근의 논의는 다음과 같다.
서경석, 「만주국 기행문학 연구」, 『어문학』 제86집, 한국어문학회, 2004.
정종현, 「근대문학에 나타난 만주표상」, 『제국의 지리학, 만주라는 경계』, 동국대학교출판부, 2010.
장영우, 「만주기행문연구」, 『제국의 지리학, 만주라는 경계』, 동국대학교출판부, 2010.
이경훈, 「식민지와 관광지」, 『제국의 지리학, 만주라는 경계』, 동국대학교출판부, 2010.

236 야마무로 신이치, 윤대석 역, 『키메라, 만주국의 초상』, 소명출판, 2009, 48쪽.

했고, 이에 조선의 여행자들은 제국주의 이데올로기의 실험장으로서 만수를 재현했다.

1920년대 기행문에서 재만 조선인은 만몽영유권 쟁탈과 동양의 패권을 장악하고자 하는 중일 대립의 희생자와 미족(微族)으로 표상되며, 이것은 동화정책과 제국 이데올로기의 반감에 대한 논리로 재현된다. 폭력의 기억으로 서술된 만주는 국경의 검문과 심문의 공포로 각인되며, 재만 조선인의 불안한 생활상이 전면에 제기된다. 즉 1920년대 만주기행문은 이러한 일본의 동화정책과 제국의 이데올로기에 대한 모순성을 표면화하면서 서술되었고, 이것은 만주사변과 만주국 설립의 과정에서 조선 자치구 설립에 대한 담론으로 이어졌다. 1930년 초반 기행문에서는 만주사변 이후 담론화 되었던 간도청 설립과 간도 자치구 운동을 초점화하여 서술하고 있으며, 조선인의 '신촌' 건설에 대한 가능성을 제시하였다. 이것은 민족 공동체의 실존적 문제가 제국의 영역 바깥에서 논의되었다는 것에 의의가 있으며, 이러한 논의는 만주사변 후 재만 조선인 피난소 문제와 관련하여 만주국의 '오족협화회'의 강령과 조직구성의 불합리성을 지적하면서 '왕도낙토'에 대한 이데올로기의 모순성을 제기하였다. 이에 이 시기 기행문은 당시 '국가통합'과 '문화통합'에 기초한 제국주의 이데올로기의 허점을 재현하는 논리로 서술된다.

2. '비국민'의 위계와 동화정책에 대한 반감

한일병합 이전 신채호와 박은식이 간도와 만주에 대한 지정학적인 특수성과 민족의 역사적 연관성에 관심을 가졌다면, 한일병합 이후 만주에 대한 관심은 1920년대 '간도사변'의 조선인 참살사건과 이로 인한 재만 조선인들의 생존권 문제, 이주 문제와 관련하여 신문과 잡지를 통해 전면화되었다. 그중에서도 기행문의 경우는 여행과 시찰의 목적에 의해 쓰여 지면서 『개벽』, 『조선문단』, 『별건곤』 등의 잡지와 『조선일보』, 『동아일보』 등에 게재되었다.[237] 『동아일보』에서는 만주 지국 주간으로 3주간 만주 일원을 여행하는 "만주시찰단원모집" 광고를 내기도 했고, 이 시기 수학여행[238]으로 학생들은 봉천과 안동을 견학[239]하면서 만주여행 붐이 일기도 했다. 1920년대 기행문들은 만주를 둘러싼 중국과 일본의 만몽영유권 쟁탈이 격렬하게 충돌하는 과정을 서술하고 있으며, 동시에 그 충돌의 피해자로서 재만 조선인을 초점화하고 있다.

그러나 이러한 재만 조선인의 참상을 전달하는 것이 이 기행문의 역할이었다고 한정하는 것은 만주담론에 대한 논의를 축소하는 것이라 볼 수 있다. 기행문을 통해 재현되는 만주담론은 객관적인 사실의 기록과 더불어 여행자의 인식이 반영되어 있다는 것을 염두에 두어야

---

237 1920년대 만주 기행문은 ㅅㅅ생, 「남만을 단녀와서」, 『개벽』 49호, 1924. 7/박봄, 「국경을 넘어서서」, 『개벽』 49호, 1924. 7/이돈화, 「남만주행(제1신)」, 『개벽』, 1925. 7/이돈화, 「남만주행(2신)」, 『개벽』, 1925. 8/춘해, 「만주여행기」, 『조선문단』, 1925. 9(12호)/이종정 「만몽답사여행기」, 『조선일보』, 1927. 10. 15~12. 2/박희도 「내가 18세 시절에」, 『별건곤』, 1929. 6/한설야 「국경정조」, 『조선일보』, 1929. 6. 12~23/김기림, 「간도기행」, 『조선일보』, 1930. 6. 13~26/김종근, 「만주기행」, 『동아일보』 1930. 12. 5~9/김의신, 「대만주답파기」, 『별건곤』 26호, 1930. 2 등등이다.

238 신석신, 「봉천기행」, 『조선일보』, 1930. 12. 24~28. 신석신은 이 기행문에서 만주 봉천을 수학여행 한 것을 기록하고 있는데, 봉천의 성내, 상부지, 성내 부속지, 사생아수취 구생소, 조선 동포가 운영하는 정미소잡화점등을 견학한 것을 기록하고 있다. 당시 경성역에서 봉천역까지는 9시간 정도 걸린 것으로 기행문에서 서술하고 있다.

239 『동아일보』(1926. 5. 14), 제목 '만주시찰단원모집', 기간: 3주간, 인원: 50인, 비용: 60원에서 100원, 동아일보 만주지국 주간.

한다. 마루야마는 제국은 초민족적 권력단위를 전제로 하는 반면 국민은 단일민족으로 이루어진 국가체제하에서 통합된 인식을 전제로 한다[240]고 언급한다. 다시 말해 민족의 경계가 한정되지 않는 범위에서 제국의 개념은 설정되는 것이고, 이것은 이민족에 의한 식민지 지배를 정당화하는 개념으로 사용된다. 1920년대 기행문에서 만주는 제국의 '국민'과 '비국민'의 위계를 실감하는 공간으로 제시된다. 초민족적 권력을 지향하는 제국주의의 이념이 만주에서는 일본인의 '국민'과 조선인의 '비국민'으로 차별화됨으로써 그 이념의 모순성은 드러난다. 이러한 민족의 차별은 직접적으로 제국주의 이념에 대한 반감으로, 또는 제국주의를 합리화하는 방식에 대한 비판으로 해석될 여지가 있다. 기행문에 재현된 재만 조선인은 제국의 영토로 포섭되지 않는 만주의 공간에서 '비국민'의 정체성을 드러내면서 존재하였고, 이들은 당시 총독부의 식민지 정책의 하나인 '동화정책', 즉 "겉으로만 아니라 마음까지 일본인으로 만들어 일본에 대한 융화친선의 사상, 감정을 함양하는"[241] 식민지 지배정책의 모순을 체현하는 인물로 재현된다.

1920년대 제국의 식민지 지배정책에 대한 모순이 직접적으로 드러나는 공간이 만주였고, 이 시기 기행문은 제국적 이념의 허구성을 보여주는 방식으로 만주를 재현하였다. 만주여행이 시작되었던 1920년대 초반에는 만주와 조선의 국경지역인 간도, 봉천, 안동, 길림에 대한 여행기들이 다수 등장한다. 이 기행문들은 국경을 통과하는 감회와

240 고마고메 다케시, 오성철·이명실·권경희 옮김, 『식민지 제국 일본의 문화통합』, 역사비평사, 2008, 23쪽.

241 고마고메 다케시, 위의 책, 37~38쪽.
야나이하라가 쓴 1926년 「조선통치의 방침」에서는 조선의 식민지 지배정책을 종속정책, 동화정책, 자주정책으로 분류하고 있다.

중・일 경찰들의 취체에 대한 내용을 관심 있게 다룬다. 이돈화는 "안동역을 건너서자, 여기가 '외국이구나! 하는 정신이 돌앗습니다"라고 언급하고 있으며, 국경을 통과하면서 제일 먼저 한 것은 "시계를 곳처노아야 한다는 것을 깨닫게 된 것"[242]이라고 서두에 기록하고 있다. 방인근 또한 "중국인 시가지를 드러가면 외국의 기분이 날터이지만 일시계는 한 시간 늦게 곳처야 한다. 즉 우리나라 열한시를 안동현 나리면 열시로 곳처야 한다."[243]고 하며 시계 시간을 수정하는 것으로 월경을 실감한다. 만주는 내지의 동경시보다 1시간 늦게 표준시가 설정되어 있었기 때문에 이 시기 만주의 여행객들은 국경을 통과하면서 한 시간 늦게 시계를 맞추는 것으로 여행을 시작했다. 이러한 시차는 만주국 설립 이후 1936년 일본에 의해 경제적, 정치적인 이유로 동경시와 통일되었지만, 1920년대에는 만주가 국가의 경계 바깥이라는 것을 상징하는 하나의 기호로 서술되었다.

이 기행문들은 국경을 월경하는 것에 대한 불안함과 군경 경비대의 삼엄함에 대한 긴장감을 사실적으로 재현한다. 이들에게 국경이라는 것은 단순히 국가의 경계로만 인식되는 것이 아닌 국민으로서 가지는 위계를 실감하는 것으로 각인된다. 즉 이들의 국경 체험은 이국에 대한 감성적 낭만 보다는 형사대와 군사들에게 신분과 여행목적에 대해 취체를 당하는 것으로 시작된다. 정차장 "역두에는 무장한 일본육군 십수 명이 늘어서 있고 모자에 금테 두른 관동청 순사 수삼명이 또한 구내를 경계[244]"하고 있는 것을 보면서 조선인 여행자는 알 수 없는 불안감을 느낀다.

---

242 이돈화, 「남만주행(제1신)」, 『개벽』, 1925, 7.

243 춘해, 「만주여행기」, 『조선문단』, 1925, 9.

244 이종정, 「만몽답사여행기」, 『조선일보』, 1927. 10. 16.

> 서울에 있을 때는 국경경찰의 취체가 엄중하다는 것은 이미 들은 바 있었지만 정말 어느 정도까지 엄중하다는 것은 알지 못하였던 것이다. 평북 용천군 남시역에서부터 하나씩 둘씩 오르기 시작한 형사대는 어느덧 십수명에 달하였다. 밉살스러운 눈동자를 좌우로 굴리면서 경계 감시하는 양은 서울 있을 때에 공산당 공판정에서 본 정내의 경계와 조금도 다른 감이 없었다. 한가지로 앉은 어떤 친우의 말을 듣건데 조금만 행색이 수상하여 보여도 경찰서 행차를 하여야 된다고 한다. 압록강 철교상에서 나는 그들에게 원적(原籍), 주소, 씨명(氏名), 연령, 직업, 만주행의 목적 등을 묻는 대로 일러바쳤다. 맑고 푸른 가을 하늘에 소리없이 흘러가는 압록강 푸른 물결을 내려다보며 나는 혼자 잠꼬대 하듯이 부르짖었다. 조선이란 땅덩어리가 생겨난 이후 몇 천 년을 지나는 동안에 무궁에서 무궁으로 흘러가는 이 물결만은 과거에 있어서도 변함이 없었고 또는 영원한 장래까지라도 무궁일 것이다. 그러나 그 동안에 조선의 세태는 그 변함이 몇 번이었으며 천추의 한을 가슴에 품고 고국을 떠나는 지사의 눈물은 이 압록강수에 얼마나 흘렸겠느냐?[245]

1915년 중일의 '만몽조약'에 의거해 남만에 있는 조선 사람은 일본 법률의 취체를 받아야 한다는 법령이 공포된 이래 조선인은 중일 양국의 취체대상으로 전락하였다. 이 기행문에서 국경지대를 지나면서 시작된 중국경찰과 일본경찰의 취체과정은 공판정에서 심문을 받는 것으로 비유되며, 조선인은 죄인의 형상으로 묘사된다. 조선인 여행자들이 느끼는 이러한 취체에 대한 두려움과 수치스러움의 양가적 감정은 식민지인의 현실을 드러내는 것으로, 제국의 신민이지만 그것이 제대로 작동되지 않는 것에 대한 인식이 개입된 결과라고 할 수 있다. 또한

245 이종정, 앞의 글, 1927. 10. 16.

중국경찰들에게 받는 취체는 일본의 국민으로 가장할 수밖에 없는 식민지인의 몰락을 깨닫게 되는 계기가 된다. 일본의 식민지인으로서 중국을 여행한다는 것은 중국경찰 측의 배일 감정에 의한 공격대상이 된다는 것이고, 일본 경찰 측에서 보면 항일운동과 연유된 '불량선인'의 잠정적인 대상으로 지목된다는 것이었다. 이종정은 이러한 취체의 과정을 자세하게 전달하면서, 1927년 이후 강화된 치안문제와 관련이 있음을 언급한다. 1927년 만주 안동의 일본 우편국에서 폭탄이 터짐으로써 배일 중국인이나 "조선 ○○단"의 소행이라는 소문이 있었고, 이 사건 이후 일중 관헌의 취체는 더욱 강화되었었다. 제국의 식민지인으로서 조선인의 정체성은 조선의 국경을 통과하면서 더 위태로운 상황에 직면해 있었으며, 이러한 취체과정은 중국과 일본에 의해 이중의 감시 장치에 놓여 있는 식민지인의 실상과 조선인의 추락상을 실감하는 하나의 장치로 서술되고 있다.

조선인 여행자들은 일본의 '비국민'으로서의 불안한 신분을 중일군경의 취체를 통해 실감했지만, 재만 조선인의 경우는 만몽영유권에 관련된 조약과 협약이 연속되는 가운데 어느 측으로도 권리를 인정받지 못하고 생명의 위협을 감수하며 생존할 수밖에 없었다. 재만 조선인은 마적과 관동군에 의해 "수십 수백의 동포가 한꺼번에 참학(讖虐)을 당할지라도 아무 호소조차 할 길 없는 약하고 설움 많은 미족"에 불과했다. 이돈화는 조선 사람에게 가장 무서운 것이 마적이 아니고 관군이라고 하며 "官軍이란 馬賊에서 잡아온 무리들이 태반인 까닭에 이것들은 금전다소를 막논하고 핑계만 잇스면 '둘이탄'이라 이름하야 가지고 침해를 한다."[246]고 언급하고 있다. 김기림의 경우는 "중국 경관을 만날

246 이돈화, 「남만주행(제1신)」, 『개벽』, 1925. 7, 180쪽.

때는 넋 없이 일어나서 경례를 할 것이니 그리만 하면 그 경례는 어지간한 불찰은 씻어버릴 것"[247]이라고 자조적으로 서술하고 있다.

실질적으로 1923년 간도 동포 최창호가 용정 시내에서 중국 군인에 의해 총살당한 사건은 당시 재만 조선인의 불안정한 생존조건을 보여주는 예로서 조선 언론에 대대적으로 보도되었다. 『개벽』에서는 이 사건의 전말을 전달하면서 "동포야 기하라. 동포야 응하라. 우리 형제는 도처에 이러케 생존권의 유린을 당하는구나. 탄하야도 무익이요, 哭하야도 무용이다. 기하야 항거하고 응하야 결말을 짓자. 다시 용인할 여지가 업다. 30만 간도 형제여 이미 의분에 기하야 결의를 선언하얏나니 끗끗내 분전하야 초지를 관철하라. 내지동포도 혈이 잇고 루가 잇나니 엇지 잠자코 잇겟는가."[248]라고 언급하며, 이에 항거하고 결집할 것을 선언하였다. 최창호 사건을 통해 조선인들은 용정시내에서 대규모 주민대회를 개최하여 중국의 무력적 행동과 일본의 무관심에 대해 비판하며 조선인의 생명보호를 위한 제국의 대응을 촉구했다. 그러나 『동아일보』(1923. 4. 5)에 의하면 이번 사건의 처리에 있어 일본 영사관은 유족에게 장례비 천원으로 문제를 무마하려고 했고, 중국 측에서는

---

247 김기림, 「간도기행」, 『조선일보』, 1930. 6. 17.

248 일기자, 「崔昌浩被殺과 間島同胞住民大會」, 『개벽』 제33호, 1923, 86쪽.
1923년 2월 12일 3시에 간도 용정시 거리에서 조선인 최창호가 중국 군인의 총에 맞아 피살된 것에 대해 조선인들은 주민대회를 열어 일본의 무관심과 중국의 무력적 행동에 대해 사죄할 것을 요구하였다. 그리고 조선인들이 단결할 것을 촉구하며 중국당국에 3개조를 제시하였다. 1. 범인은 고의 살인죄로 처형할 事 1. 지도관의 감독이 무책임하얏스니 營長을 파면할 事 1. 재작년에도 중국순경이 조선청년 1명을 무고히 총살한 사건이 有한즉 중국관헌에게 무기를 함부로 막기지 말 事.
『개벽』 1923년 10월 호에 의하면 이 당시 연길, 왕청, 혼춘, 화룡의 사현을 포괄한 북간도 내의 조선인은 50만으로 추정하고 있으며, 용정시는 북간도의 중심으로 1만5천의 조선인이 거주하고 있었고, 두도구에는 4천명 이상, 국자가에는 천명이상이 거주하면서 이 지역을 제2의 조선으로 언급하고 있다.

가해자를 육 개월 허형에 처하는데 불과했다고 기사화 했다. 이 시기 재만 조선인의 신분은 표면상으로는 일본 제국의 신민이었지만, 실질적으로는 식민지인으로서 권리조차도 인정받지 못하는 실정이었다. 이러한 일련의 사건을 통해, 그리고 만주를 여행하는 여행자들의 기록들을 통해 재만 조선인은 제국의 경제적, 군사적 영향력을 확보하기 위한 수단으로, 또는 만주의 황무지를 수전 농업으로 개간하는 소작민의 형상으로 묘사되었다. 기행문들은 이러한 양국의 정치적, 경제적 이해관계 하에서 재만 조선인이 어떠한 주권도 인정받지 못하는 현실을 사실적으로 전달하였다.

재만 조선인의 불안한 정체성에 대한 서술은 만주 농촌의 조선인 거주지를 방문하는 과정에서도 적나라하게 드러난다. 1920년대 기행문들에서 공통적으로 다루어지는 주제는 조선 이주민의 문제였고, 이러한 이주의 원인은 총독부의 식민정책에 의한 농민들의 빈곤으로 제시된다. 1910년대 조선농민들은 토지조사사업으로 경작할 토지를 상실한 채 간도와 만주로 탈출할 수밖에 없었고, 1920년대에는 산미증산계획에 의한 일제의 수탈로 인해 미곡지대인 전라도와 경상도의 남부 지역의 농민들이 대거 새로운 경작지를 찾아서 중만주와 북만주로 이주하였다. 간도지역이 1910년 이전에는 국경 인근 지역에 거주했던 농민들의 이주처였다면, 1910년대 이후에는 안동과 봉천 지역으로 이주민들이 확산되었다. 당시 안동은 식민지 조선과 중국의 국경지역으로 조선인들의 집합적 공간이었고, 봉천은 신경, 하얼빈을 연결하는 중간기착지이며 당시 중국의 정치적, 경제적 중심지로서 20만이 넘는 조선인들이 거주하였다.[249] 이 시기 만주기행문들의 대부분은 재만 조

249 1922년 봉천상업회의소의 조사에 의하면 봉천성 전체 이주 한인은 202,290명이었고,

선인이 생활난으로 비참한 상황에 처한 것을 서술하고 있다. 더욱이 안동현에서 봉천까지 7백리에 달하는 봉천 평야지대는 1927년 당시 10년만의 대풍이어서 외지에 수출시키지만 않으면 5년을 버틸 수 있는 양[250]이었음에도 조선인들에게는 아무런 혜택도 오지 않았다는 것을 비판한다.

> 나는 南蠻地方에 漂流하는 우리 同胞를 爲하야 헤아릴수업는 눈물을 흘니엿스며엇든때는 '이것이 우리 同胞람!'하고 차내버리고 십흔때도 잇섯다. 그러나 나의 마음은 더욱더욱 悲傷하야진다. 나는안다 侵略的資本主義의 迫害를 못이기여 扶老携幼, 男負女戴하야 萬里異域을 向하야 때나든 그들의 目的地가 여기엇든 것을, 事實 그들의 豫想은 虛妄한 것이 아니엿다. 山水, 氣候, 土質 모든 것이 農作에 適宜하다. 內地에서 消費하는 꼭가든 資金, 똑가튼 勞力으로 二倍三倍의 收積을 어들 수 잇다. 그러나 異常하다. 中國人의 勢力에 눌리여 氣運에 밀니어 엇지할줄을 모르고 밤, 낫 苦生이다. 그들의 입에는 쌀밥이 들어가지 못하다. 이들의 몸에는 무명옷도 발나 맛는다. 그들은 中國집 한 間을 빌어서 數三日食口가 接食한다. 이것이, 우리가 京釜, 京軿線鐵路沿邊에서 朝夕으로 오든, 一生의 怨恨忿怒를 가슴에 가득품고 無聊히 쫏기 여나오는 우리 同胞들이다.[251]

재만 조선인의 생활난은 당시 중국인 지주의 횡포의 문제로 집약된

봉천시의 경우 1922년 당시에는 1,360명 이었으나 1926년에는 5,526명, 만주사변 후 1934년에는 19,359명이 거주하였다. 안동지역의 경우 이주한인이 1913년 172명 이었으나 이후 1922년에는 1,691명, 1924년에는 2,141명으로 꾸준히 증가하였다.
김주용, 「일제강점기 한인의 만주 이주와 도시지역의 구조변화」, 『근대 만주 도시 역사지리연구』, 동북아역사재단, 2007, 112~116쪽.

250 이종정, 앞의 기행문, 1927. 11. 9.

251 ㅅㅅ생, 「남만주를 단녀와서」, 『개벽』 제49호, 1924, 93쪽.

다. 만주에서 중국인들의 주요 농작물은 콩과 조, 수수로 밭농사 위주였고, 조선인의 경우는 수전을 개척하여 논농사를 위주로 하였다. 그러나 이러한 조선인들의 쌀 생산에 있어 분배구조가 불평등하게 되어 있었고, 개간한 땅 또한 그 소유권을 중국인에게 강탈당하는 경우가 많았기 때문에 생활난은 개선될 수 없었다. 중국과 일본이 1915년 체결한 <남만주 및 동부 내몽고에 관한 조약>에 의하면 제2조에 일본인의 토지상조권, 제3조에 거주·왕래 영업의 자유권을 명기했는데, 토지상조권에 대한 양측의 해석에 있어 일본은 이것을 토지소유권으로 이해했고, 중국 측은 지주의 자발적 합의에 의한 사용수익권이라고 주장[252]하면서 분쟁이 일었다. 즉 조선인들이 개간한 토지에 대한 소유권은 불분명한 상태에 있었고, 이러한 해석의 차이로 인해 재만 조선인은 양국 정쟁의 피해자로 토지권을 인정받지 못하는 사태가 지속되면서 경제적인 어려움은 가중되었다. 기행문은 이러한 상황에 대해 자세히 설명하면서 재만 조선인의 생활난에 대한 구조적인 문제를 지적한다.

이종정의 기행문의 경우는 이러한 재만 조선인의 토지 문제에 대해 "1924년 이래로 조선 총독부 미쓰야(三矢) 연락국장과 장작림(張作霖) 사이에 만주조선인 취체에 대한 비밀조약이 체결된 이후 중국 관민의 압박은 날로 심하게 되어 피땀으로 개간한 이 토지도 그저 중국인에게 물려주고 북으로 북으로 자꾸 들어가게 되었다."라고 언급하며 재만

252 야마무로 신이치, 앞의 책, 46쪽.
<남만주 및 동무 내몽고에 관한 조약>에서 토지 상조권에 대한 해석에서 일본은 남만주 전역에 자유로이 거주할 수 있는 권리를 획득했다고 보았지만, 중국 측은 이것을 일본의 중국 침략의 수단이며 영토주권의 침해로 간주하여 일본인에 대한 토지 대여를 매국죄, 국토 도매(盜賣)로 처벌하는 방침을 취함으로써 대항했다. 구체적으로 <징변국적조례>(1915. 6), <토지도매엄금조령>(1929. 2), 지린성 정부의 <상조금지령>(1929. 1) 등 60여개나 되는 법령을 발하여 토지, 가옥의 상조 금지와 종정에 대차했던 토지, 가옥의 회수를 시도했던 것이다.

조선인이 경제적으로 빈곤할 수밖에 없는 이유를 중·일의 정치적 알력 때문으로 설명하고 있다. 그리고 『개벽』에 게재된 'ㅅㅅ생'이 쓴 기행문에는 이러한 문제에 대해 구체적으로는 중국인 지주의 횡포에 대항할 실력과 조직이 없고, 조선인들의 거주지들이 분산되어 상호조력하거나 협조하는 기회를 얻지 못하고 있는 것을 원인으로 서술하고 있다. 그는 "국가적 후원"이 없는 것이 이러한 문제의 한 가지 원인이며, "우리들의 생명, 재산은 오로지 우리들 각개가 자보자호(自保自護)하는 외에는 아무런 도리가 업는 것이다"라고 체념하고 있다.

사실 일본은 만주에 있는 일본국민을 보호한다는 명목 하에 영사관과 상공회의소를 설립하여 운영하고 있었지만, 이 단체들은 만주 일대를 중심으로 하고 있는 항일단체의 소탕을 위한 감시 기구로 활용되었고, 재만 조선인은 '비국민'으로서 취급되었다. 봉천의 경우 '봉천 거류 조선인 협회'[253]를 조직하였으나, 일본 총영사관으로부터 운영자금과 보조금을 수령하고 있었기 때문에 제국에 협력해야 하는 상황이었다. 또한 이러한 단체들은 조선인을 대리인으로 내세워 토지 구입을 하는 등 실질적으로는 일본의 경제적 이득을 위한 방편[254]으로 이용되었다. 이렇게 기행문에 재현된 재만 조선인은 만주를 통해 동양의 패권을 쥐려고 하는 일본의 정치적 야심과 실질적으로 만주를 통치하고 있던

253 식민지 시기 만주지역에서 설립된 한인단체는 독립운동단체를 제외하면 대부분 일제의 직·간접적인 영향을 받았다. 한인단체는 1915년 이주 한인의 친목과 상호발전을 위한다는 명목으로 봉천조선인회를 발기하고 일본총영사관에 설립 허가를 요청하였다. 이 회는 조선총독부의 보조금을 받아 설립되었고, 1920년 3월 '봉천 거류조선인 협회'로 변경되면서 일본거류민회의 일부로서 활동하면서, 심양을 비롯한 인근지역을 관할 하에 두면서 이주 한인을 이용, 통제하였다. 김주용, 앞의 논문 참고.

254 김기훈, 『그 땅, 사람 그리고 역사, 만주』, 고구려연구재단편, 고구려연구재단, 2005, 191쪽.

중국의 이권 대립의 사이에서 희생자로 인식된다. 그러나 이러한 '희생자'의 이미지는 역으로 일본의 '제국주의'에 대한 개념의 허구성을 보여주는 예로서 제시된다고도 볼 수 있다. 만주에서의 일본의 '비국민'으로서의 위치는 '희생자'일 수밖에 없고, 이것은 제국의 동화정책이 제대로 작동하지 않는 것에 대한 비유로써 일본의 식민지 정책에 대한 반감을 표출하는 것일 수도 있다는 것이다.

1920년대 기행문에서 만주는 중국의 영유권에 반대하는 일본측의 군사적 분쟁이 계속되는 가운데 폭력의 기억으로 재현된다. 만주기행문에서 국경의 검문과 심문은 여행자들에게 하나의 공포로 각인되고 있고, 중국인의 배일감정과 일본 군경의 불량선인 색출로 인한 생존권의 위협은 여행자는 물론 재만 조선인의 문제로 확장되고 고착되었다. 또한 기행문에서 재만 조선인은 일본의 만몽정책과 중국의 국권회수운동이 충돌하는 가운데 토지소유권과 경작권, 거주지 보호권을 상실한 채 유랑하는 미족(微族)으로 형상화된다. 그러나 이러한 재현의 논리는 표면상으로는 재만 조선인의 불안한 정주상태를 보여주는 것으로 제시되지만, 이것은 당시 '국가통합'과 '문화통합'을 기조로 하여 제국주의 이념을 전파하고 있던 식민지정책에 대한 허점을 드러내는 것으로도 해석가능하다. 다시 말해 제국의 동화 이데올로기가 만주에서는 작동되고 있지 않다는 것을 확인하는 과정이 만주 기행문에 서술되고 있다는 것이다. 이것은 일본이 만몽영유의 정당성을 획득하기 위해 재만 조선인을 일본제국의 신민으로서 보호한다는 명목으로 이용하고 있는 것을 간파한 것으로도 볼 수 있다. 즉 1920년대 만주기행문은 이러한 일본의 동화정책과 제국의 이데올로기에 대한 모순성을 표면화하면서 서술되었고, 이것은 만주사변과 만주국 설립의 과정에서 조선 자치구 설립에 대한 담론으로 이어진다.

3. 간도 자치구와 '오족협화' · '왕도낙토'의 허구성

만주사변 이후 1932년 공화국 형태로 만들어진 만주국은 일본의 동아시아 식민지 개척에 있어 중요한 교두보적 공간으로 인식되었다. 일본은 1934년 만주국 건국의 정당성을 담보하기 위해 공화제에서 군주제로 전환하면서 청의 마지막 황제인 푸이를 집정(執政)으로 내세워 '왕도낙토', '오족협화'의 사상을 전파하였고, 이후 3대 국책과제인 '산업개발 5개년계획', '북변진흥 3개년 계획', '백만호 이주 20개년 계획' 등의 정책들을 통해 만주의 식민지 개발을 구체화하였다. 서양에서는 '괴뢰국'으로, 중국 측에서는 '위(僞)만주국'으로 호명되면서 만주는 1945년까지 13년 5개월간 존속되었다. 야마무로 신이치는 만주국을 그리스 신화에 등장하는 키메라로 비유하면서 "만주국은 민족차별, 강제수탈, 병영국가라는 색채를 벗기 어려웠고, 국민 없는 복합민족국가, 모자이크 국가라고 해야 할 국가였으며, 그것은 지배기구, 통치기구만으로 성립된 '장치apparatus'로서의 국가에 불과했다."[255]고 언급하고 있다. 그는 만주가 현실적으로 존재하는 그렇지만 자기가 일상적으로 살아가는 세계와는 다른 이질적인 세계, 다른 의식을 가지고 살아가는 헤테로토피아heterotopia라고 규정하고 있다. 야마무로 신이치의 언급처럼 만주는 '민족협화'와 '안거낙업'의 위상으로 출발했지만 '병영국가'라는 실질적인 문제를 내포한 채 존속했던 것이 사실이다. 그리고 여기에서 만주에 거주하는 만계(한족, 만주족, 몽고족)와는 다른 층위에서 일계지만 2등 국민의 정체성을 가지고 살아갈 수밖에 없었던 조선인들은 그 어느 쪽에도 속하지 않은 경계선과 그 바깥에 서 있었다고

255 야마무로 신이치, 앞의 책, 284쪽.

할 수 있다.

야마무로 신이치가 만주를 '키메라'라고 인식했던 것과 같이, 이 시기 조선인들은 만주국이 설립되고 존속되는 것을 보면서 어떻게 만주국을 인식했는지에 대한 문제는 기행문을 통해서 좀 더 직접적으로 드러난다. 만주사변 직후 기행문은 동아시아의 국제정세의 변화 속에서 제국의 팽창에 따른 이데올로기의 허점들이 노출되는 지점을 기록하고 있다. 만주사변 직후와 만주국 설립의 과정에서 조선인들은 간도지역에 대한 영유권에 관심을 갖는데, 이것은 이 시기 기행문의 주요쟁점이 된다.

1930년 9월 발발한 만보산 사건[256]으로 인한 중일의 충돌이 격심해지는 가운데 만주의 영유권 문제는 거주권의 문제와 결부되어 논의되면서 조선인 사이에서는 일말의 희망적 담론이 생산되었다. 주요한은 『동광』 1931년 9월호와 11월호[257]를 통해 봉천시에서 일어난 만보산 사건과 이후 중일의 군부 격돌과 만주의 국제적 정세의 변화에 따른 2백만 재만 조선인 "흰옷 입은 무리"의 거취문제에 대해 발언한다. 이어서 『동광』에서는 1932년 '간도문제특집'을 기획하였는데, 그 중에서 윤화수는 "중국의 만주정부가 물러가고 새 정권이 출범한 것에 대

256 1931년 7월 만보산 사건은 만주의 장춘(신경) 교외의 만보산에 이주한 조선인 농민과 현지 중국 농민이 충돌한 사건이다. 300명 정도의 조선인 농민이 논 개척을 위한 수로 공사에 착수했는데, 원래 논농사는 하지 않고 밭농사만 해온 중국인 농민들이 자신들의 밭이 망가지는 것을 두려워해서 500명 정도의 중국인 농민이 항의한 것이 충돌까지 발전된 것이다. 일본 측은 만주 침략의 기운을 북돋우기 위하여 중국 측의 불법행위를 대대적으로 선전했는데, 이것이 사건 다음날인 7월 3일에 인천에서 중화가가 습격당하는 사건으로 발전된 것이 사태를 심각하게 했다.
야마무로 신이치, 앞의 책, 130쪽 참고.

257 주요한, 「만주문제종횡담」, 『동광』 25호, 1931, 2~5쪽.
주요한, 「만주일중관계략사」, 『동광』 27호, 1931, 7~12쪽.

해 간도가 만주 정부에 귀속될 것인지, 아니면 역사상, 개척상으로 공이 많은 조선 사람의 간도가 될 수 있을 것인가에 대해 귀추가 주목된다."[258]고 언급한다. 만주국 설립 이전 간도는 '남만구역'이란 일본의 해석과 만몽조약에서 제외되었다는 중국의 주장이 서로 대립되어 중일 양국의 이중법률이 적용되는 특수지대로 존속했다. 그러나 중국의 정권이 만주에서 퇴각함과 동시에 간도는 모호한 국가적 정체성을 가질 수밖에 없었고, 이에 조선인들은 간도의 역사적 유래와 개척의 이유를 들어 조선 사람의 간도가 되어야 한다는 것을 주장하였다. 윤화수는 "만주국이 민족자결을 선언하며 왕도정치를 표방하고 일어서는 이때 생존 번영케 할 살림을 향상케 할 새로운 운동과 줄기찬 노력이 잇어야 할 터인데 이제 조선 사람의 향방은 과연 어떠한가?"라고 현재 정국의 혼란함과 이러한 사태에 대한 대응의 필요성을 강조하고 있다.

당시 간도를 조선 영토의 연장으로 하자는 연장주의 운동과 간도를 자치령으로 하자는 자치운동, 특별자치구, 특수행정구, 자유국 건설 등의 담론들이 성행했고, 이러한 상이한 지향들 속에서 혼란한 양상으로 간도문제가 논의[259]되고 있었다. 그러나 이러한 논의는 만주국 설립 당시 논의되었다기보다는 1920년대 후반에 제기되었다. 이것은 근대 계몽기 박은식과 신채호가 언급했던 만주인식과 흡사한 것으로 기행

---

258 윤화수 「간도문제란 무엇인가」/윤화수 이외에 『동광』 같은 호에 다음의 세 글이 같이 게재되었다. 농촌거사 「간도란 이러한 곳」/류광렬 「간도는 어데로 가나」/박은혜 「그리운 간도」, 『동광』 33호, 1932, 30~40쪽.

259 윤화수 「간도문제란 무엇인가」, 『동광』 33호, 1932, 36~39쪽.
윤화수는 이 글에서 간도문제가 사분오열되고 있으며 결과적으로는 자치령으로 하자는 운동과 특수행정구로 하자는 운동이 아직까지 대립되고 있다고 언급하며, 특수행정구운동이 가능성이 있다고 보고 있다. 그러나 간도는 사실 그대로 조선 사람의 간도가 되지 못할 것을 예상하면서 차라리 '자유국건설운동'을 개시하는 것이 도리어 법리상 또는 사실상 당연한 길이라고 주장하고 있다.

문에서는 만주가 갖는 "천혜의 보고"의 장소, "천하열강의 경제적 쟁패전"의 공간, "만몽을 싸고도는 국제적 저기압의 전운"의 상황임에도 불구하고 만주에 대한 조선적 전유의 가능성을 제시한다.

> 원래 만몽이라고 하면 역사적으로 보든지 또는 지리적으로 보든지 우리 반도와 특수한 관계가 있는 것이다. 이 땅이 한 옛날 우리 선민의 안주지이었던 것은 회고함이 도리어 무익하다 할지라도 목하 수백만 백의 대중이 주거하는 지대임에 있어 또는 우리의 만대 자손이 이 땅에서 나서 이 땅에서 번영할 억만년 미래를 생각할 것 같으면 우리는 도저히 이 땅의 사정을 등한시할 수는 없을 것이다. (중략) 그렇다하면 우리는 먼저 어느 민족보다도 이 만주 및 몽고 연해주 일대에 대한 사정을 잘 연구하여야 할 것이며 모든 생존권도 확립케하도록 노력하여야 할 것이다. 이것은 결코 야심에서 나온 것도 아니요 만주는 우리 반도의 연장지역이요 이 땅에 주거하는 동포의 생명이 또한 내지 동포의 생명연장이니까 우리는 우리의 생명을 더욱 연장시키기 위하여 이 땅의 개발에 최선의 노력을 다할 것이며 합리한 수단과 방법으로서 국제적 지위에 처하여 모든 권리를 수호 신장하기에 전심하여야 할 것이다.[260]

여기서 만주는 역사, 민족, 지리적 인접성의 이유로 조선과 친연성을 갖는 공간으로 강조된다. 이러한 친연성은 첫째 '우리 선민'의 영토였다는 역사적 사실을 전면에 내세워 민족의 영토적 연속성을 부여하는 것이었고, 둘째는 만주가 반도의 연장지역으로서 조선인의 삶의 근거지 역할을 계속해서 하고 있다는 것이었다. 그리고 "지사들이 찾는 활무대"가 만주이며, 무산대중의 개척지, 조선의 미래를 담보할 공간

260 윤화수, 위의 글, 36~39쪽.

으로 만주가 인식되고 있다. 또한 이종정의 경우는 이러한 인식이 실질적으로 작동할 수 있는 방법으로서 조선인 이주민이 자본을 합자하여 토지를 매수할 것과 조선 사람의 '新村(신촌)'을 건설하여, 권리를 찾고 교육과 산업의 확장을 도모할 것을 언급한다.

이러한 1920년대의 움직임 속에서 1930년 초의 만주사변에 따른 영유권 쟁탈과 영토 이양의 문제는 조선인들에게 정치적 쟁점이 되었다. 일본의 관동군과 중국 남경정부가 쟁투를 벌이는 과정에서 조선인은 간도 조선인의 주권을 내세워 국제정세를 해석했고, 이것은 조선인들에게 하나의 희망적 메시지로 인식되었다. 김경재는 이러한 간도의 문제를 취재하기 위해 1932년 4월 간도를 방문한 것을 기행문으로 기록하였다.

> 이러한 역사와 현실은 간도는 조선 사람의 간도라고 부르짓게 되엿고 또 그것이 그곳 동포의 심정이다. 여기에서 만주사변 이후의 간도에는 여러 가지의 풍설이 잇고 또 책동이 잇섯다. 여러 방면으로의 책동이 잇는 중의 그 하나가 間島廳의 설치 운동인 것이다. 1. 간도를 만주국의 영토로 하되 특별 행정구로 취급하여 달나는 것이요. 2. 간도의 직원은 간도에 거주하는 민족의 그 수 비례로 임명할 것. 3. 간도청의 장관은 일반의 공청에 의할 것. (중략) 간도의 자치구 설정 그에 대한 이론의 시비는 여기에 별문제로 하고 간도는 조선인의 간도다 하는 그것이 간도에 거주하는 동포 전체의 의사요 욕구인 것만는 틀님업는 것이엿다. 금후 간도에 잇어 조선인의 합법적 정치 단체의 대두 그는 본연의 勢일 것이요 또한 주목을 요할 바이겟다.[261]

261 김경재, 「동란의 간도에서」, 『삼천리』 4권 7호, 1932, 16쪽.

김경재가 목도한 간도는 "조선 사람의 집집마다 일장기가 높히 달니여" 있고, "간간히 중국인의 집에도 일장기가 나북기고", 만주국기와 일장기를 교차한 집도 있었다. 그는 기행문에서 재만 조선인의 지역별 인구분포를 제시하는 반면 광산, 산림, 제재업에 대한 대략의 경제적 상황을 언급하고 있다. 당시 간도는 중국 지주들이 일본군 출병으로 인해 토지를 팔고 나가는 바람에 지가가 10분의 1로 하락된 상황이었고, 그 자리를 대신하여 간도 이권을 좇아 모여든 만주족, 산동, 하남 등의 이주민들로 여관손님들이 만원이었다고 서술하고 있다. 김경재는 여기에서 간도 이주민 중 조선인이 38만 명으로 7할 6분을 차지하고 있고, 토지경작 대부분이 이들에 의해 이루어지고 있다는 것을 강조하면서 당시 간도청 설치 운동의 상황을 전달한다. 실질적으로 간도에는 '민주단' 관계자들이 중추가 되어 간도청 설립운동을 벌이고 있었으며, 이들은 자칭 민족주의자 집단으로 '자치촉진회(自治促進會)'의 이름으로 활동하고 있었다. 김경재는 객관적인 정세와 기회가 완비되었어도 문제는 "자체의 실력"이 있지 않으면 실패한다는 것과 자치기구가 조직적으로 이루어져야 한다는 것을 강조한다. 만주국 설립 당시 이러한 자치령 설립 운동이 일어난 것은 당시 만주의 영유권 쟁탈로 인한 국제정세의 혼란이 조선인들에게는 하나의 기회가 될 수 있다고 생각했던 것이다. 그리고 이러한 논리가 가능한 것은 당시 간도의 80% 이상의 주민이 조선인이었기 때문이다. 간도라는 영토로서의 지위와 조선인으로 이루어진 국민이라는 지위가 새로운 네이션의 설립 가능성을 타진하게 했던 것이다. 김경재의 경우는 조선인의 간도청 설립운동에 대한 단체행동이 간도의 영유권 문제와 직결되고 있다는 것을 간파하고 있는 것이다. 그리고 그는 이러한 기회를 활용할 체계적인 조직이 없다는 것에 대해 안타까워하고 있다. 김경재는 이러한 간도청 설립운동으로 인해 조선인의 내부적인 역량이 집결될 수 있었던 것을 인식했고, 이러한 움직임 자체에 대해 긍정적으로 평가하고 있다.

간도가 일본의 식민지에 예속되는 것이 아니라, 조선의 새로운 영토로 규정하고자 했던 이러한 논의들은 간도에 있는 조선인들과 당시 지식인들 사이에서 심화 되었다. 이것은 제국의 식민지 조선과는 달리 식민지의 바깥에서 민족적 전망을 공유했다는 점에서 의의가 있다. 조선인이 "어느 민족보다" 만주에 대한 이해가 높기 때문에 가능하다는 이러한 주장은 만주개발이 갖는 환영을 확대 해석한 결과라기보다는 당시 어떤 형식으로든 민족의 대안처와 민족의 미래를 모색하려고 했던 노력의 일부였다고 볼 수 있다. 이러한 논의는 1920년대 기행문에서 반복했던 제국의 취체 경험과 재만 조선인의 처참한 생활난을 통해 제국 이데올로기의 허상을 지적했던 것과도 연계된다. 제국은 동화정책을 국책과제로 설정하여 시행하고 있었지만, 이러한 정책은 오히려 재만 조선인이 비국민의 현실을 실감하는 것으로 작용됨으로써 조선인의 '신촌' 건설에 대한 논의가 가능했다고 할 수 있다. 비록 이것이 만주국 설립 이전까지 한시적으로 논의되었다 하더라도, 민족 공동체의 실존적 문제가 제기되었다는 것은 중요하다고 하겠다.

4. '신천지'에 대한 환상과 비애

1932년 9월 <일만의정서>가 체결되면서 만주국 통치의 정치적 실권은 일본을 중심으로 하는 만주국 정부로 이양되었고, 푸이가 원수로 취임되고 정부 수뇌부가 결정되면서 만주국이 탄생되었다. 만주국은

'왕도낙토', '오족협화', '공존공영'의 슬로건을 내걸며 인공적인 국가 만들기를 시도하였고, '괴뢰국'과 '위국'이라는 국제적 비난에 '진지한 이상국가'의 건립을 표명하였다.

> 우리 만주국은 3천만 민중의 총의에 기초하여 順天安民의 큰 뜻에 따라 왕도정치를 실시하고, 민족협화를 구현하며, 인류영원의 복지를 증진하기 위해 태어난 신흥국가이다. 만주국의 건국 이상과 건국정신은 세계 역사에 그 유례를 찾아볼 수 없을 정도로 숭고한 것이어서 (중략) 만주국의 출현은 세계의 정치 형태에 가장 신선하고 도의적인 모델을 새로이 부가한 事象으로서, 세계의 정치학자는 만주국을 위해 새로운 정치학설을 만들지 않으면 안된다.[262]

민족협화와 인류의 복지 증진에 기여하기 위한 목적으로 탄생되었다는 만주국의 형태는 표면적으로는 민주정체와 입헌 공화제로 상정되어 있었지만, 실질적으로는 관동군과 일본제국의 권력에 의해 작동되었다. 만주국은 오족협화의 이념 즉, 일계(일본인과 법적으로 인정된 조선인)와 만계(한족, 만주족, 몽고족)의 협력을 강조하였지만, 정부 조직에 있어서 만계는 실권이 없는 '페이다(장식물)'의 역할을 담당했다. 중앙정부 600명 가운데 일계120명, 20%를 한도로 하고 있었지만, 1933년 5월에는 일계관리 총수는 1,233명에 달했고, 나아가 35년 발표에 의하면 거의 3년 만에 2,386명, 48%로 총수, 비율 모두 현저하게 비대화되었다.[263] 재만 조선인과 조선인은 일계의 일원으로 표명되었지만, 그 권리는 거의 주어지지 않았고, 조선인들은 오족협화의 이데올로기

262 야마무로 신이치, 앞의 책, 136쪽.

263 야마무로 신이치, 앞의 책, 175쪽.

안에서 일본 2등 국민으로 존속 할 수밖에 없었다.

만주국의 건립이 공포된 1932년 3월 일본의 신문에서는 "만몽으로 만몽으로", 또는 "만몽 이민열, 전국으로 퍼지다"같은 기사들이 넘쳐나면서 만주는 "기사회생의 신천지"로 일본인들에게 인식[264]되었다. 그러나 이 시기 조선의 만주기행문들은 내지의 축제 분위기와는 달리 민족적 가능성의 좌절과 재만 조선인 사회가 재편되는 상황을 묘사한다.

> 우리 內地에서는 滿洲事變의 급보를 듯고 滿洲在住同胞의 안위를 몰나 恐慌하며 초조하는 중에 前述한 참화가 실제적으로 동포에게 밋친 것을 알게되여 급급히 각계각층은 滿洲遭難同胞問題協議會를 조직하고 同情金品을 수령하야 滿洲遭難同胞慰問의 實을 처들게 되얏다. (중략) 설명의 취지는 우리는 동족애에 넘치는 성의로써 위문하는 것이요, 우리 실제적 사정에 인하여 구체적 구제에 나가지 못함은 유감이지만은 力의 不俱인 것이요 또 구체적 구제는 책임잇는 어느 측이 책임 잇는 이 만큼 책임잇게 하리라는 신념이잇다고 하는 말노 의리를 해석하도록 힘써 설명한 결과, 위문하는 나로써나 위문을 밧는 동포로써나 남녀노소가 모도 血淚가 옷을 젓게 되얏섯다.[265]

---

264 만주는 세계공황에 휩싸이고 냉해, 흉작에 내몰려 밑바닥으로 떨어진 일본경제가 처한 막다른 길을 돌파하는 마지막 탈출구로 인식되었다. 1931년 일본 농촌은 돈을 받고 딸을 파는 '딸지옥'이라는 사태가 출현했고, 노동쟁의 건수도 1945년 이전 기간을 통틀어 최고조에 달했으며 1932년 1월 전국 실업자 수는 48만 5천 명에 달했다. 일본의 각지에서 쌀을 요구하는 데모가 빈발했고 농어촌 결식아동은 20만을 돌파했다고 문부성은 공표했다.
야마무로 신이치, 앞의 책, 186쪽.

265 서정희, 「만주 조난동포를 보고 와서」, 『삼천리』 4권 1호, 1932, 85~86쪽.
만주조난동포문제협의회 회원으로는 서정희(위로사), 현동완, 안재홍, 한용운, 명제세 등이 가입되어 있었고 『중앙일보』(1931. 12. 9.)에는 이들의 회의상황을 사진과 함께 만주사변 당시 일본의 관동군에 의해 중국 군대가 퇴각하면서 패잔병들은 조선인 부락을 방화, 약탈하거나 무자비하게 조선인을 참살하였고 "열극참절(烈極慘絶)의 화란"의 돌발적 사태에 처한 조선인들은 유리걸식하는 피난민으로 전락하였다. 재만 조선인의 피난민은 1932년 1월 초에 그 수가 19,300여명[266]에 이르렀다. 일본은 안동, 봉천, 길림 등 대도시에 피난민 보호소를 설립하여 피난민을 수용하였지만 그 규모는 피난민을 수용하기에 턱없이 부족한 상황이었다. 이러한 상황에서 조선에서는 '재만동포협의회 위문사절단'을 모집하여 봉천에 협의회 임시사무소를 설치하고, 무순, 장춘, 하얼빈, 길림, 안동 등의 14개소를 방문하여 위문품을 분배하고 환자를 치료하였다. 만주국 설립 직후의 만주기행문에서는 피난민 보호소의 실태와 정황 등을 서술하면서 조선인 피난민들이 겪었던 참상과 실상을 전달하고 있다. 그리고 피란민 사태에서 중요한 것은 한인들이 정착지를 상실하고 도시의 하층민으로 재편되었다는데 있다.[267] 기행문에서는 이러한 재만 조선인에 대한 관심이 반영되어 서술되면서, 피난민들이 "인육시장(매춘)"으로 팔려가는 상황과 "밀수"로 생활을 영위하는 비참함을 묘사하고 있다. 그리고 기행문들은 일제의 '안전농촌', '집단부락'의 정책으로 봉천과 안동이 조선인의 거주지로 확장된 사실들을 전달하였다. 조선인들의 희생을 담보로 한 만주국 설립은 조선인들에게 중일 영토전쟁에 다름 아니었고, 기행문들은 주권과 이권을 주장 할 수 없는 상황의 비참함을 전달하였다. 기행문에서 이러한 피난민 수용소에 대해 언급하고 있다는 것은 그만큼 이것이 조선인들에게는 하나의 민족적 사건

게재하기도 했다.

266 김주용, 앞의 책, 132쪽.

267 김주용, 앞의 책, 132~133쪽.

으로 인식되었기 때문이고, 또 하나는 제국의 비국민으로서 받는 차별의 일면을 전달하고자 하는 것으로도 해석된다. 국민으로서 인정되지 않는 재만 조선인의 실상은 기행문을 통해 보다 사실적으로 전달되었던 셈이다.

1933년 1월『삼천리』에 게재된「만주국과 조선인 장래, 만주국 기행(其 2)」에서 임원근은 봉천시에 있는 피난민 수용소를 둘러보고 만여 명이 수용되고 있는 것과 일금 5전으로 목숨을 연명하는 것을 기록하고 있다. 기행문에서는 일본이 피난민들에게 1일 5전을 지급하지만, 피난민들에게 이 금액은 "만주좁쌀을 구입하여 그것으로 물 반 쌀 반으로 미염 갓흔 죽 갓흔 불건전한 음식물로써 오직 생존"[268]만 가능한 것이었고 기행문은 이러한 참담한 상황을 서술한다. 일본은 자국민 보호와 '오족협화'라는 명분으로 피난민 보호소를 설립하여 운영하고 있었지만 조선인 여행자의 시각에서 그것은 만주국 설립을 합리화하기 위한 방법으로 인식된다.

> 우리가 만주국에 관심을 가지고 재만동포의 安危를 염려하고 또한 遠東의 장래를 주시하고 잇는 이상 이제 '만주국' 그 물건의 정치조직이라던지 그의 정책여하를 云謂하기보다는 차라리 그의 果心인(나 자신으로는 그리 관찰한다)이 滿洲協和會의 一切打診이 더욱 필요할 것 갓치 생각된

268 임원근,「만주국과 조선인 장래, 만주국기행(其 2)」,『삼천리』5권 1호, 1933, 56쪽. 신영우의「만주기행」(『조선일보』, 1932. 2. 26~3. 11.)에서는 조난동포위문소를 방문한 것을 기록하면서 신국가 건설, 무순탄광을 시찰한 것과 개원의 안전지대에 수용된 조선인들을 보며 이곳이 어느 거처보다도 편리하게 되어 있다고 소개하고 있다.
김성진의「만주벌을 향해」(『조선일보』 1935. 4. 9~4. 18)에서는 재만동포 위문 순회 진료반이 성대(城大) 의학부의 일부 교수들로 조직되어 매년 1회 훈춘, 간도지방, 돈화, 빈강, 북만, 도문, 합이빈으로 진료를 나간 것을 소개하고 있다. 김성진은 안전을 위해 적십자 마크의 완장을 차고 진료한 것을 기록하고 있다.

다. 그러면 協和會 는 政黨인가? 우리는 먼저 그의 강령을 들추어보자. (중략) 그는 그의 창립시대에 잇서 어듸까지던지 그가 정당인 것을 거부하고 정치운동을 하지안는다는 것을 선언하였다. 그러나 전기한 바 그 운용의 목적 及 綱領이란 것은 그 어느 것이나 정치적 성질을 떠난 것이 업스며 경제정책이란 것은 본래부터 정치의 그것과는 분리할 수 업는 것이다. (중략) <만주국 협화회>의 章程이란 것은 제1장 명칭으로부터 제11장 회계에 이르기까지 전부 11장에 난호여 각각 그 기능과 조직의 분포가 열거되어 잇으나 무엇보다도 그의 中樞機關을 점령하고 잇느나는 理事會라 할 것이니 일본인 명예이사를 비롯하야 대다수의 중국인과 밋 조선인으로 오즉 한사람 尹相弼등 전원 42명의 이사를 임명하엿다.[269]

임원근은 여기에서 만주국 설립의 정당성에 대해 직접적으로 언급하면서 협화회의 정체에 대해 알 필요가 있다는 것을 설명한다. 기행문임에도 임원근은 협화회에 대한 논의를 '2. <만주국>과 <만주국협화회>' 라는 절을 따로 설정하여 서술하고 있으며, "1. 본회의 강령(綱領) 급(及) 장정(章程)의 변경의 관한 사항, 2. 본회에 관한 중요사항, 3. 본회의 예결산에 관한 사항" 등의 소제목을 제시하면서 위원회와 중앙사무국의 실체에 대해 설명하고 있다. 그는 협화회의 강령에서 '정치운동'을 배제한다는 것에 대해 강령 자체가 정치적 성질을 떠나서는 성립될

---

269 임원근, 「만주국과 조선인장래, 만주국기행 (其 2)」, 『삼천리』 5권 1호, 1933, 53~54쪽. 임원근은 이 기행문에서 오족협화회의 본질에 대해 설명하면서 다음의 오족협화회의 강령을 직접 제시하며 비판한다. 강령은 다음과 같다.

"綱領 : 본회는 정치상 운동을 하지 안치만 그 운용의 목적 及 綱領은 左와 如함

1. 宗旨 왕도의 실현을 목적으로 하고 군벌전제의 여독을 배제함.
1. 경제정책 농정을 진흥하고 산업의 개혁을 置重하야 국민공존의 보장을 期하고 공산주의의 파괴와 자본주의의 독점을 배척함.
1. 국민사상 禮教를 존중하야 천명에 享樂하고 民族協和와 국제의 敦睦을 도함."

수 없으며, 경제 정책 또한 정치적 특권에 의해 움직이는 것이라고 언급하며, 협화회의 정체성에 의심을 표명하고 있다. 또한 협화회의 명예이사가 대부분 중국인과 일본인으로 구성되어 있어 '오족' 협화라는 것은 명분을 내세우기 위한 것임을 비판하고 있다.

이러한 임원근의 오족협화회에 대한 비판과 비관적 전망은 재만 조선인 문제로 귀결된다. 그는 재만 조선인의 교육에 대한 '계몽운동'의 필요성을 언급하며, '부락생활'과 '집단생활'을 그 해결책으로 제시하고 있고, 또한 재만 조선농민의 무장문제를 제기하고 있다. 무장문제에 대해 임원근은 '만주국 독립'의 진정한 승인이 되기 위해서는 재만 일본인과 같이 무기 소지가 법률적으로 용인되어야 한다는 논리를 편다. 만주국 설립에 따른 오족협화회의 정체성의 문제는 임원근의 기행문에서 민족의 존속의 문제와 연관되어 논의되고 있으며, 이것은 조선 내지의 '인텔리 급'의 과학적 연구를 통해 달성될 수 있다는 것을 강조하고 있다. 임원근이 기행문을 통해서 협화회의 강령과 조직구성의 불합리성을 지적하고 있는 것은 일본이 주장하는 협화회의 건설에 대한 모순성을 보여주기 위함이라고 할 수 있다. 또한 이것은 재만 조선인 피난소에 대한 장황한 설명과 그 비참함에 대한 묘사를 통해 협화회가 선전구호로 내세우고 있는 '왕도낙토'에 대한 허구성과 실현 불가능성에 대한 시각을 반영하고 있다.

1932년 만주국 설립을 전후로 하여 만주를 여행, 시찰한 기행문은 당시의 동북아 정세와 중일의 만주영유권 쟁탈의 과정을 서술하고 있으며, 또한 재만 조선인을 희생양으로 또는 미족(微族)의 형상으로 재현한다. 그리고 이러한 재현의 논리에는 1920년대 제국의 정책에 대한 허점과 반감이 내재되어 있으며, 이것은 만주사변 후 간도청의 설립과 관련하여 조선인 간도자치구 운동이 시작되는 계기가 되었고, 만주국 설립 이후에는 오족협화회의 정체성에 대한 의심과 왕도낙토에 대한 허구성을 지적하는 서술로 의미화 된다.

1920년대 기행문과 1930년대 만주사변 직후 기행문의 차별점은 먼저 간도와 만주의 명칭이 각각 다르게 사용되었다는 것이다. 1920년대 기행문의 경우는 만주보다는 간도라는 지명이 사용되면서, 국경지역을 중심으로 기행문이 서술되었다. 그 이유 중 하나는 재만 조선인들이 간도, 즉 길림성의 동남, 용정, 화룡, 연길, 왕청, 장춘 지역에 많이 거주했기 때문이었다. 이에 반해 1930년대 기행문에서는 재만 조선인의 생활상을 전달하고 있기는 하지만 만주국 설립과 관련하여 공식적 지명인 남만주, 북만주 등의 명칭이 등장하면서 간도 명칭을 대신하고 있다. 또한 이 시기는 만주국 설립과 동시에 총독부의 이민정책에 의해 북만주 지역으로 조선인의 이주가 본격화되었고, 여행자들은 만주국 수도인 신경에서의 근대체험과 하얼빈의 이국적 풍경에 대한 스펙터클을 전달하였다.

3·1 운동 이후 만주는 간도참변, 즉 1920년 일본이 간도의 항일단체를 토벌한다는 이유로 대규모 군대를 파견하여 조선인을 학살한 사건이 신문과 잡지에 등장하면서 관심의 대상이 되었고, 이후 문인과 기자들, 수학여행단의 기록들을 통해 구체적인 만주의 실상이 전달되었다. 박봄은 「국경을 넘어서서」[270]의 기행문에서 간도참변으로 재만 조선인들이 거주지를 잃고 유리걸식하는 참상을 서술하고 있고, 김기림은 「간도기행」[271]을 통해 간도 대사변 이후에도 그 참혹상이 지속되고

270 박봄, 「국경을 넘어서서」, 『개벽』 제49호, 1924, 96~98쪽.

271 김기림, 「간도기행」, 『조선일보』, 1930. 6. 13~6. 26.

있는 상황을 서술하기도 했다.

1910년대 초반 만주는 중국의 영유권 하에 있었지만, 1915년 '만몽조약'에 의거 일본이 자국민을 보호한다는 명목하에 자본과 군사력을 배치시키면서 만몽영유권 분쟁은 시작되었다. 1920년대 만주 기행문에서는 이러한 만몽영유권 분쟁의 희생자로서 조선인의 처지를 반영하는 한편, 중일의 이중적인 취체를 받을 수밖에 없는 비국민으로서의 처지를 사실적으로 전달하고 있다. 이 시기 만주는 조선인들에게 독립운동의 새로운 근거지로서의 의미와 민족 공동체의 존속의 가능성을 타진하는 공간으로서의 의미를 갖는다. 그러나 만주의 실상은 조선인들이 기대했던 것과는 다른 방향으로 전개되고 있었고, 만주는 기행문에서 일본의 2등 국민과 '비국민'의 위계를 실감하는 공간으로 경험되고 기록된다. 이 시기 만주여행, 시찰은 이러한 정치적 불안감과 치안의 불안정 속에서 실행되었고, 이에 기행문에서는 이러한 긴장과 공포를 서술하고 있다. 만주로 월경하는 과정의 국경 경비대의 심문과 취체에 대해 기행문에서는 폭력의 기억으로 재현되고 있으며, 잠재적 불량선인의 신분으로 전락한 식민지인의 고통을 서술하고 있다. 또한 기행문에서는 재만 조선인이 토지 소유권과 경작권, 거주지 등을 보호받지 못하는 중일 쟁투의 희생자로 재현되고 있다. 따라서 1920년대 기행문은 재만 조선인들의 참혹상을 사실적으로 재현하면서 제국의 이데올로기, 즉 동화정치에 대한 총독부의 정책을 폭로하면서 존속했다고 할 수 있다.

1930년대 만주사변은 만주국 설립의 일말의 구실을 만들어주는 역할을 하면서 재만 조선인 사회의 구조적 재편을 가져온 사건이었다. 만주사변으로 인해 만몽영유권의 쟁탈이 심화되는 가운데 간도청 설립에 대한 운동과 간도자치구에 대한 논의가 일었고, 이것은 주요한,

윤화수, 김경재 등에 의해 재만 조선인에게 하나의 가능성으로 제시되었다. 또한 간도사변으로 인해 재만 조선인은 폐허가 된 정착촌을 떠나 유리걸식하는 유랑민으로 전락하였고, 이러한 상황을 기행문에서는 비관적으로 재현하고 있다. 그리고 오족협화회의 강령과 그 조직위원회의 인원구성에 대해 설명하면서, 오족협화회의 본질과는 달리 정치적으로 이용되는 상황과 '왕도낙토'의 비현실성을 조선인과 재만 조선인의 입장에서 비판하고 있다. 따라서 1930년대 초반의 기행문에 재현된 간도 자치구 운동과 재만 조선인 피난소 등에 관련된 서술들은 오족협화회와 만주국 설립에 대한 제국적 이데올로기에 대한 반감과 이것의 정당성에 대한 모순을 제기하는 하나의 방법으로써 서술되었다고 할 수 있다.

만주는 야마무로 신이치가 언급한 것처럼 기형적인 국가로 정의되며 '키메라'로 비유되었고, 고마고메 다케시의 언급대로 '비공식적 제국(informal empire)'[272]이었지만, 조선인들은 제국의 이등 신민으로서 이들과 동일한 만주인식을 할 수 없었을 것이다. 기행문을 통해 재구성된 만주는 디스토피아의 공간, 폭력의 공간으로 또는 문명 체험적 공간의 복합체라는 다양한 일면을 소유한 제국의 기형아였을 것으로 짐작할 뿐이다. 총력전체제 이전 만주는 비탄의 서사와 모호성의 공간으로 기록되고 있지만, 이후 총동원체제의 긴박함 속에서 만주는 내선일체의 논리를 공고하게 하는 공간으로, 동북아공영권의 중심적 역할을 자임하면서 또 다른 표상으로 조선인들에게 전달되었다.

272 고마고메 다케시, 오성철·이명실·권경희 옮김, 『식민지제국 일본의 문화통합』, 역사비평사, 2008, 298쪽.

제4장

총력전체제와 대동아공영권의 재현 논리

1. 전쟁 기행문과 '대동아' 담론의 생산

『삼천리』는 김동환에 의해 1929년 6월 발간되어 1942년 3월 종간된 잡지로 1930년대와 일제말기를 대표하는 대중지였다. 『삼천리』는 싼 값으로 민중에게 이익이 되는 잡지, 누구든지 볼 수 있는 잡지를 만들자는 취지 아래 간행되어, 당대의 사회·문화·경제·정치 등의 기사와 이에 대한 논평들을 실었다. 또한 이것은 대중잡지이면서 당대의 쟁점을 평이하게 소개하거나, 국제정세나 사회문제와 관련된 기사도 다루고 있어 대중적 관심사와 시대적인 분위기를 반영하였다.[273] 1937년 중일전쟁 후 『삼천리』는 조선총독부의 정책을 선전, 홍보하는 내용을 게재함으로써 제국에 협조하는 방식으로 편집방향을 전환하게 된

273 이지원, 「전쟁, 친일, 파시즘 정서」, 『식민지 근대의 뜨거운 만화경 - 『삼천리』와 1930년대 문화정치』, 성균관대 출판부, 404쪽.

다. 이에 '위문사절단', '황국신민 방문단' 등으로 기획된 기행문들이 『삼천리』에 다수 게재되었고, 1937년 이후 수록된 기행문은 60여 편에 이른다.[274] 이 장에서 『삼천리』의 기행문을 중심으로 논의하는 것은 이 잡지가 당대의 대중잡지로써의 역할을 수행하면서 이 시기 식민정치의 논리를 보다 미세하게 보여주기 때문이다. 또한 김동환이라는 편집자의 친일 행적뿐만 아니라 이 시기 친일과 협력 성향이 농후한 필진들이 이 잡지를 통해 '제국', '대동아' 담론을 집중적으로 논의하고 있기 때문이다.

1937년 7월 7일 노구교사건으로 발발한 중일전쟁으로 인해 북경은 일본의 식민지로 전락하게 된다. 1938년 4월 일본은 '국가총동원법'을 공표하였고, 5월에는 조선에서도 이 법이 공표되었다. 그리고 1938년 7월 '국민정신총동원 조선연맹'과 '시국대응전선사상보국연맹' 등이 결성되면서 조선은 총동원체제에 돌입하게 된다. 이 시기 신문과 잡지에서는 내선일체에 대한 협력과 대동아공영권을 위한 황국신민의 역할을 강조하는 논설들이 다수 실렸고, 총독부는 미디어를 통해 신체제를 선전하고 독려하였다.

1939년 6월호 『삼천리』는 중일전쟁 2주년 특별호의 「성전2주년 기념사 황군장사에 감사함」을 통해 "황군은 400여주 중원에 실로 선전하였고 또한 연승하여 그 무훈이 멀리 중외에 선양"되었다고 언급하며 "제국의 국시를 밧들어 오등총후국민은 성전 목적 수행을 위하야 금후 더욱 일층 물자의 절약, 생산력 확충, 저축장려, 반공배공의 물심양면에 잇서 일의치심하야 신동아 완성의 성업에 매진"할 것을 당부한다.

---

274 1937년 이후 『삼천리』에 게재된 기행문을 년도 별로 살펴보면, 1937년 4편, 1938년 11편, 1939년 5편, 1940년 24편, 1941년 9편 등 총 53편이다.

그리고 같은 호에는 「초하의 고도 남경, 고적과 사실을 차저」, 「막사과에 잇는 명장 나파옹 유적」, 「극단 고협통신, 관북순례기」 등의 기행문을 통해 제국의 군사적 위용에 대한 찬탄과 대동아공영권에 대한 정당화 논리를 서술하였다. 중일전쟁 3주년이 되는 1940년 한 해에 『삼천리』에는 23편에 이르는 북경, 남경, 여산, 장고봉을 시찰한 기행문들이 대거 실렸고, 이로써 『삼천리』는 총후문학으로서의 역할을 자임하면서 존속하였다.[275]

---

275 『삼천리』에 게재된 기행문은 총 131여 편이며 1937년 이전에 수록된 기행문은 78편이며, 이후에 53편이 실렸다. 1937년 이전의 기행문은 해외기행문, 고도 답사기, 명산 기행, 만주 여행 등 다양하게 서술되고 있으며, 1937년 이후에는 전장을 중심으로 하여 북경, 남경, 천진 등과 일본 내지를 참관하는 기행문들이 주로 수록되었다. 물론 1937년 이후에도 고도답사나 해외기행문들이 쓰이기도 했지만 그 수는 이전에 비해 훨씬 줄어들었다고 볼 수 있고, 그 내용에 있어서도 많은 차이를 보인다. 『삼천리』에 게재된 기행문은 다음과 같다.

● 『삼천리』 기행문 목록

게재일	글쓴이	제 목	지 역	비 고
1929. 06. 12	김동환	論介야 論介야 부르며 初夏의 矗石樓차저, 歷史와 歌絃의 都市	진주성	
1929. 06. 12	초공	文學上 著名地巡禮(1) 春園의 無情篇, 朴映彩 金善馨이가 音樂演奏하든 三浪津	삼랑진 (경남 밀양)	
1930. 07. 01	파인	大同江과 善竹橋	대동강, 선죽교	
1930. 05. 01	이광수	名文의 香味, 上海에서	상해	
1930. 09. 01	정석태	屍體의 「벨당」, 歐洲大戰의 古戰場 紀行	유럽	
1930. 09. 01	남경학인	峨眉山登山記	아미산	
1930. 09. 01	홍종인, 박윤석	最近三大事變과 現場光景	간도	
1930. 11. 01	이갑수	遺跡巡禮	만수산	
1931. 01. 01	파인	牙山古戰楊	아산	
1931. 03. 01		華麗江山我半島山河, 文人畵家 總出의 壯擧	금강산, 대동강, 백두산, 경주	
1931. 04. 01	창랑객	童貞女 80名 大女僧堂의 修道尼生活, 咸南定平의 歡喜寺를 보고	함남 정평	
1931. 05. 01	홍양명	楊子江畔에 서서	양자강	
1931. 05. 01	정석태	天涯萬里에서 盜難逢變記, 學費千五百圓을 歐羅巴가든 길에 盜難當한 N君	유럽	회고 수기

1931. 05. 01	여운홍	天涯萬里에서 盜難逢變記, 香港에서 하마터면	향항	회고 수기
1931. 05. 01	신흥우	天涯萬里에서 盜難逢變記, 西伯利亞철도 속에서	시베리아	
1931. 06. 01	홍양명	李東輝氏의 印象, 西伯利亞의 一夜	시베리아	회고 수기
1931. 06. 01	침훈	天下의 絶勝 蘇杭州遊記	소항주	
1931. 06. 01	박윤석	李忠武公墓 參拜記	충남 아산	
1931. 07. 01	김추관	印度遊記	인도 뭄바이	
1931. 10. 01	김창제	北遊 三千里, 今夏日記 數 節	숭암산	
1931. 11. 01	김창강	地下金剛 煉龍窟探勝記	금강산 (지하금강)	
1931. 12. 01	백림학인	漂泊의 市民『집씨-의 戀愛와 生活』, 3일간을 그들과 함께 지나든 이약이	베를린	
1932. 01. 01	서정희	滿洲 遭難同胞를 보고 와서	만주	재만동포협의회 위문
1932. 02. 01	최영숙	깐듸-와 나이두 會見記, 印度에 4개월 滯留하면서	인도	
1932. 03. 01	김세용	莫斯科의 回想	모스크바	
1932. 03. 01	홍양명	動亂의 都市 上海의 푸로필	상해	
1932. 03. 01	나혜석	巴里의 모델과 畵家生活	파리	
1932. 03. 01	홍운봉	印度洋上 마도로스 되어	인도	
1932. 03. 01	안서	港口情調와 女性	항구	
1932. 05. 15	김경재	動亂의 間島에서	간도	
1932. 08. 01	정석태	大海洋의 悲劇, 印度洋에서 印度青年 水葬記	인도	
1932. 09. 01		露西亞 亡命客村볼세비끼 정부에 반긔들고咸北朱乙의 六十名 集團村落光景	함북 주을	
1932. 09. 01	김상익	國島遊記	국도	
1932. 12. 01	나혜석	쏘비엣露西亞行, 歐米遊記의 其一	러시아	
1932. 12. 01	임원근	滿洲國 遊記	만주-안동현	
1933. 01. 01	나혜석	CCCP, 歐米遊記의 第二	러시아	
1933. 01. 01	임원근	滿洲國과 朝鮮人將來, 滿洲國紀行(其二)	만주-봉천	
1933. 03. 01	안창호	比律賓視察記	필리핀	
1933. 03. 01	나혜석	伯林과 巴里	베를린, 파리	
1933. 03. 01	박인덕	美國自由鐘閣 訪問記	미국	
1933. 04. 01	김동성	南洋遊記	남양	
1933. 04. 01	나혜석	꼿의 巴里行, 歐米巡遊記 續	파리	
1933. 04. 01	이광수	文人의 半島八景紀行 第一篇, 아아落花岩	낙화암	
1933. 04. 01	대판 박영수	王仁博士의 墓, 大阪管原村에 잇는 百濟博士의 墓로	오사카부 히라카타 나가오역	
1933. 09. 01	金니코라이	露西亞의 볼가河行	모스크바	

1933. 10. 01	주요한	예술의 都城 차저, 金陵月夜의 畵舫	금릉성	
1933. 10. 01	이순탁	예술의 都城 차저, 폼페이의 廢墟여!	로마-폼페이	
1933. 10. 01	정석태	예술의 都城 차저, 하이델벨히 回想	독일-하이델벨히	
1933. 10. 01	남구학인	예술의 都城 차저, 詩聖 딴테의「푸로렌스」	이탈리아-피렌체	
1933. 10. 01	나혜석	西洋藝術과 裸體美, 歐美 一週記 續	유럽, 미국	
1934. 09. 01	김련금	내가 본 巴里祭	파리	
1934. 09. 01	정월	太平洋건너서, (-歐米遊記續-)	유럽, 미국	
1934. 11. 01	나혜석	伊太利美術館	이탈리아	
1935. 01. 01	원세훈	騷然한 北滿洲行, 松花江까지	북만주-송화강	
1935. 02. 01	원세훈	騷然한 北滿州行	북만주	
1935. 02. 01	신림	勝地行脚	종로-무악동	
1935. 02. 01	홍운봉	各國 港口의 獵奇行, 南米「리오港」	남미(브라질)-리오항	
1935. 02. 01	이학인	「高麗村」 訪問記, 東京市外의 光景	동경-고마촌	
1935. 02. 01	정월	伊太利美術紀行(前號續)	이탈리아	
1935. 03. 01	원세훈	寧古塔과 東京城, 騷然한 北滿州行	북만주-영고탑, 동경성	
1935. 03. 01	최학성	톨스토이 故鄕訪問記	러시아	
1935. 06. 01	김성목	端宗大王 莊陵 參拜記	강원도 영월	
1935. 06. 01	홍운봉	各國港口의 獵奇行 佛國馬耳塞港	프랑스마이세항	
1935. 07. 01	노성	東京文人墓	동경	
1935. 08. 01	한용운	名山大刹巡禮(1)	전주 안심사	
1935. 08. 01	김성목	西道의 千里風光 -松都를 거처 白川으로-	송도, 백천	
1935. 10. 01	김태준	奉天印象記	봉천	
1935. 10. 01	신흥우	新大統領·新共和國의 比律賓曾遊感, 比島의 諸友들 생각	필리핀	
1935. 10. 01	김성목	關西八景 두루돌아, 平壤에서 藥山東臺까지(其一)	평양, 약산동대	
1935. 11. 01	김동업	聖地 白頭山 探險飛行記	백두산	
1935. 11. 01	성대봉인	蒼松의 둘녀싸인 京城療養病院 觀光記	경성	
1935. 11. 01	김성목	關西八景 두루 돌아, 地下金剛蝀龍窟에서 妙香山까지(二)	지하금강, 묘향산	
1936. 01. 01	박인덕	太平洋을 다시 건느며, 世界基督敎大會에 參席코저	미국동부 인디아나주	
1936. 02. 01	김경재	滄茫한 北滿洲	북만주	
1936. 02. 01	신흥우/원세훈	民族興亡의 자최를 차저 -埃及의 「스핑쓰」를 바라보고/ 興安嶺上에 서서 蒙古民族興亡을 봄	이집트/ 중국 흥안령	

1936. 04. 01	이광수	檀君陵	평양 단군릉	
1936. 12. 01	김경재	新京有感	만주 신경	
1936. 12. 01	여운홍, 이광수	上海· 南京· 北京· 回想	상해, 난징, 북경	
1937. 01. 01	송화강인	天涯萬里에 建設되는 同胞村	봉천성 영구	
1937. 05. 01	김경재	北中旅行雜感	중국(북)-톈진	
1937. 05. 01	손기정	伯林遠征記	베를린	회고 수기
1937. 10. 01	유상근	無錢世界一週記, 蘇滿國境 넘다가 사형 선고(1)	소만국경	
1938. 01. 01	모윤숙	화로끼고 馬車타고, 北滿紀行에서	북만주	
1938. 01. 01	김명식	나의 回想記, 大阪八年間放浪記	오사카	
1938. 05. 01	한상용	北京 新政府 訪問記	북경	
1938. 10. 01	박영철	海蔘威에 단여와서	블라디보스토크	
1938. 10. 01	정인섭	愛蘭紀行, 太西洋 건너 故鄕으로	아일랜드	
1938. 10. 01	박영희	京雜感	일본-동경	
1938. 10. 01	김동환	紀行 淸秋의 半月城	경주	
1938. 10. 01	김안서	四道民謠紀行	춘천	
1938. 12. 01	이성환	日蘇戰鬪의 經驗과 朝鮮民心의 動向	북선 지방	
1938. 12. 01	주운성	東京遊記	동경	
1938. 12. 01	악양항인	最近의 南京	난징	
1939. 04. 01	진학문	羅馬, 伯林市民의 歡迎, 滿洲國防共親善使節로서	독일-베를린	
1939. 06. 01	침 영, 노재신, 지계순	劇團高協通信, 關北巡禮記	관북 지방	
1939. 06. 01		初夏의 古都 南京, 古蹟과 史實을 차저	난징	
1939. 06. 01		莫斯科에 잇는 名將 奈巴翁 遺跡	모스크바	
1940. 03. 01	차동근	在外 同胞의 近況, 北滿鏡泊湖行	중국-동경성	
1940. 03. 01	강호학인	內地에 나마잇는 百濟 遺跡	일본-동경	
1940. 03. 01	김경재	戰時下의 上海	상해	
1940. 04. 01	박종화	紀行 南漢山城	남한산성	
1940. 04. 01	김일천	巨人 깐디를 찾어 보고	인도	
1940. 06. 01	이기영	海印寺 紀行	해인사	
1940. 06. 01	손기정	伯林 올림픽 映畵 『民族의 祭典』을 보고	베를린	
1940. 06. 01	송화강인	復活祭의 밤, -哈爾賓왔다가 露西亞名節을 보고-	하얼빈	
1940. 07. 01	노천명	仙境妙香山	묘향산	
1940. 07. 01	양자강인	新支那의 文化機關瞥見	상해	
1940. 09. 01	한상용	事變後의 現地朝鮮民衆, 靑島 濟南의 活·氣, 北支一帶에 朝鮮人 增加率 激甚	톈지, 북경, 청도	

1940. 09. 01	모윤숙	赴戰高原	함경남도 부전고원	
1940. 10. 01	현경준	聖戰地「張鼓峯」, 當時 皇軍 奮戰의 地를 찾어-	중국-장고봉	
1940. 10. 01	양자학인	白樂天이 놀든 廬山의 風光 紀行	중국-여산	
1940. 10. 01	김경재	戰後의 南京, 古都의 最近 相貌는 어떤가	중국-난징	
1940. 10. 01	정인섭	巴里『奈巴倫墓』參拜記, 凱旋門을 지나 偉人의 무덤을 찾다	파리	
1940. 10. 01	신흥우	紀行 西伯利亞의 橫斷	시베리아	
1940. 10. 01	이병기	紀行 落花岩	낙화암	
1940. 10. 01	김사량	山家三時間, 紀行의 一節	강원도	
1940. 10. 01	이완수	滿洲國建設 勤勞奉仕 朝鮮部隊記	만주	
1940. 12. 01	백철	天皇陛下御親閱 特別觀艦式 拜觀謹記	일본-동경	
1940. 12. 01	전영택	紀行 統軍亭	평안북도-통군정	
1940. 12. 01	경박호인	北滿洲의 朝鮮人開拓團(嫩江地帶의 集團農들 發展하는 모양들)	북만주	
1941. 03. 01	정인섭	廣寒樓와 春香閣	남원-광한루, 춘향각	
1941. 04. 01	권상로	古刹巡禮記(其一) 名刹梵魚寺	금정산	
1941. 04. 01	상해중앙 선전강습 소려행단 일범침	朝鮮視察記, 全鮮에 和氣 도는 內鮮一體의 全貌	동경, 경성, 난징	
1941. 06. 01	중촌량평	「慶州の古墳」參觀記	경주	
1941. 07. 01	차상찬	漢陽附近名山紀行	북한산	
1941. 07. 01	최일선	나치스 指導者學校 訪問記 = 在伯林	베를린	
1941. 07. 01	요시무라(박영희)	戰線の思ひ出, 聖戰四週年に際して	중국 전선	
1941. 07. 01	전희복/송금선	蒙古紀行·北支紀行, 朴燕岩의 지나든 자최를 다시 찾어, 日蒙親善使節兩女士의 手記 -萬里長城을 넘어/ 天津, 北京의 初夏	몽고, 톈진, 북경	
1941. 09. 01	기독교서회 총무 전감리교회총리사 양주삼	內地基督敎界의 動向 (內地를 視察하고 돌아와서)	일본	
1942. 01. 01	이승우	臺灣と中支旅行記, 一ヶ月半の各地の旅を終へて	대만	
1942. 01. 01	이석훈	伊勢神宮, 聖地參拜記	일본	

『삼천리』는 일제말기 친일과 협력에 대한 다양한 담론들을 생산하고 효율적으로 배치하고 있었다는 점과 김동환의 친일·협력의 논리 보여주고 있다는 점에서 문제적이다.

> 東京에서는 近衛수상이 친히 출마하여 軍官民, 각계 중요 인물을 망라하여 거국적 신체제에 분주하고 있어 我國은 바야흐로 亞細亞신질서수립의 대업이 완성되어 가려하며 여기따라 朝鮮에서도 南총독이하 군관민이 일치하야 朝鮮的인 새 체제가 수립되야 上下 사회에 清新하고도 건설적인 기운이 발흥할 것으로 吾人은 雙手를 擧하여 이 국책이 하로 급히 완성되어지기를 빕니다. 이와 같이 국내와 東亞諸邦과 歐米각국의 政情이 益益 긴장하여 가는 때이니만치 본지 10월호의 내용도 戰時下 국민된 자 필히 아러야할 중요사항의 보도에 전력하였으니 즉 諸氏의 중요 논문을 위시하야 聖戰地 「張鼓峯」 기행과 「滿洲國 건설의 朝鮮部隊」 수기와 그밖에 여러 기사가 족히 銃後국민을 가일층 奮勵케함이 있을 줄 아옵니다. 문예에 있어 新鋭 三氏의 창작을 영입하였고 또 金史良씨의 기행과 崔明翊 씨의 평론을 얻은 것도 新秋의 좋은 수확으로 아옵니다. 늘 거듭하여 애독과 편달을 바라서 마지안습니다.[276]

『삼천리』 1940년 10월 호에는 「기행 서백리아 기행」(신흥우), 「전후의 남경, 고도의 최근 상모는 어떤가」(김경재), 「백낙천이 놀든 노산의 풍광과 기행」(김경재) 등 기행문이 8편이나 수록되었다. 이에 김동환은 「편집후기」에서 이렇게 많은 기행문을 게재한 이유가 총후 국민의 충성심을 독려하기 위해서라고 언급하고 있다. 김동환에게 있어 전시하의 국민들이 알아야할 내용은 제국의 대동아 점령에 대한 것이었고,

---

276 김동환, 「편집후기」, 『삼천리』, 12권 9호, 1940, 250쪽.

그럼으로써 제국에 협력하는 국민을 생산하는 것이었다. 점령지 풍경과 전쟁의 승리담을 재현하는 기행문은 김동환에게 있어 제국에 대한 애국심을 강화시키는 문학으로 인정되고 있는 것이고, 언론인으로서 김동환에게 있어서 이것은 총후의 역할을 대신하는 것으로 인식되었던 것이다. 즉 『삼천리』의 기행문은 김동환의 전쟁문학에 대한 일념으로 기획되고, 생산된 선전문학 · 보고문학이었던 셈이다.

일제말기 문학의 전쟁 동원에 대한 협력은 히노 아시헤이의 『보리와 병정』으로 시작되었다고 할 수 있다. 1939년 7월 15일 조선어로 번역 출간된 이 책은 1만 2천부가 매진됨으로써 본격적인 전쟁문학이 논의되었다. 이에 『인문평론』(1940. 4)에서는 "문학의 모랄을 확립하려면 작가는 무엇보다도 개인적 생활에 있어 퇴폐적인 기분을 청산"하여야 함을 강조하며 "퇴폐적 파괴적인 문학을 지양하여 견실하고 건설적인 문학을 확립하는데서 사명[277]"을 다해야 한다고 언급한다. 이 시기 문단에서는 특히 '문장보국', '직역봉공'의 문학의 역할, 즉 "금일의 총력전에 있어 사상과 선전[278]"하는 기능을 문학이 담당해야 한다는 목적론적 문학관이 대두되었고, 이에 기행문과 소설들이 친일 · 협력의 논리 하에 집필되었다. 그리고 이러한 전장의 총후대로서의 문학은 다양한 방식으로 그 역할을 자임하면서 전쟁문학으로 장르화되었다. 특히 『삼천리』의 기행문의 경우는 문장보국과 직역봉공의 하나의 방법론으로 제국의 이데올로기를 받아쓰기 하면서 점령지의 영토를 도시하였다고 할 수 있다. 그리고 이것은 신체제 하에서 지정학적인 식민논리를 강화하는 목적으로, 대동아의 개념을 사실적으로 재현하는 기능을 담당하

277 「전환의 자주성과 자각성」, 『인문평론』, 1941. 4, 4쪽.
278 「문장보국」, 『인문평론』, 1941. 2, 52쪽.

면서 생산, 유포되었다.

1937년 중일전쟁 이후 제국의 식민지 확장을 위한 총력전체제 하에서 서술된 기행문들은 식민과 제국이라는 권력의 역학관계와 그것을 공고히 하기 위한 목적에 의해 기획되었다. 그리고 이것은 제국의 식민화의 과정을 확인하고 전파하는 여행주체들의 인식과 그 균열지점들을 보여주고 있다. 이 시기 '국책문학'으로 경사되고 있는 기행문은 내선일체의 군국주의 파시즘을 재생산하는 방식으로 기능하지만, 거기에는 협력과 저항, 배제와 통합이라는 과정에서 드러나는 무수한 틈과 긴장들이 내포되어 있는 것이 사실이다.

『삼천리』에 1937년 이후 게재된 기행문은 총력전체제 하의 대동아공영권을 둘러싼 제국의 식민정치의 양상과 식민지 조선의 입장, 식민지인의 정체성 구성문제를 보여준다. 또한 이 기행문들은 일제말기 국가와 영토를 둘러싼 식민·제국의 권력적 역학관계와 일선동조론에 의해 제도적으로 동원되고 있다. 즉 일제말기 기행문은 제국이 어떻게 지정학적인 측면을 이용하면서 대동아공영권의 논리를 확장하는지 보여준다.

2. 제국주의의 모방과 또 다른 식민지

총력전체제 하 『삼천리』 기행문에서 특기할 점은 중국의 전장을 중심으로 하는 상해, 남경, 북경 등에 대한 기행문이 많다는 것이다. 1937년 이후 『삼천리』에 게재된 중국 기행문은 「북경 신정부 방문기」(10권 5호, 1938. 5), 「최근의 남경」(10권 12호, 1938. 12), 「전시하의 상해」(12권 3호, 1940. 3), 「백낙천이 놀든 여산의 풍광기행」(12권 9호, 1940. 10)

등 10여 편에 이른다. 이 기행문에서 여행자들은 황국신민으로서의 충성과 총력전체제 하에서 조선인의 역할을 다짐하고 전망하기도 하지만, 전장의 불안한 심리를 드러내기도 한다.

> 황군사령부로 북지최고지휘관 사내사령관을 방문하고 북지 일대 황군의 탈전과 및 전후선무에 대한 일반적인 상황을 들엇습니다. 실로 우리 황군의 충성을 다시 한 번 감사해 마지 안헛습니다. 황군이 파죽의 세로 전진하는 앞에는 실로 「所向無敵」의 선전련승이 잇고, 그 후방에 잇서서는 속속 치안유지회, 자치회 등 자치기관의 성립을 보게 되어 전후치안은 북지일원에 긍하야 만전을 기할만한 상태이엇습니다. (중략) 본인이 가장 감료해 마지안는 것은, 황군의 선무반의 활동이엇습니다. 우리 황군은 각 부대장에 정치적 수완이 잇는 인물들이 잇서 후방 선무에 특단의 노력을 불하기 때문에 황군의 점령지역은 어듸를 물론하고 인민의 안정과 생활상 위안에 모든 힘을 경주하고 잇습니다. (중략) 北京 뿐만 아니라 천진이나 태원, 보정이나 어데나 본인이 가본 곳에는 우리 황군이 전선에서도 잘 싸우지만 후방에서 지나민중에 대해서 얼마나 선무, 보호에 노력하느냐 함은 실로 본인이 상상하든 바 이상이엿습니다.[279]

1938년 1월 한상용은 윤덕영, 이경식 등의 참의원들을 대동하여 북경과 천진을 2주간 여행한다. 조선 여행자들은 북경시내에 '배일망국, 친일흥국'이라는 붉은 전단이 곳곳에 붙어 있는 것과 시내를 왕래하는 지나인들이 희색이 만면해서 거리를 활보하는 광경을 보며, "어데다 평화스러운 풍경"이 펼쳐지고 있다고 느낀다. 1937년 8월 북경이 일본군에 의해 함락된 5개월이 채 지나지 않은 시점에서 여행자들은 전쟁

279 한상룡, 「북경 신정부 방문기」, 『삼천리』 10권 5호, 1938, 50~52쪽.

을 통해 황국신민으로 거듭난 북경을 보게 된다. 이 여행은 일본제국의 관리들이 주체가 되어 북경의 임시정부를 방문하여 황군의 노고에 사의를 표하기 위해 마련되었다. 다시 말해 이 여행은 새롭게 확보된 식민지 북경을 시찰하기 위해 제국에 의해 기획된 여행이라는 점에서 그 목적이 분명하게 제시된다. 특히 중국의 수도인 북경이 함락되어 일본 제국의 영토가 되었다는 것은 중화라는 이념이 균열되었다는 것으로 인식된다. 이것은 제국의 권력이 공고하게 뿌리를 내리고 있다는 것을 확인하는 작업일 뿐만 아니라, 일본이 대동아라는 세계를 구상하는 것이 더 이상 환상이 아니라는 것을 실감하게 한다. 여행의 모든 일정과 방문 장소 등이 제국에 의해 통제되었고, 식민지 조선의 여행자들은 그들이 말하는 것을 듣고, 그들이 보여주는 것을 봄으로써 그들이 원하는 것을 서술하게 된다. 여행자들은 "우방의 협력에 의하여 전화(戰禍)를 몽(蒙)하는 인민을 구하고 공산적화를 절대 배제하야 갱생국가의 건설에 노력하며 상호제휴해서 동양평화확립에 매진"할 것을 다짐한다. 또한 이들은 임시정부체제와 중국연합준비은행의 창립총회를 지켜보면서 일본제국의 식민정치의 이념을 확실하게 각인하게 된다.

전쟁을 통한 식민지 획득에 대한 승전보는 하나의 사실이지만, 이것을 현실화하기 위한 방법은 직접 그 영토를 경험하고 재현하는 것이다. 북경이 일본의 식민지로 함락되었다는 소식은 제국 국민의 발자국, 즉 흔적을 남김으로써 사실로 판명된다. 이 사실로서의 전화가 기행문을 통해 이루어지고 있는 것이고, 이로써 북경은 대동아공영권의 일부로서 제국의 공간으로 인정되고 있다. 여기에서 전장을 기록하는 행위는 획득된 영토를 가시화 하는 제국의 지도 그리기와 동일시된다. 그리고 이 기행문들은 지리적 상상력을 원용함으로써 제국의 권력을 표상하며 식민정치의 일환으로 치환된다.

기행문에 의한 제국의 정체성을 일정 권역, 공간 안에서 구성하고자 하는 시도는 총력전 체제하에서 끊임없이 계속되었다. 그러나 이 시기 기행문이 총력전체제를 효율적으로 운용하기 위한 하나의 방법으로 쓰여 졌지만 여기에는 식민 본국의 담론을 그대로 전사하지 않는 부분 또한 존재했었다. 식민지 지배자를 모방하면서 차이를 발생시키고 그 차이로 인해 '거의 같지만, 완전히 같지는 않은' 모방[280]이 이 시기 기행문에서도 반복된다.

> 조선인 문제의 귀추를 헤아려보자! 지나 문제는 무엇으로 수습할 것이요 그 장래는 어떠게 되고 일본이 지고 있는 아세아의 지도적 지위란 어떤 점일가. 이런 문제들에 대한 새로운 고찰이 필요했습니다. (중략) 남경이 함락된 것을 보고 성미 급한 우리는 지나 문제는 해결될 것으로 믿었습니다. 그 후 한구가 함락된 후에도 지나 문제는 수습되지 안습니다. 장개석이는 임이 몰락한 사람이요 중경 정부는 일개의 지방정부라고는 하나 그러나 중국 4억 민중의 머리에는 장개석이 의연히 안저있고 중경 정부가 그대로 있으며 장개석이는 새로운 전술로써 대항책을 세웠습니다. (중략) 그래서 서양인이 많으니 여기에 오면 언제나 이국의 정취가 농후합니다. 그만큼 이 땅에는 국제 스파이의 활약이 대단히 성황입니다. 지금 내가 있는 여관이 그리 작은 여관이 아니외다. 방의 수만해도 천여개는 되는 듯합니다. 그안에 공공집회장이 있고 병원도 있습니다. 그만큼 유숙하는 사람도 많은데 식당에 가면 노서아 사람도 뵈이고 중국의 미인도 있으며 영국사람 불란서 사람이 무엇을 수군거리며 식사를 하고 있습니다. 나는 그 모양을 보면서 저것들이 동양의 정세를 스파이하기 위하야 본국으로 파송된 일군이나 아인가하니 그만 무서운 생각이 듭니다.[281]

---

280 윤대석, 『식민지 국민문학론』, 역락, 2006, 159쪽.

여기에서 전쟁에 대한 불확실성은 점령지에 있는 조선인을 불안하게 하는 요인이 되고 있다. 이러한 여행주체의 식민지 공간에서의 정체성은 결코 지배자와 피지배자로 분할되지 않는 불안정한 정체성[282]으로 서술된다. 여기에서 김경재는 상해를 전장으로 규정하면서 국민당의 견제가 계속되고 있는 상황임을 주지한다. 1938년 11월 상해사변으로 일본제국이 이곳을 점령했지만 장개석이 이끄는 중경정부가 여전히 유효하다는 점을 김경재는 강조하고 있고, 국공합작으로 중국이 항전하고 있는 상황과 상해의 공동조계로 인해 일본의 지배가 약화되고 있는 상황을 우려한다. 그는 서양 사람이 수군거리며 식사를 하는 모양을 보고 동양의 스파이가 아닌가라는 생각을 한다. 식민지 조선인에게 여전히 "전쟁은 고통"이며 "이것은 큰 목표를 달성하기 위한 적은 희생이며, 울면서도 웃고 참어야 할 것"임을 강조하면서도 그는 이 전쟁에 대해 불안해한다. 이러한 제국의 점령지에서 느끼는 불안함은 전세가 역전되어 패전하게 될지도 모른다는 것으로 규정될 수 있고, 이러한 감정은 피지배자인 식민지 조선인으로서 입장이라기보다는 지배자로서의 모습이며, 이것은 모방된 자의식이라고 볼 수 있다.

모방된 자의식으로서의 불안함과 함께 이 기행문에서 재현되는 것은 중국이라는 거대 자본주의 시장에 대한 기대심리이다. 일본의 식민지로 전락한 중국은 조선과 같은 식민지이며, 동일한 위계를 가진 식민지로 인식된다. 이에 중국의 거대한 영토는 점령지로써 조선인들에게 개척하고 개발해야 할 영역으로 인지된다.

---

281 김경재, 「전시하의 상해」, 『삼천리』 12권 3호, 1940, 57~59쪽.

282 도미야마 이치로, 임성모 역, 『전장의 기억』, 이산, 2002, 136쪽.

나는 여기에 오기 전에 조선 떠난 지 3년만에 처음 주마간산격으로 경의, 경부선을 시났습니다. 차창에서 내여다 보이는 우리 조선의 농촌을 보고 여러 가지 감상도 만었습니다. 더욱이 부산에서 하관행연락선에 우리의 남녀노소가 떼를 지어서 밀거나 당기거나 하며 연락선을 오르는 광경을 보고 내가 신경에서 볼 때에는 조선 사람은 조선을 뒤에 하고 만히 만주에 오는 것으로 아럿더니 부산서 보니 또는 내지로 가는 수도 적지 안슴니다. 안동현이나 도문에서 조선의 남녀가 떼를 지어서 밀거니 당기거니 하여 만주에 진출하는 광경이나 부산에서 보는 광경이나 맛찬 가지이더이다. 남이야 숭업다거나, 더럽다거나, 무지하다고 하던지간에 미는 것도 힘이요 당기는 것도 힘이요 떠드는 것도 힘이외다. 그 힘은 남북으로 분산하야서 거기에서 길너진 힘이 뭉치기도 하고 색기도 치게 되여서 우리는 발전하는 것임니다. 성장하고 발전하는 그 장면을 나의 눈 앞에서 여실히 보게 된 것이 깁부더이다.[283]

동아신질서에 편입된 식민지 중국을 바라보는 조선인의 시선에는 이 공간이 새로운 가능성의 영역으로 인지된다. '동아'라는 지정학적 지평에서 발발한 중일전쟁은 조선의 위상과 그 위상에 대한 자의식을 결정적으로 변화[284]시키고 있는 것이다. 김경재는 만주와 내지로 향하는 조선인을 보면서 이들이 조선의 성장과 발전을 견인한다고 언급한다. 그가 인식하는 상해는 제국의 영역인 한편 조선인이 개척해야할 땅으로 제시되고 있다. 이것은 비단 김경재 개인이 가지고 있던 생각이 아니라 당시 시국좌담회와 논설 등에서도 공통적으로 논의되었던 내

283 김경재, 앞의 글, 57~59쪽.

284 김예림, 「전쟁 스펙터클과 전장 실감의 동력학 - 중일전쟁기 제국의 대륙통치와 생명정치 혹은 조선·조선인의 배치」, 『동방학지』 147집, 연세대학교 국학연구원, 168쪽.

용이었다.

特派員 : 좀더 朝鮮內地와 이곳 上海라든지 南京 漢口 방면과의 상업상 무역상 관계에 대하여 말슴하여 주서요. 內地에 있는 多數한 財界 實業界 有力한 분들이 中支 一帶로 진출하려하고 있지만은 그 사정을 충분히 알지 못하여 망서리고 있는 일이 많으니까.

朝鮮貿易協會 上海支部長 : 올흔 말슴이군요. 事變後 朝鮮과 中支와의 무역관계를 말슴하지요. 작년 4월부터 금일까지 取扱한 금액이 약 24,5萬圓 정도이였는데 仁川,釜山 等地로 오는 漁産物의 가장 주된 것이고 그받게 鎭南浦 黃州 등의 果物 간장 된장 김치 等屬이었어요.

每日新報 編輯局長 金炯元 : 나는 최근에 中支視察로 왔기 때문에 최근 朝鮮 內地의 사정을 잘 알거니와 대체로 有數한 實業家들이 事變後의 中支 방면에 진출하려고 하는 분들이 많이 있어요. 그런데 여기에 가장 큰 難關은 자금과 爲替의 관계가 었더케 됩니까. 여기 와서 사업을 하라면 자금을 가지고 와야 할 터인대 현재 爲替關係는 千圓이상을 가지고 드러오지 못하게 되였으니 이 관계를 었더케 생각하여야 하겠음니까.

總督府 事務官 : 이 문제에 대해서는 朝鮮 內地로부터 오려는 諸氏와 이곳있는 在留半島民 사이에 모도 다 문제가 만습니다. 이것은 朝鮮사람 뿐 아니라 日本 全國民이 모다 一致한 곤란을 가지고 있어요. 그러나 이 문제에 대해서는 鮮內 여러분은 總督府側과 잘 양해를 어들 것이며 또 朝鮮銀行과 東洋拓植會社와 잘 협의한다면 편의를 어들 수 있을 줄 암니다. 또 上海銀行에 있는 支配人은 大邱로부터 부임한 분이기 때문에 상당히 이해하여 줄줄 믿으며 사업의 성질과 堅實性 發展性이 있다면 鮮銀, 東拓, 上海銀行 등과 연락을 취하여 우리로서도 편의를 供與코저 함니다. 이 뜻을 鮮內人士들에게도 잘 전하여 주서요[285]

285 「上海에서軍, 官, 民, 座談會」, 『삼천리』 11권 4호, 1939, 37쪽.

1939년 2월 26일 상해에서 '신지나로 조선민중 진출 책'이라는 주제로 십여 명의 군 · 관 · 민의 대표가 참석한 좌담회가 열렸다. 총독부 직원과 조선의 실업가, 육군대좌 등이 모인 이 좌담회에서는 "사변후의 상해, 남경, 한구, 소주, 항주의 형편은 엇더한가 조선민중이 상업상 기타 각 방면으로 진출하자면 성공할 수 잇슬가 이제 상해 현지에서 중요인물을 청하여 이 모든 문제에 대하야"논의하였다. 이들은 총력전 체제 하에서의 상해의 지정학적 측면과 경제적 측면을 언급하면서 무역에 있어서는 상해 · 남경 · 항주의 중추적 역할에 대해 평가하고 있다. 『삼천리』 1939년 4월호에 지상 중계된 이 좌담회에서 상해는 제국의 점령지로서 식민지 조선인이 개척해야할 공간으로 논의된다. 이러한 좌담회는 전쟁에 대한 조선의 공헌도에 따라 전쟁 후의 조선과 조선인의 위계가 달라질 수 있다는 기대감이 있었기 때문에 가능한 것이었다.

이것은 일본 제국을 모방하고 있지만, 제국과 같은 정체성을 가질 수 없는 조선인의 입장과 논리를 보여준다. 다시 말해 이 기행문들은 중국이라는 '타자'가 식민지로 편입되는 과정에서의 제국과 식민지의 정체성을 양가적으로 재현함으로써 총력전체제 하의 지정학적 식민논리를 보다 미세하게 보여준다.

3. 세계공영권의 야망과 환영

총력전체제 하 대동아공영권에 대한 기대는 조선의 입장에서 합리화하여 해석하는 부분도 있었지만, 이러한 논의가 현실감 없는 낭만성으로 경사되는 경우도 적지 않았다. 기행문들은 점령지에서의 불안함과 긴장감 보다는 제국의 영토로 획득된 것에 대한 안도감과 그것의 풍경을 감상하며 유유자적하고 있는 상태를 묘사한다. 『전적과 시가, 이태백 · 두목지 · 백거이 · 소동파 등 시객이 노니든 자최를 차저』(『삼천리』, 1940. 3)에서는 남경을 점령한 것에 대해 치하하면서 중국의 유적에 지배자의 시선을 투영하여 감상평을 서술한다. 『백낙천이 놀든 여산의 풍광 기행』(『삼천리』, 1940. 10)에서는 점령지의 풍경을 감상하고 관광지를 유람하는 듯한 묘사를 하고 있다.

> 거리의 舖道를 보면 죄다, 포장이 깨트리진 데가 많다. 비교적 청초한 외관을 갖이고 있다고 알려진 九江이 더 심해 졌다. 이것이 완전히 前대로 될혀면 상당한 노력과 세월이 걸릴 것이다. 支那店의 菜舘, 陸盧亭에 올라가 보면, 시절에 얼리지 않게, 五味八珍이 탁상에 놓이고 실내는 허성했다. 써-비쓰껄 姑娘이 나왔는데, 참말 미녀였다. 白樂天이와 면회식힌다면, 얼마나 울까 싶은 생각을 할 정도였다. 細雨 속에 뜨라이브로, 盧山의 비탈, 蓮花洞에 이른다. 星子에의 길, 瑞昌에의 길, 盧山에의 길과, 蔣介石시대의 公路정책은 이르는 곳마다 路面이 九江에서 시작되였다. 盧山은 전에, 南薰三畵伯이 下山한 일 등을 들은 일이 있으나, 나는 이번이 세 번째의 등산이다. 事變 하에 있어서는 이번이 처음이다. 지금은 산에 아모도 올라가는 사람이 없다. (중략) 山精은 몸에 슴여들고, 마음은 山頂에 끌리웠다. 험한 길도 있긴 했으나, 비탈을 따라가면 그렇지도 않었다. 轎夫의 발거름에 몸을 맡기고, 극히 자연스럽게 고개를, 흔들거리며, 올라갈 수 있다. (중략) 曾遊의 谿谷連峯은 인상에 남은 바와 같이, 煙雨 사이에, 隱顯하여, 懷舊의 정을 못 이기게 한다. 오직 산이 寂靜하고 새가 하늘에 우는 것이 말해 보고 싶을 정도다.[286]

---

286 재남경 양자학인, 「백낙천이 놀든 여산의 풍광 기행」, 『삼천리』 12권 9호, 1940. 10, 59~61쪽.

여기에서는 낭만적 정서에 몰입된 여행자의 모습이 서술되고 있다. 남경의 거리의 풍경과 미인, 오미팔진과 '고량'의 술에 대한 서술은 전쟁을 겪은 지역이라는 것을 잊게 한다. 그리고 이전 시대의 백낙천을 호출하여 대면하는 상황을 상상하고 있다. 이것은 점령지에 대한 완전한 지배를 확신함으로써 생기는 자신감의 표출이라고 할 수 있다. 전쟁 직후임에도 불구하고 점령지에서 유희를 즐기는 것은 제국의 점령지라는 공간이 주는 안도감에서 기인한다. 점령지가 영원히 제국의 영토가 되었다는 믿음은 제국 군인과 제국에 대한 신뢰가 전제되어야 가능한 것이다. 점령지를 묘사하고 있는 이 기행문은 과도한 수사와 낭만적인 정서로 일관되고 있으며, 이것은 식민지를 개척한 후의 안락함으로 재현되고 있다.

이러한 점령지에 대한 과도한 수사적 동원은 신흥우의 기행문에서도 찾아볼 수 있다. 그는 총력전체제 하에서 제국의 이념이 되고 있는 대동아공영권의 범위를 '세계공영권'으로 확장하자는 논리를 기행문을 통해 제기한다.

> 지나사변이 일어나면서부터 '대동아공영권'이라는 신조어가 또 하나 생겼다. 이 역시, 문자 그대로 동아의 각 민족은 한 형제와 같이 공존공영하자는 것인데, 이 아름다운 이상이 문자 그대로 실현되기를 바라는 동시에 다시 한걸음 더 나아가 '세계공영권'이 구현되기를 바라는 것은 기독교인의 욕망만이 아니라고 믿는다. 그런데 '대동아권'이라고 하면 그것은 일, 만, 지 만을 칭하는 것인가. 蘭印, 佛印, 印度까지 포함한 것을 칭함인가. 다시 한걸음 더 나아가 서백리아도 대동아권에 포함될 수 있는 것인가, 물론 지리적으로는 동아권에 포함되어야 할 것임을 자타가 공인할 것이다. (중략) 서백리아는 지리적으로 말하자면 서편에는 우랄산이오, 북으로는 박빙양이오 동에는 삐랑해로부터 북태평양이오 남으로는 조선,

만주, 몽고, 신강, 중앙아세아이다. (중략) 서백리아에 중요지대는 동에 연해주와 남에 흑룡강주 트란스빠이칼 주, 이르쿳스크주 톰스크주 토볼스크주다. 산업 교통 기타 시설이 여기에 가장 진보되어 있다. 북방에도 전신 항공이 설비되었고 하절에는 구주 로서아 북편 백해까지 기선이 출발하여 북빙양을 돌아 뻴링해를 지나 해삼위까지 몇 번씩 내왕한다.[287]

신흥우는 시베리아 횡단 철도를 타고 가면서 대동아공영권과 '세계공영권'의 개념을 새롭게 정립한다. 여기에서 그는 대동아공영권이 일본 · 만주 · 지나를 칭하는 것은 물론 여기에 시베리아도 포함되어야 한다고 주장한다. 만주가 만주사변으로 인해 실질적으로 일본이 통치하는 지역이 되었듯이, 시베리아도 대동아공영권 안에 들어와야 한다는 것이다. 그는 시베리아의 면적과 위치, 주변의 지리적 형세, 인구에 대해 소상하게 제시한다. 그리고 '세계공영권'의 개념이 본인의 개인적인 생각이 아니라 '자타'가 공인한 문제라고 설명한다. 신흥우가 대동아공영권을 확장하여 세계공영권을 주장하는 것은 러시아가 갖는 지정학적인 위상 때문이다. 시베리아의 남쪽에는 농업과 광업, '이르쿳스크' 근처에는 군수공업이 발달되어 있다는 사실은 이 지역이 일본제국의 영토로 편입되어야할 이유가 된다. 그리고 시베리아는 만주와 몽고, 중앙아세아의 접경에 위치함으로써 동아권(東亞圈)으로 포섭된다. 신흥우는 여기에서 만주가 오족협화의 이상으로 결합되었듯이 러시아도 '세계전민족의 협화'로 결합해야 한다는 것을 강조하고 있다. 유럽의 변방이라는 정체성을 가진 러시아를 동아의 범위로 설정하는 것은 이 시기 제국의 대동아공영권의 성공적인 구획과, 전쟁승리에

287 신흥우, 「기행 서백리아의 횡단」, 『삼천리』 12권 9호, 1940. 10, 98~99쪽.

대한 낙관적 전망에서 나온 것이라 할 수 있다.

이 시기 러시아에 대한 관심은 해삼위(블라디보스톡), 모스크바의 여행기[288]들을 통해 서술되는데, 이것들은 1938년 장고봉에서 벌어진 러시아와 일본의 국경분쟁 이후 쓰였다는 점에서 흥미롭다. 신흥우의 세계공영권에 대한 인식은 1938년 일본과 러시아가 장고봉의 국경지대에서 벌인 전투의 연장선에 있다. 일본은 이 전투에서 러시아에 패했지만, 이 전투가 포츠머스 조약을 위반한 사건이라고 계속해서 문제삼았다. 그리고 일본은 장고봉을 하나의 전적지로 만들어 추모하게 하면서 러시아를 점령해야 할 하나의 대상으로 인식시켰다. 『국민보』(1938. 8. 10)에서는 장고봉의 사건을 다음과 같이 설명하고 있다.

장고봉에서 아라사병(러시아)이 一百여 인 밖에 없던 때에 일병 수천 명이 덮쳐서 아군(러시아)의 근거지를 점령하였더니 아군(러시아군)은 사면으로 에워싸고 비행폭격으로 장고봉에 있는 일본 군대를 연일 공격하여 일군 전부를 살상하고 아군(러시아)은 그 근경에 있는 촌락들을 다 소화하여 일군이 도망할 길이나 일군 후원군이 들어갈 길이 없게 만들어 놓았으며 아군(러시아)은 수류탄과 폭탄과 속사포와 야포와 산포와 대포 탱크와 중포격 제구가 일군에 비하여 우승하며 아군(러시아)의 비행기는 수효도 많거니와 그 비행기들의 폭격이 비상히 정밀하여 二, 三千척 위에서도 목적을 맞추는데 실수가 없어 장고봉, 사초봉, 수봉뿐만 아니라 만주변경과 한국 내지 급 해안에 있는 일본 군대의 군사설비를 일일이 파쇄하였더라. 일본정부는 하도 급하게 되어 아라사(러시아)의 주장을 처음에

288 『삼천리』에 게재된 러시아, 시베리아의 기행문은 박영철의 「해삼위를 단여와서」(1938. 10), 「막사과에 잇는 명장 나파옹 유적」(1939. 6), 「부활제의 밤-합이빈 왔다가 노서아명절을 보고」(1940. 6), 「기행 서백리아의 횡단」(1940. 10) 등이다.

는 반대하더니 지금은 그것을 허락하겠노라 하였는데 그것은 곧 국경조사단을 아인(러시아인) 二인과 일인 一인 만주인 一인 합 四인으로 조직하자 함이며 아라사(러시아)는 또 주장하되 장고봉에서 일군 전부를 거두어가고 전투를 그친 후에 평화협의를 시작하자는 것은 허락지 아니하였던 것이었더라.[289]

장고봉 사건은 두만강 하산에서 벌어진 일본과 러시아의 국경분쟁 중 하나로 십 여 일간의 전투 끝에 많은 사상자를 내고 일본이 패배한 소규모 전이었다. 이것에 대해 『삼천리』는 「일소전투의 경험과 조선민심의 향방」(1938. 12)을 통해 "일본 영토 내에 적의 탄환이 떠러저 본 적은 일즉이 업섯다. 그런데 금반 장고봉사건만은 일이 국경에서 발생한 까닭으로 영토의 일각이 좌기(左記)와 여(如)와히 적의 탄우의 세게를 여지없이 바닷다라는 것이 근대사상에 중대한 의의를 내포한 일대사건으로 보지 아니할 수 업다."라고 언급한다. 그리고 이에 "황군이 속히 소군을 처서 물리쳐야 되겠다."라는 주장을 펼친다. 당시 일본은 『국민보』(1938. 8. 10)를 통해서 장고봉 전투에 대해 러시아가 "포츠머스 조약에 위반한 사건"이며 "원상회복을 요구"하는 신문기사를 게재했다.

이러한 논의는 계속해서 「성전지 <장고봉>, 당시 황군 분전의 지를 찾어」(『삼천리』, 1940. 10)라는 기행문을 통해 장고봉을 참배하고 황군의 넋을 추모하는 행위로까지 이어진다.

---

289 『국민보』, 1938. 8. 10.

아직도 기억에 새로운 張鼓峯事件! 국민 된 者는 모름직이 상기하라. 국경선의 확보를 위하여 용감하게도 軍國日本의 男兒本懷인 戰場의 꽃으로 흩어저 버린 호국의 영령들의 그 충의를! 때는 吉日 중에도 가장 뜻깊은 9월 1일 興亞奉公日 오전 5시 반, 정각 전부터 圖們驛頭에는 예정의 정원 50명을 훨씬 초과하여 근 2백명에나 달하는 남녀 見學者들이 雲集하게 되었다. (중략) 『表忠塔』 세 字고 그 엽 왼편에 『朝鮮總督南次郎書』란 것이 단정하게 楷字로 새겨있다. 탑은 아직 준공은 되지 못해서 주위를 둘려 싼 발판이 그냥 걸려 있고 꼭대기에서는 석공들이 정을 가지고 똑딱거리며 교묘하게 쪼아가고 있다. 여기서 건너다보면 張鼓峯은 바로 직선으로 마주 대하게 되고 51고지 82고지 將軍峯 沙草峯 南峯山 水流峯들이 모도 다 一望속에 들게된다. (중략) 峯上 右편 억개로부터 시작하여 아래로 나려가며 군데군데 그 무슨 집같은 것은 蘇聯軍이 당시 맨든 트-치카의 유적이라 한다. 峯上에다 당시의 감시소도 그냥 남아있다. 저러한 警備線을 용감하게도 짓처버리고 국경선의 확보에 불멸의 기록을 남긴 皇軍의 그 忠勇無雙한 의기가 다시금 뼈 속에 사모처 들면 저절로 머리를 숙이게 하여 준다.[290]

이 기행문은 1940년 9월 1일 도문역에서 2백여 명의 학생들이 모여 "국경선의 확보를 위하여 용감하게 군국일본의 전장의 꽃으로 흩어져 버린 호국의 영령들의 충의"를 추모하고 위령탑에 참배하는 과정을 묘사하고 있다. 그리고 러시아군이 발사한 포탄이 비석 앞의 화분으로 쓰여 지고 있는 상황을 서술하면서 전쟁의 처참함을 극대화 시킨다. 여기에서 러시아는 장고봉 사건을 일으켜 황군을 희생시킨 적대자로

290 현경준, 「성전지 <장고봉>, 당시 황군 분전의 지를 찾어」, 『삼천리』 12권 9호, 1940. 10, 52~56쪽.

서 취급되며, 러시아와의 전쟁의 필요성을 주장한다. 제국 일본의 총동원체제가 노골적인 형태로 제시되고 있는 이와 같은 논의는 러시아를 대동아공영권으로 포섭하고자 하는 것에 다름이 아니고, 이것은 1930년대 초반 만주의 식민지화에 대한 연장이었다고 보여 진다. 다시 말해 이러한 언급은 대동아공영권을 확대 재생산 하는 과정에서 빚어진 충성의 과잉이며 잉여라고도 볼 수 있을 것이다.

총력전체제 하의 기행문은 체험적 행위의 일부로서 그리고 현장성을 사실적으로 전달하는 보고적인 글쓰기의 성격을 잘 드러낸다. 총력전체제 하 기행문은 점령지라는 여행의 장소에서 여행주체의 시각을 예각화하면서 제국의 식민지 영토 확장을 사실화하는 역할을 담당했다. 기행문은 전장을 보다 현실적으로 실감하게 하는 방법으로 제국의 영토를 다양한 방식으로 표상, 재현하였다. 또한 이러한 기행문의 재현의 방식은 문화의 충돌로 발생하는 이질성을 동질화시키는 대표적인 장치[291]이며, 제국의 영역을 새롭게 도시하는 내적원리로 작동되었다. 기행문이 전제하는 지리적 상상력의 일단에는 제국의 지도 그리기라는 의도와 함께 그곳의 현장성을 보다 직설적으로 전달하려는 목적에 의해 서술되었고, 이것은 제국의 대동아공영권과 신체제를 선전하기 위해 동원되었다고 할 수 있다. 따라서 이 시기 기행문이 유도하고 있는 제국의 식민지 체제의 공고화와 신민으로서의 충후봉공의 역할은 『삼천리』에서 사실적으로 또는 낭만적으로 확대 재생산되었다고 하겠다.

291 박주식, 「제국의 지도 그리기 - 장소, 재현, 그리고 타자의 담론」, 『탈식민주의 이론과 쟁점』, 문학과 지성사, 2003, 226쪽.

4. 식민 본국에서의 합리화된 정체성과 그 이면

2절과 3절에서는 『삼천리』에 게재된 중국 점령지에 대한 기행문을 중심으로 논의했다면, 이 절에서는 식민본국 일본으로의 방문과 여행, 참관 등을 서술한 기행문을 살펴볼 것이다. 조선인의 내지여행은 근대 계몽기 이광수나 현상윤 등의 유학생들에 의해 신문명의 접촉과 관련하여 행해졌고, 1910년대 이후 총독부에 의해 실시된 '일본시찰단'의 단체여행으로 인해 조선인들은 자의적 또는 타의적으로 식민본국을 경험하게 되었다. 중일전쟁 이후 『삼천리』에 게재된 일본 기행문은 「나의 회상기, 대판 9년 간 방랑기」(1938. 1), 「경잡감」(1938. 10), 「내지에 나마잇는 백제 유적」(1940. 3), 「천황폐하어친열 특별관함식 배관근기」(1940. 12), 「이세신궁, 성지참배기」(1942. 1) 등 5편이다. 1937년 이전 8년 동안 『삼천리』에 게재된 기행문 83편 중 일본 기행문이 1935년에 수록된 「동경 문인묘」 한 편인 것에 비하면 총력전 체제하 5편의 수는 결코 적다고 할 수 없다. 이렇게 일본 기행문이 중일전쟁 이후 많이 쓰여진 것은 그만큼 일본으로의 여행이 중요해졌다는 것을 의미하기도 하지만 이것이 신체제 하에서 전략적으로 동원되었기 때문이기도 하다.

박영희가 쓴 「경잡감」은 1938년 6월 '전국시국대응위원회'의 조선대표의 자격으로 동경에 갔던 경험을 서술하고 있다. 여기에서 그는 경성을 출발하면서 대정 10년 이후 두 번째 가는 동경행에 대해 "불혹의 년(年)에 있으면서도 소년의 마음과 같이 울렁거리며 마음이 어지러웠다."고 서술한다. 그리고 그는 동경에 도착해서 18년 전의 모습을 추억하거나 변화된 동경의 풍경을 묘사한다.

동경에는 어느 부분이나 이러한 令孃 없이는 그런 것이 발달할 수 없는 듯이 생각된다. 그 기묘한 裝束 요괴한 화장, 경쾌한 보조, 다정한 말소리 그들은 확실이 어떠한 새 시대를 형성하면서 있는 것이다. 그 다음으로는 자동차의 난무다. 시국 관계로 자동차가 많이 줄어젓다는데도 신숙의 거리에는 공차의 대행진의 유혹이 거러가는 사람의 다리를 저절로 피로케한다. 한없이 느러슨 자동차의 떼는 개아미 떼 모양으로 몰녀 단인다. 그 덕분인지 나도 외출할 때는 거지 반 이 空車를 이용하였다. 그 다음으로 지하철도다. 각 백화점의 지하실이 곳 지하철도의 정류장이다. 대단이 편리하게 되었다. 내가 동경 있을 때에는 생각지도 못하였다. 동행한 최무혁씨를 졸라서 그여코 한번 타보았다. 나는 동경 한복판에 서서 생각해 보았다. 내가 동경에 처음 올 때에는 상해 공원에서 普選에 관한 연설을 하고 검거되는 것을 보았다. 그러나 그 후 결국 보선이 실시되였으며 뒤를 이여 사회운동이 熾熱하여서 많은 희생을 하다가 금일에는 전국 전향자가 一團이 되어 애국 운동에 열중하고 있지 안는가. 10년을 1대라고들 하지만 확실히 10년은 一 전환기인 듯싶다.[292]

박영희는 동경에 도착해 자동차가 많아진 것과 지하철도의 개통에 대해 신기해하고, 거리에서 애국운동을 하고 있는 것에 대해 전환기적인 시대가 도래했음을 느낀다. 동경역에 도착했을 때에는 역 앞의 빌딩을 보면서 여기에서 막노동꾼으로 일했던 과거를 회상한다. 그리고 "이러한 감회가 이러나기 시작하니 그 길로 내가 살든 곳 내가 다니든 길 내가 좋아하든 곳 내가 고생하든 곳 내가 가고 십허하든 곳을 어디보다도 먼저 달려가고 싶었다."라고 서술한다. 이후에도 이러한 추억과 감회에 대한 서술을 계속되며, 여행의 목적에 대한 임무수행 과정은

292 박영희, 「경잡감」, 『삼천리』 10권 10호, 1938, 134~135쪽.

생략된다. 여기에서 중요한 것은 박영희가 동경에서 노스텔지어의 향수에 젖는다는 것이다. 박영희는 떠나간 고향에 다시 돌아온 듯한 감회를 느끼고, 그곳에서 동무를 그리워함으로써 조선인의 정체성 대신에 내지인의 정체성을 형성한다.

또한 이 기행문에서는 경성과 동경을 비교하면서 두 공간이 차별화된 공간이 아님을 강조한다. 경성을 떠나면서 설레던 마음과는 달리 동경에 도착해서는 과거와 달라진 몇 개의 풍경을 소개하는 정도에 그치며, 제국의 문물에 대한 감탄은 서술되지 않는다. 백화점과 서점, 공원 등에 대해 "경성에 잇는 온갖 서적이 다 동경에서 오는 것이며", "동경이 경성과 다를 것이 무엇인가"라고 되묻기까지 한다. 동경이 경성보다 광활하고, 인구가 많고, 사업의 범위가 넓을 뿐이라는 박영희의 언급은 식민본국과 식민지의 공간이 문명적으로 차이가 나지 않는다는 것을 의미한다. 다시 말해 박영희는 식민본국과 식민지를 이질성보다는 동질성으로 각인하고 있는 것이다. 이로써 박영희는 피지배자라는 타자의 정체성보다는 제국의 신민이라는 정체성을 동경이라는 공간에서 스스로에게 부여하고 있다.

박영희가 부여한 이러한 제국신민으로서의 지위는 1939년 10월에 간행된 『전선기행』을 통해서도 보다 예각적으로 확인된다.[293] 1939년 4월 조선신궁참배를 시작으로 한 전선기행에서 박영희는 과도한 수사와 격양된 감정으로 황군의 위업과 천황, 제국의 발전을 낙관했었다.

---

293 박영희의 『전선기행』은 1939년 '황군위문조선문단사절단'의 일원으로 김동인, 임학수와 중국의 북경과 운성 등의 전선을 기행한 것을 기록한 것으로 1939년 10월 박문서관에서 간행되었다. 당시 이 기획에 대해 문인들과 평단에서는 '전쟁문학'과 관련하여 우호적으로 평가하고 있으며, 이와 같은 전쟁문학이 국민문학, 애국문학이 되어야 한다고 언급하며 작가들의 일본정신의 확대를 촉구하였다.

그는 여기에서 '전쟁-전장'의 황군과 자신을 상징적 동일시함으로써 자신의 정체성을 확립해 갔으며 전쟁의 '이미지(像)'를 만들[294]었었다. 그리고 그는 『인문평론』의 논설을 통해 전쟁문학이 "전쟁하는 실경(實景)을 써야만 하는 것이라면, 병사 아닌, 우리들은 다 펜을 던져야 할 것"[295]이라고 언급하며 후방의 글쓰기를 강조했었다. 이처럼 박영희는 이러한 "동양의 영구한 평화를 위한 일본정신"을 전파하기 위해 전쟁문학의 일종으로 기행문을 작성했고, 이것은 그 스스로 식민지 조선인의 정체성을 규정하는 계기가 된다. 다시 말해 박영희에게 기행문은 제국의 총력전체제를 공고하게 하는 하나의 방법론인 동시에 제국의 지정학적인 위력을 도시하기 위한 문학적 동원이었던 셈이다.

총력전체제 하 식민본국으로의 여행은 1940년 들어서면서 좀 더 적극적으로 신체제를 옹호하고 선전하는 방식으로 작동된다. 백철은 1940년 12월 『삼천리』 「천황폐하어친열 특별관함식 배관근기」를 통해 천황을 직접 목도한 경험과 제국의 군사력을 체험한 것을 서술하였다. 그는 총독부의 사회교육과 추천으로 조선특파문인의 대표로 횡빈에서 황기 2천6백년을 기념하는 관함식에 참석하게 된다.

> 이 高雄艦 上에는 今日 御陪觀의 各宮妃殿下와 御未成年皇族殿下께옵서들 타신 것이었다. 高雄艦이 있는 쪽을 향하여 외인편으로 五號岩壁 저쪽으로 멀즛이 御召艦 「比叡」가 聖嚴한 위용을 거느리고 얼마 뒤에 폐하의 御玉步가 艦上에 오르심을 기다리고 있는 偉景이 바라 보였다. 오전 9시경일까 갑작히 마즌편의 御供奉艦 「高雄」와 「加古」兩艦에서 일

294 이승원, 「전장의 시뮬라크르 - 박영희의 『전선기행』을 중심으로」, 『정신문화연구』 1 09호, 한국학 중앙연구원, 2007, 247쪽.

295 박영희 「전쟁과 조선문학」, 『인문평론』 창간호, 1939, 41쪽.

제히 各各 21발의 皇禮砲가 開門되였다. (중략) 여기에 뒤니어 폐하께서는 9시 10분경 御召艦 「比叡」에 御移乘을 하신 것이다. 이때에 御召艦 「比叡」의 後部檣頭에 聖光이 아츰해볕과 같이 찬란하게 빛나는 錦旗인 天皇旗가 높게 뚜렷하게 게양되였다. 동시에 御召艦과 뒤니어 우리가 편승한 供奉艦 上에서는 전승원이 일렬의 정렬로 양함 갑판상에 정렬하여 登舷禮를 하는 엄숙한 奉迎裡에 喨喨한 國歌 「君が代」의 奏樂이 있었다. 이때 폐하께옵서는 御座所에 오르시게 된 것이었다. 皇禮砲가 발한 뒤 御召艦에 御移乘하는 때까지의 10분간은 금일 拜觀의 榮을 힌닙은 우리들의 광영과 감격이 무상의 절정까지 달하여 황공무지한 송구를 주는 장엄하고도 聖嚴한 순간이었다.[296]

관함식에서 백철은 천황을 먼 곳에서나마 봤다는 것에 대해 흥분하며, 이 흥분을 수습하기 위해 큰 노력이 필요했다고 서술한다. 그리고 이러한 광경을 '황공무지한 송구', '장엄하고도 성엄한 순간'이었다고 언급한다. 관함식에서 그는 백여 척의 배가 구축함렬 · 순양함렬 · 잠수함렬로 정렬되어 있는 것과 전투기 · 공격기 · 폭격기 250기, 수상정찰기 · 비행정 250기의 비행편대를 보며 '제국 무적함대'의 위용을 깨닫는다. 그리고 이것이 공 · 육 · 해군의 공훈으로 인식한다. 제국의 권력을 국민들에게 과시하기 위해 기획된 이 관함식을 보고 백철은 성전 4년의 승전을 실감하고 있으며, 신동아의 질서가 건설되고 실현될 것을 의심치 않는다. 그는 총후의 국민으로서 강력한 국가질서에 순응해야 함을 깨닫는 동시에 금일의 안위가 천황의 은혜라는 것을 기행문을 통해 서술하고 있다. 그리고 천황은 백철에게 감히 알현할 수도 없는 존재로 인식되고, 천황이 배에 승선하는 과정을 '장엄', '숭

296 백철, 「천황폐하어친열 특별관함식 배관근기」, 『삼천리』 12권 10호, 1940, 38쪽.

엄'이라는 표현을 쓰고 있다. 그는 천황을 '태양'으로 자신을 "태양을 정면으로 바라보려는 어리석은 어린애"로 표상한다. 이로써 백철은 식민지인이라는 입장보다는 천황의 백성으로 일선동조론과 동조동근론을 내면화하고 있다.

일선동조론은 일본과 한국인과는 동일한 선조를 둔 가까운 혈족이며 또한 거주 지역을 같이 해서 국토의 구별이 없었던 관계로 언어 · 풍속 · 신앙 · 습관 등도 본래는 같다고 보는 것으로, 한일병합 이후 식민지를 효율적으로 규율하기 위해 식민지 초기부터 강조했던 제국의 정신이었다. 그러나 이것은 중일전쟁 이후 대동아공영권으로 식민지를 넓힘으로써 조선과 일본 · 중국을 통합하는 하나의 정신으로 다시 대두되었다. 당시 『모던일본』 조선판에서는 미타라이 다쓰오의 「내선일체론」, 중앙협화회 이사장 귀족원의원 세키야 테이자부로의 「내선일체와 협화사업」의 글을 통해 "고려, 백제, 신라 혹은 한인들이 도래하여 귀화"한 역사적 과정을 설명하고 "중일전쟁은 동양협동 생존을 위한 피의 세례"라고 언급하기도 했다.[297] 내선일체론과 동조동근론은 당시 제국 일본과 조선을 엮는 하나의 정신적 조약이었고, 이것은 대동아전쟁에서 총후의 역할을 강조하기 위해 '피(血)'의 개념으로 재등장하였다고 볼 수 있다.

동조동근론에 대한 이러한 논리는 1942년 이석훈의 「이세신궁, 성지참배기」에서 보다 직접적으로 드러난다. 이세신궁은 혼슈(本州)미에현 동부에 위치한 신궁으로 일본천황의 선조 묘이다. 이세신궁은 여기

297 미타라이 다쓰오, 「내선일체론」, 『모던일본』 조선판, 1939. (윤소영 외 옮김, 『일본잡지 모던일본과 조선 1939』, 어문학사, 2007, 107~112쪽).
세키야 테이자부로, 「내선일체와 협화사업」, 『모던일본』 조선판, 1939. (윤소영 외 옮김, 『일본잡지 모던일본과 조선 1939』, 어문학사, 2007, 113~116쪽).

에서 '성지'로 기표되고 있고, '천조대신(天照大神)', '풍수대신(豊水大神)'에게 참배하고 제물을 올리고 황군의 무운장구를 기원한 것을 서술한다.

> 여기에 萬世一系의 天皇께서 다스리시는, 日本國體의 기초가 있는 것입니다. 崇神天皇의 六年, 즉, 皇紀 569年, 다시 말하면 지금으로부터 2千30餘年 前, 宮城 내로부터 별전에 奉遷키로 되어 『倭』지방 笠縫邑에 神宮으로 지으신 것이 시초인데, 그 후 87年을 지나, 第 11代 重仁天皇의 26年, 즉 皇紀 656年 3月에 이곳 伊勢로 奉遷한 것입니다. 과연 역사가 오래임을 알 것입니다. 나는 어제, 神武天皇을 奉齊한 橿原神宮에 参拜하고, 지금 皇大神宮에 参拜하여 거위 자연에 가까울 만큼 簡素한 가운데에도 무한한 尊嚴함을 간직한 것을 보고, 겨우 日本精神의 본질이라던가, 日本國體의 崇嚴함을, 실지로 터득(體得)한 듯한 느낌을 가지게 되였습니다. 그것을 이론적으로 설명하기 어려울 만큼 종교의 세계와도 다른 세계에서 가장 특이한 日本문화의 핵심을 이루는, 높은 것이라는 것만은 단언할 수 있을 것 같습니다.[298]

일본국체와 일본정신을 강조하고 있는 이 기행문은 천황의 존재에 대해 '숭엄'이라는 표현을 쓰며, 그를 신적인 존재로 인식한다. 신궁의 내궁과 외궁을 모두 참배하고 나서 이석훈은 신궁의 분위기에 압도되어 일본국체의 숭엄함을 몸으로서 체득하고 있다고 서술한다. 그리고 신궁을 싸고 흐르는 강물에 손을 씻는 행위로서 내세에서도 천황의 신민으로 태어날 것을 염원한다. 여기에서 일본 신궁을 참배한다는 것은 그 정신과 피까지도 개조를 한다는 의미로 취급된다. 이와 같은

298 이석훈, 「이세신궁, 성지참배기」, 『삼천리』 14권 1호, 1942, 127쪽.

신궁 참배, 특히 일본의 3대 신궁이라고 일컫는 이세신궁을 여행한다는 것은 황국신민에 대한 적극적인 동조라고 할 수 있다.

식민지 조선인으로서 일본 내지로의 여행은 바바의 말처럼 양가적인 감정을 세밀하게 드러내며, 식민지인의 정체성의 문제를 재인식하는 계기가 된다. 지배와 피지배가 확연하게 구분되는 식민 본국에서 천황제의 적자라는 동조동근론은 이 둘 간의 차이를 무화하는 하나의 이데올로기가 되고 있다. 백철이 관함식에서 제국의 신민임을 표명하기 위해 동양적 질서를 언급하며 충성을 맹세한 것처럼, 여기에서 이석훈은 직접 신궁을 참배함으로써 혈연적인 동맹의 포즈를 취하고 있는 것이다. 또한 박영희가 기행문을 통해 문화적, 사회적 이질성이 전제되지 않는 식민지와 제국을 염원했다면, 1940년대 들어서면서 이석훈과 백철은 혈연적 관계라는 논리를 통해 그 간격을 줄이려고 시도하고 있다. 이러한 식민지 조선인이 제국의 신민이 되어야 한다는(되었다는) 환상은 기행문을 통해 내지라는 식민본국의 공간 안에서 편집증적으로 증폭되었다고 할 수 있다. 그리고 이러한 인식은 제국과 식민의 좁혀지지 않는 차이에 대한 불안감과 정체성의 양가적인 감정으로 인해 형성되었다고 할 수 있다.

총력전체제 하 『삼천리』의 기행문이 내포하고 있는 식민본국은 노스텔지어의 공간으로서의 동경과 군사적 위용을 대리하는 전함과 피의 연결을 담보하는 신궁으로 제시된다. 제국의 핵심적인 장소를 찾아 재현하고 있는 이 기행문들은 제국에 대한 심상지리를 형성하면서 내지라는 차별화된 공간을 공통의 공간으로 새롭게 규정한다. 추상화된 제국이라는 개념을 대신하여 구체화된 장소·지역이 기행문을 통해 제시됨으로써 대동아는 그 실체성을 얻게 되는 것이다. 상상된 지도위에 그려진 제국 보다는 현실에 존재하는 제국의 영토가 표면화됨으로써 식민정치의 지정학적인 논리는 그 효력을 발휘 할 수 있었던 것이다.

체험적 글쓰기의 일부로서 기행문은 영토의 모상을 단서로 하여 제국의 식민정치의 논리를 도상화하는 과정 안에 위치한다. 그리고 이것은 제국의 파시즘 이데올로기를 가장 잘 드러내는 장르적 특성을 갖는다. 『삼천리』는 정치와 경제, 사회와 문화가 일정한 지면을 획득하며 지속적인 기사로 사회적 공통인식과 공통감각을 재구성[299]했다는 점에 주목할 필요가 있다. 특히 『삼천리』의 기행문은 식민정치의 미세한 틈을 보여주는 동시에 그 연속성과 통시성을 고찰할 수 있는 텍스트라 할 수 있다.

1937년 중일전쟁 이후 『삼천리』의 기행문들은 제국의 상상된 영토를 사실로 전화하는 역할을 자임함으로써 제국의 대동아 논리를 공고히 하는 데 기여하였다. 새롭게 식민지의 영토로 점령된 중국을 시찰한 기행문들은 상해와 북경, 남경의 풍경을 재현하면서 황군의 위업과 제국의 군사적 위용을 제국을 대신하여 받아쓰기 하고 있다. 이 기행문들은 식민본국인 일본제국의 시선을 흉내 내고 있지만 여전히 같지 않는 재현, 즉 모방의 차원에 그침으로써 식민과 제국의 정체성에 대한 차이를 드러낸다. 또한 이 시기 기행문에서는 대동아공영에 대한 낭만적 전유와 환상을 통해 '세계공영권'이라는 신조어가 생산되는 과정을 보여주고 있다.

299 이경돈, 「삼천리의 '세(世)'와 '계(界)'」, 『식민지 근대의 뜨거운 만화경 - 『삼천리』와 1930년대 문화정치』, 성균관대 출판부, 43쪽.

『삼천리』 기행문에서 피지배자의 식민본국으로의 여행은 일종의 모험이며 신민의 실현을 가능하게 하는 기회가 되기도 한다. 특히 일제말기 민족이 아닌 국가가 강조되는 파시즘 체제에서 제국으로의 여행은 동조동근론, 내선일체에 대한 황국신민의 지위를 새롭게 부여받는 과정으로 일관된다. 이 기행문들에는 공통적으로 편입된 공동체의 구성원이라는 정체성보다는 과도한 감정과 충성을 맹세하는 황국신민으로 재현되고 있다. 1940년 이후 식민본국에 대한 기행문은 제국과 식민의 차이를 무화하는 방식으로, 또는 좀 더 노골적으로 조선인과 일본인의 신체 도식을 융합하는 방식으로 쓰여졌다. 그리고 이것은 포즈로 또는 합리화된 정체성으로 포장되어 유포되었다고 할 수 있다.

총력전체제 하 『삼천리』의 기행문들은 말레이시아, 필리핀의 점령으로 인한 남방에 대한 호기심과 기대를 직접적으로 재현하여 보여주기도 했다. 이 기행문들은 인종적 차이와 이국적 정취를 중심으로 서술되면서 남방담론을 이끌며 좀 더 거시적인 차원으로 제국의 영토를 도시하였다. 이 남방기행문들은 본격적으로 대동아공영권의 지역적 확장을 재현하면서 제국의 세계적 권력의 야망을 재현하고 있다. 여기에는 총력전체제 하의 중국과 내지의 기행문들을 넘어서는 지정학적인 논리가 전제된 것으로, 이러한 논리는 전쟁이 본격화되는 1940년 이후 좀 더 복잡하게 전개된다.

제5장
일제 말기 남양기행문과 제국담론의 미학화

1. 남양이라는 지정학적 위용과 제국권력

1942년 3월호 『춘추』에는 「국민적 희열!」이라는 제목 하에 "동아침략의 책원지, 동아민족압박의 근거지로써 영국이 그처럼 과시하는 신가파는 함락되었다."라는 권두언이 실렸다. 그리고 이 권두언은 싱가포르를 점령한 것에 대해 황군을 치하하고 있고, 미국과 영국의 완전한 퇴거와 동아공영권의 확립을 확언하고 있다. 1942년 2월 15일 싱가포르가 일본 제국의 영토가 된 직후인 3월, 『춘추』에서는 '싱가포르 함락 특집'을 기획하면서 「대동아전쟁과 동아공영권론」, 「수혈로 잃은 장정권」, 「신가파함락의 세계사적 의의」, 「남방진출의 제문제」, 「대동아전쟁과 화교의 동향」, 「남방화교 흥쇠기」 등의 논설들과 안서의 「씽가포어뿐이랴」, 김춘용제 「눈물 아름다워라」, 노천명 「노래하자 이날을!」의 '싱가파함락 축시'를 게재하였다. 권두언에 대대적으로 태평양 전쟁의 성과를 치하하고, 논설과 시를 동원하여 기획특집을 편집하고 있는 것은 그 만큼 일본 제국의 식민지 확보에 대한 결과물로서, 그리고 대동아공영권이라는 체제의 확장과 제국의 권력을 전시하기 위한 의도였다고 볼 수 있다.

1940년 초반 홍콩과 싱가포르가 일본 제국으로 포섭된 것을 계기로 대동아공영권에 대한 실체적인 논의가 시작되었고, 이것은 남방, 남양에 대한 관심을 촉발하였다. 1914년 독일령이었던 남양군도가 베르사유 조약에 의해 일본의 위임통치령이 되고, 1922년에는 팔라우제도의 코로르 섬에 남양청이 설치된 이후 아이누 모시리, 류큐, 타이완, 조선으로 침략해 나간 일본은 마이라나, 팔라우, 캐롤라인, 마셜 제도로 이루어진 미크로네시아(괌, 길버트 군도는 제외)까지[300] 점령하였다. 이어서 일본은 1941년 12월에는 홍콩을, 1942년 2월에는 싱가폴을 점령하기에 이른다. 이러한 영토의 확장에 따라 일본 제국은 효율적인 식민통치와 자원을 개발하기 위해 1930년대에 <남양청>의 후원으로 '동양척식'과 '미쓰이 물산' 등이 참여한 <남양척식>을 설립하였고, '대일본 적성회'와 '신일본 동지' 등이 주축이 된 <남방회>(1941년)를 조직하여 남진을 주장하였다. 또한 남양군도의 조사 연구를 위해 <태평양협회>(1938년)와 남양의 자원채굴과 관련한 노동력을 송출하기 위해 <남붕회>(1941년) 등을 설립하였다. 이외에도 남양 원주민을 연구하기 위한 <남방토속학회>가 결성되고 『남방민족』, 『남방토속』이라는 잡지를 발간하였다.

사실 남양군도에 대한 관심은 1940년대에 들어서 시작된 것은 아니다. 청일전쟁 이후 대만이 일본 통치를 받게 되면서 1920~30년대의 『동아일보』, 『조선일보』, 『매일신보』에서는 대만을 비롯하여 일본의 식민지들에 대한 기사들을 게재하였다. 1920년대 남양에 대한 관심은

300 도미야마 이치로, 임성모 옮김, 『전장의 기억』, 이산, 2002, 57쪽.

「점령지 민정과 남양청 신설」(『매일신보』, 1920. 5. 13), 「남양제도의 군제 시행」(『매일신보』, 1920. 10. 12) 등의 행정문제, 군제시행에 대한 정보 위주의 기사들이 주를 이루었고, 1930년대에는 「조선미를 남양에 동척서 수출계획」(『매일신보』, 1934. 3. 21), 「남양항로와 함께 부산의 비약을 약속」(『매일신보』, 1935. 5. 2) 등 식민지 조선과의 관계를 언급하는 내용 위주로 기사화되었다.

대동아공영권은 아시아 지역에 속한 영미제국의 식민지를 해방한다는 구실 아래, 전쟁의 정당성을 인정받기 위한 하나의 구호였고, 이것은 일본 제국의 식민지 점령을 합법화하기 위해 이용되었다. 대동아공영권의 구축과 태평양 연안의 지정학적인 우위를 차지하기 위해서 일본 제국은 1914년부터 남양군도의 위임통치령을 선포하고, 1920년대에는 팔라우 제도, 미크로네시아를 점령하여 내남양으로 지칭하였고, 1930년대 중반 이후에는 필리핀, 인도네시아 등을 외남양으로 설정하여 이곳을 대동아공영권을 위한 남진의 거점으로 삼았다.

이러한 일본 제국의 행보는 대동아 건설의 주된 요구가 서구의 식민지 상태로부터의 해방인 만큼 그것은 당연히 '남방권'의 해방으로 확대되어야 하며, 대동아 건설의 물적 기초가 '일 · 만 · 지' 3국만으로는 부족하기 때문[301]이었다. 일본의 지정학적 패권주의를 주장하기 위해 본격적으로 전쟁을 수행하던 1940년대 초반에는 남양이 식량과 군수물자의 조달을 위한 하나의 병참기지로써의 역할을 수행하였다. 일본은 점령지의 자원개척을 위해 남양척식회사와 남양청 등의 정부조직을 구성하였고, 난요흥발, 남양무역, 미쓰이물산 등의 회사는 실질적인

---

301 임성모, 「전시기 일본 식민정책학의 변용 - 민족, 개발, 지정학」, 『제국일본의 문화권력』, 한림대학교 일본학연구소, 소화, 2011, 257쪽.

식민지 자원을 개발하고 수송하는 역할을 수행하였다. 난요흥발의 경우는 남양의 사탕수수 재배, 전분, 수산물을 공급하였고, 난요척식의 경우에는 지하자원의 채굴을 위한 광업소를 설치하여 인광석을 채취하였다.[302] 대동아공영권의 확장과 총동원체제에서 자원개척, 병참기지로서의 역할이 중요해짐에 따라 남양에 대한 관심은 증대되었고, 이에 따라 남양을 주제로 한 대담회, 논설, 기행문, 시들이 신문과 잡지에 수록되었다.

1937년 중일전쟁을 기점으로 총력전체제에서 식민지 확장이 이루어지면서 태평양 지역에 대한 남양 담론이 조선 내에서도 본격적으로 제기되었다. 이것은 태평양 전쟁에 대한 일본의 선전선동과 새로운 개척지의 대두에 따른 '조선의 진출' 가능성과 결부되는 남방의 습속, 지리, 물자 인종 등에 대한 관심의 증폭 등의 요소들이 결합[303]되어 논의되었다. 일제말기 남양담론이 유행처럼 지식인들의 '시국좌담회'의 주제로 또는 잡지와 신문에 '남양특집'으로 게재되는 상황이었고, 이러한 남양담론들은 제국의 권력을 현실화하기 위한 목적을 수반하

---

302 제1차 세계대전 후 일본은 독일령 남양군도를 점령하여 1914년 동캐롤라인 제도 축에 사령부를 설치하여 남양군도에 해군의 군정통치가 시작되었다. 1917년 정기항로가 개설되고 일본기업인 니시무라 척식주식회사와 남양식산 주식회사가 남양에 진출하였다. 1921년 난요흥발이 민간회사와 일본해군이 관여하여 설립되었고, 이 회사는 남양군도의 제당업을 독점하였다. 이후 1936년 11월 일본정부는 난요척식을 설립하여 농업, 수산업, 광업, 해운업, 이민사업 등의 업무를 담당하게 했고, 남양군도 팔라우 제도에 도쿄사무실을 설립하여 앙가우르 광업소, 파이스 광업소, 손소롤 채광소 등에서 인광석을 생산하였다. 이들 회사들은 남양의 개척을 위한 노동력을 조선인 노무자의 모집으로 충당하기도 했는데, 1942년부터 충북과 충남에서 동원된 사람은 858명으로 이들은 앙가우르 광업소나 팔라우 본점 농장, 트럭사업소 등에서 일했다.
김명환, 「일제말기 동양척식주식회사의 조선인 동원실태」, 『한일민족문제연구』, 2009, 97~234쪽 참고.

303 권명아, 「'대동아 공영'의 이념과 국가 가족주의 - 총동원체제 하의 '남방'인식의 변화를 중심으로」, 『동방학지』 124호, 연세대학교 국학연구원, 2004, 763쪽.

며 조선의 대중들에게 전달되었다. 그 중에서도 『삼천리』, 『대동아』, 『춘추』, 『시조』, 『조광』 등의 잡지에서는 남양에 관련된 논설, 기행문들을 게재하였다. 이 글들은 일제말기 군국주의 국가체제의 성립과 관계하여 아시아 전체를 하나의 제국적 영토로 가시화하고 대동아공영권의 이념을 전파하기 위한 것으로 작성되었다. 중국의 상해와 남경, 대만을 비롯하여 싱가포르, 홍콩, 베트남, 필리핀 등의 점령지에서 여행자와 시찰단들은 이국적 정취를 기행문을 통해 다양한 시선으로 재현하였다.

일본 제국의 1938년 10월 무한・삼진의 함락과 1942년 싱가포르・필리핀의 점령은 「북선여행기」(『삼천리』, 1938. 12), 「전후의 남경, 고도의 최근 상황은 어떤가」(『삼천리』, 1940. 10), 「비율빈의 인상, 마니자 유학시대와 비도 풍물기」(『대동아』, 1942. 3), 「남방려행기, 동경의 상하낙토(常夏樂土)」(『대동아』, 1942. 3) 등의 기행문을 통해 사실적으로 전달되었다. 이러한 기행문은 일제말기 군국주의 국가체제 성립과 관계하여 아시아 전체를 하나의 제국적 영토로 포섭하기 위한 남양담론의 일환으로 쓰여졌다.

기행문은 미지의 세계를 기지의 세계로 전화시키며, 이것은 제국의 영토에 대한 야망과 욕망을 충족시키는 서사적 기능을 수행한다. 푸코가 지적하고 있는 것처럼 공간은 이데올로기와 전략 차원의 권력 문제와 맞물려 있으며, 이것은 지형적인 메타포인 지형territory, 영역domain, 토양soil, 지정학geopolitics으로 대치되는 법적・정치적 용어로 규정된다. 식민지 공간에 대한 묘사와 재현은 누가, 어떻게 서술하느냐에 따라 다양한 편차를 가지며, 그 과정에는 서술자의 정치적 이데올로기가 전제될 수밖에 없다. 특히 총력전체제 하 국책문학으로 경사되고 있는 기행문은 내선일체의 군국주의 파시즘을 재생산하는 방식으로 기능하지만, 거기에는 협력과 저항, 배제와 통합의 과정에서 드러나는 무수한 틈과 긴장들이 내포되어 있는 것이 사실이다. 그리고 여기에는 좀 더 논쟁적인 부분인 이중어 글쓰기라는 언어선택의 문제도 포함되어 있다고 할 수 있다. 이에 주체의 내면이 투사되는 장으로써의 글쓰기는 당대의 인식론적 배치가 어떻게 이루어지고 있는지에 대한 논의의 근거를 마련해준다.

2. 병참기지로써의 위상과 식민 · 피식민의 틈새

1942년 『삼천리』 1월호에는 중추원 참의를 지낸 변호사 이승우의 기행문이 게재되었다. 이 기행문에는 대만과 중국 양자강 중 · 하류 지역을 여행하고 돌아온 기록을 서술하고 있다. 여행의 목적은 대만의 산업시찰과 그곳에서 생활하고 있는 한국인의 실상을 전달하고, 황군을 위문하기 위한 것이었다. 이에 여행은 한 달 반 동안의 여정으로 진행되었다. 일본어로 쓰인 이 기행문은 9페이지 가까이 되는 분량으로 게재되었고 대만의 기후와 경제, 문화, 종족에 대한 다양한 내용을 전달하고 있다.

조선의 매체에서 식민지 대만을 조명하고 있는 것은 이 글이 처음은 아니다. 1930년대 남양의 개발과 연관하여 대만에 대한 기사가 게재되면서 『매일신보』의 경우는 경제관련 내용과 남방종족에 대해 주로 다루었고, 『동아일보』의 경우는 대만의 항일지사들의 움직임과 그곳을 경유한 조선 독립운동가들의 행보에 관심이 높았다.[304] 또한 『사상휘

304 정혜경, 「식민지 시기 조선 사회의 외지 인식 - 대만과 남양군도 신문기사 논조 분석」,

보』, 『조선행정』, 『문교의 조선』 등의 잡지에서는 대만에 대한 정보를 자주 게재하였고, 『별건곤』(한철주, 「해양박물관」, 1930. 8)에서는 세계주항기(世界周航記)의 일정 중에 들른 대만에 대해 한적하고 청결한 열대의 도시라고 언급하고 있다. 1930년대 황강의 「대만의 과거와 현재, 그 정치적 산업적 지위」(『동광』, 1931. 1)와 향천건일의 「대만의 조선인 현황」(『삼천리』, 1941. 9)[305]에서는 대만에 2천명의 조선인이 상업과 농업, 어업 방면에서 활약하고 있으며 총후 국민으로서의 반도인의 의무를 수행하고 있다고 언급한다. 이전의 기록들이 단편적인 정보와 소식의 글이었다면, 이 장에서 분석할 이승우의 기행문은 1940년대 식민지 대만에 대해 좀 더 심도 있게 서술하고 있다.

제국의 시찰단의 일원으로 대만을 방문한 이승우는 일본어로 기행문을 쓰고 있고, 조선보다 먼저 식민지가 된 공간에서 식민지로서의 공통점과 차이에 대해 자세하게 서술한다.[306]

『한일민족문제연구』, 2012, 43~98쪽 참고.

1910년부터 1945년 까지 『매일신보』에 실린 대만에 대한 기사는 407건이다. 1910년대에는 제국통치의 성과를 보여주는 내용이 주를 이루었고, 1920년대에는 일방적인 제국의 성과와 대만 토착민족의 저항과 항일운동을 보도했다. 1930년대에는 경제관련 기사가 많이 게재되었고 토착민족의 야만성에 대한 기사가 주를 이루었다. 1940년대에는 지원병제도와 징병제도에 대한 대만동포의 활약상을 내용으로 하였다. 『동아일보』에서는 1920년대 대만이 조선과 같이 독립을 쟁취해야 하는 지역으로 관심을 보였고, 미곡통제로 인한 경제관련 기사를 게재하였다. 1930년대에는 경제관련 기사는 줄었으나 대만의 번족과 여성, 남방민의 호기심을 내용으로 하는 기사, 항일운동의 내용 등이 주를 이루었다. 일제말기에는 이전과 같이 경제문제에 집중하는 기사가 주를 이루었다.

305 『삼천리』에 게재된 것에 의하면 대만에는 조선인 2천명이 집단적으로 고웅주高雄州 부근에 모여살고 있으며, 조선인 침목 단체인 '남부해동회'를 결성하여 서로 돕고 품성 향상에 노력하고 있다고 언급하고 있다. 그리고 이 글에서는 남부회동회의 회규를 제시하고 있다. 그리고 이들은 세대주가 50호이고 나머지는 독신자들이었다. 어업에 종사하는 조선인의 경우는 근래 식량정책에 큰 역할을 하고 있으며, 대만의 어업은 반도인이 독점하고 있고 선장이나 기관장도 다수 있다고 언급한다. 회관은 2층 건축으로 반도인을 수용하고 있고 그곳에는 500여명이 거주하고 있다고 이 글에서는 덧붙이고 있다.

이승우는 이 기행문에서 조선과 차별화되는 것으로 기후를 제시하며, 대만이 열대 · 아열대 · 온대 기후를 가지고 있고, 이것은 일본의 8월말 기후와 비슷하다고 설명한다. 그리고 더운 나라이기 때문에 선생님들이 '雪'에 대해 설명하는 것을 가장 어려워하고 있음을 언급한다. 이 기행문은 이국적 풍경을 묘사하는 것으로 서두를 시작함으로써 대만의 지리적 조건에 대한 실감을 전달해준다. 그는 대만이 지리적으로 멀리 떨어져 있다는 사실을 기후로 설명하면서 제국의 권력이 그만큼 확장되었다는 것을 강조한다. 외부세계, 미지의 세계라는 것을 표상하기 위한 것이 여기에서는 기후인 셈이고, 이것은 원거리에 위치한 낯선 지역의 영토를 점령하게 된 것에 대한 자기 과시적 서술이기도 하다. 다시 말해 기후라는 코드를 통해 제국의 지도를 상상하게 하는 이러한 전략은 확장된 식민지 영토를 보다 효과적으로 도시하고 있다.

> 이 지방에서는 농업 산업이 번창해 쌀과 설탕을 많이 재배합니다. 여기에서 쌀은 이모작을 하는데 두 번 째 첫 모작에서 70~80% 정도를 수확합니다. 이런 이모작을 대만에서는 '타혼치'라고 말합니다. 타혼치는 2월에 심어서 6월에 수확하고, 6월에 심어서 11월에 수확합니다. 마침 우리들이 갔을 때는 벼를 수확하고 있었습니다. 대만 가운데서도 대남, 대웅지역은 모심기가 일정하지 않으며 수확도 일정하지 안습니다. 그 지역 상황을 보면, 모심기 후 한 달 밖에 되지 않는 경우도 있는 반면, 한쪽에서는 벼를 베고 있기도 했습니다. (중략) 참고로 말씀드리자면 쌀의 가격은 지룽에서 "일석삼십육원이전오리"였는데 조선의 쌀에 비해 매우 싼 편이었습니다. 대만 쌀은 상당히 품질이 좋은데 반해 조선 쌀의 품질은 조금

---

306 梧村升雨, 臺灣と 中支旅行記, 一ヶ月半の各地の旅を終へて, 『삼천리』 14권 1호, 1942, 70~78쪽.

떨어질 수도 있습니다. 대만도 쌀을 배급하는데, 이전에는 1인당 1홉 8작 정도 배급했던 것으로 봅니다. 때에 따라서는 2홉3작까지 이릅니다. 이것은 쌀의 대부분을 내지에 수출하기 위한 것으로 조선처럼 일본의 병참기지인 대만의 쌀을 아끼는 모습은 잘 봐둘 필요가 있습니다.[307]

이승우는 대만의 쌀이 이모작으로 생산되고 있고, 그 대부분은 일본으로 수출하기 위한 것이며, 품질이 조선보다 우수하다고 평가한다. 이것은 대만이 쌀의 생산지로 일본의 병참기지 역할을 충실히 실행해 내고 있는 것에 대한 언급이다. 여기에서 대만은 철저하게 식민지로써만 조망되고 있고, 제국주의자의 시선에 의해 관찰되고 있다. 대만의 병참기지로서의 역할은 임업을 설명하는 부분에서도 드러난다. 대만은 임업이 발달되어 있고 산림이 무성하여 개발 가치가 있다고 평가하고 있으며, 특히 산 중턱에 위치한 대나무 숲은 현재 일본 내지의 식품수요를 충당하고 있다고 언급한다. 바나나의 경우도 일본에 수출하기 위해 상급 품질로 재배되고 있다고 설명한다. 여기에서 대만의 생산 물품들은 모두 전쟁을 위한 물자 조달, 자원 개발, 또는 제국 국민들의 식생활에 공급될 자원으로서만 한정되어 평가되고 있다. 모든 것의 가치는 제국의 입장에서 재단되고 있고, 사용가치에 따라 그 중요성이 판단되고 있다. 즉 이 기행문에서는 여행자의 낭만적 정취라든가 감정적인 정서의 부분이 제거된 시찰단의 시선에 의한 것만이 서술되고 있다.

이 기행문이 시찰단의 시각을 예각적으로 드러내고 있는 이유는 제국의 식민지임에도 불구하고 대만과 조선이 식민화의 과정이나 총후의 병참기지 역할에서 차이가 나기 때문이다. 대만은 조선보다 이른

---

307 梧村升雨, 위의 글, 71~72쪽.

시기에 식민지가 되었기 때문에 제국 자본에 의한 공업화가 일찍 이루어졌으나 1930년대 이후에도 농산물 가공업 중심의 구조를 벗어나지 못한데 비하여 조선은 이 시기 일본 자본의 유입에 힘입어 공업화가 본격화 되었다는 점, 조선은 대만에 비해 가내공업의 비중이 높고 자가 소비적인 성격을 띠고 있었다는 점에서 조선과 비교된다.[308] 이러한 실정을 인식하고 있는 상황에서 여행자는 대만과 조선을 대조할 수밖에 없었고, 그것은 조선이 갖는 식민지로서의 위상과 관계된다.

이것과 관련하여 주목해야 할 점은 이 기행문이 일본제국의 시찰단 입장과 식민지 조선인이라는 두 개의 정체성을 기반으로 하여 서술되고 있다는 점이다. 그래서 이 기행문에서는 조선과 대만의 동일성과 차이에 대해 민감하게 반응하고 있다. 기행문에서는 대만에서 생산되는 쌀을 설명하면서 이모작의 특성을 언급하고, 쌀을 아끼는 것은 대만과 조선이 동일하다고 설명한다. 그리고 태평이라는 중국인 마을과 조선의 종로를 비교하면서, 태평마을이 종로보다 번화한 곳이라고 언급한다. 이승우는 조선과 대만을 끊임없이 비교하면서 쌀과 임업, 도시의 부분에서는 조선이 대만보다 열세를 보인다고 판단하고 있다. 그리고 조선이 대만보다 우세한 것을 국어(일본어)능력으로 제시한다.

---

308 김낙년, 「식민지기 대만과 조선의 공업화 비교」, 『경제사학』 제29집, 경제사학회, 2009, 73쪽.
대만의 경우 식민지 이전부터 상품경제화가 진전되어 있었기 때문에 무역의존도가 조선보다 높았으며, 제당자본, 사탕수수와 같은 가공품공업이 발달하여 수출을 주도하였다. 대만은 농업과 공업이 연계되어 수출산업이 발달되었고, 이에 비해 조선의 수출은 미곡중심이어서 농공간의 연계가 약했다. 1930년대에는 대만에 일본자본의 유입이 줄어들었고, 조선에는 가속화 되었다. 조선에서는 이 시기 공산품 시장(비료, 방적), 전시 요구에 부응하는 분야의 민간 자본의 진출이 크게 늘어 활성화 되었고, 대만의 공업은 식민지 말기까지 식품가공업 중심이었다.

현재 초등학교에 가는 것이 불가능한 사람의 편의를 알아보기 위해 황민돈이라는 것이 만들어져 6세부터 60세까지의 사람을 수용하여 교육하고 있습니다. 이 교육의 방식이 매우 흥미로운 것은 본래 이곳에서의 교육은 수업기간이 정해져 있지만 이 황민돈에서는 기간이 정해져 있지 않다는 것입니다. 따라서 국어를 사용해 회화가 가능하기까지 몇 년이 걸려도 계속 가르치고 있습니다. 이 방침은 무리하게 교육을 강요하는 것보다 유효한 것이 아닐까라는 생각이 듭니다. 대만인의 국어 발음은 어떻게 해도 조선인보다 떨어집니다. 우리들은 총독부를 방문해 식산국장을 만났습니다. 그때 국장으로부터 "대만에서도 국어를 보급하고 있으나 당신과 같이 명료하게 제대로 국어를 말할 수 있는 사람이 적다."라는 격찬의 말을 듣고 황공할 따름이었습니다. 이것만 보더라도 조선인의 발음의 명료함을 알 수 있습니다.[309]

이승우는 대만의 교육제도 중의 하나인 '황민돈'을 설명하면서, 이러한 교육이 식민지 교육제도로 유효할 것이라고 평가한다. 그러면서 국어교육에 대해서는 대만인의 발음이 조선인보다 떨어진다고 언급한다. 이러한 조선인의 유창한 국어(일본어)발음에 대해 총독부의 식산국장이 치하하자 그는 황공해 한다. 이러한 언급은 단지 국어 발음의 문제에서 그치는 것이 아닌 대만인과 조선인의 민족성으로까지 확대 해석되고 있다. 식민지 모국의 언어를 습득하고 사용하는 능력이 여기에서는 식민지들 간의 우위 경쟁에 있어 하나의 기준이 되고 있는 것이다.

이 기행문에서 서술되고 있는 조선과 대만의 비교서술은 대만에 설립된 '국민총력운동'의 조직원의 구성적 측면을 설명하면서도 반복된다. 대만에서는 '황민봉공회'가 설립되어 활동하고 있으며, 이 봉공회

---

309 이승우, 앞의 글, 74쪽.

의 임원인 반장과 구장이 일본인으로 임명된 것에 대해 이승우는 조선의 '국민총력연맹'의 예를 들면서 조선의 경우는 그 임원이 조선인이라고 언급한다.[310] '국민총력연맹'은 전시체제에 돌입한 일본제국이 조선인을 효과적으로 전쟁에 동원하기 위해 만든 전쟁 대책 총괄기구의 성격을 가진 단체이다.[311] 이승우 자신도 이 단체의 조직위원으로 참여하고 있었기 때문에 '황민봉공회'에 관심을 가지고 언급하지만, 조직의 구성원들 중 일본인의 비율 차이에 대한 의미에 대해서는 언급을 아끼고 있다.

여기에서 '황민봉공회'와 '조선총력연맹'을 비교하는 것은 조선인이 전시동원에 대만보다 적극적으로 임하고 있다는 것을 의도적으로 보여주기 위한 것이다. 일본제국의 식민지라는 입장에서는 대만과 조선이 같은 위치에 있지만, 식민지간의 경쟁에 있어서는 전시동원체제에 누가 기여를 많이 하고 있는가에 따라 그 위상이 달라질 수 있기 때문이다. 식민지의 생산품과 국어 능력, 연맹조직의 구성에 있어서도 두 식민지가 경합하고 있는 상황을 이승우는 재현하고 있는 셈이다. 이것은 식민지 조선인의 시각과 제국의 입장에서 대만을 평가하는 이중적 시선의 교차를 가능하게 하고 있다. 그리고 이러한 이중서술은 제국의

310 국민총력조선동맹은 1940년 10월 16일 '국민정신총동원 조선연맹'의 후신으로 설립되었고, 고도국방체제의 확립이라는 전쟁수행을 위한 체제 확립에 조선민중을 직접 참여시킬 목적으로 조직되었다. 이 단체는 국민정신총동원운동의 조직체계를 거의 그대로 수용하면서 연맹의 총재에 조선총독, 부총재에 정무총감이 직접 취임하였고, 총독부의 전 조직이 총동원되었다. 조선인 중 중앙조직에 참여한 주요 인사는 지도위원회 위원 및 간사로 활동한 윤덕영, 이사에 김성수, 김연수, 박흥식, 윤치호, 이승우, 최린, 한규복, 한상룡 등이 참여하였고, 참사에는 권상로, 김활란, 박희도, 방응모, 서춘 등이 참여하였다. 한긍희, 「국민정신총동원 조선연맹과 국민총력 조선연맹」, 『민족문제 연구』 10호, 민족문제연구소, 1996, 39~41쪽 참고.

311 한긍희, 위의 책, 38쪽.

식민지로서 대만과 조선이 동일하지 않는 위상을 갖는 것에 대한 위기감과 불안감에 의해 촉발된 결과라고 할 수 있다.

이러한 불안감은 대만이 조선보다 더 오래된 식민지 경험을 갖고 있기 때문이기도 하다. 대만은 청일전쟁 후 시모노세키 조약에 의해 1895년 일본의 식민지가 되었고, 조선에 비해 15년 먼저 제국에 편입된 역사적 상황도 그 불안함의 요인이었을 것으로 보인다. 그리고 이승우는 대만 여행을 통해 남양에 위치해 있음에도 불구하고 대만이 조선에 비해 위생 상태와 교육제도, 임업, 화학이 발달되어 있는 것을 확인하게 된다. 필리핀과 말레이시아와는 다른 문명화된 도시의 풍경과 근대적인 삶의 양태들은 식민지 조선의 여행자들에게 모종의 긴장감을 줄 수밖에 없다. 왜냐하면 조선이 일본이 점령한 식민지에서 제국을 대신하여 문명의 기획자로서의 역할을 수행할 것이라는 기대를 갖고 있었기 때문이다. 이러한 기대감은 중일전쟁 후의 중국을 여행한 기행문을 통해, 그리고 당시 시국 좌담회에서 이미 공론화된 것이기도 했다. 『삼천리』 1939년 4월호에 게재된 좌담회에서는 제국의 점령지로서 상해는 식민지 조선인이 개척해야할 공간으로 의미화 되며, 전쟁에 대한 조선의 공헌도에 따라 전쟁 후의 조선과 조선인의 위계가 달라질 수 있다는 기대감[312]을 조선인들은 가지고 있었다. 이런 상황에서 이승우의 대만행은 제국을 대신하여 조선이 개척할 영토를 확인한다는 의도가 내재되어 있었다고 볼 수 있고, 이것으로 인해 대만이 조선의 경합의 대상으로 묘사될 수밖에 없었다. 다시 말해 이러한 서술적 특성은 이승우가 제국적 주체의 시선에 과도하게 몰입된 결과이기도 하고,

312 홍순애, 「총력전체제하 대동아공영권과 식민정치의 재현」, 『한국문학이론과 비평』 53집, 한국문학이론과 비평학회, 2011, 314쪽.

다른 식민지들보다 제국의 적자로서의 위치를 선점하기 위한 욕망의 결과이기도 하다. 더 나아가 이것은 식민지인이 갖는 제국과의 동일화를 욕망하는 것에 대한 의식적 표출이라고 볼 수 있다.

이러한 이승우의 욕망은 이 글을 일본어로 집필했다는 점에서도 드러난다. 이 기행문은 조선인 독자들을 위해 집필되었다고 보기 어렵다. 이 기행문이 실린 『삼천리』의 1942년 1월호의 경우 다른 대부분의 기사들은 한글로 쓰여 졌고, 이승우를 비롯하여 몇 개의 글들만 일본어로 쓰여 졌다. 그리고 1942년 3월호부터 『삼천리』라는 잡지명을 버리고 『대동아』라는 것으로 변경하여 발행하였을 때에도 일본어로 된 기행문은 게재되지 않았다. 『대동아』 1942년 3월호에 「남방기행문 - 동경의 상하낙토(常夏樂土)」의 경우는 동일하게 남양에 대한 내용을 중심으로 하는 기행문임에도 이승우의 기행문과는 달리 한글로 게재되었다. 또한 『대동아』 7월호 「개척의 전사를 부르는 남방보고해부」의 기사도 남방의 자원에 대한 내용을 위주로 하여 한글로 서술되었다. 이 시기 김동환이 친일에 대한 행보를 적극적으로 하고 있었지만 『삼천리』의 당시 다른 기사들을 보았을 때 이승우의 일본어 기행문은 조금은 낯선 것이 사실이다.

이러한 과잉의 글쓰기는 대만을 제국의 시선으로 내면화하기 위한 이승우의 글쓰기 전략이며, 황군의 입장에서 전쟁의 공동 주체라는 것을 강조하기 위한 의도였다고도 볼 수 있다. 그러나 이 기행문에서는 대만과 조선이 계속해서 경합을 벌임으로써 제국과 동일화 하려는 식민지 조선인의 정체성은 분열된다. 다시 말해 이 기행문에서 여행주체는 식민과 피식민 사이에서 진동하고 있다. 제국의 신민으로서 내선일체를 실행하고자 하는 욕망과 그럼에도 제국을 대신하여 식민지 경영을 해야 한다는 조선의 식민지인의 정체성은 그대로 노출되고 있다.

3. 남양의 대동아지정학과 헤게모니

대만의 기행문이 식민지인의 의식과 제국을 대리하는 피식민의 역할에 대한 경합과 식민지 위상에 대한 불안감을 묘사했다면, 비율빈(필리핀), 향항(홍콩)과 신가파(싱가포르), 마레이(말레이시아) 기행문은 이것과는 다른 층위에서 식민지 인식에 대해 서술된다. 이 지역에 대한 기행문은 1930년대에도 게재되었는데, 비율빈(필리핀) 기행문은 안창호 「비율빈 시찰기」(『삼천리』 1933. 3), 김동성 「남양유기」(『삼천리』 1933. 4), 오영섭 「비율빈 대통령을 회견코저, 신국부의 그의 취임식전주면」(『삼천리』 1935. 12) 등이 있다. 그 중 안창호의 기행문은 1929년 4월 미국의 식민지 통치 상황을 보기 위해 필리핀을 3개월 동안 방문하고 쓴 것으로 조선동포의 필리핀 이주에 대한 내용을 중심으로 하고 있다.

1930년대 중반 신흥우는 미국령 식민지인 필리핀을 방문한 것을 「신대통령 신공화국의 비율빈회 유감, 비도의 제우들 생각」(『삼천리』 1935. 10)이라는 기행문으로 기록하였다. 그는 1933년 '동아기독청년회 연합위원회'의 조선대표로 필리핀을 방문하여 필리핀 의회장을 만나고 국회의사당과 비도대학을 방문한 것을 기록하고 있다.

> 議事堂은 퍽 큰 건물이였고 훌융한 집이였으며 내부장치도 훌융했다. 그때에 모힌 議員은 약 30명 가량으로 그들은 서로 獨立法案을 議題에 걸어놓고 서로 논쟁을 계속하였을 때다. 나는 언제든지 하는 말이지만 그들 비도인은 다른 민족들과는 달너서, '獨立'이란 말에 그리 熱이 없어 보이였다. 우리는 생각하든 바와는 퍽 달음을 알었다. 그것은 미국과 분리하면 경제적으로 현재보다는 곤란하리라는 점과, 정치적으로 다른 민족보다는 훨신 자유스러워서 총독 한사람이 미국인이고는 어떤 직이라

도 전부 비도인 자신들이 하게 됨으로 그리 불평불만이라는 것을 늣끼지 않는 듯하다. 그러나 한 가지 불만은 몇 백년동안 서반아의 식민지로서 다스림을 받어 왔었든 고로 그들은 늘 '독립'이라는 두자에 애착심을 가져왔든 관계로 해서 오늘날의 현상이 이루웠다고 할 수는 있지만 하여튼, 다른 민족처럼은 그렇게 열성적이 않음이 사실이다.[313]

신흥우는 필리핀 사람들이 독립에 대한 열의가 없다는 것을 두 번 서술한다. 그리고 그는 필리핀이 미국의 식민통치를 받기 때문에 경제적인 안정을 구가하고 있다고 평가한다. 그는 필리핀이 독립에 대한 열의가 없는 것이 민족성의 문제가 아니라 경제적인 이해관계가 얽혀 있기 때문으로 판단하고 있다. 민족의 자치성, 국가의 존속보다는 경제적 안정이 중요하다는 이러한 발언은 식민지 자본주의에 대한 신흥우의 인식을 볼 수 있다. 이 기행문은 필리핀이 일본제국의 점령지가 되기 이전에 방문한 것이기 때문에 지정학적인 정보나 자원개발에 대한 내용은 서술되어 있지 않다. 여기에서는 철저하게 미국의 식민지를 보는 일본 제국의 식민, 즉 조선중앙기독교청년회의 총무를 맡고 있었던 개인의 시선이 필리핀을 조망하고 있다. 신흥우는 이때 일본 관료로 시찰한 것이 아니기 때문에 노골적으로 제국의 입장에서 서술하고 있지는 않다.

이와는 달리 일본제국이 남양의 영토를 확장하고 필리핀을 점령한 직후 게재되었던 기행문에서는 이전 시기와는 다른 서술들이 등장한다. 이려식 「비율빈의 인상, 마래이 유학시대와 비도 풍물기」(『대동아』 1942. 3)는 필리핀이 점령된 1942년 1월 이후 게재된 것으로 여기에는

313 신흥우, 「신대통령, 신공화국의 비율빈회유감, 비도의 제우들 생각」, 『삼천리』 7권 9호, 1935, 57~58쪽.

철저하게 식민지를 점령한 제국의 시선이 노골적으로 드러나고 있다.

주택구조를 보면 대도시의 건축물들은 조선가옥제도와 별노 차이가 없으나 문화의 도시에서 떠러진 촌락의 원주민들이 지은 주택은 맛치 까치가 집을 지은 것 같이 노목의 상부를 찍고 집을 지은 후 梯子로 燈下하는데 지면에서 20尺 가량 떠 있으며 모기와 배암을 避양하는 防止策으로 그런 방식이 시작된 듯하며 (중략) 120尺 가량 야자수 꼭닥이에 야자실이 4,50개식 맺쳤는대 면 4회 收穫한다. 야자실의 소용은 製油, 인조빠다, 뽀메드, 燭, 화약원료 주정등 여러 가지 원료에 사용하는데 수백정보의 야자원은 봉산고량전과 恰似할 것이다. 인공을 불요하는 천연농업으로 전제의 희망이 많이 보였다.[314]

이 기행문에서는 철저하게 정보 위주의 서술을 하고 있는데, '비도의 기후', '비율빈의 주택구조', '비율빈의 의복제도와 음식물', '비율빈의 교육상태', '천연농업인 야자의 수익', '네그로스도의 감자, 사탕농사', '비율빈의 미(米) 산출량 부진의 이유' 등의 항목에 대한 내용들을 전달해주고 있다. 이러한 서술의 형태는 여행기에서 자주 제시되는 것으로 정보 전달을 우선으로 하는 경우에 많이 사용된다. 이것은 점령지에 대한 타자화 방식의 서술이고, 필자의 경험이 제거된 비개인적, 정보적 서술이라고 할 수 있다. 이러한 서술방법은 여행자의 주관적인 감정보다는 객관적인 지식이 우선시되고 있으며, 정보 전달이 목적이 된다. 논설의 형식을 하고 있는 이 기행문은 여행자의 개인적 서술이 감추어져 있는 반면, 공적인 제국의 목소리를 충실하게 대변하고 있다.

---

314 이려식, 「비율빈의 인상, 마래이 유학시대와 비도 풍물기」, 『대동아』 14권3호, 1942, 145~148쪽.

1942년 이후 점령지에 대한 시찰과 방문을 겸한 기행문들이 쓰여졌는데, 김창집은 「남방여행기 - 동경의 상하낙토」(『대동아』, 1942. 3)에서 "남방에 한번 여행한 사람치고 저곳은 과연 세계의 보고요 동아의 낙토라 아니할 자 없다."라고 언급하며 "적 영미의 손아귀에서 해방되어 신질서가 착착 진행되는 대동아의 품에 돌아왔음"을 감격해 하고 있다. 『대동아』에서는 남양의 일본점령에 대한 기념으로 김창집의 기행문을 수록하고 있는데, 이 기행문은 1939년 1월 홍콩과 싱가포르, 말레이시아를 여행한 내용을 위주로 하고 있다. 김창집은 이 기행문에서 홍콩에 대한 정보를 제시하면서, 이곳이 1841년 아편전쟁 시에 영군에게 점령되어 백년간 동아침략의 중요 거점이 되었으며, 1941년 12월 25일 황군에게 함락되었다고 설명하고 있다. 그는 홍콩의 문명화된 도시 풍경을 먼저 제시한다.

> 홍콩 도산정(빅토리아픽)을 오르는 '케블카'를 탔다. 차는 급경사의 길을 기어오르는데 항만과 시가를 내려다 볼 수 있고 차도 옆으로 쭉쭉 뻗은 야자수가 드믄드믄 섰고 싱싱한 열대식물들이 무성하고 정원마다 자줏빛, 노랑빛 꽃들이 만발하였다. 이윽고 산정에 오르니 사방이 탁 터지어 시력이 다하는데까지 바라볼 수 있는데 부근이 바다요 또 바다요 산이요 또 산이다. 煙霞아래 그림인 듯 평활한 바다, 꿈을 꾸는 듯 點點한 선들이 끝없이 조망되고 시가지와 항내가 빤히 내려다 보이는데 온화한 비풍이 原來의 나그내의 옷자락을 가만가만 날리면서 치렁치렁한 야자수 입사귀를 건들인다. 관연 절경이요 要港이다.[315]

315 김창집, 「남방여행기 - 동경의 상하낙토」, 『대동아』 14권 3호, 1942, 136쪽.

여기에서 광활한 바다와 산, 항구가 내려다보이는 시가지의 모습은 온화한 미풍과 함께 평화로운 도시의 풍경으로 재현된다. 여기에서 여행자는 그림과 같은 세밀한 묘사로 홍콩을 재현하고 있다. 이러한 풍경 묘사의 관행은 여행기에서 자주 등장하는 것으로 특히 18세기 유럽 여행가들의 식민지 탐험의 기록들에서 자주 목격되는 것이기도 하다.[316] 꽃과 나무로 가득 찬 정원으로 묘사되고 있는 홍콩은 여행자에게 변형된 장소로써 사적이면서도 가족주의적인 환상으로 구현된다. 이것은 이국적인 것에 대한 부가적인 설명이라기보다는 여행자의 이데올로기가 들어있는 묘사의 형태이며, 제국의 점령지로 포섭된 홍콩을 미화하는 서술이라고 볼 수 있다. 그리고 이 공간은 거주자나 원주민들이 배제된 상황을 묘사함으로써 여행자에게 '발견'되고 있다. 이것은 홍콩이 처녀지의 형태로, 또는 역사를 지니고 있지 않은 그래서 제국의 역사를 새로 쓸 준비를 하고 있는 순수성의 영토로 인식되는 효과를 갖는다. 또한 산에서 시가지를 내려다보는 방식은 홍콩이라는 영토 전체를 지배자의 시각으로 바라보고 있다는 것을 반증한다. 즉, 서술자는 이 점령지를 파노라마적으로 관망하고 있는 것이며, 이것은 홍콩의 개발 잠재력을 제국의 입장에서 부호화 한 것이라 볼 수 있다. 이러한 묘사는 여행자의 이데올로기를 전면적으로 반영하는 것으로 점령 이후 제국의 전쟁동원을 위한 개발 가능성과 그 청사진을 상징적

316 Mary Louise Pratt는 18세기 후반 유럽의 신대륙 탐험, 상업적 잠식, 제국주의적 영토 확장의 과정에서 생산된 여행서를 분석하면서 여행자의 이데올로기에 의해 다양한 서술 방식들이 사용되고 있다고 언급한다. 이 여행서들은 밀사단, 물품 조달업자, 탐험가, 무역상, 이주민, 선교사, 외교관등에 의해 쓰여졌고, 뭉고 파크의 경우는 화자의 직접적 경험과 감각에 기초한 주관적 서술이 주를 이루고 있으며, 리빙스턴의 경우는 관찰자의 언급이 제거된 비개인적, 정보적인 서술을 하고 있다고 보고 있다.

Mary Louise Partt, Travel Narrative and Imperialist Vision, Understanding Narrative, Ohio State U.P. 1994.

으로 제시한 것으로도 볼 수 있다.

이 기행문에서 홍콩에 이어 제국의 점령된 식민지로 등장하고 있는 것은 싱가포르이다. 김창집은 싱가포르에 대해 '이민족의 집합지대', '인종전람회장' 이라고 언급하며, 싱가포르가 아니면 볼 수 없는 광경이 인종에 있다고 지적한다. 그리고 김창집은 식물원과 과실류에 대해 자세히 묘사한다.

> 남양에서 유명한 곳은 싱가폴의 식물원이다. 원내에 들어서면 활기 있게 자란 열대식물이 푸르고 싱싱한 경치가 漉落한 기분을 자아낸다. 形形色色의 아름다운 꽃나무들이 푸른 언덕과 茂盛한 녹음사이에 잘 조화되어 있다. 야자수도 가지각색이요 꽃나무도 가지각색이다. <뉴욕>같은 시가에서는 한 가지에 10딸라식이나 한다는 올켓트라는 화려하고도 청초한 꽃이 여기저기에 피어있다. (중략) 열대지방의 과실의 종류와 풍미는 실로 유명한 것인데 빠나나, 파인애플, 코코넛, 같은 것은 썩어나는 것이요 그 밖에 흔한 과물로는 바바야, 맹고스탄, 떠린, 보아수수, 술샘 같은 것이다. 기중에서 맹고스탄이란 과물은 과물의 왕이라는 칭을 받기까지 美味를 가졌고 떠린이란 果物은 맛이 매우 훌륭하나 냄새만은 지독히 나빠서 코를 쥐고야 먹는다고 한다.[317]

여기에서 싱가포르는 하나의 낙원, 유토피아로 재현된다. 열대식물과 꽃나무들, 푸른 언덕으로 표상되는 식물원은 원초적인 자연으로 상징화되고 있다. 다양한 열대과일을 나열하고 그 향기와 맛을 묘사함으로써 싱가포르는 지상낙원의 모습으로 형상화된다. 그리고 이러한 풍경은 뉴욕과 비교 서술되면서 더욱 신비화된다. 뉴욕에서 돈을 받고

---

317 김창집, 앞의 글, 137쪽.

파는 꽃이 싱가포르에서는 '여기저기' 지천에 피어있다는 것을 강조하면서 이 기행문은 미국의 비인간적 속성을 비판한다. 여기에서 서술자는 식물원을 경험함으로써 풍경에 대한 묘사뿐만 아니라 풍경을 본 여행자의 감정까지 재현하고 있다. 이러한 서술은 그 공간과 충분히 교유하고 있는 여행자의 모습을 보여준다. 즉 여기에서 여행자는 점령 후의 미래적 풍경까지 제시함으로써 다층적인 싱가포르의 모습을 상상하고 있다.

> 馬來人들은 男女間에 흔히 '자바사라사'라는 이곳 特有의 얼룩한 옷감으로 아랫도리를 감고 다니며 위에는 넓은 수건 같은 것으로 어깨에 걸쳐 내리워 입기도 하고 '와이사스' 비슷한 것을 입기도 하는데 시굴로 가면 보통 저고리는 벗고 산다. 馬來女性들의 모양을 낸다는 것은 귀고리, 팔목고리, 발목고리 등 裝飾品들로 몸을 裝飾하는 것이다. 馬來人은 얼굴이 暗褐色, 黃褐色이요 광대뼈가 나오고 넓으며 코는 扁平하고 입술은 넙죽하고 純한 편이다. 우리가 미인이라고 하는 조건은 찾기가 힘든다. 저들은 早熱早老한다는데 이는 저들이 不規則 生活, 여러 가지 惡慣習이 그 중요한 원인이 아닐가한다. 저희는 어렷을 때 부터 吸煙을 하며 檳榔열매를 씹는다. 한 中學校를 訪問하여 여학생들을 보고 公會堂에서 자바, 스마트라 등지의 소녀들이 노래하는 것을 보았는데 그들의 純眞함은 퍽 귀여웠으나 아직도 저희는 現代感情과 理智가 發達되지 못한 未開한 百姓이라는 느낌이 많았다.[318]

홍콩, 싱가포르와는 달리 말레이시아에 대한 묘사는 인종주의에 편중되어 서술된다. 이 기행문에서는 말레이시아인들의 얼굴 생김새와

---

318 김창집, 앞의 글, 140쪽.

피부색깔, 관습 등이 주요 관심사로 등장하며, 말레이시아가 문화적으로 미개한 상황에 있음을 자세히 묘사하고 있다. 김창집은 이들이 근대화나 문명의 수혜를 받은 이지적인 인간이 아닌 '미개'의 인간, 순한 '백성'으로 묘사하면서 인종주의를 구체화 한다.

이 기행문에서 말레이 인종을 미나카비우 족, 따이야 족 등으로 나누어서 서술하고 이들의 생활방식이나 혼인의 관습 등을 자세하게 묘사한다. 사실 남양을 인종주의로 접근하는 시각에 대해 다양한 의견들이 이 시기 일본학자들 사이에서 논의되었다. 후생성 예방국장이며 의학자였던 다카노 로쿠로는 "어떤 생리학자는 일본인의 땀샘을 연구하여 우리들의 발한기는 남양인에 가깝다고 발표했다, 또한 일본인의 눈에는 남양의 일광도 눈부시지 않고, 코의 높이도 북방인처럼 돌출되어 있지 않다. 체질이나 기질면에서 우리는 남양인이다."[319]라고 언급하며 일본의 남방 침략에 대해 합리화 한다. 여기에서 논의하고 있는 합리화의 조건은 동조동근론이다. 이것은 인류학자나 고고학자들의 담론을 차용한 것으로 원주민들에게 일본의 지배라는 것에 앞서 백인들에게 해방된 사실을 주입하기 위한 논리로 사용된다. 또한 여기에서 여행자는 제국의 입장에서 문명화의 임무를 수행하는 권력적 주체로 상정된다. 비문명화된 세계를 구출하여 문명의 세계로 인도하는 일, 이것이 제국의 역할이며 임무라는 것을 서술자는 암묵적으로 제시하고 있다. 즉 이러한 제국의 임무는 이들의 영토를 점령한 것에 대한 정당성을 지지하는 요인으로 제시되고 있다.

이 나라의 主要産物은 역시 고무인데 우리 日本人이 經營하는 고무園

---

319 도미야마 이치로, 손지연·김우자·송석원 역, 『폭력의 예감』, 그린비, 2009, 220쪽.

> 이 많기로 유명하다. 여기는 어디를 가든지 고무 樹林뿐인 것 같은데 이 고무 樹林은 天然生 아니고 栽培한 것이다. 마래의 고무 栽培의 역사를 들으면 지금으로부터 60년전 栽培하기 시작하였는데, 남미 아마손 지방에서 利殖한 것이라 한다. 지금은 남양에서의 1년 生産高가 약 100만 톤으로 세계 出産量의 90페센트를 占하고 있다. 남양에서도 太半은 마래반도에서 産出한다. 이 지방은 熱帶의 有利한 自然的 條件을 가지고 있는데 즉 光, 水, 熱이다. 農事에 非常히 有利하고 植物栽培에 適合하다. 그리고 마래반도 여기저기에는 錫鑛, 鐵鑛, 金銀鐵 등이 있고 보루네오 도에는 到處에 石油가 噴出한다. 남양의 天然資源은 실로 無盡藏이다.[320]

김창집은 '죠홀 왕국'을 소개하면서도 이 나라의 천연자원의 중요성에 대해 언급하고 있다. 기행문에 이러한 설명이 삽입된 것은 이 지역이 갖는 식민지로써의 지정학적인 중요성에 기인한다. 남양이 일본의 점령지로써 황금의 땅으로 인식되는 것은 대동아공영권을 확장하는 지리적인 측면뿐만 아니라 전쟁의 자원동원을 위한 병참기지로서 역할을 하기 때문이다. 대동아지정학[321]에서 남양은 대동아공영권내의

---

320 김창집, 앞의 글, 139쪽.

321 대동아지정학은 역사와 인종 등에 차이가 있는 남방권과 태평양권을 통합하기 위한 논거로 대동아공영권 형성에 유용하다고 판단된 지리와 문화 및 민족의 근접성을 제창했다. 해군성 조사과에서 작성한 <남방국토계획>에서는 대동아 공영권으로서의 혼연일체의 유기적 결합을 이뤄야할 지역으로서 인도차이나, 타이, 네덜란드령 인도차이나, 뉴기니, 태평양 제도 등을 실체구역으로 삼고, 인도, 오스트레일리아 등을 장래 실체구역의 발전목표가 되어야할 지역으로 상정해 '외곽구역'이라고 위치시켰다. 이처럼 대동아지정학과 국토계획을 국방국가건설과 직결시키지 않으면 안 되는 상황 속에서 지정학의 초점은 국방국가의 정비로 수렴되었다. 1940년을 전후해서 일본의 공간적, 민족적 고유성을 갖고 제창된 황도지정학, 대동아지정학, 국방지정학 등은 공간적으로 팽창해간 제국 일본의 세계관을 표명하는 학지로서 수립되었다.
오태영, 「'남양'의 표상과 지정학적 상상력」, 『한국문학이론과 비평』 43집, 한국문학이론과 비평학회, 2009, 637~638쪽.

식민지 개척을 위해 선점해야 할 영역이었고, 해양의 개척을 위한 전진 기지로써의 역할을 하는 지역인 것이다.

대동아공영권의 공간 편성에 있어 남양은 군사적 요충지로서의 역할과 총동원체제에서의 식량과 원료 보급의 역할을 부여받고 있는 것이다. 이에 대해 제국의 학자인 에지와는 동아지역공동체론의 입장에서 남방권과 동남아시아의 공업화만이 자급자족형 공동체 공간의 창출을 위한 '운명공동체'를 형성하는 필수조건[322]으로 제시한다. 이 시기 남양은 제국의 전쟁수행을 위한 정치적 이데올로기와 함께 내지의 경제구조를 구축하는 영토적 기반이었던 것이다. 김창집은 이 기행문에서 남양의 지역개발에 대한 필요성을 이러한 정보적 서술을 통해 전달하고 있다.

남양 기행문에서는 이 지역이 서방 식민지에서 일본 식민지로 편입한 것에 대한 기쁨과 감격을 재현하고 있으며, 이것은 대동아공영권의 논리에 대한 수긍과 선전의 의미로 직조되고 있다. 기행문을 통해 전달되는 홍콩, 싱가포르, 필리핀 등의 남양담론은 일본 제국의 새로운 점령지로서의 호기심과 자부심으로 서술되면서 미지의 영토에 대한 관심을 드러내고 있다. 또한 새로운 외부세계는 야자나무와 해변으로 대변되는 '남양정조'와 이국취향으로, 또는 원주민의 야만적 생활로 재현된다. 여기에서 이국취향은 현재 살고 있는 지역의 진정성, 단순성, 순수성이라는 견지에서 타자와 야만을 이상화 하는 것[323]과 관계된다. 남양 기행문은 점령지에 제국의 문명을 전파할 사명과 그것에 대한 시혜를 베푸는 자의 입장으로 서술되고 있다. 따라서 일제말기 기행문

---

322 이석원, 「'대동아' 공간의 창출 - 전시기 일본의 지정학과 공간담론」, 『역사문제연구』 19호, 역사문제연구소, 2008, 306쪽.

323 닌왕, 이진형·최석호 옮김, 『관광과 근대성 - 사회학적 분석』, 일신사, 2004, 218쪽.

은 헤게모니를 확립하기 위한 의도적인 기록들이라고 할 수 있고 분열된 식민지인의 무의식을 재현하는 하나의 글쓰기였다고 할 수 있다.

4. 대동아공영권의 내면화와 감정정치의 논리

영토란 국민과 이들의 정치적 삶에 대한 효과적인 감독이 허용되는, 경계로서 확정된 공간이며, 근대 이후 영토국가는 국제관계를 끌어가는 주체로서의 표준이 된다.[324] 영토는 지도에 의해 사실화 되며, 이에 지도는 세계에 대한 개념도라 할 수 있다. 현실적 세계는 어떠한 구획으로도 분할되지 않지만 지도는 무수한 선과 면으로 겹쳐진 인위적인 경계의 세계를 보여준다. 근대 국가체제는 국가 전체를 영역화할 수 있는 표지를 도시함으로써 성립할 수 있었고, 그 흔적들은 평면의 지도 위에 남겨짐으로써 인정되었다. 즉 연대기적으로 배열된 지도를 통해 영토에 대한 일종의 정치적 전기가 서술[325]될 수 있었고, 이것은 다시 말해 영토·국경의 변화가 지도를 통해 표시됨으로써 국가의 시간적·공간적 역사가 증명되었다고 할 수 있다.

일제 말기 기행문은 대동아공영권에 대한 영역의 확인과 그것을 해석하고 내면화하려는 제국의 의도에 의해 쓰여졌다. 기행문이 전제하는 지리적 상상력의 일단에는 제국의 지도 그리기라는 의도와 함께 그곳의 현장성을 보다 직설적으로 전달하려는 목적에 의해 서술되었

324 이진일, 「주권 - 영토 - 경계 : 역사의 공간적 차원」, 『사림』 제35호, 수선사학회, 2010, 406쪽.

325 와키바야시 미키오, 정선태 역, 『지도의 상상력』, 산처럼, 2006, 277쪽.

고, 이것은 제국의 대동아공영권과 신체제를 선전하기 위해 동원[326] 되었다. 따라서 일제말기 남양 기행문은 대동아공영권의 영역확상에 따른 상상의 지도 그리기의 일환으로 생산, 유통되었다.

1940년 초 새롭게 편입된 남양의 점령지에 대한 기행문들은 미개와 문명의 이분법적인 도식 하에서 서술되었고, 이것은 외부세계, 이국정서를 환기시키면서 식민지 점령의 정당성을 합리화 하는 방식으로 직조되었다. 홍콩과 싱가포르의 기행문들은 서구의 지배를 받은 영역이라는 이미지를 지우기 위해 순수한 처녀지 또는 아름다운 꽃과 나비가 있는 정원으로 제시되면서 유토피아적인 형상으로 재현된다. 필리핀과 말레이시아의 점령지에 대한 서술은 인종과 풍습을 중심으로 미개의 상황을 좀 더 부각하여 서술하고 있고, 제국의 일원으로 편입된 것에 대해 치하하는 서술방식을 도입하고 있다. 여기에서는 관찰자 위주의 정보제시의 서술을 하면서 개척의 필요성과 병참기지의 가능성을 제시한다.

일제 말기 총력전체제 하에서 쓰여진 기행문은 동아 신질서에 편입된 남양의 개척과 이와 관련된 조선인의 역할에 대한 새로운 가능성을 재현한다. 대만의 경우에는 조선보다 이른 시기에 식민화가 되었고, 그만큼 문명화가 되어있었기 때문에 대만의 실체를 목도한 조선의 여행자는 비우호적으로 대만을 서술한다. 여기에서는 농업, 임업에 대한 자원의 문제, 인종, 국어능력에 대한 항목 등을 나열하면서 끊임없이 대만과 조선을 경쟁자로 서술한다. 제국의 점령지에서 벌이는 이러한 식민지간의 경합의 문제는 제국의 전쟁동원에 대한 기여도에 따라 다

326 홍순애, 「총력전체제하 대동아공영권과 식민정치의 재현 - 『삼천리』 기행문을 중심으로」, 『한국문학이론과 비평』 53집, 한국문학이론과 비평학회, 2011, 317쪽.

른 위상을 가질 수밖에 없는 식민지인의 불안한 심리를 그대로 반영하고 있다. 일제 말기 기행문은 제국의 헤게모니를 확립하기 위한 의도적인 기록들이며, 분열된 식민지인의 내면을 재현하는 글쓰기이다. 이 기행문들은 동조동근론과 내선일체의 설득을 위해 문화적으로 동원된 것으로, 이것은 충실한 신민을 양성하는 하나의 감정적 장치였다.

> 今日에 提起되는 內鮮一體의 標語는 爲先 무엇보담도 精神的인 또는 思想的인 意義를 갖는 것이다. 法律的으로 社會的으로 半島의 民衆은 併合과 아울러 의미 틀림없는 帝國의 臣民이다. 問題는 다만 그들을 精神에 있어서 思想에 있어서 感情에 있어서 意慾과 情熱과 運命감에 있어서 皇國의 臣民으로 訓練하고 統一하는데 있는 것이다. 여기에 南「레심」의 最高目標인「內鮮一體」의 時代的 役割과 또 任務가 있다고 나는 確信한다. (중략) 그러므로 어째든 이 內鮮一體의 問題란 것은 哲學의 問題이며 感情의 問題이며 傳統의 問題라 하지 않을 수 없다. 따라서 內鮮一體를 思想的으로 體系化한다는 것은 運動自體의 前進을 위해서 不可缺的인 側面的 任務가 아니면 않된다. (중략) 帝國의 臣民으로서만 未來의 幸福을 얻을수가 있다는 것을 民衆은 實로 이 事變下의 日常生活을 통해서 깨닫게 된 것이다. 이미 이러한 自覺이 促進되여온 이상 남은 問題는 半島民衆을 感情的으로 訓練하는데 있을 것이다. 또 이 感情的 訓練의 段階에 있어서 同根同祖의 事實的 關聯性을 보여준다는 것은 하나의 促進要素로서 重大한 意義를 가질 것이다.[327]

인정식은「내선일체의 문화적이념」에서 내선일체의 문제란 것은 철학의 문제이며 감정의 문제, 전통의 문제라고 언급하며 감정에 있어서

327 인정식,「내선일체의 문화적 이념」,『인문평론』, 1940. 1, 4~6쪽.

는 의욕과 정열로 훈련되어야 한다고 주장한다. 내선일체의 이념을 전파하기 위해 정신과 사상적인 측면을 강조했지만, 이것만으로는 조선민중을 설득할 수 없었고, 이에 '운명감'이라는 것으로 조선인의 정서를 환기시킨다. 이 '운명감'은 전통에 의한 집단의 잠재력과 민족의 기원을 상기시키며 동조동근론을 합리화하기 위해 동원된다. 조선인의 가치체계를 새롭게 하는 것으로써의 내선일체의 개념은 '피(血)'라는 극단적인 선택에 의해 의미화되고 있는 것이고, 이것은 조선민중의 민족적 감정을 변화시키는 하나의 해결방법으로 제시되고 있다.

남양기행문이 이국취향과 남양정조를 강조하면서 정서적인 서술방식을 동원하고 있는 것은 식민지를 점령한 제국의 위용을 효율적으로 전달하기 위함이다. 동조동근론과 내선일체에 대한 조선 민중의 설득은 감정의 훈련을 통해 가능하다는 이러한 논리는 그럴듯하다. 기행문의 경우 여행자의 경험에 의한 주관적 정서와 감정적 서술을 하고 있다는 측면에서 감정정치에 적합한 장르이다. 사실 기행문은 신문과 잡지의 좌담회, 논설들과는 달리 한 개인의 경험담을 전달해주면서 보다 쉽게 독자를 설득한다. 왜냐하면 이것은 논리가 아닌 감정이라는 사적인 차원으로 접근하기 때문이다. 이 기행문에서 점령지는 정원으로, 또는 처녀지로 묘사됨으로써 여행자의 정서를 보다 심층적으로 서술한다. 그리고 여기에는 점령지를 차지한 기쁨과 이국적 풍경에 대한 환희, 계속되는 전쟁에 대한 불안감, 제국의 위용에 대한 안도감 등의 다양한 감정적 장치들이 동원된다. 이러한 감정의 수사들은 여행자의 감정을 독자에게 전달하는 역할을 한다. 여행자의 감정의 변화가 언어를 통해 전달됨으로써 독자는 비경험적인 것을 경험적인 것으로 받아들이면서 여행자와 감정의 동일시를 이룬다고 할 수 있다. 이러한 과정을 통해 여행자와 독자는 동일한 감정을 내면화하게 된다. 기행문은 독자와 여행자가 감정을 공유함으로써 독서의 효과를 갖는다. 따라서 기행문은 대동아공영권의 확장과 동조동근론, 내선일체의 설득을 위해 문화적으로 동원되고 있고, 이것은 제국의 충실한 신민을 양성하는 하나의 감정적 장치였다고 볼 수 있다.

또한 기행문은 여행지의 위치와 기후, 개발자원에 대한 설명을 부가하면서 지정학적인 정보를 제공하는 역할을 수행한다. 총력전체제에서 동조동근론, 내선일체를 위해 문화적으로 동원되고 있는 것이 문학이었고, 그 중에서도 기행문은 직접적으로 점령지를 순회하여 다양한 방식으로 여행자의 심리를 재현함으로써 신민을 양성하는 감정정치에 기여하고 있다고 볼 수 있다. 그러나 이러한 기행문에는 제국과 조선, 식민과 피식민이라는 양가성, 제국의 시선으로 점령지를 재현하는 식민지인의 모순과 갈등이 존재하고 있었다고 볼 수 있다.

참고문헌

1) 기초자료

『태극학보』, 『소년』, 『청년학우회보』, 『학지광』, 『창조』, 『개벽』, 『조선문단』, 『별건곤』, 『해외문학』, 『신생』, 『삼천리』, 『동광』, 『국민문학』, 『동아일보』, 『조선일보』, 『매일신보』, 『인문평론』 등

2) 단행본

강상중, 이경로 · 임성모 옮김, 『오리엔탈리즘을 넘어서』, 이산, 1997.

고부응 외, 『탈식민주의 - 이론과 쟁점』, 문학과 지성사, 2003.

권보드래 외 『『소년』과 『청춘』의 창 - 잡지를 통해 본 근대 초기 일상성』, 이화여자대학교출판부, 2007.

권보드래, 『한국 근대소설의 기원』, 소명출판, 2000.

권성우, 『모더니티와 타자의 현상학』, 솔, 1999.

권정화, 「이중환의 택리지」, 『공간이론의 사상가들』, 한울, 2001.

김경수, 『염상섭과 현대소설의 형성』, 일조각, 2008.

김교봉 · 설성경, 『미디어 문학의 이해』, 새미, 2003.

김기훈, 『그 땅, 사람 그리고 역사, 만주』, 고구려연구재단편, 고구려연구재단, 2005.

김병걸 외 편저, 『친일문학 자료선집』, 실천, 1986.

김병구, 『'조선적인 것'의 형성과 근대문화담론』, 소명출판, 2007.

김복순, 『1910년대 한국문학과 근대성』, 소명출판, 1999.

김상태, 「염상섭문학의 날과 씨」, 『염상섭 문학연구』, 민음사, 1987.

김양선 『1930년대 소설과 근대성의 지형학』, 소명출판, 2007.

김영민, 『한국근대소설사』, 솔, 1997.
김영민 외, 『한국근대서사양식의 발생 및 전개와 미디어의 역할』, 소명출판, 2005.
김윤식, 『한국문학의 근대성 비판』, 문예출판사, 1993.
_____, 『일제말기 한국 작가의 일본어 글쓰기론』, 서울대학교출판부, 2003.
_____, 『이광수와 그의 시대1』, 솔, 1999.
김용직, 『한국근대문학의 사적 이해』, 삼영사, 1977.
김을한, 『동경유학생』, 탐구당, 1986.
김재용, 『식민주의와 비협력의 저항』, 역락, 2003.
김재용 외, 『친일문학의 내적논리』, 역락, 2003.
김주용, 『근대 만주 도시역사지리연구』, 동북아역사재단, 2007.
김준오, 『문학사와 장르』, 문학과 지성사, 2000.
김진균 · 정근식 편저, 『근대주체와 식민지 규율권력』, 문화과학사, 1997.
김철 · 김형기 외, 『문학속의 파시즘』, 삼인, 2001.
김태준 편저, 『문학지리 · 한국인의 심상공간』, 논형, 2006.
김현주, 『이광수와 문화의 기획』, 태학사, 2005.
_____, 『한국근대 산문의 계보학』, 소명출판, 2004.
나병철, 『근대서사와 탈식민주의』, 문예출판사, 2001.
노형석, 『한국 근대사의 풍경』, 생각의 나무, 2004.
류시현, 『최남선 연구』, 역사비평사, 2009.
문병호, 『아도르노의 사회이론과 예술이론』, 문학과 지성사, 1993.
문성환, 『최남선의 에크리튀르와 근대 · 언어 · 민족』, 한국학술정보, 2009.
민족문학사연구소 편, 『민족문학과 근대성』, 문학과지성사, 1995.
_______________, 『근대계몽기의 학술 · 문예사상』, 소명출판, 2000.
박상준, 『한국 근대문학의 형성과 신경향파』, 소명출판, 2000.
박유하, 『기억과 역사의 투쟁』, 삼인, 2002.
박은식, 『백암 박은식 전집』 4권, 동방미디어, 2002.
박재환 · 김문겸, 『근대사회의 여가문화』, 서울대학교출판부, 1997.

박주식, 『탈식민주의 이론과 쟁점』, 문학과 지성사, 2003.
박지향, 『제국주의 - 신화와 현실』, 서울대학교출판부, 2000.
박찬승, 『한국 근대정치사상사 연구』, 역사비평사, 1992.
박천홍, 『매혹의 질주, 근대의 횡단: 철도로 돌아본 근대의 풍경』, 산처럼, 2003.
박태호 외, 『근대계몽기 지식의 발견과 사유지평의 확대』, 이화여대 한국문화연구원, 소명출판, 2006.
방기중 편, 『일제 파시즘 지배정책과 민중생활』, 혜안, 2004.
배재 100년사 편찬위원회, 『배재 100년사』, 배재학당, 1989.
백성현 · 이한우, 『파란 눈에 비친 하얀 조선』, 새날, 1999.
서재길, 『한국근대문학과 일본』, 소명출판, 2002.
선우현, 『사회비판과 정치적 실천 - 하버마스의 비판적 사회이론』, 백의, 1999.
소영현, 『문학청년의 탄생』, 푸른역사, 2008.
송규봉, 『지도, 세상을 읽는 생각의 프레임』, 21세기 북스, 2011.
신종곤외, 『1920년대 문학의 재인식』, 깊은샘, 2001.
송하춘, 『염상섭 문학 연구』, 민음사, 1987.
신용하, 『한국 근대민족주의의 형성과 전개』, 서울대학교출판부, 1987.
안창호, 『신정판 안도산 전집』, 삼중당, 1971.
우찬제, 『텍스트의 수사학』, 서강대 출판부, 2005.
우정권, 『한국현대 문학의 글쓰기 양상』, 도서출판 월인, 2002.
우한용, 『한국현대소설구조연구』, 삼지원, 1990.
______, 『한국현대소설담론연구』, 삼지원, 1996.
유길준, 허경진 역, 『서유견문』, 서해문집, 2004.
유병석, 『염상섭 전반기 소설 연구』, 아세아 문화사, 1985.
유종호, 『염상섭』, 서강대학교출판부, 1998.
육당연구회, 『최남선 다시읽기 - 최남선으로 바라본 근대 한국학의 탄생』, 현실문화, 2009.
윤대석, 『식민지 국민문학론』, 역락, 2006.
윤소영 외 옮김, 『일본잡지 모던일본과 조선 1939』, 어문학사, 2007.

이경훈, 『이광수의 친일문학 연구』, 태학사, 1998.
이광수, 『이광수 선집』, 삼중당, 1962.
이상갑, 『한국근대문학과 전향문학』, 깊은 샘, 1995.
이연숙, 고영진 · 임경화 옮김, 『국어라는 사상-근대 일본의 언어 인식』, 소명출판, 2006.
이재선, 『한국문학의 원근법』, 민음사, 1996.
_____, 『한국현대소설사』, 홍성사, 1979.
_____, 『한국문학주제론』, 서강대학교출판부, 2009.
이지원, 『한국 근대 문화사상사 연구』, 혜안, 2007.
이진경, 『근대적 시공간의 탄생』, 푸른숲, 2001.
이화여대 한국문화연구원, 『근대계몽기 지식의 발견과 사유지평의 확대』, 소명출판, 2006.
이혜순, 『조선 통신사의 문학』, 이화여자대학교출판부, 1996.
이효덕, 박성관 옮김, 『표상공간의 근대』, 소명, 2002.
임경석 · 차혜영 외, 『『개벽』에 비친 식민지 조선의 얼굴』, 모시는 사람들, 2007.
임성모, 『제국일본의 문화권력』, 한림대학교 일본학연구소, 2011.
임형택, 『한국문학사의 논리와 체계』, 창작과 비평사, 2002.
장지연, 『대한신지지』, 『근대계몽기의 학술 문예사상』, 소명출판, 2000.
정운혁 편, 『학도여 선전에 나서라』, 도서출판 없어지지 않는 이야기, 1997.
조남현, 『한국현대문학사상논구』, 서울대학교출판부, 1999.
조맹기, 『커뮤니케이션의 역사』, 서강대학교출판부, 2004.
조용만, 『울 밑에 핀 봉선화야』, 범양사, 1985.
주요한, 『안도산 전서』, 범양사 출판부, 1978.
천정환 · 이경도 · 손유경 · 박숙자, 『식민지 근대의 뜨거운 만화경 - 『삼천리』와 1930년대 문화정치』, 성균관대학교출판부, 2010.
최남선, 『최남선전집 6』, 현암사, 1973.
최덕교 편저, 『한국잡지백년 1, 2, 3』, 현암사, 2004.
최석영, 『일제의 동화이데올로기의 창출』, 서경문화사, 1997.

최선 · 김병린 옮김, 『국역 한국지』, 정신문화연구원, 1984.
최수일, 『개벽연구』, 소명출판, 2008.
최원식, 『한국근대소설사론』, 창작사, 1986.
최유찬 · 오성호, 『문학과 사회』, 실천문학사, 1994.
한기형, 『한국근대소설사의 시각』, 소명출판, 1999.
______, 『근대어 · 근대매체 · 근대문학』, 성균관대학교 출판부, 2006.
홍순애, 『한국 근대문학과 알레고리』, 제이앤씨 출판사, 2009.
홍웅호, 『개항기의 재한 외국공관 연구』, 동북아역사재단, 2008.
M. 로빈슨, 『일제하 문화적민족주의』, 나남, 1990.

3) 논문

권명아, 「'대동아 공영'의 이념과 국가 가족주의 - 총동원체제 하 '남방'인식의 변화를 중심으로」, 『동방학지』 125호, 연세대학교 국학연구원, 2004.
권정화, 「최남선의 초기 저술에 나타나는 지리적 관심 - 개화기 육당의 문화운동과 명치 지문학의 영향」, 『응용지리』 13, 성신여대 한국지리연구소, 1990.
김기훈, 「제국주의 열강의 만주정책과 간도협약(1905~1910)」, 『사문화연구』 제31집, 한국외국어대학교 사문화연구소, 2008.
김낙년, 「식민지기 대만과 조선의 공업화 비교」, 『경제사학』 제29집, 경제사학회, 2009.
김명환, 「일제말기 동양척식주회사의 조선인 동원실태」, 『한일민족문제연구』, 한일민족문제학회, 2009.
김병구, 「염상섭 소설의 탈식민성 - 「만세전」과 「삼대」를 중심으로」, 『현대소설연구』 제18권, 현대소설학회, 2003.
김예림, 「1920년대 초반 문학의 상황과 의미」, 『상허학보』 7호, 상허학회, 2000.
______, 「전쟁 스펙터클과 전장 실감의 동력학-중일전쟁기 제국의 대륙통치와 생명정치 혹은 조선 · 조선인의 배치」, 『동방학지』 147집, 연세대학교 국학연구원, 2009.
김외곤, 「식민지 문학자의 만주체험」, 『한국문학이론과 비평』 제24집, 한국문학이론과 비평학회, 2004.
김은하, 「근대소설의 형식과 우울한 남자 - 염상섭의 「만세전」을 대상으로」, 『현대문학이론연구』 제29권, 현대문학이론학회, 2006.
김재완, 「사민필지(私民必知)에 대한 小考」, 『문화역사지리』 제13권 제2호, 한국역사 문화지리학회, 2001.
김중철, 「근대 기행담론속의 기차와 차내 풍경」, 『우리말글』 33호, 우리말글학회, 2005.
김진량, 「근대일본 유학생의 공간 체험과 표상: 유학생 기행문을 중심으로」, 『우리말글』 32호, 우리말글학회, 2004.
김휘정, 「「만세전」과 근대성」, 『여성문학연구』 제7권, 한국여성문학학회, 2002.
남상준, 「개화기 근대교육제도와 지리교육」, 『지리교육론』 19호, 서울대학교 출판부, 1988.
노혜정, 「『지구전요』에 나타난 최한기의 지리관」, 『지리학논총』 45호, 서울대학교 국토문제연구소, 2005.
류시현, 「1920~30년대 문일평의 민족사와 문학사의 서술」, 『민족문화연구』, 고려대학교 민족문화연구원, 2010.
박노자, 「착한 천성의 아이들 같은 저들 - 1880~1900년대의 러시아 탐험가들의 한국 관련 기록에서의 오리엔탈리즘 (허위)인식의 스펙트럼」, 『대동문화연구』 제56집, 성균관대 동아시아 학술원, 2006.
박재섭, 「한국 근대 고백체 소설 연구」, 서강대학교 박사학위논문, 1993.
박정애, 「근대적 주체의 시선에 포착된 타자들 - 염상섭「만세전」의 경우」, 『여성문학 연구』 제6권, 한국여성문학학회, 2001.
박진숙, 「식민지 근대의 심상지리 『문장』과 기행문학의 조선표상」, 『민족문학사연 구』 31집, 민족문학사학회, 2006.
박찬승, 「한말 자강운동론의 각 계열과 그 성격」, 『한국사연구』 68집, 한국사연구회, 1990.
박헌호, 「한국 근대소설사 연구에서 '양식'의 문제」, 『국어국문학』 132호, 국어국문학회, 2002.

백승철, 「1930년대 '조선학 운동'의 전개와 민족인식, 근대관」, 『역사와 실학』 39, 역사실학회, 2008.
복도훈, 「미와 정치」, 『한국근대문학연구』 12호, 한국근대문학회, 2005.
서경석, 「만주국 기행문학연구」, 『어문학』 86호, 한국어문학회, 2004.
서기재 · 김순전, 「일본 근대의 '수양'이라는 <장치>와 조선총독부 <실업학교수신서>」, 『일본어문학』 제28집, 한국일본어문학회, 2006.
서영채, 「최남선과 이광수의 금강산 기행문에 대하여」, 『민족문학사연구』 24호, 민족문학사학회, 2004.
소영현, 「근대인쇄 매체와 수양론 · 교양론 · 입신출세주의 - 근대주체형성과정에 대한 일고찰」, 『상허학보』 18집, 상허학회, 2006.
_____, 「전시체제기의 욕망정치」, 『동방학지』 147호, 연세대학교 국학연구원, 2009.
송기섭, 「<만세전>의 이인화 탐구」, 『현대소설연구』 제17권, 현대소설학회, 2002.
오윤호, 「한국근대소설의 식민지 경험과 서사전략연구 - 염상섭과 최인훈을 중심으로」, 서강대학교 박사학위논문, 2003.
오태영, 「'남양'의 표상과 지정학적 상상력」, 『한국문학이론과 비평』 43집, 한국문학 이론과 비평학회, 2009.
우미영, 「시각장의 변화와 근대적 심상공간」, 『어문연구』 32권 4호, 한국어문교육연구회, 2004.
_____, 「근대여행의 의미 변이와 식민지/제국의 자기 구성논리 - 묘향산 기행문을 중심으로」, 『동방학지』 133호, 연세대학교 국학연구원, 2006.
유명기, 「문화상대주의와 반문화상대주의」, 『비교문화연구』 1호, 서울대 비교문화연구소, 1993.
이선영, 「시각상의 진보성과 회고성」, 『염상섭 소설전집 1』, 민음사, 1987.
이석원, 「'대동아' 공간의 창출, - 전시기 일본의 지정학과 공간담론」, 『역사문제연구』 19호, 역사문제연구소, 2008
이승원, 「전장의 시뮬라크르 - 박영희의 『전선기행』을 중심으로」, 『정신문화연구』 30권 4호 (통권 109호), 한국학 중앙연구원, 2007.

이연숙, 「일본어에의 절망」, 『창작과 비평』 105호, 창작과비평사, 1999.
이진일, 「주권-영토-경계 : 역사의 공간적 차원」, 『사림』 제35호, 수선사학회, 2010.
이태훈, 「1920년대 전반기 일제의 문화정치와 부르조아 정치세력의 대응」, 『역사와 현실』 47집, 한국역사연구회, 2003.
임상석, 「조선총독부 중등교육용 조선어급한문독본의 조선어 인식」, 『한국어문학연구』 57호, 한국어문학연구학회, 2011.
임성모, 「전시기 일본 식민정책학의 변용 - 민족, 개발, 지정학」, 『제국일본의 문화권력』, 한림대학교 일본학연구소, 2011.
정미강, 「1920년대 제일 조선유학생의 자유주의적 문화운동 연구」, 한국학중앙연구원, 박사논문, 2006.
정선태, 「총력전 시기 전쟁문학론과 종군문학」, 『동양정치사상사』 5권 2호, 한국동양정치사상사학회, 2005.
정숭교, 「1904~1919년 자강운동의 국민교육론」, 『한국사론』 33집, 서울대학교 국사학과, 1995.
_____, 「한말 안창호의 인격수양론 - 사상사적 위치를 중심으로」, 『도산사상연구』 6집, 도산사상연구회, 2000.
정종현, 「근대문학에 나타난 '만주' 표상」, 『한국문학연구』 28호, 동국대학교 한국문학연구소, 2005.
_____, 「중일전쟁과 체제협력의 알리바이」, 『일본학』 29집, 동국대학교 일본학연구소, 2009.
정혜경, 「식민지 시기 조선 사회의 외지 인식 - 대만과 남양군도 신문기사 논조 분석」, 『한일민족문제연구』, 한일민족문제학회, 2012.
정혜영, 「<오도답파여행>과 1910년대 조선의 풍경」, 『현대소설연구』 40호, 한국현대소설학회, 2009.
조윤정, 「시조부흥론에 나타난 문화적 민족주의」, 『관악어문연구 제31집』, 관악어문연구회, 2009.
차혜영, 「지역 간 문명의 위계와 시각적 대상의 창안」, 『현대문학의 연구』 24호,

국문학연구학회, 2004.
_____, 「동아시아 지역표상의 시간 · 지리학」, 『한국근대문학연구』 제20호, 한국근대문학회, 2009.
천정환, 「1930년대 문화민족주의와 『삼천리』」, 『한국현대문학회』 2007년 동계학술발표집, 2007.
최기숙, 「교육주체로서의 여성과 서구유학의 문제」, 『여성문학연구』 12호, 한국여성문학학회, 2004.
최덕규, 「제국주의 열강의 만주정책과 간도협약(1905~1910)」, 『역사문화연구』 제31집, 한국외국어대학교 역사문화연구소, 2008.
최용기, 「일제 강점기 국어 정책」, 『한국어문연구』 제46집, 한국어문학연구학회, 2006.
한긍희, 「국민정신총동원 조선연맹과 국민총력 조선연맹」, 『민족문제 연구』 10호, 민족문제연구소, 1996.
한기형, 「최남선의 잡기 발간과 초기 근대문학의 재편 - 『소년』, 『청춘』의 문학사적 역할과 위상」, 『대동문화연구』 제45집, 성균관대학교 동아시아 학술원, 2004.
한민주, 「일제말기 전선 기행문에 나타난 재현의 정치학」, 『한국문학연구』 33집, 동국대학교 한국문학연구소, 2007.
허경진 · 강혜종, 「근대 조선인의 만주 기행문 생성공간」, 『한국문학논총』 57집, 한국문학회, 2011.
홍순애, 「근대계몽기 외국인 여행서사의 표상체계와 문화상대주의 - 러시아 가린미하일롭스키의 『한국, 만주, 랴오둥 반도 기행』을 중심으로」, 『한민족문화연구』, 한민족문화학회, 2009.
_____, 「근대계몽기 여행서사의 환상과 제국주의 사이 - 이사벨라 버드 비숍의 『한국과 그 이웃나라들』을 중심으로」, 『대중서사연구』, 대중서사학회, 2010.
_____, 「근대계몽기 지리적 상상력과 서사적 재현」, 『현대소설연구』 40호, 한국현대소설학회, 2009.
_____, 「근대계몽기 지리학 담론과 영웅서사의 리얼리티 - 박은식의 역사전기

소설을 중심으로」, 숭실대학교 한국문예연구소 국제학술대회 발표집, 2012.
_____, 「근대초기 지리학의 수용과 국토여행의 논리」, 『한중인문학연구』 제34집, 한중인문학회, 2011.
_____, 「총력전체제하 대동아공영권과 식민정치의 재현」, 『한국문학이론과 비평』 53집, 한국문학이론과 비평학회, 2011.
_____, 「1920년대 기행문의 지정학적 성격과 문화민족주의의 기획 - 『개벽』을 중심으로」, 『한국문학이론과 비평』 49집, 한국문학이론과 비평학회, 2010.
Boudewijn Walraven, 「내키지 않은 여행자들 - 핸드릭 하멜과 그의 동료들의 관찰에 대한 해석의 변화」, 『대동문화연구』 제56집, 성균관대 동아시아 학술원, 2006.

4) 외국서지

와카쓰키 야스오, 김광식 옮김, 『일본 군국주의를 벗긴다』, 화산문화, 1996.
고마고메 다케시, 오성철 · 이명실 · 권경희 옮김, 『식민지 제국 일본의 문화통합』, 역사비평사, 2008.
고야스 노부쿠니, 이승연 옮김, 『동아 대동아 동아시아』, 역사비평사, 2005.
야마무로 신이치, 윤대석 역, 『키메라, 만주국의 초상』, 소명출판, 2009.
도미야마 이치로, 임성모 역, 『전장의 기억』, 이산, 2002.
_____________, 손지연 · 김우자 · 송석원 역, 『폭력의 예감』, 그린비, 2009.
마에다 아이, 유은경 · 이원희 옮김, 『일본 근대 독자의 성립』, 이룸, 2003.
사이토 준이치, 윤대석 · 류수연 · 윤미란 역, 『민주적 공공성』, 이음, 2009.
후쿠자와 우키치, 정명환 옮김, 『문명의 개략』, 광일문화사, 1989.
요시미 순야, 안미라 역, 『미디어문화론』, 커뮤니케이션북스, 2006.
이마무라 히토스, 이수정 역, 『근대성의 구조』, 민음사, 1999.
가라타니 고진, 박유하 역, 『일본근대문학의 기원』, 민음사, 1997.
미요시 유키오, 정선태 역, 『일본문학의 근대와 반근대』, 소명출판, 2002.
와카바야시 미키오, 정선태 역, 『지도의 상상력』, 산처럼, 2006.
이효덕, 박성관 역, 『표상공간의 근대』, 소명출판, 2002.

유모토 고이치, 연구공간수유+너머 동아시아 근대 세미나팀, 『일본근대의 풍경』, 그린비, 2004.
마루야마 마사오, 김석근 역, 『현대정치의 사상과 행동』, 한길사, 1997.
유리 바닌, 기광서 옮김, 『러시아의 한국 연구 - 한국인식의 역사적 발전과 현재적 구조』, 풀빛, 1999.
가린-미하일롭스키, 이희수 역, 『러시아인이 바라본 1898년의 한국, 만주, 랴오둥반도』, 동북아역사재단, 2010.
__________, 안상훈 역, 『조선 설화』, 한국학술정보, 2006.
Allen, Horace N, 신복룡 역, 『조선견문기』, 집문당, 1999.
Anderson, Benedict, 윤형숙 역, 『민족주의의 기원과 전파』, 사회비평사, 1991.
Ashcroft, Bill, 이석호 역, 『포스트 콜로니얼 문학이론』, 민음사, 1996.
Bishop, Brid Isabella, 이인화 역, 『한국과 그 이웃나라들』, 살림, 1994.
Bourdieu, Pierre, 최종철 역, 『구별짓기 : 문화와 취향의 사회학』, 새물결, 1995.
Bourdieu, Pierre, 최종철 역, 『자본주의와 아비투스』, 동문선, 1995.
Clifford, James, 이기우 역, 『문화를 쓴다 - 민족지의 시학과 정치학』, 한국문학사, 2000.
Childs, Peter · Williams, Patrick, 김문환 역, 『탈식민주의 이론』, 문예출판사, 2004.
Debord, Guy, 이경숙 역, 『스펙타클의 사회』, 현실문화연구, 1996.
Easthope, Antony, 임상훈 역, 『문학에서 문화연구로』, 현대미학사, 1996.
Faulstich, Werner, 황대현 역, 『근대초기 미디어의 역사』, 지식의 풍경, 2007.
Giddens, Anthony, 권기돈 역, 『현대성과 자아정체성』, 새물결, 1997.
Goldmann, Lucien, 조경숙 역, 『소설사회학을 위하여』, 청하, 1982.
Goncharov, Ivan A, 심지은 역, 『러시아인, 조선을 거닐다』, 한국학술정보, 2006.
Habermas, Juergen, 한승완 역, 『공론장의 구조변동』, 나남출판, 2001.
Hamburger Kaete, 장영태 역, 『문학의 논리 - 문학 장르에 대한 언어 이론적 접근』, 홍익대학교 출판부, 2002.
Hunt, Lynn Avery, 조한욱 역, 『문화로 본 새로운 역사』, 소나무, 1996.

McLuhan, Marshall, 김성기 · 이한우 역, 『미디어의 이해』, 민음사, 2006.
Renan, Ernest, 신행선 역, 『민족이란 무엇인가』, 책세상, 2002.
Roderick, Rick, 김문조 역, 『하버마스의 사회사상』, 탐구당, 1992.
Said, Edward, 김성곤 · 정정호 역, 『문화와 제국주의』, 창, 1996.
__________, 박홍규 역, 『오리엔탈리즘』, 교보문고, 1991.
Schivelbusch, Wolfgang, 박진희 역, 『철도여행의 역사』, 궁리, 1999.
Schumid, Andre, 정여울 역, 『제국, 그 사이의 한국』, 휴머니스트, 2007.
Valentine, Jill, 박경환 역, 『사회지리학』, 논형, 2009.
Wang Ning, 이진형 · 최석호 역, 『관광과 근대성 : 사회학적 분석』, 일신사, 2004.
Alison Russell, Crossing boundaries: postmodern travel literature, Palgrave, 2000.
Andrew Mcrae, Literature and domestic travel in early modern England, Cambridge University Press, 2009.
Craig Calhour, Nationalism, Buckingham: Open University Press, 1997.
Michael Silverstein, Natural Histories of Discourse, The Univ. Chicago Press. 1996.
Melanie Ord, Travel and experience in early Modern English Literature, Palgrave Macmillan, 2008.
Percy G. Adams, Travel Literature and the Evolution of the Novel, The University Press of Kentucky, 1983.
Roderick P. Hart, Modern Rhetorical Criticism, Boston: Allyn and Bacon, 1997.
Dorrit Chon, The Distinction of Fiction, The Johns Hopkins U.P, 1999.
Mary Louise Pratt, Imperial Eyes – Travel Writing and Transculturation, Loutledge, 1994.
______________, Travel Narrative and Imperialist Vision, Understanding Narrative, Ohio State U.P, 1994.
Patrick Mcgee Telling the Other – The Question of Value in Moden and Postcolonical Writing, Cornell U.P, 1992.

찾아보기

개념

(ㅊ)

(ㅋ)

(ㅌ)

(ㅍ)

(ㅎ)

인명

책과 글